MO HAYDER

Fille d'universitaires anglais, Mo Hayder est née à Londres. À 16 ans, en 1978, elle quitte brutalement sa famille et exerce divers petits emplois avant de partir, à l'âge de 25 ans, au Japon où elle réside pendant deux ans. Attirée par le cinéma d'animation, elle s'installe à Los Angeles pour y entreprendre des études de cinéma. De retour en Grande-Bretagne, Mo Hayder décide alors de se consacrer à l'écriture. Elle fréquente les milieux policiers, rencontre des médecins légistes, et met deux ans à écrire *Birdman* à partir de notes prises sur le terrain. Avec ce premier roman, elle fait une entrée très remarquée dans le monde du thriller et crée le personnage de Jack Caffery que l'on retrouvera dans *L'Homme du soir* (2002), *Rituel* (2008) et *Skin* (2009). En 2005, elle est lauréate du Prix SNCF du polar européen et obtient l'année suivante le prix des Lectrices de *ELLE* avec *Tokyo*, puis publie *Pig Island* (2007). *Proies* a paru en 2010, suivi des *Lames*, en 2011. Tous ses livres sont publiés aux Presses de la Cité.

Retrouvez toute l'actualité de l'auteur sur :
www.mohayder.net

LES LAMES

MO HAYDER

LES LAMES

*Traduit de l'anglais
par Jacques Morin*

PRESSES DE LA CITÉ

Titre original :
HANGING HILL

Pocket, une marque d'Univers Poche,
est un éditeur qui s'engage pour la
préservation de son environnement et
qui utilise du papier fabriqué à partir
de bois provenant de forêts gérées de
manière responsable.

© 2011, Mo Hayder.

© 2011, Presses de la Cité, un département de place des éditeurs,
pour la traduction française.

ISBN 978-2-266-22391-1

Le service funèbre avait lieu dans une église angli-
cane juchée sur une colline à la sortie de la vieille ville
d'eaux de Bath. Plus que millénaire, l'édifice n'était
guère plus grand qu'une chapelle et l'allée y conduisant se révélait trop étroite pour les reporters et les
photographes qui se bousculaient afin d'avoir un angle
de vue idoine. Il faisait chaud ; des odeurs d'herbe et de
chèvrefeuille traversaient le cimetière pour accueillir
les proches de la défunte. Des cerfs habitués à venir
dans l'après-midi grignoter la mousse des pierres
tombales furent surpris par cette arrivée en masse et
déguerpirent, sautant par-dessus les murets pour disparaître dans la forêt environnante.

Tandis que les gens entraient en file dans l'église,
deux femmes restèrent dehors, assises sur un banc sous
un buddleia blanc. Des papillons voletaient autour des
fleurs au-dessus de leurs têtes, mais elles ne levèrent pas
les yeux pour les contempler. Elles étaient unies dans le
silence, dans une stupeur incrédule devant la série
d'événements qui les avaient amenées là. Sally et Zoë
Benedict. Deux sœurs, même si personne ne l'aurait

deviné en les voyant. La grande élancée, c'était Zoë, l'aînée d'un an ; Sally, plus petite, plus réservée, avait gardé un visage rond, lisse et net d'enfant. Les yeux baissés, elle fixait le mouchoir en papier qu'elle tordait entre ses mains menues.

— C'est plus dur que je ne pensais, dit-elle. Je ne sais pas si j'arriverai à entrer. Je croyais que je serais assez forte mais maintenant, je n'en suis plus si sûre.

— Moi non plus, murmura Zoë. Moi non plus.

Elles se turent de nouveau. Une ou deux personnes gravirent les marches, des gens qu'elles ne connaissaient pas. Puis vinrent des amis de Millie, notamment Peter et Nial, l'air emprunté avec leurs costumes habillés et leurs expressions sérieuses.

— Sa sœur est là, reprit Zoë au bout d'un moment. Je lui ai parlé sur le perron.

— Sa sœur ? Je ne savais pas qu'il en avait une.

— Si.

— Ça fait drôle de penser qu'il a de la famille. A quoi elle ressemble, cette sœur ?

— Pas à lui, Dieu merci. Elle a demandé à te parler.

— Qu'est-ce qu'elle veut ?

Zoë haussa les épaules.

— S'excuser, j'imagine.

— Qu'est-ce que tu as répondu ?

— A ton avis ? Non. J'ai répondu non, bien sûr. Elle est entrée.

Elle tourna la tête pour jeter un coup d'œil en direction du portail de l'église. Le pasteur se tenait devant et chuchotait quelque chose au nouveau copain de Sally, Steve Finder. Un gars bien, pensa Zoë, capable d'empêcher Sally de s'écrouler sans pour autant l'étouffer. Elle avait besoin de quelqu'un comme ça. Il leva les yeux, surprit Zoë en train de le regarder et hocha la tête. Puis il tapota sa montre pour indiquer qu'il était l'heure. Le pasteur posa une main sur le portail, prêt à le fermer. Zoë se leva.

— Viens. Autant en finir.

Sally ne bougea pas.

— J'ai une question à te poser, Zoë. Sur ce qui s'est passé.

Zoë hésita : ce n'était pas le moment et de toute façon elles ne changeraient rien au passé en en discutant. Mais elle se rassit quand même.

— D'accord.

— Ça va te paraître étrange, mais… commença Sally, faisant tourner le mouchoir déchiré dans ses mains. Tu ne crois pas, avec le recul… Tu ne crois pas que tu aurais pu le prévoir ?

— Oh, non. Je ne crois pas. Etre flic ne fait pas de toi un médium. Ou ce que les gens voudraient que tu sois.

— Je me demandais. Parce que…

— Parce que quoi ?

— Parce que, rétrospectivement, moi, je pense que j'aurais pu le prévoir. Je pense que j'ai reçu un avertissement. Je sais que ça a l'air dingue, mais c'est comme ça. Un avertissement. Ou une prémonition. Une sorte de prescience, appelle ça comme tu veux.

— Mais non. C'est complètement insensé.

— Je sais, et c'est ce que je me suis dit, sur le coup. J'ai trouvé ça idiot. Mais maintenant, c'est plus fort que moi, je crois que si j'avais fait plus attention, j'aurais prévu tout ça.

9

Sally écarta les bras pour indiquer l'église, le corbillard au bas des marches, les équipes de cameramans et les photographes.

— J'aurais pu l'empêcher, ajouta-t-elle.

Zoë réfléchit. Il n'y avait pas si longtemps, une telle déclaration l'aurait fait rire mais à présent elle en était moins sûre. Le monde était un lieu étrange. Elle porta de nouveau son regard sur Steve et le pasteur, revint à Sally.

— Tu ne m'as jamais parlé d'un « avertissement ». Quelle sorte d'avertissement ? C'est arrivé quand ?

— Quand ? dit Sally, secouant la tête. Je ne suis pas certaine mais je crois que c'est le jour où l'histoire de Lorne Wood a commencé.

PREMIÈRE PARTIE

1

C'était un après-midi printanier de début mai, la période de l'année où le jour s'attarde, où les prime-vères et les tulipes, sous les arbres, avaient depuis long-temps pris un air négligé. Les signes annonçant la saison chaude rendaient tout le monde optimiste et, pour la première fois depuis des mois, Sally était venue déjeuner chez Isabelle. Le soleil était encore haut dans le ciel et leurs enfants adolescents étaient sortis dans le jardin. Les deux femmes étaient restées dans la cuisine et avaient débouché une bouteille de vin. Devant les fenêtres ouvertes, les rideaux en vichy remuaient doucement dans la brise et, de sa place à table, Sally surveillait les ados. Ils se connaissaient depuis la crèche mais ce n'était que depuis une dizaine de mois que Millie manifestait l'envie de venir chez Isabelle. Ils formaient maintenant une bande, un vrai petit groupe : deux filles, deux garçons, séparés par deux ans d'âge mais fréquentant la même école privée, Kingsmead. Sophie, quinze ans, la cadette d'Isabelle, faisait le poirier, et ses boucles brunes dansaient en tous sens ;

13

Millie, même âge mais plus petite d'une tête, lui maintenait les jambes en l'air. Elles portaient toutes deux un jean et un débardeur, mais ceux de Millie étaient sérieusement élimés.

— Il faut que je m'occupe de ça, murmura Sally d'un ton pensif. Son uniforme de lycée tombe en lambeaux aussi. Je suis allée voir l'infirmière[1] pour lui en demander un d'occasion mais il n'y en avait plus de la taille de Millie. A croire que tous les parents de Kingsmead veulent de la fripe, maintenant.

— Signe des temps, souligna Isabelle.

Elle faisait une tarte à la mélasse et disposait sur son fond de pâte quelques-unes des billes qu'elle gardait dans un bocal sur le réfrigérateur. Le beurre et le sirop doré bouillonnant dans la casserole emplissaient la pièce d'une riche odeur de noisettes.

— J'ai toujours donné les affaires de Sophie à l'infirmière, poursuivit-elle.

Elle remit le reste des billes dans le bocal, glissa la tourtière dans le four.

— Maintenant, je les garderai pour Millie. Sophie fait une taille de plus qu'elle.

Elle essuya ses mains enfarinées à son tablier et demeura un moment immobile à examiner son amie. Sally devinait ce qu'elle pensait : Elle a le teint blême, les traits tirés, les cheveux pas très propres. Elle voyait le tablier rose de l'agence de nettoyage HomeMaids qu'elle portait par-dessus son jean et son haut à fleurs, et elle éprouvait de la pitié. Sally s'en moquait. Avec le

---

1. Qui s'occupe aussi de diverses tâches matérielles dans les écoles anglaises. (*N.d.T.*)

temps, elle commençait à s'habituer, lentement, à ce qu'on ait pitié d'elle. A cause du divorce, bien sûr. Le divorce, la nouvelle femme de Julian et le bébé.

— J'aimerais pouvoir faire plus pour t'aider, soupira Isabelle.

— Mais tu m'aides, assura Sally avec un sourire. Toi, tu me parles encore, on ne peut pas en dire autant de certaines mères de Kingsmead.

— A ce point-là ? s'étonna Isabelle.

C'est même pire, pensa Sally, mais elle continua à sourire.

— Ça va s'arranger.

— Vraiment ?

— Vraiment. J'ai discuté avec le directeur de ma banque, j'ai regroupé tous mes emprunts pour payer moins d'intérêts. Et l'agence de nettoyage me donne plus d'heures de ménage.

— Je me demande comment tu supportes de faire ce travail.

Sally haussa les épaules.

— D'autres y arrivent.

— Oui, mais elles ont l'habitude.

Elle regarda Isabelle s'approcher de la plaque de cuisson et remuer la mélasse. Les paquets de farine et de céréales posés à côté portaient des étiquettes d'épicerie fine. Dans le cottage de Sally et Millie, toute l'épicerie provenait de Value ou Lidl et le congélateur était plein des légumes filandreux qu'elle avait eu tant de mal à faire pousser dans le jardin de derrière. Une leçon de gestion que Sally avait rapidement apprise : le jardinage, c'est bon pour les riches oisifs. Cela revient beaucoup moins cher d'acheter les légumes au super-marché. Rongeant l'ongle de son pouce, elle regardait Isabelle s'affairer dans la cuisine, sa robuste silhouette familière en short et chemisier d'une sage couleur beige. Son tablier à petites fleurs. Elles étaient amies depuis des années et c'était à elle que Sally faisait le plus confiance, à elle qu'elle demandait conseil en premier. Cette fois, cependant, elle hésitait.

Finalement, elle alla prendre dans son sac un classeur bleu en piteux état qui ne tenait le coup que grâce à un élastique. Elle l'apporta à la table, le posa près des verres de vin, ôta l'élastique et sortit ce qu'il contenait. Des cartes peintes à la main, ornées de perles, de rubans et de plumes fixés par du vernis. Elle les disposa sur la table et s'assit, incertaine, prête à les récupérer preste-ment et à les remettre dans le sac.

Isabelle souleva la casserole de la plaque et, remuant toujours, s'approcha pour regarder.

— C'est toi qui les as faites ?

Elle se pencha pour examiner la première : une femme portant un châle violet semé d'étoiles qu'elle tenait devant son visage pour ne laisser voir que ses yeux.

— Elles sont superbes ! s'exclama Isabelle. Qu'est-ce que c'est ?

— Des cartes de tarot. Des lames.

— De tarot ? Tu nous fais du Glastonbury[1] ? Tu vas nous prédire l'avenir ?

— Bien sûr que non.

---

1. L'île de Glastonbury, ancien lieu sacré, accueille aujourd'hui médiums, voyants et boutiques ésotériques. (*N.d.T.*)

16

Isabelle reposa la casserole et prit la deuxième carte, une femme de haute taille portant à bout de bras une grande étoile transparente à travers laquelle elle semblait contempler les nuages et le soleil. Ses cheveux bruns emmêlés, striés de gris, tombaient le long de son dos. Avec un petit sourire embarrassé, Isabelle demanda :

— Ce n'est pas moi, quand même ?

— Si.

— Oh, Sally, franchement, tu m'as fait un décolleté très flatteur.

— Si tu regardes les autres, tu verras beaucoup de visages que tu connais.

Isabelle passa d'une carte à l'autre, s'arrêtant de temps à autre quand elle reconnaissait quelqu'un.

— Sophie ! Et là, Millie. Tu nous as toutes peintes. Elles sont magnifiques.

— Je me demandais si je ne pourrais pas les vendre, dit Sally d'un ton hésitant. Peut-être à la boutique hippie de Northumberland Place. Qu'est-ce que tu en penses ?

Isabelle se retourna et la regarda bizarrement, mi-intriguée mi-amusée, comme si elle se demandait si Sally plaisantait.

Aussitôt Sally comprit qu'elle avait commis une erreur et elle ramassa hâtivement les cartes, le rouge de la confusion lui colorant le cou.

— Non, bien sûr, marmonna-t-elle, elles ne sont pas assez bien pour ça. Je m'en doutais.

— Ne les range pas, voyons ! protesta Isabelle. Elles sont belles, vraiment. Simplement… Tu crois réellement pouvoir en tirer de quoi t'aider pour… tu sais… les dettes ?

Le visage écarlate et brûlant, Sally baissa les yeux vers les lames. Isabelle avait raison, la vente des cartes ne lui rapporterait quasiment rien. Pas assez en tout cas pour entamer la masse énorme de ce qu'elle devait. Elle était bête, bête à pleurer.

— Mais pas parce qu'elles ne sont pas bien, reprit Isabelle. Elles sont géniales. Sincèrement. Regarde celle-ci.

Isabelle prit le portrait de Millie. Millie la fofolle, toujours plus petite que les autres, et qui ne tenait pas du tout de Sally avec sa frange houleuse et ses cheveux hirsutes d'enfant des rues népalais. Ses grands yeux d'animal sauvage – exactement comme sa tante Zoë.

— Elle est formidable, cette carte. C'est vraiment elle. Et là, Sophie : c'est ravissant. Ravissant ! Et Nial, et Peter !

Nial était le fils d'Isabelle, l'aîné, très timide ; Peter Cyrus son copain beau gosse, chahuteur, le préféré des filles.

— Et Lorne – regarde-la – et une autre de Millie… une autre de Sophie, et encore moi. Et…

Elle s'interrompit brusquement devant la carte suivante.

— Oh, fit-elle en frissonnant. Oh.

— Quoi ?

— Je ne sais pas. Elle a quelque chose qui ne va pas, celle-là.

Sally tourna la lame vers elle. C'était la Reine de Bâtons, représentée dans une robe rouge bouillonnante, peinant à retenir un tigre qui tirait sur sa laisse. Millie avait également servi de modèle pour cette carte mais il était arrivé quelque chose à son visage. Sally passa un doigt dessus, pressa. La peinture acrylique s'était peut-être craquelée, car si le corps, les vêtements et l'arrière-plan étaient restés exactement comme elle les avait peints, le visage était flou. Comme dans une œuvre de Francis Bacon ou de Lucian Freud. Un de ces portraits terrifiants qui donnent l'impression que le regard perce la peau du sujet pour parvenir à la chair.

— Beurk, lâcha Isabelle. Heureusement que je ne crois pas à ces trucs, sinon je me ferais du souci.

Sally fixait le visage en silence. On aurait dit qu'une main avait brouillé les traits de Millie.

— Tu y crois, toi, à ces trucs ? lui demanda Isabelle.

— Bien sûr que non. Ne sois pas idiote.

Pendant qu'Isabelle allait remettre la casserole sur la plaque, Sally rassembla maladroitement les cartes, les fourra dans son sac et but une gorgée de vin. Elle aurait voulu avaler son verre d'un trait pour défaire le nœud qui lui serrait soudain l'estomac. Elle aurait aimé être un peu éméchée et s'asseoir au soleil dans un transat avec Isabelle comme elles le faisaient avant, quand elle avait encore un mari et du temps libre. Elle ne s'était pas rendu compte alors de son bonheur. Maintenant, elle ne pouvait plus boire un verre au soleil, même le dimanche ; elle n'avait plus les moyens de s'offrir de bons crus comme Isabelle. Quand elle aurait mangé la tarte, au lieu de s'installer dans le jardin, elle irait travailler. C'est peut-être tout ce que je mérite, pensa-t-elle en se massant la nuque d'un geste las.

— Maman ? *Maman !*

Les deux femmes tournèrent la tête. Millie se tenait dans l'encadrement de la porte, haletante, le visage cramoisi, tendant vers elles son téléphone portable.

2

A trois kilomètres de là, au poste de police du centre de Bath, on ne parlait que de Lorne Wood. Elève de seize ans dans un lycée privé de la ville, Faulkener's, c'était une fille très appréciée de ses camarades et, selon ses parents, plutôt sérieuse. Dès le début, la sœur de Sally, l'inspectrice Zoë Benedict, n'avait pas nourri le moindre espoir : on ne la reverrait pas vivante. Cela tenait peut-être à la personnalité de Zoë – trop pragmatique – mais à deux heures de l'après-midi, lorsque l'une des équipes de recherches battant les sous-bois près du canal de Kennet and Avon découvrit un corps, elle ne fut nullement surprise.

— Je ne t'ai quand même pas fait le coup du « Je te l'avais bien dit », murmura-t-elle à son collègue Ben Parris tandis qu'ils descendaient le chemin de halage.

Elle marchait les mains dans les poches du jean noir dont le commissaire se tuait à lui répéter que ce n'était pas une tenue pour un officier de police ayant des obligations en matière d'image du service.

— Tu n'entendras jamais ces mots dans ma bouche.

21

— Bien sûr que non, ce n'est pas ton genre, dit Parris sans quitter des yeux le groupe vers lequel ils se dirigeaient.

On avait déjà bouclé le périmètre avec des panneaux placés en travers du sentier. Une dizaine de personnes se tenaient devant, des propriétaires de péniches, pour la plupart, et un journaliste en imperméable noir. Au moment où les deux inspecteurs passaient en montrant leur carte, il leva son Nikon et mitrailla la scène. Un signe attestant que la nouvelle se répandait plus vite que la police ne l'aurait souhaité, pensa Zoë.

Une zone de près de deux mille mètres carrés avait été délimitée et dissimulée aux yeux des gens. Le sol du chemin était meuble, fait d'un gravier calcaire cédant la place d'un côté aux joncs du canal, de l'autre à un enchevêtrement de broussailles : cerfeuil sauvage, orties et mauvaises herbes. Les policiers avaient laissé un espace de quinze mètres environ entre les écrans et le périmètre intérieur, matérialisé par des rubans de plastique jaune. Trente mètres plus loin, dans une partie des sous-bois formant une galerie naturelle, se dressait une tente blanche.

Zoë et Ben passèrent une combinaison blanche de la police scientifique, serrèrent la capuche et enfilèrent des gants avant de pénétrer dans la tente. A l'intérieur, l'air était étouffant, chargé d'odeurs d'herbe écrasée et de terre, le sol quadrillé par des grilles d'aluminium ultra-légères.

— C'est elle, leur annonça le chef de l'Unité de scène de crime.

Planté à l'entrée de la tente, il prenait des notes sur une tablette. Sans lever les yeux, il ajouta :

— Aucun doute. Lorne Wood.

Derrière lui, au bout d'un des chemins d'aluminium, un photographe filmait une bâche boueuse avec une caméra vidéo.

— C'est le type de bâche dont on se sert pour couvrir le bois de chauffage sur les péniches, poursuivit le CUSC. Mais personne dans cette partie du canal n'a signalé de vol. A la regarder, on croirait qu'elle est dans un lit.

Il avait raison. Lorne était allongée sur le dos, comme si elle dormait, un bras sur la bâche montant jusqu'en haut de sa poitrine, telle une couette. Sa tête pendait du côté opposé à l'entrée de la tente. Zoë ne pouvait pas voir son visage mais elle reconnut le tee-shirt. Gris, avec l'inscription « I am Banksy ». Celui qu'elle portait quand elle était partie de chez elle, la veille dans l'après-midi.

— A quelle heure on a signalé sa disparition ?

— A 8 heures, répondit Ben. Elle aurait dû être rentrée.

— On a retrouvé ses clés mais toujours pas son portable, dit le CUSC. Une équipe de plongeurs viendra plus tard explorer le canal.

Dans un coin de la tente, un technicien laissa tomber une paire de ballerines dans un sac. Il planta un petit drapeau rouge dans le sol puis scella le sac et signa en travers du scellé.

— C'est là que vous les avez trouvées ? lui demanda Zoë.

— Exactement. Toutes les deux.

— Balancées n'importe comment ?

— Non, comme ça, intervint le CUSC, qui plaça ses mains l'une à côté de l'autre. A cet endroit.

— C'est de la boue qu'il y a dessus ?

— Oui. Mais pas d'ici. Elle provient du chemin de halage.

— Et l'herbe ? Pourquoi elle est aplatie ?

— La victime s'est débattue.

— Pas longtemps, on dirait.

— Non, convint-il. Ça a été vite terminé.

Le photographe, qui avait fini de filmer, recula pour laisser les inspecteurs s'approcher du corps. Les pistes d'aluminium se séparaient au bas de la bâche et faisaient le tour du cadavre. Zoë et Ben empruntèrent avec précaution le côté menant au visage de Lorne, la regardèrent longuement en silence. Ils travaillaient tous deux à la Crime depuis plus de dix ans et n'avaient eu à résoudre que quelques meurtres. Rien de comparable à ça.

Zoë se tourna vers le chef de l'USC et lui demanda :

— Pourquoi elle a le visage comme ça ?

— On sait pas trop. On pense qu'elle a une balle de tennis entre les dents.

— Bon Dieu, marmonna Ben.

Le CUSC ne se trompait pas. Le morceau de toile adhésive collé en travers de la bouche de Lorne maintenait en place un objet sphérique enfoncé aussi profondément que possible, avec des filaments d'un vert lumineux en haut et en bas. La bouche semblait ouverte sur un grondement ou un cri ; le nez écrasé formait un caillot rouge et les yeux étaient clos, plissés. Deux filets de sang partant du bâillon descendaient vers la mâchoire, comme les charnières d'une mâchoire de

24

poupée de ventriloque, à cette différence près qu'ils se prolongeaient presque sous les oreilles. Elle devait être étendue sur le dos quand elle avait saigné.

— Ça vient d'où ?

— De sa bouche.

— Elle s'est mordu la langue ?

Le CUSC haussa les épaules.

— Ou la peau a éclaté.

— *Eclaté ?*

Il se toucha les commissures des lèvres.

— Une balle de tennis enfoncée dans la bouche ? Ça tend drôlement la peau.

— La peau peut pas écl… commença Zoë avant de se rappeler que c'était tout à fait possible.

Elle l'avait vu sur le dos et le visage de personnes qui s'étaient suicidées en sautant du haut d'un immeuble. L'impact faisait souvent éclater la peau. Zoë sentit comme un poids glacé dans son estomac.

— Vous avez soulevé la bâche ? demanda Ben qui, penché en avant, essayait de voir dessous. On peut regarder ?

— Le légiste tient à ce que personne d'autre n'y touche. Il a dit que vous verrez à l'autopsie. Il veut, et moi aussi, qu'on l'amène comme ça à la morgue. Avec la bâche.

— J'imagine que le meurtre a un côté sexuel.

Le CUSC renifla.

— Oui. On peut dire ça. Un côté franchement sexuel.

Ben regarda sa montre et se tourna vers Zoë.

— Alors ? Qu'est-ce que tu veux faire ?

Elle arracha son regard au visage de Lorne et le porta sur le policier qui, de l'autre côté de la tente, collait une étiquette sur le sac contenant les chaussures.

— Je… j'ai envie de marcher un peu, murmura-t-elle.

3

Pendant quelque temps, Lorne Wood avait fait partie du petit groupe de Millie et Sophie puis, un an plus tôt environ, elle s'était éloignée des deux filles. Peut-être n'avait-elle pas eu tellement de choses en commun avec elles au départ : elle fréquentait une autre école, elle avait une année de plus et Sally l'avait toujours trouvée plus sophistiquée. En tout cas, elle était la plus jolie et semblait le savoir. Blonde aux yeux bleus, avec une peau laiteuse. Une vraie beauté.

Les adolescents rassemblés autour de l'ordinateur dans le bureau d'Isabelle tentaient de recueillir toutes les rumeurs, de reconstituer ce qui s'était passé à partir de Facebook et Twitter. Les informations étaient peu nombreuses, la police n'avait fait aucune autre déclaration depuis celle de la matinée confirmant la disparition. Apparemment, la dernière personne ayant vu Lorne était sa mère, la veille, dans l'après-midi, alors qu'elle partait à pied faire du shopping en ville. Elle ne s'était pas connectée depuis sur sa page Facebook et n'avait reçu aucun appel sur son portable : quand ses parents avaient essayé de la joindre, l'appareil était éteint.

— Ce n'est peut-être qu'une dispute, suggéra Isabelle une fois que les enfants furent ressortis. « Ras-le-bol des parents, je fugue avec mon copain. » Je l'ai fait à son âge, pour donner une leçon à papa-maman, ce genre de truc.

— Probablement, acquiesça Sally. Enfin, peut-être.

Il était près d'une heure et demie, il était temps de partir. Elle commença à rassembler ses affaires en songeant à Lorne. Elle ne l'avait rencontrée que trois ou quatre fois mais gardait le souvenir d'une fille déterminée à l'air un peu triste. Elle se rappela un jour où elle était assise avec elle dans le jardin, du temps où elle vivait encore avec Julian dans la maison de Sion Road. Lorne avait déclaré tout à trac :

« Millie a de la chance. Je veux dire, d'être la seule.

— La seule ?

— Pas de frère ni de sœur. »

Sally avait été surprise.

« Je croyais que tu t'entendais bien avec ton frère.

— Pas vraiment.

— Il n'est pas gentil avec toi ?

— Oh, si, très gentil. Il est aimable, il est charmant. Et intelligent, récita-t-elle en écartant sa chevelure de son joli visage. Parfait, quoi. Il fait tout ce que veulent papa et maman. Voilà pourquoi je dis que Millie a de la chance. »

Cette conversation était restée dans l'esprit de Sally et elle lui revenait maintenant aussi clairement que si elle avait eu lieu la veille. Elle n'avait jamais entendu personne se plaindre d'avoir un frère ou une sœur. Des gens le pensaient peut-être mais ne l'exprimaient jamais à voix haute.

— Ah, je n'aime pas qu'ils fassent ça.

Sally leva les yeux, vit Isabelle devant la fenêtre, regardant le jardin, le front plissé.

— Je leur ai répété cent fois, pourtant.

Sally alla la rejoindre. C'était un jardin tout en longueur, planté d'arbres fruitiers et entouré d'immenses peupliers qui ployaient et bruissaient au moindre souffle de vent.

— Où ils sont ?

Isabelle tendit le bras.

— Tu les vois ? Là-bas au fond. Assis sur l'échalier. Je sais ce qu'ils ont en tête.

— Vraiment ?

— Oh, oui. La ferme de Pollock. Ils se demandent s'ils peuvent y descendre en douce sans qu'on les voie.

La maison d'Isabelle se trouvait à trois kilomètres au nord de Bath, sur l'escarpement où les pentes raides de Lansdown s'aplanissaient. Au nord-ouest, la plaine et les terrains de golf ; à l'est, au bout du jardin d'Isabelle, la ferme de Pollock. Cela faisait trois ans qu'elle était abandonnée, depuis que son propriétaire, le vieux Pollock, était devenu fou et avait commencé à boire, selon la rumeur, du parasiticide pour moutons. Dans les champs, les mauvaises herbes avaient étouffé les cultures, les têtes brunes d'épis de maïs morts pendaient sur leurs tiges. Des machines agricoles à moitié démontées rouillaient dans les chemins ; les auges à cochons étaient remplies d'eau de pluie stagnante et les rats, pénétrant dans les pyramides d'ensilage en voie de décomposition, les avaient rongées jusqu'à ce qu'elles ressemblent aux ruines d'une civilisation oubliée. L'endroit était notoirement dangereux, non seulement à cause de tout ce qui pouvait arriver dans un champ mais parce que le terrain s'arrêtait abruptement, interrompu par une ancienne carrière qui découpait un à-pic dans le flanc de la colline. La ferme se trouvait au fond de la carrière et, du haut des champs, on pouvait voir son toit à travers les branches des arbres. C'était là que le vieux Pollock était mort, dans son fauteuil, devant le poste de télévision. Il y était resté des mois, tandis que les saisons passaient et que la maison se délabrait, jusqu'à ce qu'un toxico en quête d'un endroit tranquille le découvre.

— Les garçons sont intenables, depuis. Cette ferme les attire comme un aimant. Chacun pousse l'autre à y aller. Ils adorent se faire peur, se lancer des défis.

Avec un soupir, Isabelle quitta la fenêtre pour retourner à la cuisinière où la tarte à la mélasse refroidissait sur une grille.

— Ils n'écoutent rien de ce que je leur dis. Ils prétendent qu'ils n'y mettent plus les pieds mais je sais qu'ils continuent à y aller. Ou si ce n'est pas eux, c'est quelqu'un d'autre. J'y suis passée il y a un mois, j'ai vu des paquets de chips partout, des bouteilles de cidre, toutes sortes de saletés. L'un d'eux finira par marcher sur une seringue. J'ai trouvé une cannette de bière dans la corbeille de Nial l'autre jour et je n'ai pas confiance en Peter. Il a des croûtes autour de la bouche, tu sais ce que ça veut dire ?

— Non.

— Moi non plus, mais j'ai tout de suite pensé à la drogue. Je devrais peut-être en parler à sa mère. En tout cas, cet endroit…

Isabelle tendit le bras vers la fenêtre.

— … ça n'arrange pas les choses. Vivement que la succession soit réglée et que quelqu'un l'achète. J'ai dit je ne sais combien de fois au jardinier de condamner l'échalier mais il ne se décide pas à le faire. Les enfants sont à un âge difficile et on pense forcément…

Elle frissonna, jeta un coup d'œil au sac de son amie, songea peut-être au visage de Millie sur la lame de tarot. Ou à Lorne Wood. Disparue depuis seize heures. Puis son expression s'éclaira.

— Ne te tracasse pas, je surveillerai ta fille et je la conduirai chez Julian à six heures. Tu n'as aucune raison de t'inquiéter.

4

Ce printemps-là, Lorne Wood avait pris l'habitude de faire des emplettes en ville avant de rentrer chez elle en traversant Sydney Gardens et en empruntant le chemin de halage jusqu'à sa maison, située à huit cents mètres à l'est. Sydney Gardens était le plus ancien parc de Bath, célèbre pour sa copie du temple romain de Minerve. Et pour ses rôdeurs de pissotières : il suffisait de s'écarter d'un pas de l'allée pour découvrir un jeune homme bien habillé se tenant timidement dans les broussailles, un sourire plein d'espoir aux lèvres. Les parents obligeaient leurs enfants à presser l'allure quand ils passaient devant les toilettes et les gens qui promenaient leur chien dans le parc amenaient réguliè-rement chez le vétérinaire un animal à moitié étouffé par un préservatif usagé abandonné dans l'herbe. Une voie de chemin de fer traversait le parc et la police en avait déjà soigneusement fouillé les abords car il était arrivé qu'un train heurte un corps, le déchiquette et éparpille les morceaux au point de le faire disparaître. Mais ce n'était plus un cadavre que les équipes de recherches s'efforçaient de trouver. C'était des traces de l'itinéraire de Lorne du centre-ville à l'endroit où elle avait été assassinée.

Zoë et Ben longeaient le canal en silence. De temps en temps, l'un d'eux s'arrêtait pour inspecter les broussailles, sur la droite, ou baissait la tête pour sonder l'eau dans l'espoir d'y apercevoir quelque chose qui aurait échappé aux autres équipes. Après avoir parcouru près de cinq cents mètres en direction du centre-ville, Zoë fit halte devant une grille surmontée d'une glycine dont les grappes commençaient à s'ouvrir. Elle donnait accès au parc et c'était probablement par là que Lorne avait rejoint le chemin de halage. Les deux inspecteurs se penchèrent, examinèrent la boue entre leurs pieds.

— C'est ça qu'on a retrouvé sur ses chaussures ? demanda Ben.

— Ça a la même couleur.

Ben se redressa pour regarder le chemin, les flaques qui recouvraient le gravier. Il avait plu la veille mais le soleil séchait maintenant le sol.

— Y a des tas de coins de Bath où la boue a cette couleur, fit-il observer. C'est à cause du calcaire de la terre.

Zoë considéra les flaques en pensant aux chaussures. Des ballerines. Pas très pratiques pour une balade sous la pluie, mais toutes les filles en portaient.

Les mains dans les poches, Ben regarda le ciel en clignant des yeux.

— Qu'est-ce qu'on va trouver sous cette bâche, d'après toi ?

— Va savoir.

— Inspecteur ?

Le constable Goods, qui faisait partie d'une des équipes de recherches, s'approchait d'eux en agitant le bras pour attirer leur attention.

— Il y a une femme qui veut vous parler.

— Une femme ?

— Elle fait partie de ceux qui vivent sur les péniches. Du canal, ils avaient vue sur la scène de crime avant qu'on installe les écrans et ils connaissent le coin. Cette femme dit qu'elle a vu le corps – enfin, aperçu.

— Super.

Zoë remonta le chemin d'un pas rapide, suivie de Ben. Ça bouillonnait dans sa tête : ce serait bien, vraiment bien d'ajouter une affaire de meurtre résolue à son palmarès. Elle pourrait annoncer aux collègues et à la famille de Lorne Wood qu'elle avait trouvé le coupable. La personne qui avait enfoncé une balle de tennis dans la bouche de leur fille. Et qui lui avait fait Dieu sait quoi d'autre.

La péniche était amarrée pas très loin du parc, à quatre cents mètres de la scène de crime. Elle était peinte de couleurs vives, avec des fleurs barbouillées sur la cabine, et son nom, *Elfwood*, gravé sur la poupe. Sur le toit, autour de la petite cheminée, on avait entassé du charbon, du bois, des bouteilles d'eau et un vélo. Ben frappa deux fois puis sauta sur le pont et se pencha pour regarder dans la cabine.

— Il y a quelqu'un ?

— Je suis là, répondit une voix. Entrez.

Zoë et lui descendirent les marches, courbèrent la tête pour éviter le plafond bas. C'était comme pénétrer dans la caverne d'Ali Baba : toutes les surfaces – les cloisons, les portes des éléments – étaient ornées de

34

trois nymphes sculptées dans le bois. Aux fenêtres pendaient des rideaux d'étamine aux tons violet et rose et tout avait une odeur de chat et de patchouli. Le jour éclairait l'endroit juste assez pour qu'ils distinguent une femme d'une cinquantaine d'années aux très longs cheveux bouclés teints au henné, assise sur l'une des banquettes, une cigarette roulée entre les doigts. Une couronne de fleurs lui ceignait la tête, et les pans de sa grande cape de velours attachée au cou s'écartaient pour révéler un chemisier de dentelle et une jupe parsemée de minuscules miroirs en or. Ses jambes et ses pieds nus, glissés dans des sandales à semelles de caout-chouc, étaient blancs comme la graisse de canard des bocaux alignés sur les étals du marché français de Bath en été.

— A la bonne heure, dit-elle après avoir tiré une longue bouffée. Ça fait plaisir de voir que la police fait quelque chose d'utile au lieu d'arrêter des innocents.

— Je suis l'inspecteur Benedict, se présenta Zoë en tendant la main.

La femme ficha la cigarette entre ses lèvres pour lui serrer la main. Elle examina Zoë à travers la fumée et parut satisfaite.

— Amy, dit-elle. Et lui, c'est qui ?

— L'inspecteur Ben Parris.

Ben tendit lui aussi la main et Amy la serra en le lorgnant avec méfiance. Puis elle ôta la cigarette de sa bouche et leur fit signe de s'asseoir.

— Pas de thé : le générateur a claqué il y a deux semaines et je ne tiens pas à faire mon numéro devant vous avec mon réchaud de camping.

— Ça ne fait rien, ce ne sera pas long, assura Zoë en sortant son calepin.

Malgré les progrès technologiques, la police aimait encore tout noter à la main. Zoë prenait généralement la précaution d'enregistrer aussi les déclarations avec son iPhone. En principe, elle n'en avait pas le droit sans demander l'autorisation, mais elle le faisait quand même. Elle avait mis au point une technique : elle passait rapidement la main sur sa poche, pas besoin de voir les touches, elle appuyait, *bip-bip*, et elle enregistrait en jouant la comédie avec son carnet.

— Le constable nous a informés que vous avez quelque chose à nous dire.

— Oui, confirma Amy en clignant de ses yeux vifs striés de capillaires éclatés. J'ai vu le corps. On est beaucoup à l'avoir vu.

— C'est regrettable, dit Ben. Nous faisons de notre mieux pour masquer la scène de crime, mais nous n'y arrivons pas tout le temps.

— Vous savez qu'on peut voir l'âme quitter le corps ? Si vous regardez bien, vous pouvez la voir.

Zoë baissa la tête et feignit d'écrire sur son calepin. Si Goodsy les avait dérangés pour entendre quelqu'un délirer sur les âmes et les esprits, elle allait l'étrangler.

— Donc… euh, vous avez vu l'âme de la morte ? Quitter son corps ?

Amy secoua la tête.

— Son âme était déjà partie. Depuis longtemps.

— Depuis combien de temps ?

— Depuis qu'elle était morte. Hier soir. Elles ne traînent pas, les âmes, il faut être là pendant la première demi-heure.

— Comment vous savez que c'était hier soir ?

— A cause du bracelet.

Ben haussa les sourcils.

— Le bracelet ?

— La fille portait un bracelet. Je l'ai vu. Quand on a trouvé son corps, j'ai vu le bracelet.

Amy ne se trompait pas, Lorne portait un bracelet. Un bracelet à breloques auquel pendaient un crâne et des couverts miniatures – un couteau, une fourchette, une cuiller – plaqués argent. Ainsi qu'un « 16 » porte-bonheur qu'on lui avait offert pour son anniversaire. Les parents l'avaient précisé dans leur déclaration au Service des personnes disparues.

— Pourquoi le bracelet vous fait croire qu'elle a été tuée hier soir ?

— Parce que je l'ai entendu tinter, répondit Amy. Hier soir.

Elle tira une autre bouffée, la garda un moment dans ses poumons puis la relâcha en un long jet bleuâtre.

— On entend tout d'ici. On sait tout de la vie des gens. Ils prennent tous le chemin de halage, on a droit aux disputes et aux bagarres, aux fêtes et aux amoureux. Enfin, le plus souvent, c'est juste des sonnettes de vélo. Hier soir, c'était une jeune avec un truc qui faisait *ding-ding*.

Amy tendit le pouce et l'index, les écarta et les fit se toucher comme un petit bec.

— *Ding-ding*, répéta-t-elle.

— D'accord. Vous avez entendu autre chose ?

— A part le bruit ? Pas grand-chose.

— Pas grand-chose ?

— Non. A moins de compter la conversation.

— La conversation ? Il y a eu aussi une conversation ? demanda Ben.

— Au téléphone. Avec l'habitude, on sait si c'est au téléphone. Au début, quand je me suis installée ici, je croyais que les gens parlaient à un fantôme : ils se baladaient en causant, personne ne répondait. Il m'a fallu du temps pour comprendre. Je ne suis pas portée sur tous ces trucs modernes : je n'ai pas de portable et je n'en veux pas. Merci bien.

Elle eut un petit hochement de tête poli comme si Ben lui avait proposé un téléphone gratuit et qu'elle se voyait contrainte de le refuser.

— Et vous pensez que c'était Lorne ?

— J'en suis sûre.

— Vous l'avez vue ?

— Rien que ses pieds. Elle portait les mêmes chaussures que celles qu'on a retrouvées près du corps. Je les ai vues aussi, quand on a découvert le cadavre. Je remarque ce genre de choses.

— Il était quelle heure ?

— Un peu avant huit heures, peut-être. C'était calme, l'heure de pointe était passée. Je dirais sept heures et demie, huit heures moins le quart.

— Vous êtes sûre ?

— Certaine.

Zoë et Ben échangèrent un regard. Lorsque les parents de Lorne Wood avaient prévenu la police, le policier chargé des personnes disparues avait consulté la liste des appels du portable de l'adolescente et constaté qu'elle avait eu une conversation la veille au soir avec une amie – une conversation qui s'était terminée à 19 h 45. Probablement celle qu'Amy avait entendue. Ce qui leur donnait l'heure exacte à laquelle la victime se trouvait sur le chemin de halage.

— Vous avez saisi de quoi elle parlait ? demanda Ben.

— Je n'ai entendu qu'une chose. Une seule. Elle a dit : « Bon Dieu, j'en ai assez… »

— « Bon Dieu, j'en ai assez » ?

— Oui.

— Elle était bouleversée ?

— Elle en avait marre, plutôt. Elle ne pleurait pas ni rien. Elle était triste, mais pas effrayée.

— Et elle était seule, c'est sûr ? Vous n'avez entendu personne d'autre ? insista Ben.

— Non. Elle était seule.

— Elle a dit : « Bon Dieu, j'en ai assez » et…

— Et elle est passée. *Ding-ding-ding.*

Amy coinça la cigarette entre ses dents, plissa les yeux dans la fumée et agita la main en direction de la scène de crime.

— Elle allait par là. Vers où ça s'est passé. Je n'ai plus rien entendu après. Jusqu'à ce qu'on la retrouve morte. Et violée, je suppose. C'est de ça qu'il s'agit presque toujours : les hommes et leur haine des femmes.

Et violée, je suppose. Zoë leva les yeux, regarda par la fenêtre le soleil qui tombait sur le chemin et se demanda ce qu'il y avait sous la bâche dont on avait recouvert la jeune fille. Pour dire la vérité, elle aurait bien aimé couper à l'autopsie. Pas moyen, bien sûr. Cela ferait le tour du service en un rien de temps.

Ils s'attardèrent un peu chez Amy mais, à part la conversation téléphonique, elle n'avait aucune autre information à leur livrer. Finalement, Ben se leva et dit :

— Vous nous avez été très utile. Merci beaucoup.

Il était déjà sur le pont quand Zoë se leva à son tour et elle s'apprêtait à quitter la cabine lorsqu'une toux forcée, derrière elle, la fit s'arrêter. Elle se retourna, vit Amy qui la regardait en souriant, un doigt sur les lèvres.

— Quoi ?

— Lui, chuchota l'occupante de la péniche en tendant le doigt vers Ben. Pas la peine de perdre votre temps avec ce type. Il est homo. Ça se voit à sa façon de s'habiller.

Zoë regarda de nouveau en direction de l'escalier, où l'ombre de Ben, qui attendait sur le pont au soleil, s'étirait sur les premières marches. Elle observa les chaussures coûteuses, soigneusement astiquées, de son collègue, son costume – probablement du prêt-à-porter de chez Marks & Spencer – qu'il réussissait à porter comme si c'était un Armani. Amy avait raison : il ressemblait à une publicité pour après-rasage.

— On ne devrait pas parler de ça, murmura Zoë. Ce n'est pas le moment.

— D'accord, mais il l'est, hein ? Allez, c'est obligé.

— Franchement, je n'en sais rien. Je ne me suis jamais posé la question. Bon…

Zoë consulta sa montre.

— Il faut que j'y aille. Merci, Amy. Vous m'avez donné à réfléchir.

imaginait qu'elles parlaient d'elle après la journée de travail et se promettaient mutuellement de ne jamais sombrer dans le désespoir et la déprime comme cette pauvre fille.

Ce jour-là, elles vinrent la prendre au bout de la longue allée de la maison d'Isabelle. Chaussées de talons hauts, elles portaient un jean blanc sous leur tablier rose, passaient les bras par les fenêtres et frappaient sur les portières au rythme de la musique de l'autoradio. Comme elles avaient une vingtaine d'années et qu'elles se fichaient royalement du sort d'une lycéenne des beaux quartiers, Sally ne leur parla pas de la disparition de Lorne. Assise à l'arrière, elle mâchonnait un chewing-gum pour masquer l'odeur de vin de son haleine et regardait défiler la haie en s'efforçant de se rappeler ce qu'elle savait d'autre de Lorne Wood. Elle avait rencontré une fois sa mère : Polly, ou Pippa, quelque chose comme ça. Isabelle avait peut-être raison : Lorne pouvait avoir fugué parce que quelque chose n'allait pas à la maison. Mais disparaître ? Disparaître pour de bon ? D'après ce que les enfants avaient lu sur Twitter, la police prenait l'affaire au sérieux, comme s'il était arrivé quelque chose de grave.

Le client, David Goldrab, habitait après l'hippodrome, le long de la principale voie de sortie de Bath, dans une rue située derrière Hanging Hill, là où s'était déroulée près de quatre siècles plus tôt la grande bataille de Lansdown entre royalistes et partisans du Parlement. C'était un drôle d'endroit, principalement connu pour la curiosité locale qu'on appelait la Chenille, un alignement d'arbres au sommet de la colline qu'on pouvait voir à des kilomètres à la ronde, mais que Sally trouvait sinistre. Comme s'il était contaminé par son passé, il semblait y flotter un air de corruption. Selon la rumeur locale, les lingots volés dans l'entrepôt de Brinks Mat y auraient été fondus par un trafiquant d'or de Bristol. Il y avait quelque chose qui mettait Sally mal à l'aise à la fois chez David Goldrab et dans sa maison, Lightpil House. Le parc, avec ses arbustes, ses allées de gravier, ses bassins et ses bosquets, avait été créé de toutes pièces dix ans plus tôt par des paysagistes équipés de pelleteuses et de bulldozers et semblait totalement déplacé. Le bâtiment lui-même était moderne et donnait l'impression d'écraser son environnement. Construit avec la même pierre jaune clair que toutes les maisons de Bath, dans un style censé rappeler une villa palladienne, il était agrémenté d'un immense portique et d'une orangerie aux baies vitrées surmontées d'une rangée d'arches. Des grilles aux barreaux terminés par des pommes de pin argentées en gardaient l'entrée.

Marysieńka conduisit la Honda sur la route qui faisait le tour des lieux pour aboutir à une petite aire de stationnement cachée derrière la bâtisse. De là, portant leur matériel de nettoyage, elles empruntèrent l'allée sinuant entre la piscine et les haies de rhododendrons et de céanothes soigneusement taillés. La porte était ouverte, la maison silencieuse, mis à part le son du poste de télévision dans la cuisine. Ce n'était pas inhabituel : très souvent, elle ne voyait pas David Goldrab. L'agence avait clairement précisé qu'il ne voulait pas être dérangé. Parfois, il traversait nonchalamment la cuisine en peignoir de bain et tongs, un téléphone portable coincé sous le menton, une télécommande à la main, faisant la grimace et secouant la tête lorsque la

Sky box refusait de coopérer mais, le plus souvent, il restait dans son bureau de l'aile ouest ou se rendait aux écuries auxquelles il confiait son cheval de jumping, Bruiser. Il laissait dans la cuisine la liste des tâches à accomplir et de l'argent liquide dans une enveloppe pour les trois filles. Il ne recevait pas beaucoup de visites et, même s'il n'était ni soigneux ni très propre, c'était parfois bizarre de nettoyer des sols, des lavabos et des toilettes qui n'avaient pas été utilisés depuis leur dernier passage. Elles auraient pu fermer la porte de chaque pièce et se limer tranquillement les ongles, vaporiser une dose de cire liquide dans l'air et partir. Personne n'aurait vu la différence. Mais elles avaient toutes secrètement un peu peur de Goldrab, avec son système de sécurité, ses grilles à ouverture télécommandée et sa caméra de surveillance montée au-dessus de la porte d'entrée. Alors, pour plus de sûreté, elles faisaient le ménage, que ce soit nécessaire ou non.

Elles se mirent au travail. D'épais tapis aux tons bleus et roses couvraient le parquet d'un mur à l'autre. Des appliques en cuivre soigneusement astiquées ornaient les murs ; chaque fenêtre était surmontée d'une cantonnière et tendue de rideaux à franges en luxueuse soie bleue ou or. Il fallait tout épousseter. La maison se composait de deux ailes reliées par des couloirs au cœur du bâtiment où se trouvaient cuisine et pièces à vivre. Les jeunes Polonaises prirent chacune une aile tandis que Sally commençait le repassage dans la buanderie.

Il y avait toujours une pile de chemises en popeline rayée, dans un éventail de teintes pastel : rose, vert et jaune. Sur chacune d'elles était cousue à la main une étiquette portant l'inscription « Ede & Ravenscroft », joliment calligraphiée. Disparue, pensa Sally en remplissant d'eau le fer à vapeur pour repasser la première chemise. « Disparue », ce n'est jamais bon. Pas quand il s'agit d'une adolescente de bonne famille. Puis elle se demanda si la police aurait besoin de l'interroger, si on enverrait un constable à leur cottage, s'il remarquerait la façon dont Millie et elle vivaient et s'il en parlerait à Zoë. Laquelle ne serait pas vraiment surprise que sa crétine de sœur au sourire plein d'espoir et aux yeux remplis d'étoiles ait enfin obtenu du monde ce qu'elle méritait.

Elle repassait depuis dix minutes quand Goldrab apparut dehors. Il sortait du garage et traversait d'un pas vif l'allée de gravier. Il n'était pas très grand mais massif – les Polonaises l'appelaient le Gros –, solidement bâti, avec un visage bronzé d'un bout à l'autre de l'année sous des cheveux gris coupés ras.

Ce jour-là il portait une chemise de polo jaune citron, une culotte de cheval, de hautes bottes italiennes et il se tapotait la cuisse avec sa cravache en marchant. Il devait revenir des écuries situées un peu plus loin sur la route, à Marshfield. Il n'avait pas ôté ses bijoux pour monter et le soleil faisait étinceler le médaillon qu'il portait autour du cou et le clou en or fiché dans son oreille. Il entra par l'orangerie, s'arrêta brièvement dans la cuisine et claqua la porte du réfrigérateur. Puis il s'avança dans la buanderie.

— La seule façon de terminer une bonne séance de dressage, déclara-t-il.

Il tenait d'une main une flûte en cristal de champagne rosé, de l'autre un sachet de cacahuètes.

— Les cacahuètes pour remplacer le sel que j'ai perdu, le Heidsieck pour maintenir un rythme cardiaque élevé. La seule façon. C'est ce que m'ont appris les meilleurs dresseurs de chevaux du Piémont.

Son anglais hésitait entre l'accent australien et ceux d'East London et de Bristol : ses U tiraient sur le A. Sally ignorait d'où il venait mais il n'était certainement pas né dans une vaste maison comme Lightpil House. Elle n'interrompit pas son repassage mais, s'il remarqua ce manque de réaction, cela ne le dérouta absolument pas. Il se laissa choir dans un fauteuil pivotant installé dans un coin, lui fit opérer un quart de tour pour pouvoir allonger ses jambes sur le plan de travail. Il sentait l'après-rasage et le cheval, son front portait encore la marque de la bombe.

— Je suis verni, vous savez.

Il se servit de ses dents pour ouvrir le sachet, fit tomber des cacahuètes au creux de sa main et commença à les lancer dans sa bouche.

— Je suis verni parce que j'ai du flair pour choisir les gens à qui je peux faire confiance. Je l'ai toujours eu. Ça m'a évité des tas de problèmes. Et vous, Sally, je vous ai déjà calculée. Vous êtes là, dit-il en se tapotant la tête. Déjà classée. Je sais ce que vous êtes.

Elle avait l'habitude de ses tirades, elle l'avait entendu au téléphone avec sa mère, commentant ce qu'il venait de voir aux informations : il en était tout retourné et sa piètre opinion de la race humaine empirait chaque jour. Sally avait surtout appris qu'elle n'était pas censée répondre à ses monologues, qu'il avait simplement besoin de parler. Cette fois, cependant, c'était plus personnel. Elle continua à repasser mais écouta plus attentivement.

— Je sais quelque chose que vous n'avouerez jamais à personne, poursuivit-il en lui adressant un sourire.

Un lent sourire qui découvrit toutes ses dents et lui fit penser à un rat.

— Je sais que ce boulot vous tue. Une femme comme vous ? Gratter la merde des chiottes des autres ? Vous n'avez pas été élevée pour faire ça. Les deux grognasses de Pologne, je les regarde et je me dis : femmes de ménage. C'est ce qu'elles font maintenant, c'est ce qu'elles feront encore à quatre-vingts ans. Vous, vous êtes différente, vous avez connu mieux et vous avez horreur de ce travail. Chaque sol que vous récurez, chaque drap taché que vous changez, ça vous tue.

Le visage de Sally s'empourpra, comme toujours quand elle ne savait pas quoi dire. Elle tenta de rester concentrée sur la chemise, elle la secoua, en aplatit le col, elle appuya sur le bouton du fer. Il émit un jet de vapeur sifflant qui la fit légèrement sursauter.

David Goldrab l'observait avec amusement en faisant tourner son fauteuil d'un côté puis de l'autre.

— Sally, je pense qu'une fille bien comme vous mérite un boulot convenable.

— C'est quoi, un « boulot convenable » ?

— Je vous explique. Je vous donne une petite leçon de David Goldrab. Quand je pars travailler – je n'ai plus souvent à le faire, maintenant, *Gottze dansk*, mais quand je le fais, je dois m'occuper des gens. Et m'en occuper concrètement, si vous voyez ce que je veux

47

dire. Ici, c'est mon refuge, l'endroit où je viens pour être seul, et je veux surtout pas me retrouver entouré de personnel – vous comprenez ça, hein ? J'aime avoir mes aises. Mais j'ai un parc de cinq hectares, une maison de plus de quatre cents mètres carrés. Pas la peine de vous dire qu'une superficie pareille, ça demande des soins attentifs. L'extérieur, c'est réglé : le gars de la piscine passe tous les quinze jours et il y a le débile qui habite le cottage entre cette propriété et celle du voisin. Il s'occupe des faisans, m'arrange une chasse quand je suis assez bête pour inviter des gens à venir de Londres. Je leur laisse une liste des choses à faire, comme à vous, je verse leur salaire directement sur leur compte en banque, je ne leur parle qu'au téléphone. Parfait. Sauf que ça ne suffit pas, à cause de la maison. Vous tournez le dos une seconde et avant que vous vous en rendiez compte, la baraque s'écroule autour de vous.

« Traitez-moi de snob, continua-t-il, une main sur le cœur, une expression de martyr sur le visage, mais je ne supporte pas de parler à ces putains de bouseux qui viennent ici pour faire ces petits boulots, qui laissent traîner leurs doigts dégoûtants sur le parquet en clignant de leur œil unique.

Il fourra d'autres cacahuètes dans sa bouche, agita la flûte de champagne.

— Je ne veux même pas les voir, ces singes. Je veux rester en haut à regarder Britney Spears se foutre à poil sur MTV, sans savoir que le débile débouche mes canalisations au rez-de-chaussée. C'est là que vous intervenez. Je veux toujours que vous vous occupiez du ménage mais je veux aussi que vous fassiez le tour de la maison chaque semaine pour dresser la liste de ce qu'il faut faire. Ensuite vous organisez tout ça : vous recevez ces connards, vous leur offrez du café – ou ce que bon leur semble, à ces tarés –, vous les payez et vous prenez note de ce que je casque. Vous voyez où je veux en venir ?

— En gros, vous cherchez une gouvernante ?

— Vous dites ça comme vous diriez : « En gros, David, vous cherchez une suceuse de bite. » Je vous offre vingt livres de l'heure, au black. Pas d'impôts. Six heures par semaine sur deux après-midi. Le mardi et le jeudi, par exemple. Une fois que j'ai versé à l'agence mes quinze livres de l'heure pour vous, il vous en revient combien ?

Sally baissa les yeux, gênée.

— Quatre. Ils prélèvent toutes les cotisations.

— Vous voyez ? Vous devez bosser cinq heures pour gagner ce que je vous propose pour une seule.

Sally garda un moment le silence, calcula dans sa tête. Il avait raison. Cela faisait beaucoup d'argent. Et pour ces deux jours-là, elle avait des créneaux libres qu'elle voulait remplir depuis longtemps.

— Allez, Sally. Vous dites à l'agence que vous n'êtes pas dispo ces deux après-midi et vous venez ici à la place.

Il renversa la tête en arrière, vida le sachet dans sa bouche, mâcha le reste des cacahuètes, avala, s'essuya les lèvres du dos de la main.

— Faites pas cette tronche. Y a pas d'arnaque et je suis pas en train de vous draguer.

— Et les deux autres ? Danuta et Marysieńka.

— Je les vire. Je dis à l'agence que je n'ai plus besoin de femmes de ménage. Je ne fréquente pas les petites pouffes comme elles, avec leurs nichons qui pendouillent.

— Mais… elles comptent sur ce travail.

David Goldrab haussa les épaules. Poussant sur ses pieds, il expédia le fauteuil en arrière, le fit tourner, l'arrêta et adressa à Sally un grand sourire.

— Vous savez quoi ? Vous êtes une bonne chrétienne et grâce à vous, je vois maintenant mon erreur. Ces foutues Polacks ont besoin de cet argent, je vais faire ce qu'il faut.

Il se leva, se dirigea vers la porte.

— J'appelle l'agence, je renégocie le contrat. Je me plains de votre travail, je dis que je ne veux plus de vous mais que les deux salopes polonaises peuvent rester.

Avec un clin d'œil, il ajouta :

— Je pourrais même doubler leur salaire. Ça devrait leur donner le sourire.

6

— J'étais réticent à discuter de ça sur la scène de crime, disait le médecin légiste.

Il se tenait près de Ben et Zoë devant la table de dissection de la morgue de l'hôpital et penchait la tête vers les restes de Lorne Wood. La salle était fermée, un policier en uniforme était en faction de l'autre côté de la porte. Seules autres présences, un assistant et le photographe.

— Mon expérience me conseille, dans une affaire de ce genre, de fournir un minimum d'informations. De limiter le nombre de gens au fait des détails.

Le photographe fit le tour du corps en le mitraillant sous tous les angles, s'approcha de la bâche qui recouvrait encore la jeune fille jusqu'en haut de la poitrine. Exactement comme sur le lieu du crime. Zoë regardait, les lèvres pincées. Elle s'était déjà trouvée dans cette pièce avec le légiste mais il s'agissait à chaque fois d'affaires transparentes. Toutes épouvantables et tragiques mais claires : la plupart du temps, une querelle de bar ayant mal tourné. Il y avait eu une fois une

51

victime tuée avec un fusil de chasse : la femme d'un fermier. Cette fois, ça n'aurait rien à voir.

Lorsque le photographe eut terminé, le médecin légiste se posta près de la tête de Lorne et, avec l'aide d'une torche électrique, examina son nez, souleva les paupières et braqua la lumière dans les yeux.

— C'est dû à quoi, ce sang ? demanda Zoë. Celui qui a coulé de la bouche.

Le légiste décolla une extrémité du ruban adhésif et recula pour que Zoë puisse voir. Aux coins de la bouche de Lorne, la peau était tendue autour de la balle de tennis. Et les commissures avaient effectivement éclaté : deux fentes sanglantes d'un centimètre environ. Comme le CUSC l'avait prédit. Zoë hocha la tête.

— Merci, marmonna-t-elle avec raideur.

Elle se redressa, fit un pas en arrière.

— Je crois que la balle lui a aussi déboîté la mâchoire, reprit le médecin.

Il passa les deux mains sous les oreilles de la morte, palpa, les yeux au plafond.

— Ouais, déboîtée, confirma-t-il avant d'attirer l'attention du photographe. Vous prenez ça pendant que je tiens le ruban adhésif ?

Le silence se fit tandis que le photographe se remettait au travail. Zoë évitait de se tourner vers Ben et devinait qu'il ne cherchait pas non plus à croiser son regard. Ni lui ni elle n'avaient beaucoup parlé dans la voiture mais Zoë était sûre qu'il pensait aux mêmes choses qu'elle : par exemple, qu'est-ce qu'on allait trouver sous la bâche ? Le légiste mettait un temps atrocement long pour prélever des échantillons des cheveux de

Lorne et de ce qu'elle avait sous les ongles. Une éternité s'écoula avant qu'il pose la main sur la bâche.

— OK ? demanda-t-il en regardant les deux inspecteurs. Prêts ?

Ben et Zoë acquiescèrent.

Il rabattit lentement la bâche puis la fourra dans un sac que l'assistant lui présentait. Immobiles, Zoë et Ben fixaient la forme allongée devant eux. Enregistraient tous les détails.

Sous son tee-shirt Banksy, la jeune fille était nue. On lui avait écarté et relevé les jambes comme celles d'une grenouille, les genoux sur les côtés, les plantes des pieds jointes. D'abord, Zoë crut que Lorne avait le ventre couvert de plaies rouges puis elle s'aperçut que c'étaient des marques faites avec une sorte de substance cireuse rouge-orange.

— Qu'est-ce que c'est ? Du rouge à lèvres ?

— On dirait, fit le légiste.

Il remonta ses lunettes sur son nez, se pencha de nouveau, le front plissé.

— J'ai l'impression que ce sont des lettres. Vous pourriez peut-être…

Ben inclina la tête sur le côté et déchiffra ce qui était écrit sur l'intérieur de la cuisse :

— « *All like her…* » Toutes comme elle, c'est ça ?

— Et là ? demanda le médecin, indiquant le ventre, les lettres qui couraient sous les côtes, recouvraient le nombril. Ça me paraît clair.

— « *No one* » ? murmura Zoë. Personne ?

Elle regarda Ben comme s'il connaissait la réponse. Il secoua la tête, haussa les épaules.

— L'autre chose qui m'a frappé sur le lieu du crime, c'est ça, dit le légiste.

Il regarda sous les fesses de Lorne, poursuivit :

— Le meurtrier a retiré tous les vêtements – jean, socquettes, culotte –, il les a mis là sous le corps. Et à moins que je ne me trompe grossièrement, ils ne sont ni décousus ni déchirés.

— Elle l'a laissé la déshabiller ?

— Cela dépend de ce que vous entendez par « laisser ». Elle n'avait peut-être pas le choix. Elle n'était peut-être plus en état de résister.

— Vous voulez dire que lorsqu'il l'a violée, elle était…

Ben termina la phrase pour Zoë :

— … inconsciente. Il l'a assommée et il a abusé d'elle. Voilà pourquoi personne n'a rien entendu le long du canal.

— Je ne tire aucune conclusion, prévint le médecin. Je ne fais qu'indiquer les points sur lesquels nous devrions porter notre attention pendant cette autopsie. Laquelle…

Il remonta de nouveau ses lunettes, braqua la lampe flexible directement sur le visage de Lorne Wood.

— … prendra pas mal de temps. J'espère que vous n'avez rien prévu d'autre pour ce soir.

7

Dans la buanderie de David Goldrab, Sally tenait dans sa main droite le fer oublié et repassait dans son esprit les mots qu'il avait prononcés. *Vingt livres de l'heure. Au black. Pas d'impôts. Six heures par semaine.* Cent vingt livres par semaine à ajouter à sa paie. Millie et elle s'en tiraient de justesse pour la nourriture, le gaz et l'électricité, les impôts locaux et le paiement des intérêts. Quatre cent quatre-vingts livres de plus par mois leur permettraient de commencer à rembourser les emprunts. D'acheter un nouvel uniforme à Millie, un jean. Mais travailler pour David Goldrab, seule dans cette maison face à la grossièreté et aux fanfaronnades de cet homme… Elle hésitait.

Depuis le départ de Julian, chaque jour apportait une nouvelle difficulté, une nouvelle impasse. Et elle n'avait jamais le temps d'y réfléchir. Avant que les petites Zoë et Sally soient séparées et envoyées dans des pensionnats différents, elles regardaient de vieux films à la télévision le samedi avec leur mère. Dans l'un de ceux que Sally préférait, un personnage déclarait : « La moralité ? Nous n'avons pas les moyens d'avoir de la moralité. » C'était le sort du fond du panier : on laisse les principes – comme ne pas voler le boulot d'une autre – glisser en bas de la liste, quelque part entre la facture d'électricité et l'uniforme de l'école. On apprend à ravaler ce qu'on a envie de crier.

Sally reposa le fer, le rangea et alla à la cuisine. Debout dans le coin petit déjeuner, Goldrab se grattait la poitrine et zappait distraitement sur le téléviseur grand écran fixé au mur. Accroupie près de l'évier, leur tournant le dos, Danuta cherchait quelque chose dans les produits de nettoyage. A l'entrée de Sally, Goldrab haussa les sourcils comme s'il était surpris de la voir.

— Ça va, Sally ? Qu'est-ce que je peux faire pour vous, trésor ?

Par de furieux mouvements de menton, elle indiqua Danuta, qui continuait à fouiller dans le bas du placard.

Il regarda sans comprendre le dos de la Polonaise.

— Hein ? Quoi ?

Sally avala péniblement sa salive.

— Monsieur Goldrab, vous avez un moment ? Je dois vous parler de quelque chose.

Avec un petit sourire, il reporta son attention sur l'écran plat et se remit à zapper. Sally attendit tandis qu'il passait calmement d'une chaîne à l'autre, de fonds marins à un pic montagneux, puis à une femme allongée sur un lit, vêtue en tout et pour tout d'une culotte orange fluo et de socquettes de majorette, et qui fixait la caméra, un doigt dans la bouche. Parvenu à la dernière chaîne, il repartit en arrière, se tourna vers Sally et parut à nouveau surpris de la voir.

56

— OK, OK, grommela-t-il d'un ton agacé. Allez dans le bureau, je vous rejoins dans une minute. Vous n'allez pas me prendre la tête avec ça, quand même.

Le bureau, situé au rez-de-chaussée, était rempli d'ordinateurs, de matériel d'enregistrement et de coupes de golf exposées dans des vitrines. Sur les murs, des photos encadrées montraient David Goldrab bombant le torse près de chevaux de jumping, passant un bras autour de filles en bikini ou vêtu d'un smoking en compagnie de célébrités en qui Sally devina des candidats de programmes comme *X Factor*. Elle s'assit et attendit. Au bout de cinq minutes, il apparut, ferma la porte et s'assit en face d'elle.

— Bon, je peux faire quelque chose pour vous ?

— L'agence trouvera ça bizarre si je ne suis soudain plus libre deux après-midi par semaine et si vous annulez le contrat pour nous trois en même temps. Ils font attention à ce genre de chose.

Il sourit d'une oreille à l'autre et elle sentit l'odeur d'alcool de son haleine.

— Vous voyez ce que je disais ? Vous en avez dans le crâne. OK, j'appelle l'agence, je demande qu'on réduise les heures, que vous veniez moins souvent, vous et les deux pouffes, tous les dix jours par exemple. On reste comme ça deux mois et puis je vire les Polonaises. C'est tout bon pour vous. Et de toute façon…

Il sourit de nouveau et se pencha vers elle. Un moment, elle crut qu'il allait lui glisser un doigt sous le menton pour lui relever la tête.

— … c'est pas comme si je vous payais pour étrangler quelqu'un, hein ?

Sally ne sourit pas.

yeux. Et lorsqu'on ouvrit le corps de Lorne, Zoë demeura à côté d'elle et eut presque envie de lui tenir la main pour qu'elle ait moins mal. Complètement idiot, pensa-t-elle tandis que l'assistant disposait en silence les instruments, les écarteurs de côtes et diverses scies oscillantes sans fil. Comme si elle pouvait changer quoi que ce soit à toute cette merde.

Les médecins légistes avaient horreur qu'on les presse de formuler des conclusions avant que l'examen soit terminé. Absolument horreur. C'était dans leur rôle de résister, dans celui des flics d'insister et, de temps à autre, Ben ou Zoë lâchait une question, à laquelle le légiste répondait par un claquement de langue désapprobateur et quelques commentaires caustiques marmonnés à mi-voix sur l'impatience fondamentale, anti-scientifique, de la police. Pourquoi les gens ne pouvaient-ils pas attendre un véritable rapport au lieu de sortir certains de ses mots de leur contexte pour les servir sur un plateau à un avocaillon prenant des airs supérieurs ? Toutefois, à mesure que l'après-midi s'avançait, il commença lentement, à contrecœur, à leur livrer quelques détails. Le vagin et l'anus de Lorne présentaient des lésions mais n'avaient pas saigné, souligna-t-il. Indice que le viol avait peut-être eu lieu juste avant ou juste après la mort. Il avait procédé à des prélèvements et n'avait pas relevé pour l'instant de présence de sperme, ce qui laissait supposer que le violeur avait utilisé un préservatif. Ou un objet. Il y avait une plaie à l'arrière de la tête, probablement due à une chute. Le légiste présumait que Lorne avait été assaillie par-devant, ce qui concordait avec l'état de son visage. Elle avait aussi reçu un coup dans le ventre – un

coup de pied, peut-être – qui avait provoqué une hémor-
ragie interne.

— C'est de ça qu'elle est morte ?

Il secoua la tête, examina pensivement la paroi
interne de l'abdomen.

— Non, répondit-il au bout d'un moment. Cela
aurait fini par la tuer mais…

Il enfonça un doigt dans l'épaisse plaque de sang
coagulé qui s'était formée autour de la rate.

— … non. Il n'y a pas autant de sang qu'on pourrait
s'y attendre avec cette rupture de l'artère splénique. La
victime est morte peu après.

— De quoi, alors ? demanda Ben.

Le médecin releva la tête, le regarda fixement. Puis,
sans aucune expression sur le visage, il tendit le doigt
vers le morceau de ruban adhésif et la balle de tennis qui
se trouvaient maintenant dans un sac de mise sous
scellés et placés sur la table des pièces à conviction.

— Ce n'est pas une conclusion officielle, je dois
d'abord examiner le cerveau, mais si vous avez le nez
écrasé comme le sien et une balle de tennis dans la
bouche, comment vous respirez ?

— Elle est morte étouffée ? dit Zoë.

— Je pense que mon rapport ira dans ce sens.

Il éteignit sa lampe et se tourna vers eux.

— Vous voulez savoir comment ça s'est passé ? Il
l'a frappée en travers de l'arcade zygomatique, comme
ça…

Le médecin légiste leva un bras et, lentement, mima
un coup de poing porté à son propre visage.

— Une seule fois. La pommette brisée, le nez frac-
turé, elle tombe en arrière. Et quand elle est au sol, sans

doute étourdie, il lui enfonce la balle dans la bouche et la recouvre avec le ruban adhésif. Le sang commence à se coaguler dans le nez et, rapidement, les deux voies respiratoires sont obstruées.

Du dos du poignet, il remonta ses lunettes et commenta :

— Plutôt horrible.

— Elle serait morte accidentellement, alors ? avança Ben.

Le légiste fronça les sourcils.

— Que voulez-vous dire ?

— C'est important : le type pourrait prétendre qu'il n'avait pas l'intention de tuer, qu'il voulait simplement l'empêcher de crier. Je ne fais qu'anticiper sur une tentative de l'avocat pour ramener ça à un homicide involontaire.

— Non, il aurait pu ôter le ruban adhésif. Même si la victime avait perdu conscience, elle se serait automatiquement remise à respirer s'il lui avait enlevé son bâillon et l'avait secouée. Il aurait pu la sauver.

Zoë regardait Lorne en silence. A présent qu'on avait ôté le ruban adhésif, sa mâchoire pendait en un sourire mou. La langue ressemblait à un morceau de cartilage gris et gonflé niché dans l'émail blanc des dents. Quelques heures plus tôt, quand elle marchait le long du canal, Zoë se sentait motivée et pleine d'énergie. Plus maintenant. Elle leva les yeux, vit que Ben l'observait et détourna aussitôt la tête, tira son portable de sa poche et feignit d'y chercher quelque chose d'important. Personne ne devait penser qu'elle ne tenait pas le coup. Et surtout pas Ben.

Peppercorn Cottage était totalement isolé. C'était une des choses que Sally appréciait le plus dans cette maison : pas de voisins, personne pour l'épier et la juger, personne pour commenter : « Sally Cassidy est vraiment au fond du trou. Regardez comme elle laisse ce cottage tomber en ruine. »

C'était une petite bâtisse en pierre se dressant seule au milieu d'hectares de terres agricoles, à moins de quinze cents mètres de chez Isabelle. Dotée d'un jardin sinueux et d'une vue s'étendant jusqu'à l'horizon, elle s'appelait Peppercorn parce que, des années plus tôt, on l'avait louée pour une somme modique[1]. C'était la construction la plus biscornue que Sally eût jamais vue. Tout y était à plusieurs niveaux, et les sols, le toit et même les briques étaient obliques. Pas un seul angle droit. En un an et demi, Millie et elle l'avaient agrémentée de tous les objets artisanaux qu'elles fabriquaient pendant leur temps libre : dans la cuisine, des coquetiers vernissés et incrustés de fausses pierres précieuses ; sur les murs, accrochés à la va-comme-je-te-pousse, de petits portraits des animaux de compagnie qu'elles avaient eus au fil des années ; des étoiles de Noël encore collées aux fenêtres et qui filtraient la lumière du jour en la parsemant de points de couleur topaze. Tout à fait différent de la maison de Sion Road où elles avaient vécu avec Julian.

La salle de séjour, située à l'arrière, donnait sur des champs plats, sans un seul autre bâtiment aussi loin que portait le regard. Ce soir-là, Sally avait laissé les

1. *Peppercorn*, « grain de poivre ». *Peppercorn rent*, « loyer modéré ».

rideaux ouverts sur l'obscurité et, recroquevillée sur le canapé, elle regardait la télévision avec Steve. La mort de Lorne Wood passait aux informations nationales et faisait la une du bulletin régional.

— Je n'arrive pas à y croire, murmura-t-elle, les lèvres au bord d'un verre de vin. Lorne. Regarde-la. Elle ne peut pas être morte, elle était si belle.

— Jolie fille, convint Steve. On parlerait moins d'elle si elle ne l'avait pas été.

— Tous les garçons en étaient dingues. Dingues. Et sur le chemin de halage, en plus. Millie et moi y allions tout le temps.

— C'est toujours un chemin de halage. Tu peux y retourner.

Sally frissonna, frotta la chair de poule de ses bras et se rapprocha de Steve pour essayer de voler un peu de la chaleur de son corps. Steve et elle étaient ensemble depuis quatre mois. Des soirs comme celui-là, quand Millie était chez Julian, Sally allait chez Steve ou il venait au cottage, les bras chargés de gâteries, bouteilles de vin, fromages fins achetés chez un traiteur du centre. Cette fois, cependant, elle aurait préféré que Millie soit avec eux et pas à Sion Road. Au bout d'un moment, comme elle ne parvenait pas à se détendre ni à arrêter de trembler, elle ôta ses jambes du canapé, trouva son téléphone et appela le portable de sa fille. Millie répondit à la deuxième sonnerie.

— Maman, chuchota-t-elle d'un ton mi-effrayé, mi-excité. Tu as vu ? Aux infos ? On l'a *assassinée*.

— C'est pour ça que je t'appelle. Ça va ?

— C'est Lorne qu'on a assassinée, pas moi.

64

Désarçonnée par la désinvolture de sa fille, Sally garda un instant le silence.

— Désolée. Je m'étais dit que vous étiez tellement proches, Lorne et toi…

— On n'était pas proches, maman.

— Vous étiez tout le temps ensemble.

— Non. C'est ce que tu imaginais mais, en fait, elle préférait ses copines de Faulkener's et moi, de toute façon, j'aime mieux Sophie.

— Quand même, ça a dû te faire un choc.

— Non, sincèrement. Enfin, ça m'a fait un choc mais je n'ai pas fondu en larmes. Je n'avais pas vu Lorne depuis une éternité.

Sally tourna la tête vers la fenêtre, vers la lune solitaire qui se levait à l'horizon. Boursouflée et rouge. Mille était en pleine adolescence : pour elle, un an, c'était vraiment une éternité.

— Bon, reprit-elle au bout d'un moment. Juste une chose : si tu sors ce soir, tu m'appelles d'abord pour me dire où tu vas ?

— Je ne sors pas. Je reste ici. Avec eux, précisa Millie, faisant référence à Julian et à sa nouvelle femme, Melissa. La cata. Et ce soir, c'est la réunion pour le Glasto.

— La réunion pour le Glasto ?

— Je t'en ai parlé, maman. Peter et Nial doivent aller prendre leurs camping-cars après-demain. Ils se voient ce soir pour en discuter. Isabelle ne t'a rien dit ?

Sally se mordilla le tour de l'ongle du pouce. Elle avait oublié que c'était bientôt. Les garçons allaient à Glastonbury avec le frère aîné de Peter et ses amis. Peter et Nial avaient passé leur permis de conduire et bossé comme des brutes pendant des mois pour économiser de quoi acheter deux vieux camping-cars Volkswagen déglingués qui rouillaient dans une ferme de Yate. Leurs parents, impressionnés par une telle détermination, avaient apporté leur contribution pour couvrir ce qui manquait et les primes d'assurance. Millie n'avait pas cessé de parler de les accompagner au festival mais le billet valait plus de cent livres. C'était impossible. Absolument impossible.

— Ma-man ? Hou-hou ? Isabelle ne t'a rien dit ?

— Non. Et de toute façon, il n'y aura sûrement pas de réunion ce soir. Pas après ce qui s'est passé.

— Si. Elle est maintenue, j'ai demandé à Nial.

— Ça ne te servirait à rien d'y participer si tu ne vas pas à Glastonbury, non ? Je suis désolée mais nous en avons déjà discuté.

Il y eut un long silence à l'autre bout de la ligne.

— Millie ? A quoi ça servirait ?

— A rien, admit l'adolescente dans un soupir résigné.

— Bien. Tu te couches de bonne heure, hein ? Tu as cours, demain.

— D'accord.

Sally raccrocha et resta un moment assise, le téléphone sur les cuisses. Steve se pencha vers elle, lui posa la main sur l'épaule.

— Ça va ?

— Oui, mentit-elle.

— Millie t'a dit quelque chose qui t'a contrariée ?

Elle ne répondit pas. A l'écran, le présentateur du journal était passé de l'affaire Lorne Wood aux nouvelles réductions des dépenses publiques, aux fermetures d'usines. Au pays qui dévalait la pente. Aux emplois qui disparaissaient à chaque seconde.

— Sally ? C'est normal que tu sois bouleversée. Ça s'est passé tout près de chez toi.

Elle regarda de nouveau la lune. Ce serait tellement mieux de pouvoir dire la vérité à Steve : il ne s'agissait pas seulement de Lorne, ni de Millie. C'était toute sa vie qui n'allait pas. C'était David Goldrab lui promettant : « Je ne vous traite ni de pouffe ni de salope. » C'était la toiture qui dégringolait, la tache au plafond de la cuisine et le regard consterné d'Isabelle quand elle avait parlé de vendre ses lames de tarot. C'était de n'avoir personne vers qui se tourner. C'était en fin de compte à cause de la réalité. Voilà ce qu'elle aurait aimé pouvoir lui dire.

9

Bath était nichée comme Rome dans une cuvette entourée de sept collines. Des sources thermales alimentaient en eau chaude ses bains anciens, réchauffaient ses habitants et empêchaient la neige de recouvrir ses rues. Les Romains avaient été ses premiers bâtisseurs mais les générations suivantes avaient été animées de la même détermination de vivre au chaud à cet endroit et des villes entières s'y étaient élevées successivement puis étaient tombées en ruine. Le passé formait des strates multicolores sous les habitants de Bath qui marchaient sur une sorte de génoise, foulant des vies anciennes à chaque pas.

Zoë avait grandi dans cette ville. Même si dans leur enfance Sally et elle avaient été envoyées dans des pensionnats différents, et si leurs parents s'étaient installés depuis longtemps en Espagne, Bath était encore sa ville. Elle vivait maintenant sur les hauteurs d'une des collines que l'expansion de la ville avait gagnées au XVIIIe et au XIXe siècle. Dans une maison victorienne, rien que pour elle. Le jardin de derrière était minuscule, avec juste assez de place pour quelques plantes en pot et une cabane, mais l'intérieur était spacieux pour une célibataire, avec trois grandes chambres au plafond haut à l'étage et, au rez-de-chaussée, une vaste pièce obtenue en abattant le mur. Elle s'étendait sur douze mètres de la façade à la porte de derrière et Zoë y avait aménagé deux espaces de séjour : la salle à manger-cuisine devant, avec une table en bois récurée à la brosse dans l'avancée de la fenêtre en saillie, et le coin télévision derrière, avec le canapé, ses DVD et ses CD. Entre les deux, là où aurait dû se trouver le mur de séparation, il y avait sa bécane.

Un engin classique – une Harley Super Glide Shovelhead noire 1980 – qui avait été son seul ami l'année où elle avait fait le tour du monde. Elle lui avait coûté deux mille cinq cents livres et des nuits sans sommeil quand la transmission avait lâché ou quand le gicleur du carburateur s'était bouché au beau milieu d'une chaîne montagneuse d'Asie. Mais Zoë l'adorait et la prenait de temps en temps pour aller au travail. Ce soir-là, à onze heures et demie, alors que la ville étincelait de l'autre côté de la baie vitrée comme un tapis de lumières, la moto refroidissait encore en cliquetant. Ben Parris referma la porte du réfrigérateur et s'accroupit devant la Harley avec une soucoupe remplie de lait qu'il posa près de la roue avant.

— Voilà, machine vénérée, c'est pour toi, dit-il en tapotant le pneu. Et n'oublie pas combien on t'aime.

— C'est pas pour faire de l'esbroufe, tu sais, assura Zoë.

Assise à la table, elle retourna la bouteille de vin au-dessus de son verre.

— Je n'ai pas d'autre endroit où la mettre.

— Le jardin de derrière, suggéra Ben.

— On n'y accède que par la maison, ce qui m'obligerait à traverser la pièce avec la moto de toute façon, alors autant la garer là.

— Et devant, sur la chaussée ?

— Arrête. Là, tu délires.

— Ça fait plaisir de voir un objet aimé.

— Adoré, corrigea-t-elle. Adoré.

Il se releva, s'approcha de la table, prit son verre et se tourna pour parcourir la pièce du regard.

— Tu sais, ça m'étonne encore, toi dans une maison. Avant qu'on soit ensemble, j'imaginais plutôt que tu vivais à l'arrière d'une jeep. Mais…

Il écarta les bras et s'exclama d'un ton stupéfait :

— … tu as des rideaux. Du chauffage. De vraies ampoules électriques.

— Ouais, cool, hein ?

Zoë se pencha vers le mur, alluma la lumière de la cuisine, l'éteignit.

— Regarde ça. C'est magique. Quelquefois, je tire même la chasse d'eau, rien que pour le plaisir.

Son verre à la main, Ben passa nonchalamment devant les étagères de livres, examina le collage sur le mur. Sans intention précise au départ, Zoë y avait fixé deux photos avec de la pâte adhésive puis avait continué jusqu'à couvrir tout le mur. A propos de première impression, Amy, la femme de la péniche, avait raison, pensa Zoë. Ben était extrêmement séduisant. C'était presque ridicule d'être aussi beau. Et son look incitait à s'interroger, elle devait le reconnaître. Elle avait travaillé avec lui pendant des années et avait quand même été médusée de découvrir qu'il était non seulement hétéro, mais hétéro plein pot. Lorsqu'il l'avait embrassée pour la première fois, sur le parking, après la soirée de départ à la retraite très arrosée d'un collègue, elle avait réagi en laissant échapper :

« Ben, à quoi tu joues ? Qu'est-ce qu'on fera si tu me raccompagnes chez moi ? On échangera des recettes d'épilation ? »

Sidéré, il avait fait un pas en arrière.

« Quoi ?

— Enfin, t'es homo.

— Bien sûr que non.

— Je parie que si.

— Je parie que non.

— OK. Je parie que tu n'as pas un seul poil sur le corps. Je parie que tu te fais faire un DBC toutes les semaines.

— Un *quoi* ?

— Le dos, les bourses et le… Oh, arrête, Ben, avait-elle bredouillé. Fais pas le con.

— Mais t'es malade. Je ne suis pas gay, nom de Dieu. »

Il avait déboutonné sa chemise pour révéler son torse.

« Et j'ai des poils. Tu vois ? »

Zoë avait porté une main à sa bouche avant de s'exclamer :

« C'est pas vrai !

— Et aussi plus bas. Attends, avait-il grommelé en baissant la fermeture Eclair de son pantalon. Je vais te montrer. »

Et c'était ainsi que Ben et Zoë s'étaient retrouvés ensemble, au terme d'une mission de vingt-quatre heures pendant laquelle il lui avait prouvé qu'il n'était absolument pas homo. Elle en était sortie en poussant des cris et des gloussements, en dansant la gigue nue devant la fenêtre, en entonnant un chant de victoire qui avait sûrement retenti dans toute la ville. C'était cinq mois plus tôt et ils couchaient toujours ensemble. Ben n'avait pas été intimidé par la haute taille de Zoë, ni par sa chevelure rousse emmêlée, ni par ses jambes interminables qui auraient eu leur place dans un film de kickboxing. Il se fichait de ses beuveries, de ses colères et de son incapacité totale à faire la cuisine. Il était accro.

Ou, du moins, il l'avait été. Mais ces derniers temps, c'était différent, pensa-t-elle. Une pointe de sérieux s'était glissée dans l'équation. L'homme solide à l'humeur égale, capable de lui renvoyer instantanément la balle, était devenu plus tranquille. Zoë n'arrivait pas à mettre le doigt sur ce qui avait changé, peut-être seulement la longueur des silences de Ben entre deux phrases. Ou la façon dont son regard se perdait parfois au milieu d'une conversation.

Tandis que Zoë tirait une autre bouteille du casier et entreprenait de la déboucher, Ben alla au cellier prendre un paquet de chips. Un moment, il examina ce qu'il y avait sur les étagères.

— Tu as de quoi manger pendant des semaines, fit-il observer.

Sans lever la tête, elle répondit :

— Ouais, au cas où je tomberais malade.

— Tu ne pourrais pas demander à quelqu'un de faire les courses pour toi ?

Zoë cessa d'enfoncer le tire-bouchon, se tourna vers Ben. Demander à quelqu'un ? A qui ? Ses parents ne vivaient plus en Angleterre, elle leur téléphonait de temps en temps, elle allait les voir en Espagne quand elle s'y sentait obligée mais c'était à des milliers de kilomètres de Londres et, à dire vrai, ses rapports avec eux avaient toujours été tendus. Sally, elle ne l'avait pas vue depuis dix-huit ans, enfin, pas vraiment, juste en coup de vent dans la rue, et c'était toute la famille qu'elle avait. Quant aux amis, ils étaient tous flics ou motards. Pas exactement faits pour jouer les infirmières.

— Toi, tu le ferais, pour quelqu'un qui en aurait besoin, insista Ben.

— C'est pas la question.

— Alors, c'est quoi la question ?

Zoë s'affaira de nouveau avec son tire-bouchon.

— Etre prêt à l'imprévu. Y avait pas un cours là-dessus dans la formation ? Je crois me souvenir que si.

Elle remplit son verre, le poussa sur le côté, plongea la main dans la sacoche de sa moto et en tira le dossier de Lorne Wood. Pendant qu'elle étalait les photos de l'autopsie sur la table, Ben vida le paquet de chips dans un bol, l'apporta, se pencha pour regarder lui aussi.

— « Toutes comme elle », lut Zoë en suivant de l'index les mots écrits sur la cuisse de Lorne. Qu'est-ce que ça veut dire ?

— J'en sais rien.

— Il manque des lettres, avant et après. On les a effacées, il reste des traces.

— Ça fait partie du message, je suppose. A nous de remplir les cases vides.

Zoë fit glisser vers elle les photos du ventre barré du mot « personne ».

— Et ça ? murmura-t-elle. Il est fou, non ? Il parle de quoi, là ?

— Je ne sais pas.

— Il a voulu dire qu'elle n'existe pas pour lui ? Qu'elle n'est rien ? Qu'elle est bonne à jeter ? Ou que personne ne le comprend, lui ?

— Va savoir, soupira Ben en s'asseyant. Un vrai cauchemar. Et j'en reviens toujours à ce qu'elle a dit au téléphone devant la péniche : « J'en ai assez. » J'en ai parlé à l'officier chargé d'enquêter sur sa disparition, il n'y avait rien d'anormal dans la conversation qu'elle avait à ce moment-là, d'après sa copine.

— Alice.

— Alice, oui. Alors, quand Lorne a dit « J'en ai assez », de quoi elle parlait ? Et pourquoi Alice n'a rien dit à ce sujet ?

Ben plongea dans son verre un regard las, fit tourner le vin.

— Il va falloir envoyer quelqu'un interroger les parents demain matin.

— L'officier de liaison avec les familles passe la nuit auprès d'eux, dit Zoë.

— Je ne veux même pas penser à ce qu'ils endurent.

— Une bonne raison de plus de ne pas avoir d'enfants, déclara-t-elle. On aurait dû leur lire les mises en garde de la notice avant qu'ils passent en mode procréation.

Ben cessa de faire tourner son vin et la regarda.

— Une bonne raison de plus de ne pas avoir d'enfants ? C'est ce que tu viens de dire ?

— Oui. Pourquoi ?

— Ça me paraît un peu cynique.

Elle haussa les épaules.

— Pas cynique, rationnel. Je ne comprends pas pourquoi les gens ont des gosses. Quand tu regardes le monde, que tu vois qu'il est surpeuplé et que ceux qui l'habitent connaissent les mêmes souffrances que les Wood, tu te dis, pourquoi faire des enfants ?

— Mais on ne renonce pas à avoir des enfants parce qu'on a peur de les perdre, argua Ben. C'est insensé.

Agacée sans raison par ce commentaire, Zoë regarda son copain fixement. Il avait pris un ton compatissant, comme si ne pas vouloir d'enfants était un défaut, une maladie.

— Insensé ou pas, tu ne me verras jamais avec un ballon de foot sous mon pull.

Ben lui jeta un regard perplexe. Une voiture passa dans la rue, un nuage masqua la lune. Au bout d'un moment, il se leva, lui posa une main sur l'épaule et dit :

— Je vais me coucher. Dure journée, demain.

Etonnée, elle leva la tête. La main sur son épaule était amicale, ce n'était pas la caresse d'un amant.

— D'accord, répondit-elle d'une voix hésitante. J'essaierai de ne pas te réveiller quand je monterai.

Il quitta la pièce et Zoë demeura un long moment assise, les yeux rivés à l'endroit de l'escalier où il avait disparu. Elle se demandait ce qu'elle avait bien pu dire, elle se demandait si sa vie ne se résumait pas à toujours faire la mauvaise remarque au mauvais moment.

Sally avait toujours été le bébé de la famille. Une poupée de chiffon avec de grands yeux bleus et des boucles blondes. Le chouchou de tout le monde… et complètement perdue maintenant que la famille avait disparu et qu'il ne restait plus personne pour s'occuper d'elle. Autrefois, elle avait été proche de ses parents mais, avec le divorce, quelque chose avait changé. Peut-être parce qu'elle avait honte, parce qu'elle se sentait coupable de les avoir trahis, d'une certaine façon, elle s'était trouvé des excuses pour ne pas aller les voir en Espagne et lentement, au fil des mois, leurs relations s'étaient réduites à un coup de téléphone par semaine. Parfois, c'était Millie qui répondait et leur parlait, et Sally ne l'apprenait que plus tard. Quant à Zoë… Zoë n'entrerait jamais en ligne de compte. Elle occupait à présent un poste important dans la police et n'avait probablement aucune envie de revoir Sally, la poupée idiote et gâtée, appuyée au mur, avec son sourire niais, regardant toujours dans la mauvaise direction et ne remarquant rien de ce qui était important dans la vie.

Elle n'avait pas vu arriver Melissa, par exemple. La grande Melissa toute en jambes, avec ses cheveux blonds frisottés, ses épaules de joueuse de tennis et son accent australien braillard. Elle s'était insinuée dans leur vie par ces lacunes fatales dans l'attention de Sally et, avant que quiconque ait pu prendre sa respiration, elle était la nouvelle Mme Julian Cassidy et donnait naissance à une nouvelle branche de Cassidy. D'après Millie, la petite Adelayde avait pris possession de la maison de Sion Road avec son parc pour bébé et sa chaise haute dans chaque pièce. Melissa avait éventré la pelouse pour la remplacer par des massifs de gravier, d'énormes plantes du désert et des allées pour Adelayde. Sally s'en fichait. Elle avait décidé qu'il n'y avait qu'une seule manière de considérer ce divorce : l'accepter et l'accueillir comme un nouveau départ. Sion Road ne lui manquait pas. Dans son souvenir, cette maison lui apparaissait sombre et lointaine, toujours enveloppée d'un nuage, noyée de lumière électrique. Et de toute façon, se disait-elle, Peppercorn Cottage était superbe avec sa vue magnifique, la lumière du jour qui tombait directement sur la maison et le jardin.

Peppercorn était à elle. Selon les termes du divorce, Julian paierait les études de Millie jusqu'à ce qu'elle ait dix-huit ans et achèterait le cottage pour qu'elle et Sally puissent y vivre. L'avocat estimait que Sally aurait pu obtenir davantage mais elle ne voulait pas s'accrocher aux choses matérielles. Cela lui semblait déplacé. Julian avait prévu une possibilité d'emprunt particulière sur Peppercorn. C'était ce qu'on appelait une « compensation » qui permettrait à Sally d'emprunter en cas de besoin, avait-il expliqué. Elle n'avait pas compris les détails pratiques du système, uniquement que Peppercorn lui servirait en quelque sorte d'amortisseur. Millie et elle avaient quitté Sion Road un week-end de novembre, traînant leurs valises et leurs cartons de matériel artistique sur les feuilles mortes pour s'installer à Peppercorn. Elles avaient réglé le chauffage au maximum et acheté des pâtisseries chez le traiteur de George Street pour les déménageurs. Sally n'avait pas accordé une pensée au découvert dans lequel elle s'enfonçait. Pas avant l'année suivante, lorsque les lettres d'avertissement de la banque avaient commencé à pleuvoir sur le paillasson.

« Mais où est passé tout cet argent ? Une possibilité de découvert ne signifie pas que tu dois l'utiliser. On te prendra Peppercorn, si tu ne fais pas attention. »

Cet hiver-là, Julian l'avait retrouvée dans un café de George Street. Il tombait de la neige fondue et le sol de la salle était mouillé par l'eau dégouttant des vêtements trempés des clients. Julian et Sally s'étaient installés dans le fond pour éviter que Melissa puisse les voir en passant.

« Je ne connais personne qui aurait dépensé autant en un an. Sally, qu'est-ce que tu as fait de cet argent ?

— Je ne sais pas, avait-elle bredouillé, complètement perdue. Sincèrement, je ne sais pas.

— En tout cas, il n'a pas servi à entretenir la maison. Il faudra refaire la toiture avant l'hiver prochain. Je parie que tu as encore offert des tas de choses à tout le monde. Tu te conduis comme une enfant avec tes cadeaux. »

Les doigts pressant ses tempes, elle avait retenu ses larmes. Julian avait sans doute raison. Elle était incapable d'aller chez quelqu'un les mains vides. C'était un pli hérité de l'enfance, à l'époque où elle aurait fait n'importe quoi pour faire sourire Zoë. N'importe quoi. Elle économisait son argent de poche et, au lieu de le dépenser pour elle, elle attendait d'entendre Zoë parler de quelque chose qu'elle avait vu dans une vitrine de Bath et elle sortait discrètement de la maison pour aller l'acheter. Zoë ne semblait jamais savoir quoi faire du cadeau. Elle le regardait d'un air embarrassé, comme si elle craignait qu'il ne lui explose à la figure. Comme si elle ne savait pas quelle expression prendre. Sally aurait voulu pouvoir se confier à sa sœur, maintenant. Elle

78

regrettait la distance glaciale qui s'était installée entre elles.

« Je n'ai jamais pensé aux questions d'argent, avait-elle reconnu. C'est toujours toi qui t'en es occupé. Ce n'est pas une excuse, je m'en rends compte. Et tu as raison. Il y a un trou dans la toiture. Les écureuils cherchent de quoi manger dans le chaume. Quelqu'un m'a dit que ça coûterait dix mille livres.

— Je ne peux pas continuer à te tenir la tête hors de l'eau, avait soupiré Julian. Je suis sous pression au boulot et l'atmosphère est très tendue à la maison avec le bébé qui arrive bientôt. Melissa a du mal à ne pas s'énerver sur les questions d'argent. Elle ne serait pas du tout contente de savoir que je continue à t'aider. »

Il avait tiré de sa poche son nouveau portefeuille, un superbe objet, avec ses initiales en or gravées dans le cuir. Il y avait pris un chéquier.

« Deux mille, avait-il marmonné en écrivant. Après ça, je ne pourrai plus rien faire pour toi. Tu devras trouver un autre moyen de subsister. »

Si les changements de la vie pouvaient être marqués par un moment précis, comme un panneau signale un croisement, comme une île divise une rivière, Sally voyait, quand elle considérait la sienne, deux événements essentiels. Le premier dans son enfance, quand, se chamaillant avec Zoë, elle était tombée du lit sur sa main, « accident » que leurs parents avaient traité avec un sérieux inattendu, comme si soudain une obscurité innommable s'était abattue sur leur famille ; le second, cette discussion au café avec Julian, le jour où elle était enfin devenue adulte. Penchée au-dessus de son chocolat chaud, les pieds humides et glacés, son parapluie gouttant pitoyablement sur le carrelage, elle avait vu le monde sous son jour le plus terre à terre. Elle avait compris que c'était sérieux. Que c'était réel. Son divorce était réel, son découvert était réel. Les faillites, les maisons saisies, les enfants vivant dans des cités dépotoirs, c'étaient des réalités. Cela arrivait vraiment.

Les six mois suivants avaient été les plus durs de sa vie. Elle avait trouvé du travail, elle avait échangé sa voiture contre une Ford Ka, plus petite, elle avait appris à calculer les taux d'intérêt et à écrire aux banques. En hiver, elle ne chauffait que la cuisine et la chambre de Millie, et elle n'utilisait plus le sèche-linge. De sorte qu'il y avait toujours un peu de crotte d'oiseau sur au moins une des chemises d'uniforme de Millie quand elle les retirait de la corde à linge. Ou alors, lorsqu'il faisait vraiment froid, le gel rendait les vêtements raides comme des planches. Sally persévérait, cependant. Il fallait lutter pour remonter la pente et, en ce moment, il fallait même courir pour faire du sur-place. Elle n'appelait pas ses parents à l'aide : ils auraient été anéantis d'apprendre son sort et, finalement, ce serait revenu aux oreilles de sa sœur. Zoë ne se serait jamais fourrée dans une pareille situation. Zoë avait toujours été la plus intelligente des deux. Zoë n'aurait jamais fini par accepter de travailler pour un type comme David Goldrab. Elle l'aurait plutôt fait passer par-dessus la haie la plus proche d'un coup de pied en pleine poitrine.

Il a bien fallu, pourtant, pensait-elle en se levant le lendemain de la découverte du corps de Lorne. Les pieds nus, elle alla dans la cuisine préparer le petit déjeuner. Elle mit la bouilloire en marche, posa une casserole de lait sur la plaque chauffante, disposa tasses et assiettes sur la table. Comme Steve dormait encore, elle n'alluma pas la radio. De toute façon, on ne parlerait que de Lorne, et Sally n'était pas sûre de pouvoir le supporter. Les cartes de tarot formaient encore un tas désordonné sur la table, là où elle les avait laissées la veille. Elle examina de nouveau celle représentant Millie, constata que ce n'était pas la peinture qui s'estompait. Une matière corrosive avait boursouflé la surface, rongeant le visage de sa fille. Soudain prise de frissons, Sally regarda par la fenêtre les champs qui s'étendaient sans fin jusqu'au bas du ciel. Le canal où Lorne était morte se trouvait à des kilomètres de Peppercorn. Des kilomètres et des kilomètres.

Tu y crois, toi, à ces trucs ?

Bien sûr que non.

Elle retourna la carte et arrêta la bouilloire. Millie ne risquait rien. Elle avait quinze ans, elle savait s'occuper d'elle-même. Et de toute façon, tôt ou tard, on doit apprendre à faire un pas en arrière.

10

De l'autre côté de la ville, Zoë, une tasse de café à la main, contemplait le mur de photos de son séjour. La plupart dataient du voyage qu'elle avait fait dix-huit ans plus tôt. Rien qu'elle et la moto. Elle était allée partout. Mongolie, Australie, Chine, Egypte, Amérique du Sud. Gagner l'argent nécessaire pour cette aventure avait été l'une des épreuves les plus pénibles de sa vie. Elle y avait quasiment laissé la peau de son dos. Elle avait dû se risquer dans des endroits sordides et faire des choses qu'elle préférait oublier. Mais le voyage en soi avait été l'un des moments les plus importants de son existence. Il lui avait appris l'autonomie, la survie, la persévérance. Il l'avait tirée du piège dans lequel elle était prise depuis l'enfance.

Elle posa sa tasse et fit le tour de la pièce, ouvrant armoires et tiroirs jusqu'à ce qu'elle trouve une boîte de balles de tennis Slazenger. Elles étaient là depuis qu'elle s'était mis en tête, deux ou trois étés plus tôt, de battre toutes les femmes du club de tennis de la police de Portishead. Elle y était parvenue en six mois. Après quoi elle s'était tournée vers les hommes. Mais aucun d'eux n'avait voulu jouer contre elle et, dégoûtée, elle avait laissé tomber le tennis.

Ben était encore au lit, endormi. Assise sur un bras du canapé, le dos tourné à l'escalier, elle ouvrit la boîte métallique. Les balles sentaient le caoutchouc et l'herbe sèche. Zoë en sortit une du tube, la fit rebondir une fois sur le sol puis souffla dessus pour faire tomber peluches et poussière. Elle la frotta contre sa manche et la poussa aussi loin que possible dans sa bouche grande ouverte.

La balle entra avec une facilité étonnante, se logea à l'endroit le plus large entre les mâchoires, une moitié dehors, une moitié dedans. Le duvet sec au goût chimique repoussa sa langue au fond de sa bouche, provoquant un haut-le-cœur. Pour résister à l'envie impérieuse de faire ressortir la balle – Zoë crut entendre claquer le cartilage de l'articulation de ses mâchoires –, elle enfonça ses doigts dans le bras du canapé, ferma les yeux et tenta de respirer, se forçant à se représenter la balle fixée par du ruban adhésif. Son corps tremblait, ses aisselles se couvraient de sueur, de petites étoiles blanches et noires explosaient devant sa rétine. Finalement, quand elle sentit la peau de ses commissures sur le point d'éclater, comme celle de Lorne, elle extirpa la balle de sa bouche et la laissa tomber par terre, entraînant avec elle d'épais filets de salive.

Zoë se rassit sur le canapé, aspira de longues goulées d'air tandis que la balle rebondissait sur le sol, roulait jusqu'au rideau et s'arrêtait.

11

— Sally : vue ! s'exclama mollement Steve, planté sur le seuil de la cuisine.

Complètement nu, il se frotta les yeux, étira les bras au-dessus de sa tête.

— Oh, ce que j'ai bien dormi. J'adore être ici.

— Assieds-toi, lui dit Sally.

Elle prit un élastique dans un tiroir, le passa autour du jeu de tarot, la lame de Millie sur le dessus du paquet, qu'elle poussa au fond d'un des tiroirs. Puis elle se tourna pour surveiller le lait qui chauffait sur la plaque.

— Il faut que je me dépêche. Je dois être au boulot à neuf heures.

— Pas le temps pour des galipettes, alors ?

Il sourit, s'étira de nouveau. Ses mains trouvèrent le plafond bas, il s'y appuya, plia les genoux et tendit son corps pour chasser le sommeil de ses muscles. Il était en tout différent de Julian, qui avait un corps pâle et glabre, des bras mous et des hanches de femme. Steve était costaud, avec des cheveux bruns, un cou massif et bronzé. Des jambes de centaure, dures et velues. Le regarder s'étirer, c'était comme voir s'animer une étude anatomique de Léonard de Vinci.

Debout devant la plaque de cuisson, Sally fouettait le lait pour le rendre mousseux et observait discrètement Steve qui inspectait en bâillant le contenu du réfrigérateur. Cela faisait quatre mois qu'ils étaient ensemble et elle n'arrivait toujours pas à y croire. Il avait fait d'elle une obsédée du sexe : si elle avait une demi-heure de libre entre deux séances de ménage, elle passait chez lui en vitesse et ils finissaient nus sur le sol de la cuisine. Ou dans l'escalier, à mi-chemin de la chambre. C'était totalement différent de la vie avec Julian. Elle traversait peut-être la crise de la cinquantaine. A trente-cinq ans.

Steve faisait dans l'« espionnage industriel ». Sally ne savait pas exactement ce que cela signifiait mais, apparemment, il avait affaire à des gens vivant dans des endroits lointains et prestigieux. Son carnet, qu'il avait laissé un jour ouvert sur une table, chez lui, était bourré d'adresses dans des pays comme les Emirats, le Liberia et l'Afrique du Sud. Plus d'une fois, il avait fait sonner son réveil au milieu de la nuit pour une téléconférence avec des gens se trouvant au Pérou ou en Bolivie. Il était en costume quand il partait le matin mais, dans l'imagination de Sally, il portait un pull noir à col roulé avec un jean et dissimulait des lames rétractables dans les semelles de ses chaussures. Pourquoi était-il avec une femme aussi stupide qu'elle, Sally n'en avait aucune idée. Peut-être parce que c'était tellement facile : il lui suffisait de la regarder pour qu'elle se laisse choir sur le lit, les jambes écartées, un sourire reconnaissant aux lèvres.

Il entrelaça ses doigts, fit craquer ses jointures et lui demanda :

— Tu travailles où, aujourd'hui ?

— Dans le Nord.

— Encore chez Goldrab ?

— Non. Pas aujourd'hui.

Elle versa le lait mousseux dans deux tasses de café, saupoudra dessus du chocolat et plaça une des tasses devant lui. Elle alla prendre ensuite les croissants qu'elle avait mis à chauffer dans le four.

— Hier, il m'a proposé un autre emploi. Je ferai encore le ménage mais je m'occuperai aussi de gérer la maison.

— Tu vas accepter ?

— Ça représente beaucoup d'argent.

Steve réfléchit en remuant son café.

— Ecoute, dit-il au bout d'un moment, je ne voulais pas t'en parler mais je me fais du souci quand tu es là-bas.

— Du souci ? Pourquoi ?

— Mettons que je sais beaucoup de choses sur lui. Des choses que je préférerais ignorer.

Sally referma la porte du four, se tourna vers Steve en relevant une mèche tombée sur son front.

— Comment ça se fait ?

Il se mit à rire.

— Depuis combien de temps tu vis à Bath ? Tu te rappelles cet air chanté par des gosses à Disneyland dans le tunnel de l'attraction Small World ? « Le monde est petit » ? Eh bien, c'est exactement ça, Bath. Tout le monde sait tout sur tout le monde.

Sally sortit le beurre et la confiture du réfrigérateur en pensant à ce que Steve venait de dire. Il avait raison. Ils se connaissaient tous de près ou de loin ; les gens colportaient tellement de ragots qu'on ne se sentait jamais entièrement coupé des autres, même si on ne les avait pas vus depuis des années. C'était comme ça, par exemple, qu'elle était au courant de ce que faisait Zoë. Elle n'osait pas interroger ses parents, cela faisait des années qu'elle ne leur avait pas parlé de Zoë, de crainte de faire surgir des fantômes. C'était aussi par le téléphone arabe qu'elle avait entendu parler de Steve pour la première fois, qu'elle avait grappillé sur lui quelques bribes d'information, comme on le fait sur d'autres parents de l'école de son enfant, même si les siens, beaucoup plus âgés que Millie, fréquentaient l'université. Il s'était avéré que Steve et son ex avaient divorcé le même jour que Sally et Julian. Steve en avait vaguement entendu parler par les commérages, et un jour, des mois plus tard, il l'avait aperçue dans la voiture rose de HomeMaids. Il avait appelé le numéro inscrit sur la portière et convaincu le directeur de lui passer Sally. C'était ça, Bath. Un grand village. On avait parfois l'impression effrayante de ne pas pouvoir faire un geste sans que tout le monde soit au courant.

Pourtant, elle ne croyait pas tout à fait à l'explication que venait de lui donner Steve et elle lui demanda :

— Il ne serait pas un de tes...

Elle chercha le mot. Client ? Employeur ? Elle savait si peu de chose sur le boulot de Steve.

— Tu as travaillé pour David Goldrab ?

— Non.

— Mais tu as quand même beaucoup d'infos sur lui ?

— Ouais, répondit-il en plissant le front. Je n'ai pas trop envie d'en parler. Comme ça, au saut du lit…

Il tira un journal vers lui et se mit à lire, mais Sally insista :

— Je ne sais vraiment rien de ton travail.

Il la regarda. Il avait des yeux gris très clairs.

— C'est le gros problème avec mon boulot. Si je t'en parle un peu, tu en sauras beaucoup trop.

— Et alors tu serais obligé de me tuer.

— Et alors je serais obligé de te tuer, répéta-t-il avec un sourire d'excuse. Il faut que je sois très prudent. C'est tout.

— Mais je travaille pour lui. Et il est un peu… bizarre. Tu sais peut-être quelque chose qu'il vaudrait mieux que je sache. Quelque chose d'important.

Steve pinça les lèvres, tapota de l'ongle du pouce le bord de sa tasse comme s'il se demandait ce qu'il pouvait prendre le risque de lui révéler.

— OK, lâcha-t-il enfin. Voilà ce que je peux te dire. Ce n'est pas Goldrab qui me paie, c'est le contraire. Je suis payé pour enquêter sur lui.

— Enquêter sur lui ? Pourquoi ?

— C'est là que les confidences s'arrêtent. Je suis désolé. Si tu es obligée de travailler pour lui, je ne peux pas t'en empêcher. Tout ce que je te demande, c'est de faire attention.

— Oh, fit Sally, qui se sentit un peu naïve de ne pas y avoir pensé plus tôt. Et depuis combien de temps tu fais ça ?

— Pas mal de temps. Plusieurs mois. C'est normal : beaucoup de mes « sujets » restent dans mon collimateur pendant des années. Mais si tu veux savoir la vérité, la pression sur Goldrab s'est renforcée ces derniers temps. Depuis deux semaines, mes clients se préoccupent un peu plus de lui.

— Tu parles de Mooney ? hasarda Sally.

Il posa sa tasse et la regarda fixement.

— Comment tu connais ce nom ?

— J'ai dû t'entendre le prononcer au téléphone.

— Alors oublie-le. Je t'en prie. Oublie-le.

Elle eut un petit rire nerveux.

— Tu me fais peur, maintenant.

— Il vaut peut-être mieux que tu aies peur. Ou que tu sois prudente, au moins. Goldrab est un sale type. Un très sale type. S'il est en liberté, s'il n'a pas écopé d'une peine d'emprisonnement à vie, c'est un pur hasard. Sérieusement, oublie ce nom. S'il te plaît. Ça vaut mieux pour nous deux.

12

— Il y a des chats à ta porte de derrière.

Assise à la table, Zoë regardait les photos de l'autopsie de Lorne Wood en massant distraitement sa mâchoire douloureuse, lorsque Ben entra dans le séjour, habillé, boutonnant les poignets de sa chemise. Elle ne l'avait pas entendu se lever, elle ne l'avait pas entendu descendre l'escalier. Il appuya le front contre la porte vitrée et regarda les chats.

— Ils mangent.

Zoë rangea les photos dans sa sacoche et la posa près de la porte de devant, mit ensuite la bouilloire en marche.

— Café ?

— Tu les nourris, fit-il remarquer avec curiosité. Ils ont leurs soucoupes dans le jardin.

— Et alors ?

— C'est gentil de ta part. Une gentille habitude secrète.

— Ce n'est pas gentil, corrigea-t-elle. Je leur donne à manger pour qu'ils ne réveillent pas tout le quartier. On ne va pas me remettre un oscar pour ça, hein.

Il la regarda longuement, comme si elle l'avait déçu, comme si elle était coupable de chasser de sa vie tout ce qu'elle avait de drôle et de lumineux. Zoë secoua la tête, à moitié furieuse contre elle-même. La veille, lorsqu'elle était montée se coucher, Ben dormait – ou faisait semblant de dormir, difficile à dire. Mais leur conversation sur les enfants avait laissé se glisser entre eux un mélange de froideur et de ruse. Elle le savait, il le savait aussi. Elle mit quelques cuillerées de café en poudre dans deux bols, versa de l'eau, ajouta un peu de lait.

— Tiens, dit-elle en tendant à Ben l'un des deux. Tu veux autre chose ?

Il garda un moment le silence, regarda le bol, regarda Zoë.

— Quoi ? Qu'est-ce qu'il y a ?

— Zoë, j'ai réfléchi…

Bon Dieu. Elle s'assit, le cœur serré. Nous y voilà.

— Réfléchi ? A quoi ?

Il ouvrit la bouche pour répondre, se ravisa.

— Accouche. Tu as réfléchi à quoi ?

Une lueur s'éteignit dans son regard. Il haussa les épaules, se tourna à demi vers la fenêtre.

— Au coup de téléphone.

— Au coup de téléphone ? Quel coup de téléphone ?

— Celui que Lorne a donné à Alice. Elle a dit quelque chose d'important qui n'a pas été évoqué pendant l'enquête sur sa disparition.

Zoë ne réagit pas. Il a esquivé, pensa-t-elle. Il n'a pas dit ce qu'il avait à dire, quoi que ça puisse être. Elle se

13

Le commissaire divisionnaire de Bath approchait de la soixantaine. Il avait des cheveux blonds bouclés coupés très court et une peau sujette aux coups de soleil. Il avait commencé sa carrière au service Armes à feu puis était passé à la Brigade criminelle et regrettait encore cette décision. Il portait toujours au revers de sa veste le pin's bleu et jaune de la National Rifle Association ; un des murs de son bureau était couvert de photos le montrant sur le champ de tir, et il semblait tenir les membres de son équipe pour responsables de la bourde de sa vie. Ce matin-là, il aurait apparemment mieux aimé truffer de balles un « Boche montant à l'assaut » que se retrouver à la barre de la plus grosse affaire de meurtre que la ville ait connue depuis des années.

— C'est un crime horrible. Je n'ai pas à le souligner, vous avez tous vu les photos de l'autopsie, vous savez ce qui s'est passé. Mais je tiens à vous recommander de garder la tête froide. De vous concentrer. Il y a des tas d'aspects à couvrir, dans cette affaire. Vous en connaissez déjà la plupart, probablement, mais récapitulons pour être sûrs de n'en oublier aucun.

De sa tasse de café, il indiqua les points inscrits sur le tableau blanc derrière lui.

— Pour résumer : Lorne, une lycéenne très appréciée des autres élèves, très jolie, comme vous pouvez le voir. Un grand cercle d'amis – jusqu'ici, personne n'a parlé de *petits* amis. Tout d'abord, je veux passer en revue la liste des objets à signaler à l'attention des équipes de recherches. Diverses choses mais pour l'essentiel des vêtements et des effets personnels de la victime qui ont disparu.

Il tendit le bras vers la photo de l'oreille gauche ensanglantée de Lorne prise à la morgue. Le meurtrier avait arraché la boucle, déchirant le lobe du centre à la pointe. Une photo de l'oreille droite montrait l'autre boucle, restée en place.

— Premièrement, une boucle d'oreille. De facture peu courante. Il semblerait que son père les ait achetées pour elle à Tanger. Vous voyez le filigrane ? Donc…

Il hocha la tête en direction des constables alignés au fond de la salle, les bras croisés sur la poitrine. Ils provenaient en partie des effectifs du commissariat de Bath, en partie de la Brigade de recherche et d'intervention.

— … l'un de vous l'ajoute à la liste des objets recherchés.

Zoë se tenait devant, les mains dans les poches de son jean noir. La langue pâteuse à cause du vin de la veille, les muscles tremblotants sous l'effet du café qu'elle avait bu le matin pour faire démarrer la machine malgré une batterie à plat, la mâchoire encore douloureuse après s'être fourré la balle de tennis dans la bouche. A côté d'elle, Ben s'appuyait à un bureau, les bras croisés. D'ordinaire, quand ils se rendaient au boulot, elle restait à hauteur de la voiture de Ben avec sa moto, tel un poisson-pilote le guidant dans la circulation. Ce jour-là, elle était demeurée derrière, sentant soudain qu'elle n'avait plus droit aux petits jeux, au flirt et à la rigolade.

— Manque aussi son téléphone, poursuivit le commissaire. Eteint. Ce qui me rassure, c'est de savoir que le service le surveille. Je me trompe ?

Le sergent qui dirigeait l'unité Renseignement acquiesça.

— Vodafone est un bon réseau, dit-il, le seul du Royaume-Uni à faire de la localisation de portable en direct. Dès que quelqu'un allumera ce téléphone, ils auront un bip et nous le saurons.

— Sauf que – soyons réalistes – les chances pour que ça se produise sont nulles, fit observer le commissaire. Il s'en est sûrement débarrassé. J'espère qu'on l'a ajouté à la liste pendant le briefing des équipes de recherche. C'est un iPhone, blanc.

Il posa sa tasse et prit une polaire rose, passa un doigt dans la boucle cousue au col et le balança devant les policiers.

— La mère est certaine que Lorne portait quelque chose de ce genre quand elle a quitté la maison. Le vêtement n'a pas été retrouvé sur la scène de crime, on le met sur la liste avec un astérisque pour les équipes de recherches. Enfin il y a la bâche que vous avez vue sur les photos. On a interrogé les propriétaires de péniche du coin, ils déclarent tous la même chose. C'est une bâche standard pour recouvrir le bois, le charbon et je ne sais quoi d'autre sur les péniches… mais jusqu'ici, aucun propriétaire n'a signalé que la sienne avait disparu. Beaucoup de mouillages pour vingt-quatre heures seulement sur cette partie du canal. C'est normal, on ne paie pas pour les premières vingt-quatre heures, alors, gardez ça en tête. Voyez tous les hangars à bateaux, envoyez quelqu'un aux Voies fluviales britanniques pour savoir quelles embarcations le garde-pêche a vues amarrées là-bas pour la nuit. Que quelqu'un distribue des photos de la bâche – et de la polaire. Vous demandez au service Indices de faire une autre photo de la boucle ou de passer celle de l'autopsie sous Photoshop pour faire disparaître l'oreille de la morte. Ensuite, vous refilez le tout au service de presse : les médias peuvent avoir les deux. Ben ? Zoë ? Je peux vous laisser le soin de répartir les tâches ?

Zoë hocha la tête ; Ben tint son pouce dressé.

— Bien. Maintenant…

Le commissaire se frotta les mains comme s'il allait annoncer une bonne surprise.

— Vous le voyez, on a de quoi faire, pas mal de procédures habituelles à suivre, mais il y a autre chose que j'aimerais vous soumettre. Nous avons une visiteuse, aujourd'hui.

Tous les regards se portèrent sur la jeune femme qui était restée patiemment assise dans un coin pendant la réunion. Une brune aux longs cheveux soigneusement peignés, chemisier blanc et pantalon vert bouteille moulant, sandales à talons hauts montrant juste leur pointe sous l'ourlet. Elle avait une peau légèrement hâlée, des ongles vernis et manucurés. Zoë avait surpris plusieurs de ses collègues à la lorgner.

— Je vous présente Debbie Harry. Aucun lien, si mes renseignements sont bons, avec l'autre Debbie Harry, l'actrice.

— Malheureusement, dit-elle en secouant tristement la tête.

Deux ou trois des policiers s'esclaffèrent. Goodsy, qui se tenait dans la rangée du fond, murmura quelque chose à l'oreille de son voisin. Zoë devinait ce que ça pouvait être.

— Vous enseignez à l'université de Bristol, d'après mes notes, et vous êtes experte en psychiatrie légale.

— Psychologie.

— Psychologie, pardon. Un peu comme dans *Cracker* ?

— C'est exact.

Le commissaire porta une main à sa bouche et dit, dans un murmure théâtral :

— C'est drôle, je ne trouve pas qu'elle ressemble à Robbie Coltrane.

Cette fois, presque tout le monde rit. Pas Zoë, cependant. Elle se rappelait clairement avoir entendu le commissaire répéter qu'il ne laisserait jamais un « putain de psy » s'approcher à moins d'un kilomètre de sa salle des opérations. Que c'étaient tous des charlatans, des pédés, des nullards. Manifestement, il n'avait jamais rencontré de psy comme elle. A la voir, on pouvait croire que du miel coulerait de sa bouche dès qu'elle ouvrirait les lèvres. Elle se leva, vint nonchalamment s'asseoir au bord du bureau, comme si elle se trouvait dans sa propre salle de cours, et croisa les jambes. Juste assez pour faire du charme sans être totalement aguichante. Maligne, la fille, pensa Zoë. Elle savait l'effet que cela produirait sur une assemblée essentiellement masculine.

Avec une expression franche, Debbie attaqua :

— Je sais que je vais bousculer les convictions de certains d'entre vous si je vous demande d'aborder cette affaire non pas en vous fondant sur des preuves matérielles mais dans une perspective psychanalytique, de tenter d'établir le profil psychologique du meurtrier. Ça ressemble probablement à du vaudou pour beaucoup d'entre vous.

Elle sourit et poursuivit :

— Mais si vous êtes prêts à faire ce grand saut, je peux vous assurer que je serai à vos côtés.

Zoë prit une longue inspiration. Elle connaissait le refrain, elle avait entendu d'autres psychologues le seriner. Le baratin sur l'excitation née de la colère, le besoin de se rassurer sur son pouvoir, l'analyse des raisons pour lesquelles ce salaud a fait ce qu'il a fait, sur ce qu'il pensait quand il l'a fait, sur la couleur de ses yeux, le slip qu'il portait, ce qu'il avait mangé au petit déjeuner le jour du meurtre. Selon son expérience, ça ne valait pas grand-chose comme outils d'investigation et c'était même parfois tout à fait négatif. Pourtant, certains enquêteurs ne juraient que par ces méthodes et, à en juger à la lueur brillant dans les yeux du commissaire, il s'y était récemment converti. Etonnant ce qu'une paire de jolies jambes et un sourire pouvaient réussir.

— En premier lieu, continua Debbie d'une voix claire, je présume que la question que vous vous posez tous en priorité, c'est le sens de ces mots.

Elle se tourna vers le tableau où étaient punaisées les photos agrandies de l'abdomen de Lorne. A côté, reproduits en lettres cursives, les mots inscrits sur le ventre.

No one. Personne.

— Je me demande si c'est un message pour nous, reprit la psychologue d'un air pensif. Peut-être. Ou pour Lorne ? Ou une déclaration du meurtrier à lui-même ? Réfléchissons à ce que ce mot signifie. Est-ce que Lorne n'est *personne* pour lui ? Une nullité, un être sans valeur ? Ou faut-il comprendre que *personne* ne le comprend ? Je penche pour quelque chose de ce genre, ce qui laisserait supposer que nous avons affaire à quelqu'un ayant une piètre estime de soi. Peut-être le type d'individu qui noue des relations d'une intensité anormale avec les autres, qui est facilement jaloux ou blessé. Maintenant qu'il a tué Lorne, il pourrait entamer une période d'autoflagellation. Avec tentative de suicide, peut-être. Il a peut-être déjà essayé de mettre fin à ses jours et je suggère qu'on cherche dans cette direction : les suicides, les admissions à l'hôpital depuis la mort de Lorne.

Debbie revint au tableau. Elle savourait ce moment, telle une institutrice de maternelle devant une classe d'enfants captivés et radieux.

— Passons à l'autre inscription. Le meurtrier a écrit sur la cuisse de la victime quelque chose qui ressemble à « toutes comme elle ». Des idées là-dessus ?

Elle suggérait subtilement que tout le groupe réfléchissait avec elle, qu'elle ne se contentait pas de leur enfoncer ses propres théories dans le crâne.

— Des hypothèses ?

Les policiers haussèrent les épaules, attendirent qu'elle fournisse la réponse.

— OK, reprit-elle en penchant timidement la tête sur le côté. Je me lance. Je vous prends par la main et je vous emmène sur une corde raide : d'après moi, Lorne connaissait son meurtrier.

Un courant d'agitation parcourut la pièce, plusieurs policiers échangèrent des commentaires à voix basse. Zoë se tourna vers Ben pour voir sa réaction. La tête baissée, il griffonnait sur son bloc-notes, probablement pour s'empêcher d'éclater de rire.

Debbie leva une main pour mettre fin au brouhaha.

— Je sais, ça bouscule vos convictions mais laissez-moi travailler un moment sur cette hypothèse. Que savons-nous de Lorne ?

— Qu'elle était la coqueluche de la classe, répondit le sergent de l'unité Renseignement. Des tas d'amis, des tas d'admirateurs. Et la phrase pourrait plutôt être *(They) all like her*, « Ils l'aiment tous ».

— Exactement ! s'exclama-t-elle d'un ton triomphant en lui adressant un grand sourire. C'est un commentaire direct sur Lorne. Et, au cas où vous trouveriez que je me raccroche à des brindilles pour étayer une hypothèse boiteuse, laissez-moi apporter un autre argument. J'ai analysé les terribles blessures infligées à la victime, elles confirment mes conclusions sur l'identité de celui qui l'a frappée ce soir-là. Il l'a manifestement agressée par-devant. Le médecin légiste estime qu'il a porté un seul coup qui a brisé le nez de Lorne et l'a paralysée. On n'a relevé aucun signe prouvant qu'elle ait tenté de s'enfuir, les gens des péniches n'ont entendu aucun cri. Elle a laissé son agresseur s'approcher d'elle. Est-ce qu'elle l'aurait fait si elle ne le connaissait pas ? La réponse est non. En fait…

Elle mima un funambule tendant les bras pour garder l'équilibre.

— … maintenant que je suis au-dessus du vide, autant aller jusqu'au bout et avouer que je n'exclus pas moi-même que le meurtrier ait eu, ou ait cru avoir, une relation avec Lorne. Je pense également qu'il a peut-être le même âge qu'elle, ou un ou deux ans de plus, qu'il appartient au même groupe ethnique et au même milieu social. C'est peut-être même un membre de la petite bande de Lorne.

Le commissaire leva la main.

— J'ai une question.

Vas-y, pensa Zoë, demande-lui pourquoi elle débite toutes ces conneries. Allez, demande-lui.

— Vous dites qu'il a le même âge qu'elle ?

— A un an près, oui.

— Et qu'est-ce qui vous fait croire qu'elle le connaissait ?

— Le coup au visage. Signe classique. Nous appelons ça la dépersonnalisation. Mais avant d'aller plus loin…

Debbie leur adressa un sourire à un million de dollars révélant les coûteuses jaquettes mises en place par son dentiste.

— … je reviens sur la terre ferme et je tiens à souligner très clairement une chose, OK ?

— OK, firent en écho deux ou trois voix.

— Qu'il soit parfaitement clair que mes propos sont de simples suggestions. De simples suggestions et une simple opinion personnelle. Vous êtes tous adultes et,

101

sans vouloir être condescendante, je vous conseille de garder l'esprit ouvert. S'il vous plaît.

Elle soupira comme si c'était un des inconvénients du métier, cette façon dont tout le monde prenait toujours ce qu'elle disait pour parole d'évangile.

— Je répète : *vous devez garder l'esprit ouvert*.

Nom de Dieu de nom de Dieu. Après la réunion, Zoë fit irruption dans le bureau de Ben sans frapper. C'était la seule de tout le bâtiment qui avait la permission de le faire. Elle se laissa tomber sur une chaise et croisa les bras, allongea les jambes, enfonça les talons dans la moquette.

— J'y crois pas, bordel, fulmina-t-elle. Le commissaire qui se laisse mener par le bout de la bite. Son meurtrier la connaissait ? Il avait à peu près le même âge ? Tout ça à partir de ses blessures ? « Ce coup au visage est un signe classique de dépersonnalisation » ! Merde, Ben, on voit exactement la même chose dans quatre-vingts pour cent des vols avec violence et la plupart des victimes n'avaient jamais vu leur agresseur avant. Tu te souviens des photos de dépersonnalisation qu'on nous a montrées au stage de formation ? Ça, c'était de la dépersonnalisation. Les yeux arrachés. Des injures gravées au couteau sur le front. Des nez coupés. Vingt-sept blessures au visage. Mais Debbie-pas-la-vraie-Debbie nous raconte que…

Zoë s'interrompit. Ben ne secouait pas tristement la tête pour montrer que cette situation le consternait aussi. Il fixait Zoë en silence, le visage dénué d'expression.

— Quoi ? fit-elle. Pourquoi tu fais cette tronche ? Tu n'es pas d'accord avec elle, quand même ?

— Bien sûr que non. Elle nous a traités comme des enfants de trois ans.

— Mais ?

— Ce qu'elle a avancé sur les inscriptions n'est pas complètement délirant. Il y a des choses dignes d'intérêt dans ce qu'elle a dit.

— « Des choses dignes d'intérêt » ? répéta Zoë, abasourdie. Non. Tu te venges parce que j'ai dit hier soir je ne sais quoi qui ne t'a pas plu.

— Non. C'est plausible.

— Plausible ? Irresponsable, oui ! Tu te rends compte à quel point c'est dangereux de réduire la cible à quelqu'un de moins de vingt ans ? Tous ces néandertaliens dont la langue traînait par terre devant une fille en pantalon moulant capable de leur servir des grands mots ont quitté la salle des opérations avec en tête des paramètres si limités que s'ils croisent l'assassin et que c'est pas l'ado blanc de lycée chic décrit par Debbie, ils le laisseront filer. C'est bancal à tous points de vue. Je ne vois pas quelqu'un d'aussi jeune avoir assez de confiance en lui pour faire ce qu'a fait le meurtrier.

— Je ne suis pas de cet avis.

— C'est parfaitement ton droit, Ben. Et tant mieux si nous ne sommes pas d'accord. A condition que tu gardes l'esprit ouvert. Ça, même Debbie-pas-Debbie l'a souligné.

— Je n'y manquerai pas, assura Ben.

Il remonta sa manchette immaculée pour consulter sa montre.

— Neuf heures. Qu'est-ce que tu vas faire ?

— Je ne vais pas perdre mon temps à interroger des lycéens, je te le garantis. Je vais enquêter sur la base des

103

indices recueillis. Tu sais, comme on nous a appris à le faire ? J'essaierai peut-être de découvrir de quelle péniche provient la bâche.

Zoë repoussa sa chaise en arrière, se leva.

— Ou, encore mieux, j'irai voir la famille Wood. Et toi ?

— Alice Morecombe, la copine à qui Lorne a donné ce coup de téléphone. Je veux savoir sur quoi portait la dernière conversation de Lorne. Ensuite…

Zoë haussa les sourcils.

— Ensuite ?

— J'emmènerai quelques gars de la BRI au lycée Faulkener's. Pour interroger tous les garçons de la classe de Lorne… et tous les élèves de la classe au-dessus également.

Elle secoua la tête d'un air résigné.

— Ça veut dire qu'on se fait la guerre ?

— Ne sois pas bête. On est des adultes. Non ?

Elle soutint son regard.

— Je l'espère, Ben. Je l'espère sincèrement.

Au bout d'un moment, elle regarda elle aussi sa montre.

— On prend un verre ensemble ce soir ? Selon les résultats de la journée ?

— D'accord.

Il lui adressa un bref sourire, fit pivoter l'écran de son ordinateur et commença à entrer son mot de passe.

— Alors, à plus tard ? dit Zoë en regardant les doigts de Ben sur les touches. Vers sept heures ?

— Sept heures, acquiesça-t-il sans quitter l'ordinateur des yeux. Parfait.

14

Zoë aurait pris la Harley pour aller n'importe où mais le commissaire ne supportait pas l'idée qu'elle puisse procéder à un interrogatoire en pantalon et blouson de cuir et, pendant le service, elle utilisait la voiture, l'antique Mondeo qu'elle avait achetée pour trois fois rien lorsque la police de Bath avait renouvelé une partie de son parc. Les Wood habitaient près de Batheaston et, pour s'y rendre, il fallait passer devant la Faulkener's School, où Ben avait envoyé son équipe interroger les lycéens. Zoë ralentit, remonta du regard l'allée bordée de rhododendrons où s'étaient garés voitures de police et véhicules banalisés. Elle savait déjà le tour que prendrait l'affaire : le commissaire mettrait tous ses effectifs sur l'hypothèse de Debbie Harry. Zoë imaginait les heures qu'elle passerait à nager contre le courant.

Elle accéléra, passa devant le lycée huppé, ralentit de nouveau presque aussitôt. A une centaine de mètres devant, un 4 × 4 Mitsubishi Shogun violet était à moitié garé sur le trottoir. Une vraie voiture de proxo, avec marchepieds chromés rajoutés, phares angel eyes et snorkel safari. Derrière le volant était avachi un spécimen notoire de la faune locale, Jake Drago, surnommé Jake le Piquet pour une raison qui échappait à Zoë. Maigre, toujours en train de gigoter, Jake avait passé la moitié de sa vie adulte au trou, essentiellement pour bagarres idiotes et trafic de drogue. Selon les rumeurs, il s'était ressaisi ces deux dernières années et avait trouvé un moyen de rester dans le droit chemin. Zoë en doutait. Elle s'arrêta, descendit de voiture, fourra le bas de son chemisier dans son jean en s'approchant de lui.

Jake sortit du 4 × 4, claqua la portière et s'y adossa, promena son regard sur Zoë, ses bottes de cow-boy à talons hauts, son chemisier noir aux manches retroussées.

— Salut, Jake.

Elle s'arrêta à un pas de lui, sourit. C'était vrai, ce qu'on racontait : il avait changé. Il était plus propre, il avait pris du poids et du muscle. Il portait un tee-shirt blanc qui moulait des pectoraux fabriqués en salle de muscu. Ses cheveux bruns, courts sur les côtés, étaient raides de gel sur le dessus. Il avait la peau bronzée et huilée, comme pour aller en boîte.

— Je vois que t'as pas appris grand-chose, lui asséna-t-elle. Aux Etats-Unis, tu sors d'une voiture pareille devant un flic, tu risques de te faire tirer dessus. Ici, tu m'incites juste à me demander ce que tu caches dedans. Et, normalement, je devrais fouiller le véhicule, ou te faire souffler dans le ballon, et là, ça devient vraiment assommant.

— Comment je sais que vous êtes flic ?

— Oh, je t'en prie.

Zoë eut un rire forcé et regarda autour d'elle comme si elle cherchait quelqu'un avec qui partager la plaisanterie.

— S'il te plaît. On ne va pas s'abaisser à ça.

— Qu'est-ce que vous voulez ?

— Ce que je veux ? Jeter un coup d'œil à ta super-caisse, répondit Zoë en posant une main sur le capot. Elle est toute neuve, Jake. Ça te convient bien.

— Je suis pressé.

— Je sais. Quand je t'ai vu tranquillement assis au soleil, j'ai tout de suite compris que t'étais pressé.

— Ça commence à m'énerver, vos conneries, marmonna-t-il.

Elle se tourna vers l'entrée du lycée, les grilles en fer forgé devant lesquelles se trouvaient les voitures bana-lisées. Il fallait être soi-même de la police pour savoir qu'elles appartenaient à des collègues.

— Qu'est-ce que tu fabriques devant le bahut ? Pourquoi tu t'es garé ici ?

Il la regarda nerveusement puis sourit, révélant l'éclat d'un diamant serti dans une incisive.

— J'suis un pervers, vous le saviez pas ? Je mate les gamines avec leurs jupettes, répondit-il en se massant les cuisses. Elles me foutent la trique. Comme dit mon contrôleur judiciaire, elles me font penser à des trucs qu'il faudrait pas.

— Ouais, ouais, ouais, tu me prends toujours pour une truffe après tout ce temps. Tu n'es pas pédophile, mon Piquet. Tu es un étron qu'un jour, si Dieu le veut, les bons citoyens de Bath décolleront pour toujours de leur semelle, mais tu n'es pas pédophile. Alors, qu'est-ce que tu fais là ? Tu fournis les enfants gâtés ?

— Je vous l'ai dit : je me reposais. Les yeux fermés.

— Tu as entendu parler du meurtre ? C'est le genre de nouvelle qui circule vite.

— Bien sûr que j'ai entendu.

— Tu sais quand ça s'est passé ?

— Ouais. Avant-hier soir.

— Tu sais où ?

— Là-bas, dit-il en indiquant de la tête la direction du canal. On l'a trouvée là-bas, hein ?

— Et tu n'as rien vu ?

— Moi ? Moi ? J'ai rien vu du tout.

— Tu es sûr ? Je pourrais fouiller ta saloperie de caisse de mac et t'embarquer, pourriture. Tu es sûr ?

— J'suis sûr, affirma-t-il en rivant son regard au menton de Zoë. A cent pour cent.

— J'ai une mémoire d'éléphant, tout reste gravé. Et une chose que jamais j'oublierai en ce qui te concerne, mon petit Piquet, c'est que tu mens à la police. Chaque fois que tu te fais serrer, tu racontes n'importe quoi. Alors, dis-moi, tu as vu quelque chose ?

Il fourra ses mains sous ses aisselles, cligna des yeux. Un trait de sueur s'était formé sur sa lèvre. Il baissa la tête, donna un coup de pied à la poussière de la chaussée.

— Je sais pas. Peut-être. Je l'ai peut-être vue avec un des jeunots. Se balader là-bas, près du canal.

— Un des jeunots ? Qu'est-ce que ça veut dire, « un des jeunots » ?

— Un môme de l'école. Ils sont entrés dans le bois, là-bas.

Un moment, Zoë ne sut pas quoi répondre. Elle regarda le dessus de la coiffure de Jake, raide et luisante, en pensant que Debbie Harry aurait aimé entendre ça. Confirmation de son hypothèse. Mais Jake passa d'une jambe sur l'autre, donna un nouveau coup de pied à la poussière en évitant toujours le regard de Zoë, et soudain elle comprit. Il n'avait pas vu Lorne avec un garçon. Il n'avait rien vu du tout. Il était resté assis toute la journée dans sa voiture, ravitaillant en dope les élèves de Faulkener's, et l'un d'eux l'avait probablement déjà averti que la police interrogeait tous les garçons. Pour qu'elle le lâche, il lui servait simplement ce qu'il croyait qu'elle voulait entendre.

Zoë soupira, fit tourner ses clés autour de son index. Une autre voiture banalisée venait de s'engager dans l'allée du lycée. Nager à contre-courant…

— Bien que ce soit toujours un plaisir de passer un moment avec toi, Piquet, je vais te laisser travailler, maintenant, annonça-t-elle. Tu vas avoir besoin de blé avec tous ces trucs illégaux montés sur ta voiture et les amendes que je te collerai si je te rechope à traîner dans le coin.

15

La maison des Wood était située dans un parc qui s'étendait sur près d'un demi-hectare depuis le chemin de halage. Une allée étroite y conduisait à travers un bosquet d'imposants séquoias, bordé de pelouses impeccables auxquelles succédait une grappe de dépendances et de serres. Une mototondeuse prenait le soleil et une brouette remplie de liseron avait été abandonnée sur la partie pavée. La maison elle-même était relativement petite et peu avenante : un bloc crépi des années 30, net et bien entretenu mais dépourvu d'imagination. Un jardin d'hiver en PVC avait été ajouté à l'arrière, avec des fauteuils à fleurs et une table de salle à manger couverte d'une nappe de lin blanc.

Zoë se gara et fit le tour de la bâtisse. L'officier de liaison assigné à la famille avait informé les Wood de sa visite. Il les avait prévenus qu'elle n'apportait rien de nouveau et qu'elle venait simplement poser des questions, pour éviter qu'ils ne se rassemblent autour d'elle avec des regards pleins d'attente. Le père de Lorne était dans le jardin et il ne leva même pas la tête quand elle passa. Il portait un chapeau de brousse, un tee-shirt faisant la pub de la bière Singha et un short. A l'aide d'une tronçonneuse, il débitait un bouleau abattu et, bien qu'il eût sans doute aperçu Zoë, il gardait le dos tourné à la maison. Selon les premiers rapports, il était chef de projet dans le bâtiment. Zoë présumait qu'il aurait fallu qu'il appartienne à une autre couche sociale pour rameuter au pub du coin une bande qui lyncherait l'assassin de sa fille. Mais il y avait probablement pensé. Il avait sans doute longuement débattu en lui-même du rôle et de la logique du système judiciaire. Du pardon et de la compassion. Et maniait peut-être la tronçonneuse en imaginant que c'était le meurtrier de sa fille qu'il découpait.

Du banc du patio, un grand jeune homme triste la regardait approcher. Les coudes sur les genoux, il tremblait légèrement, comme prêt à se lever d'un bond. Il avait une épaisse chevelure blond-roux et semblait avoir dormi dans son pantalon de toile et son sweat-shirt. Ce devait être le frère de Lorne, revenu cette nuit de l'université de Durham. Il lui adressa un hochement de tête embarrassé, tendit le bras pour indiquer l'entrée et reprit son tremblement nerveux.

La porte était entrouverte. Zoë la poussa, se retrouva dans un vestibule aux murs couverts de photos encadrées. Des photos de chevaux : concours hippiques, poneys sautant des obstacles difficiles. Une Lorne enfant souriait sous une bombe, entourant de ses bras l'encolure d'un poney noir au frontal orné de cocardes.

— Il y a quelqu'un ?

— Par ici, fit une voix au bout du couloir.

Zoë continua à avancer, trouva dans la cuisine l'officier de liaison assis devant un ordinateur et Mme Wood

111

debout devant le plan de travail, griffonnant furieusement dans un petit carnet. Vêtue d'un pantalon de velours côtelé et d'un polo d'équitation, elle avait une masse de cheveux bouclés tirés en arrière et retenus en catogan. Lorsqu'elle se retourna, Zoë remarqua immédiatement deux choses. D'abord que Mme Philippa Wood avait fréquenté le même pensionnat qu'elle vingt ans plus tôt sous le nom de Mlle Philippa Snow ; ensuite, que Mme Wood n'avait pas vraiment réalisé que sa fille était morte. Elle arborait un sourire grimaçant, déterminée à expédier le plus rapidement possible cette visite de la police.

— Pippa Wood, se présenta-t-elle avec une ferme poignée de main.

Si elle reconnut Zoë, elle n'en laissa rien paraître.

— Du café ? Il sera prêt dans un instant.

Zoë échangea un regard avec l'officier de liaison, qui lui adressa un lent hochement de tête signifiant : « Je vous l'avais dit. Elle ne se rend pas encore compte. »

— S'il vous plaît. Noir, avec deux sucres.

Elle croisa les bras et s'appuya à un élément bas, regarda la mère de Lorne brancher la bouilloire, prendre deux tasses dans un élément haut.

— Madame Wood, je sais que vous avez été interrogée hier, et avant-hier aussi quand votre fille avait disparu. Je ne veux pas que vous pensiez que c'est de l'acharnement, c'est simplement pour savoir si quelque chose vous est revenu depuis. Un détail que vous vous rappelez maintenant, quoi que ce soit de votre déclaration que vous voudriez modifier ou développer.

— Pas vraiment.

Pippa Wood lui présenta une boîte en fer contenant des brownies et des boudoirs. Zoë n'avait pas vu de boudoirs depuis des années. Elle en prit un, Pippa referma le couvercle.

— Elle est rentrée du lycée à une heure : ils n'ont pas cours le samedi après-midi. Elle s'est changée, elle est allée en ville. Rien d'anormal.

— Elle faisait ça souvent ?

— Oui. Elle aimait le shopping. Certaines boutiques du centre restent ouvertes jusqu'à six heures, voire plus tard.

— Elle n'a pas parlé de retrouver quelqu'un ?

— Non, répondit Pippa en prenant le lait dans le réfrigérateur. Elle aimait être seule.

— Qu'est-ce qu'elle cherchait ?

— Des vêtements. Comme d'habitude. Du lèche-vitrine, bien sûr, parce que je ne lui donne pas d'argent pour qu'elle le gaspille. Elle s'imaginait qu'elle irait à Londres et qu'elle deviendrait mannequin : l'argent que je lui aurais donné, elle l'aurait dépensé pour cette chimère. Nous essayons de lui apprendre la valeur de l'argent, à faire la différence entre une dépense raisonnable et du gaspillage, mais avec Lorne, ça rentre par une oreille et ça sort par l'autre. Son frère, par contre…

Elle secoua la tête comme si la vie demeurait un mystère pour elle.

— C'est étonnant, non, comme deux enfants ayant les mêmes gènes peuvent devenir aussi différents ?

— Qu'est-ce que vous appelez une « dépense raisonnable » ?

Pippa scruta le visage de Zoë comme si c'était une question piège.

— Eh bien, pas les vêtements, bien sûr. En tout cas pas le genre de vêtements qu'elle veut. Des choses pratiques, plutôt.

Elle secoua une de ses jambes de pantalon pour donner un exemple.

— Le clinquant, ça s'abîme au premier lavage.

Au pensionnat, elles n'avaient pas été dans la même classe mais Zoë se rappelait vaguement la réputation de Pippa : très sportive, capitaine de l'équipe de hockey, dingue de chevaux. Et extrêmement dure.

— Lorne avait un cheval, j'ai vu.

— Plus maintenant. Elle en a eu un, elle ne s'occupait pas de lui. Je l'aurais bien gardé mais je l'avais dressé moi-même, il n'aurait pas apprécié que je le monte et, de toute façon, il était trop petit. Maintenant, il n'y a plus que la jument et le cinq-ans.

Zoë grignota pensivement le boudoir, une main en coupe dessous pour ne pas laisser le sucre en poudre tomber sur le carrelage. Des années plus tôt, elle avait fait une enquête de routine sur une fille de douze ans qui avait été désarçonnée et piétinée par son cheval et gisait dans le coma en soins intensifs. Pendant l'interrogatoire, la mère était en larmes. Mais elle pleurait pour ce qui pouvait arriver au cheval, pas pour sa fille. Elle ne savait que répéter : « Ce n'est pas de sa faute, il a eu peur. Elle n'aurait pas dû l'emmener sur la route. Ce n'est pas de sa faute. »

Zoë se lécha les doigts, passa la tête par la porte de la cuisine et regarda l'escalier.

— Sa chambre est là-haut ?

— Vos collègues y sont déjà allés, ils ont pris son ordinateur. Ils sont partis il y a une heure environ.

— Je peux jeter un coup d'œil ?

— Naturellement. Excusez-moi si je ne vous accompagne pas.

Zoë emporta sa tasse dans le couloir et monta lentement les marches, passa devant d'autres photos de concours hippiques. Une phrase demeurait dans son esprit : « *L'argent que je lui aurais donné, elle l'aurait dépensé pour cette chimère.* » Cela faisait des années qu'elle ne vivait plus chez ses parents mais le souvenir de cette souffrance lui revint, tranchant comme de l'air glacé. Jamais elle n'avait été tout à fait à la hauteur de leurs espérances. Elle n'avait alors qu'une idée en tête : s'échapper.

La chambre de Lorne – un poster des Sugarbabes sur la porte – faisait face à la salle de bains familiale. Là-haut, le bourdonnement de la tronçonneuse de M. Wood parvenait étouffé. Zoë ouvrit la porte, entra et demeura un instant immobile, examinant la pièce.

Lorne avait été une privilégiée : Faulkener's prenait probablement aux Wood entre douze et quinze mille livres par an, et sa chambre était parsemée d'indices d'un mode de vie qui la classait au-dessus des gens ordinaires : une photo d'elle devant l'opéra de Sydney, une autre en robe de bal sans bretelles, sourire de « débutante » aux lèvres, treize ans à peine, estima Zoë. A part ces signes, ce que cette pièce avait de plus troublant, c'était sa banalité. Exactement la chambre d'adolescente reproduite dans des centaines d'autres maisons d'un bout à l'autre de Bath. Pas de photos de chevaux mais des posters de girls bands vêtues de lingerie fine. Sur le mur proche de la fenêtre, un tableau de liège couvert de photos : Lorne sur un mur d'escalade, tirant la langue à l'objectif avec un sourire ravi ; Lorne en robe blanche légère, un bracelet de fleurs à la cheville ; Lorne en maillot de bain couleur fraise, le type même du fantasme de tous les adolescents. D'une photo à l'autre, sa coiffure changeait, de blond clair avec une frange à noir gothique, avec une mèche magenta. Zoë se demanda comment cela avait été ressenti à Faulkener's. Au pensionnat, se teindre les cheveux aurait été passible d'exclusion, mais cet établissement avait pour spécialité de former des filles sérieuses. Comme elle. Et comme Pippa Wood restée en bas.

Zoë posa sa tasse, prit une paire de gants dans sa poche, les enfila avant d'ouvrir un tiroir. Des sous-vêtements, en désordre – peut-être à cause de la négligence de Lorne, peut-être à cause de celle des policiers –, les slips d'un côté, les soutiens-gorge de l'autre. Un autre tiroir contenait des chaussettes et des collants, un troisième des accessoires pour cheveux, des dizaines, littéralement. Zoë s'approcha d'une commode multicolore et ouvrit le tiroir du haut. Encore des sous-vêtements. Une pile de cocardes de concours hippiques. A défaut de les jeter, ce qu'elle n'avait peut-être pas eu le droit de faire, Lorne les avait mises hors de vue.

Hors de vue…

Elle se redressa, inspecta la pièce. Lorsque Lorne avait disparu, l'officier chargé de l'affaire était venu avec quelques membres d'un groupe de soutien chercher des pistes. Zoë avait lu ses notes, qui se résumaient à pas grand-chose. Une fille comme Lorne ? Qui avait autant de problèmes avec sa mère ? Il y avait sûrement quelque chose qui avait échappé à l'officier. Zoë s'assit sur le lit et, les mains sur les cuisses, se concentra pour faire renaître le sentiment qui avait surgi en elle une minute plus tôt. Le lien soudain avec sa propre adolescence. Si cette chambre avait été la sienne, où aurait-elle caché ses petits secrets ?

Au pensionnat, les dortoirs étaient exigus : quatre élèves seulement par salle. Une armoire occupait tout un mur et on en allouait une partie à chaque fille pour ses vêtements. Chacune disposait aussi d'une table de nuit. Peu de possibilités pour dissimuler ce qu'on ne voulait pas que les autres voient. Zoë avait quand même trouvé un moyen. Ses yeux se portèrent sur la table de chevet de Lorne, encombrée d'une pile de magazines. Elle s'allongea par terre, passa une main sous la table, ne sentit que la surface lisse du bois. Elle se releva, alla au bureau et fit de même. Rien. Elle passa à l'armoire et, cette fois, lorsqu'elle glissa les doigts sous le meuble, elle trouva un objet dur rectangulaire dans un sac en plastique fixé à la planche.

Zoë le détacha et retourna s'asseoir sur le lit. Le sac contenait un journal intime avec un fermoir en forme de cœur dans lequel était fichée une clé. Sur la couverture, on avait griffonné ces mots : « Maman, si tu as trouvé ce journal, je ne peux pas t'empêcher de le lire. Mais n'oublie pas que tu auras trahi ma confiance. » Zoë sourit de ce petit côté humain de Lorne. Plus développé que chez Pippa, encore incapable d'accepter que sa fille ne s'intéresse pas le moins du monde aux chevaux.

Zoë ouvrit le journal, le feuilleta. Lorne avait orné les pages de fleurs en papier découpé, de petits stickers en forme d'œil qui clignaient quand on les remuait. Sur le premier tiers du journal, il n'y avait quasiment rien d'écrit mais, ces dernières semaines, chaque page était couverte de notes d'une toute petite écriture, à peine lisible. Zoë prit ses lunettes de lecture dans la poche poitrine de son chemisier, porta le journal intime à la fenêtre, où la lumière était bonne.

Pour la plupart, les notes reflétaient les angoisses prévisibles de l'adolescence. Chaque jour Lorne consignait son poids et le nombre de calories qu'elle avait avalées, passait ensuite à un long commentaire, parfois désespéré, sur l'état lamentable de ses cheveux, sur le poids qu'elle prenait. Zoë avait lu des études selon lesquelles soixante-dix pour cent au moins des adolescentes suivaient un régime. Elle-même avait passé son adolescence à se faire traiter de « grande perche » et autres insultes que lui valait son allure dégingandée mais quel enfer ce devait être de se tourmenter sans fin sur la nourriture qu'on ingérait.

Les initiales RH revenaient souvent.

14 avril. Vu RH. Il est hyper-classe avec son tee-shirt Fat Tie. Christina dit que je lui plais. Je ne sais pas. J'ai mis mon fard à paupières bleu Hard Candy. Le grand luxe !

RH en train de parler à cette fille de 1re censée avoir un appartement à New York. D'après Nela, elle s'appellerait Mathilda, moi j'ai plutôt entendu dire Tillie, mais c'est peut-être son diminutif. Très jolie, avec des cheveux blonds, mais elle a vraiment de gros mollets. Elle ne devrait pas porter de collants. Beurk.

Suis allée au Katinka's après le bahut. Ai acheté une couleur, me la ferai quand Alice viendra ce week-end. Ma mère va FLIIIIIPPER ! HIIIIII !

J'ai lu dans un magazine qu'une fille est allée en vacances à Goa avec sa famille. Elle était assise sur la plage et un découvreur de talents de Storm l'a repérée. Elle a touché 1 000 £ pour son premier boulot, la rédactrice en chef de Vogue l'a remarquée et l'a mise en première page. Maintenant, elle vit à New York, New York !!! Alors qu'elle est de Weston-super-Mare ! Je la regarde et je me dis : si tu peux y arriver...

La page suivante ne montrait que les initiales « LW » entrelacées à « RH ». Sur celle d'après, le 20 avril, Lorne avait écrit :

Je l'ai embrassé !!!! Je suis officiellement AMOUREUSE !!! Je ne peux en parler à personne. Il dit que sa mère le tuerait si elle l'apprenait. C'est une vraie sorcière. Il dit qu'il va essayer d'être admis à l'University College et à l'Imperial, alors quand j'aurai mon appart grand luxe à Chelsea (ha ha !) il viendra me voir chaque fois qu'on en aura envie et sa garce de mère ne pourra pas nous choper.

Zoë tourna la page. Si Debbie Harry tombait là-dessus, elle ferait pendre et écarteler RH. Qui que ce pût être.

J'ai un rendez-vous chez Zeb Juice ! J'y crois pas. Ça me file une pêche d'enfer. Je vais aussi téléphoner à quelques autres. Je mettrai mes talons roses et mon jean bleu. Liste des courses à faire : spray Volume Noodlehead, spray bronzant St-Tropez – fabuleux, d'après Marie-Claire. *30 £. Mais aucune idée où je peux trouver l'argent. Si je rentre à pied tous les jours pour économiser le prix du ticket de bus et si j'ajoute ce que j'ai mis de côté, ça ne suffira quand même pas...*

Lorne n'avait rien noté sur les pages suivantes, elle y avait seulement dessiné des fleurs, des cœurs, une fille – elle, probablement – en bikini et bottes à talons hauts. Zoë feuilleta les pages suivantes, ne releva rien d'intéressant. Lorsqu'elle referma le journal, elle remarqua un petit sachet collé au dos de la couverture. Elle y glissa un ongle, fit tomber un minuscule objet. Une carte mémoire d'appareil photo.

Zoë chercha dans le fouillis du bureau jusqu'à ce qu'elle trouve l'appareil correspondant, y inséra la carte et fit défiler les photos. On y voyait Lorne dans cette même pièce. Sa posture gauche laissait penser qu'elle s'était prise grâce à un déclenchement retardé. Sur les trois premières, elle portait un bikini et se tenait debout. Mais ce fut la quatrième et les suivantes qui amenèrent Zoë à s'asseoir sur le lit, consternée. Vêtue uniquement d'un porte-jarretelles, d'une paire de bas et d'un corsage ajusté, Lorne prenait une pose aguichante sur le sol, les jambes croisées. Sur les deux dernières, elle avait ôté le corsage et regardait l'objectif d'un air provocant, la langue pointant entre des lèvres luisantes.

Zoë se repassa deux fois toute la série et fut submergée par une énorme vague de tristesse. Pourquoi une gentille fille de famille bourgeoise comme Lorne faisait-elle une chose pareille ? Il pouvait y avoir des quantités de raisons, bien sûr : ce n'était peut-être qu'une lycéenne impressionnable tentant d'apprivoiser sa sexualité. Ou peut-être d'impressionner un petit ami. Mais ce pouvait être aussi plus horrible. Un vieux fantôme s'insinua alors sur la pointe des pieds dans l'esprit de Zoë et lui souffla que c'était peut-être parce que Lorne en était venue à ne pas s'aimer. Quand elle s'était rendu compte que, pour sa mère, c'était son frère la vedette, elle avait commencé à chercher un moyen de s'échapper. Zoë avait connu ça. C'était peut-être le but de ces photos.

Dehors, le vrombissement de la tronçonneuse de M. Wood tailladait le silence. Zoë ressortit la carte de l'appareil, la tint au creux de sa main en se demandant si ces photos étaient importantes, si elles donnaient accès à un côté caché de Lorne que personne n'avait mentionné. Si elles avaient un rapport avec son rêve de devenir mannequin, si Lorne tenait si désespérément à le réaliser. Non, conclut-elle, des tas d'autres filles prenaient probablement ce genre de photos d'elles, en cachette de papa et maman. Il valait mieux les laisser dans le journal, à l'abri des regards. Ou détruire la carte.

Ou la considérer comme une piste possible.

Par la fenêtre, elle vit les feuilles d'un bouleau argenté remuer doucement sur le ciel bleu. Trente secondes s'écoulèrent. Une minute. Puis Zoë se leva et glissa la carte dans la poche arrière de son jean.

— Désolée, Lorne, murmura-t-elle. Je ne sais pas. Pas encore.

16

En bas, dans le jardin d'hiver, Pippa était assise avec l'officier de liaison. Un agenda ouvert sur les genoux, elle organisait apparemment son emploi du temps pour les prochaines semaines. Ils discutaient peut-être d'enterrement, de conférences de presse. Dehors, M. Wood tronçonnait toujours son bouleau. En entendant Zoë descendre, Pippa s'interrompit, referma l'agenda et s'avança dans le vestibule.

— Terminé ?

— Juste une ou deux questions.

— D'accord. Je ne demande qu'à vous aider.

— Lorne avait beaucoup d'amis ?

— Beaucoup ? Oh, oui. Je n'arrivais pas à en tenir le compte. Dès le jour où elle a eu quinze ans, où je lui ai donné un téléphone portable et les clés de la maison, je ne l'ai plus vue que lorsqu'elle ramenait des gens ici. Un cauchemar, les jeunes, un cauchemar absolu. Quelquefois on a envie de se cacher sous…

Elle laissa sa phrase en suspens, comme si elle venait de comprendre qu'il n'y aurait plus jamais d'autre adolescent pour lui rendre la vie impossible.

— Oui, enfin…

Elle se frotta nerveusement les bras et jeta un coup d'œil dans la cuisine.

— Oui. Vous voulez une autre tasse de café ?

— Non, merci, répondit Zoë avec douceur. J'en ai bu plus qu'assez. Ses amis, c'était surtout des élèves du lycée ?

Pippa secoua la tête.

— Non, pas vraiment. Ils venaient de partout. Elle parlait à tout le monde. Et avec son physique… les garçons se souvenaient d'elle. Je me demande de qui elle tenait ça – pas de moi, c'est sûr.

— Mais pas de petit ami en particulier ?

— Non.

— Je peux vous poser la question à un million de dollars ? demanda Zoë.

— Laquelle ? Est-ce qu'elle était vierge ? C'est ça ?

— Il faut bien que quelqu'un finisse par la poser. Elle n'est pas au banc des accusés, simplement nous avons besoin d'une vision d'ensemble…

— Je sais. Votre collègue m'en a déjà parlé…

Elle se tourna vers l'officier de liaison assis devant son ordinateur portable.

— Il a dit que ça pouvait être important.

Elle posa un doigt sur son front et l'y laissa, comme pour se concentrer sur une tâche essentielle. Garder l'équilibre, par exemple.

— Franchement, je n'en sais rien. Si je devais parier, je répondrais non. Mais, je vous en prie, gardez ça pour vous. Je ne veux pas de commérages.

— Vous connaissez quelqu'un dont les initiales sont RH ?

— Non, ça ne me dit rien. Pourquoi ?

— Je me demandais, comme ça. Et Zeb Juice ? Ça vous dit quelque chose ?

— Oui, répondit Pippa avec un soupir exaspéré. Zebedee Juice. Une agence de George Street.

— Une agence ?

— De mannequins. Je vous l'ai expliqué : Lorne se prenait pour la nouvelle Kate Moss, alors quand l'agence a accepté de la recevoir, je me suis fait du souci, beaucoup de souci. Comme vous l'imaginez.

— Ils s'occupent de quel genre de mannequins ?

— Quel genre ? Je ne sais pas. Le genre habituel, j'imagine. Le vêtement. Les défilés de mode.

Donc aucun rapport avec les photos. Zoë fut soulagée de l'apprendre.

— Qu'est-ce qui s'est passé… quand elle est allée à l'agence ?

— Ils lui ont dit qu'elle n'était pas assez grande. Ils n'étaient pas intéressés, Dieu merci.

— Vous étiez contente ?

— Bien entendu, répliqua Pippa avec une pointe d'agacement. Quelle mère ne l'aurait pas été ? C'était un rêve ridicule.

Zoë ne répondit pas. Dehors, quatre pies étaient apparues sur la pelouse et sautillaient en se faisant des feintes. *Une pour la tristesse, deux pour la joie. Trois pour une fille, quatre pour un garçon*[1]. Elle vit le grand frère assis sur le banc, l'air gauche et pitoyable. Celui qui avait toutes les qualités aux yeux de sa mère.

---

1. Comptine anglaise sur ce que le nombre de pies prédit. (*N.d.T.*)

— C'est tout ? s'enquit Pippa. Vous n'avez pas d'autre question ?

— Pas pour le moment. Merci.

Elle chercha ses clés de voiture dans sa poche et se trouvait à mi-chemin de la porte quand Pippa lui lança tout à coup :

— Nous étions dans le même pensionnat, n'est-ce pas ?

Zoë se retourna lentement.

— Je n'ai pas voulu vous le rappeler.

— Vous étiez bonne aux jeux et intelligente. Très intelligente. Vous étiez toujours la meilleure pour les quiz. Vous êtes allée à l'université ? Tout le monde vous le prédisait.

— Non, j'ai laissé tomber. J'ai voyagé dans le monde entier et je suis revenue ici. Ça a coûté les yeux de la tête à mon père de nous mettre au pensionnat, ma sœur et moi, et regardez comme je l'ai récompensé : je suis devenue flic, conclut-elle avec un sourire triste.

— J'ignorais que vous aviez une sœur.

— Elle était dans une autre école, répondit lentement Zoë. Plus souple que la nôtre. Le genre d'établissement qui fabrique de bonnes épouses.

— Comment se fait-il que vous ayez fréquenté des écoles différentes ?

— Oh, vous savez ce que c'est, dit Zoë d'un ton évasif. Nous ne nous entendions pas très bien. Comme vous l'avez remarqué, les mêmes gènes peuvent se combiner pour donner des personnes totalement différentes.

— Et vous ? Vous avez des enfants ?

— Non.

Pippa prit sa respiration avant de faire un commentaire et pendant cette seconde, cette brève pause, Zoë aperçut les fissures. L'être humain en Mme Wood. Comme si la Pippa terrifiée, celle qui ne savait pas comment affronter cette tragédie, s'était laissé entrevoir dans son regard. C'était un flash, un moment fugace, un visage paniqué et hurlant la peur que Zoë ne réponde : « Oui, j'ai une fille magnifique. Comme Lorne. Sauf que la mienne est vivante. » C'était l'envie primaire, l'envie des malades, des affligés et des vieux pour les jeunes et les bien-portants. Et les vivants. Puis l'expression disparut et le masque placide revint.

— Au revoir, dit-elle.

Puis elle se tourna vivement en fermant la porte.

Zoë se retrouva immobile au soleil, avec dans les oreilles le bruit de la tronçonneuse de M. Wood et le halètement lent d'une péniche passant sur le canal.

17

Toute la journée, au travail, tout le monde parla de Lorne Wood. Dans chaque bâtiment où Sally faisait le ménage, quelqu'un mentionnait l'affaire, secouait la tête en murmurant « C'est terrible », comme si c'était sa propre enfant. Sally, elle, n'avait pas trop envie d'en parler, elle ne voulait pas penser que cela aurait facilement pu arriver à Millie. Ce matin-là, elle avait tiré la lame abîmée du jeu de tarot et l'avait cachée dans un tiroir. Le reste, enveloppé dans un chiffon, se trouvait maintenant dans son grand sac parce qu'elle travaillait ce jour-là près de la boutique hippie et qu'elle aurait peut-être l'occasion de montrer les cartes à la propriétaire. Finalement, elle n'en avait pas eu le courage et elle les avait laissées dans le coffre de la Ka.

C'était le jour de la semaine où elle passait quelquefois prendre Millie au lycée pour lui éviter l'autobus. Sally se gara en face dans la rue avec les autres mères qui avaient baissé leur vitre pour regarder les grilles. Nial et Peter sortirent, levèrent la main au passage pour la saluer puis, quelques instants plus tard, ce fut au tour de Sophie. Dès qu'elle vit Sally, elle se précipita vers la voiture.

— Madame Benedict, Millie est encore dans la salle de classe, elle veut que vous alliez la chercher.

— Pourquoi ?

— Je ne sais pas. Elle ne va pas bien.

Sally verrouilla la voiture, entra dans le lycée et parcourut à la hâte les couloirs au plafond voûté. Située de l'autre côté du bâtiment, la salle était ancienne, avec des étagères croulant sous les livres et le matériel audio-visuel. Le jour y pénétrait par de hautes fenêtres à meneaux. Millie était assise à l'un des bureaux indivi-duels, la tête penchée. Lorsqu'elle entendit la porte s'ouvrir, elle se retourna. Elle avait les traits tirés.

— M'man…

Sally s'approcha.

— J'ai vu Sophie. Ça ne va pas ?

— Non. Tu peux amener la voiture à la porte de derrière et me prendre près de la salle de sport ?

— Tu aurais dû me téléphoner. Qu'est-ce qu'il y a ?

— Rien. Juste mon ventre. J'ai des crampes.

— Tu as tes règles ?

— Non… je sais pas. Ça grouille à l'intérieur.

Sally scruta le visage de sa fille. Elle ne savait jamais trop quand Millie lui mentait mais, cette fois, elle se doutait que le problème de sa fille n'avait rien à voir avec son ventre. Elle avait l'air de cacher quelque chose.

— Tu es allée voir l'infirmière ?

L'adolescente secoua la tête, se détourna et regarda par la fenêtre.

128

— Maman, s'il te plaît, tu peux aller chercher la voiture ?

— C'est à cause de ce qui est arrivé à Lorne ? Tu es bouleversée ?

— Non.

— Alors, c'est pour Glastonbury ? Parce que je ne peux pas changer d'avis, chérie.

— Non, c'est pas ça, je te jure. Je me sens malade.

Sally soupira.

— OK, je t'attends de l'autre côté dans cinq minutes.

Elle retourna à la Ka, fit le tour et se gara dans la cour, en face du bâtiment moderne de la nouvelle salle de sport. Millie sortit, le blazer du lycée sur les épaules, la tête baissée, et monta rapidement dans la voiture.

— Maman, on peut rentrer tout de suite à la maison ?

— Explique-moi d'abord ce qui se passe.

— Maman, je t'en prie, supplia Millie, recroquevillée sur le siège.

— Ou tu m'expliques ou on va chez le médecin.

— Non, je me sens mieux, maintenant. Je veux juste rentrer.

Sally passa en première, s'avança jusqu'à la chaussée, mit son clignotant à gauche. Millie sursauta, tendit le bras pour saisir le volant.

— Non, attends ! Maman, attends, s'il te plaît.

— Quoi ?

Millie tremblait, elle était blême.

— Tourne à droite. A *droite*.

— Mais c'est à gauche, pour la maison.

— On peut passer par-derrière. Tous mes amis sont devant. Ils se moqueront de moi s'ils voient que tu viens me chercher.

— Non, il n'y a plus personne, ils sont partis.

— Maman, on peut passer par-derrière, s'il te plaît ?

Sally mit au point mort.

— Non, désolée. A moins que tu ne m'expliques ce qui se passe.

Millie serra les poings.

— Oh, mon Dieu ! Bon d'accord, d'accord. Donne-moi seulement un moment pour…

Elle se laissa glisser du siège jusqu'à être accroupie sur le plancher.

— Mais qu'est-ce que tu fais ?

— Il y a quelqu'un devant. Dans un 4 × 4 violet. Je ne veux pas qu'il me voie.

— Qui ?

— Quelqu'un.

Le visage blanc, Millie leva vers sa mère des yeux aux pupilles dilatées. Elle n'avait pas mal au ventre, elle était terrifiée. Sally regarda son portable posé sur la plage avant, se demanda qui elle pouvait appeler. Isabelle ? Steve ?

— S'il te plaît, maman ! On y va ?

Sally repassa en première, s'engagea sur la chaussée, l'inspecta dans les deux sens. Ses paumes étaient moites sur le volant. La rue était maintenant plus calme, tous les élèves étaient effectivement partis. Mais un curieux 4 × 4 violet était garé de l'autre côté, l'avant tourné vers les grilles du lycée. Il avait d'énormes pare-buffles, un snorkel et des jantes en forme de dague.

Sally fit quelques mètres. Millie tira le blazer au-dessus de sa tête et murmura :

— Il est là ? Oh, mon Dieu.

Sally s'arrêta le long du 4 × 4, en double file, tourna la tête pour regarder le chauffeur. C'était un métis, avec une fine moustache et des cheveux luisants de gel. Il portait un tee-shirt blanc moulant et un gros collier en or. D'abord, il ne remarqua pas Sally, il fixait les grilles du lycée. Puis il sentit sa présence et tourna la tête, croisa son regard et lui sourit, révélant un diamant serti dans une dent de devant.

— Quoi ? marmonna-t-il. Quoi ?

Sally écrasa l'accélérateur et la petite voiture démarra dans un crissement de pneus qui fit s'arrêter les passants.

— Maman ? Qu'est-ce qui se passe ? Il était là ?

Parvenue en bas de la colline, Sally regarda dans son rétroviseur, vit que l'homme n'avait pas essayé de les suivre. Elle tourna à gauche, passa devant la grande église XIXe, puis prit à droite, puis de nouveau à gauche, filant pour mettre le plus de distance possible entre elles et cet homme. Elle ne s'arrêta qu'une fois arrivée à Peppercorn, loin dans la campagne déserte. Elle descendit de voiture, se tint un moment sur la pelouse et respira l'odeur de soufre du moteur et des relents de fumier en inspectant la vallée où la file de gens rentrant du travail progressait lentement vers l'autoroute. Lorsqu'elle fut certaine qu'elles n'avaient pas été suivies, elle retourna à la voiture et ouvrit la portière. Millie sortit la tête de dessous le blazer, les cheveux emmêlés, les yeux égarés. Elle descendit de la Ka, la tête baissée, l'air épuisé.

— On peut rentrer maintenant ? demanda Sally.

Elle porta son matériel de nettoyage dans la maison, le posa dans un coin et alla dans sa chambre, Millie dans son sillage. Elle approcha du lit, rabattit les couvertures.

— Allonge-toi.

— Mais il n'est que cinq…

— S'il te plaît.

L'adolescente enleva ses chaussures et se coucha. Sally vérifia que les rideaux étaient bien tirés, éteignit la lumière et s'étendit près de sa fille, la prit dans ses bras par-derrière, appuya la tête contre son dos. Elle ne dit rien, elle écouta la respiration de son enfant, les yeux rivés au rai de lumière passant entre les rideaux. Elle se mit à compter lentement dans sa tête, au rythme des secondes s'égrenant dans le silence.

Un quart d'heure s'écoula avant que Millie dise en gémissant :

— Je suis désolée.

Sally hocha la tête. Elle n'en doutait pas.

— C'est un dealer, reprit Millie.

— Oh, mon Dieu, lâcha Sally d'une voix lasse. Mon Dieu.

— Il vend de la drogue aux élèves du lycée, à ceux de Faulkener's aussi. Il fait la navette entre les deux. Moi, je n'en prends pas, je te le jure. J'ai essayé une fois avec Nial et Soph. Surtout n'en parle pas à Isabelle, s'il te plaît. On a détesté ça. J'ai eu des palpitations, j'ai cru mourir. Mais tout le monde au bahut a essayé, je te mens pas, tu serais sidérée de savoir qui en a pris au lycée. Les délégués, plusieurs membres des équipes de hockey. Ils font ça avant le match, comme si c'était tout à fait normal.

132

Sally pressa sa tête plus fort contre le dos de sa fille. C'était ce dont la lame de tarot avait tenté de l'avertir. Bon sang, elle était vraiment aussi bête que Julian le disait toujours.

— C'est pour ça que tu évites ce type ? A cause de la drogue ?

— Non. Je ne me drogue pas, maman. Je te le jure. Sur tout ce que tu voudras.

— Alors, c'est lié à Lorne Wood ? A ce qui lui est arrivé ?

Millie se retourna, posa sur sa mère un regard curieux.

— Non. Bien sûr que non. Pourquoi tu penses que j'ai quoi que ce soit à voir avec ça ?

— Alors pourquoi ?

— Pour l'argent.

— Quel argent ?

— Il m'a prêté de l'argent.

Millie prit une brève inspiration, se mit à pleurer silencieusement.

— Oh, maman, je pensais que ça se passerait bien. Je n'ai jamais imaginé que ça finirait comme ça.

Sally cligna des yeux dans l'obscurité. Millie, emprunter de l'argent ? A cet individu ? Impensable.

— Ça ne peut pas être une grosse somme, suggéra-t-elle.

D'un ton hésitant, elle ajouta :

— N'est-ce pas ?

Les épaules encore secouées, Millie répéta :

— Merde, merde, merde. Si papa et toi n'aviez pas divorcé, il ne serait rien arrivé. J'aurais eu l'argent si vous étiez restés ensemble.

— Pour Glastonbury ?

— Non. Pour Malte.

— Mais tu es allée à Malte.

— Oui, mais j'ai dû…

Cette fois, Millie éclata en sanglots bruyants.

— Quel gâchis ! Je suis vraiment nulle.

Sally releva la tête.

— Ton père a payé pour le voyage à Malte.

— Non. Finalement, Melissa a décidé que non. Je ne t'en ai pas parlé, tu m'aurais empêchée d'y aller.

— Comment as-tu pu… Oh, Millie, tu veux dire que tu as emprunté l'argent à ce type ? Mais c'était sûrement une grosse somme.

— A t'entendre, j'ai commis un crime abominable. Tu ne comprends pas. Tu n'as aucune idée de ce que c'est pour moi. Tous les parents des autres élèves vivent encore ensemble. Toute la classe ira skier en automne, sauf Thomas, qui ne compte pas, et Selma, qui va à New York et va s'acheter plein de fringues là-bas. Et je ne parle même pas de ceux qui vont à Glasto. C'est horrible d'être moi. Tu n'as pas idée, c'est horrible.

— Combien tu lui dois ?

— Il dit que je lui dois aussi des intérêts parce que je ne l'ai pas remboursé quand j'aurais dû.

— C'est tout à fait illégal. Il faut aller à la police. On prend la voiture, on y va maintenant.

— Non. Non, maman, tu ne peux pas.

Millie tourna le buste, regarda sa mère par-dessus son épaule.

— Si tu fais ça, je serai renvoyée et tout le monde sera au courant. Plus aucun parent ne me laissera voir mes amis. Papa aussi l'apprendra, et Nial, et Sophie. Et le type s'en prendra à moi. S'il découvre qu'on est allées à la police, je suis morte. Maman, je t'en supplie. Je ferai n'importe quoi. Je quitterai mon lycée, j'irai dans une école publique, papa pourra me donner ce qu'il verse pour moi à Kingsmead. Je ferai *n'importe quoi*. Je t'en supplie, ne va pas à la police. Si tu en parles à quelqu'un, je ne le supporterai pas.

— Combien tu lui dois ?

Millie cessa de pleurer et demeura silencieuse, comme si elle rentrait en elle-même, comme si elle cherchait un endroit où elle serait en sécurité.

— Quatre… mille, murmura-t-elle. Il n'arrêtait pas d'ajouter des intérêts, maman, il n'arrêtait pas d'augmenter.

Sally ferma les yeux, appuya son front au dos brûlant de sa fille. Elle vit en pensée la cuisine d'Isabelle regorgeant de mets fins et de boissons chères, Melissa plantant des arbustes exotiques dans le jardin de Sion Road, David Goldrab montant dans son énorme voiture. Elle vit les mères et les pères attendant devant Kingsmead et sut qu'ils appartenaient à un monde différent. Pendant les dix-huit mois écoulés depuis le divorce, Millie et elle avaient franchi en silence une barrière invisible et glissé sans se plaindre dans un endroit d'où elles ne reviendraient jamais. Tout ça à cause de l'argent.

18

Pour la première fois depuis que Zoë connaissait Ben, son aspect extérieur laissait à désirer à la réunion du soir de l'équipe. Les effets du vin bu la veille et du manque de sommeil commençaient à se voir. Il avait les joues ombrées de barbe et sa chemise était chiffonnée dans le dos. Zoë découvrit avec agacement que cette chemise froissée avait quelque chose de touchant.

— C'est un peu décevant, disait-il à ses collègues assemblés. Je dois reconnaître que la journée n'a pas été bonne. Tout d'abord, nous attendons toujours le premier témoignage oculaire. C'est incroyable, je sais : normalement, une affaire aussi médiatisée suscite une quantité de coups de téléphone spontanés. Lorne, une fille superbe, connue de tout le monde, rentre chez elle à pied et personne ne déclare l'avoir vue. On n'a rien sur les caméras de surveillance des boutiques, aucune vendeuse qui se souvienne de quoi que ce soit, même si, d'après la famille, elle avait l'habitude de farfouiller dans les rayons sans rien acheter.

Il remonta les manches de sa chemise. Il avait fait si chaud dans la journée qu'on aurait pu croire que l'été était arrivé. Des pétales de fleurs d'amandier portés par le vent depuis les jardins et les parcs formaient de petits tas dans les caniveaux. Zoë n'avait pas parlé à Ben de la carte mémoire, qui se trouvait toujours dans la poche arrière de son jean. Elle ne savait pas quand et comment le faire. A supposer qu'elle le fasse.

— Le témoignage de la femme de la péniche sur le coup de téléphone de Lorne ne correspond pas aux renseignements recueillis par l'officier chargé d'enquêter sur sa disparition. J'ai interrogé Alice, l'amie avec qui Lorne a eu cette conversation, et si elle admet maintenant que Lorne était plus bouleversée qu'elle ne l'avait déclaré la première fois, elle est restée évasive quant aux raisons de cet état.

Il but une gorgée de café, reposa sa tasse.

— Si vous me permettez de m'en remettre à mon intuition, elle protège quelqu'un.

Le commissaire, qui se tenait au fond de la salle, les bras croisés, attendant d'être impressionné, se pencha en avant.

— Elle protège quelqu'un ?

— Oui. Alice était la grande copine de Lorne, elles étaient inséparables. Elle cherche à protéger son amie, même après sa mort, en nous cachant quelque chose. Quelque chose d'important.

Debbie Harry, assise dans un coin, avait jusque-là gardé le silence. Elle se leva, alla se placer près de Ben, épaule contre épaule, et s'adressa à l'équipe comme s'ils menaient cette enquête ensemble.

— C'est bien vu, approuva-t-elle. D'après cet élément et d'autres commentaires des camarades de classe de Lorne, nous sommes à peu près sûrs qu'elle avait un petit ami. Quelqu'un dont elle ne parlait à personne.

Zoë la regardait fixement. « *Nous* sommes à peu près sûrs » ? Pour qui elle se prenait ? Pour un inspecteur ? Pour la coéquipière de Ben ? Elle était simplement psychologue, qu'est-ce qu'elle fichait encore là ? Dans les souvenirs de Zoë, ces gens-là étaient payés à l'heure ; manifestement, Debbie ne l'avait pas compris. Elle pensait faire partie de l'équipe. Et, à en juger à l'expression des visages des membres de cette équipe, ils avalaient tous sans exception son baratin de Psychologie-pour-les-nuls parce qu'il sortait de la bouche d'une jolie fille nantie de diplômes.

— Cela explique les propos évasifs d'Alice, poursuivait Debbie. Lorne a probablement caché pendant un temps l'existence de ce petit ami et maintenant, bien sûr, il a peur de se manifester. Pourquoi ? Nous n'en savons rien. De même que nous ignorons s'il est ou non responsable de sa mort. C'est une inconnue de l'équation. Mais ces mots, « J'en ai assez »…

Debbie adressa aux policiers un sourire bienveillant qui les invitait à s'exprimer : *Allez, ce que vous pensez m'intéresse. Travaillons ensemble.*

— Est-ce que, d'après vous, ces mots signifient que Lorne et son petit ami secret avaient un problème ?

— RH, intervint Zoë.

Etonnés, tous se tournèrent vers elle.

— Ses initiales sont « RH ».

— Comment êtes-vous parvenue à cette conclusion ? demanda le commissaire.

Elle lui lança un regard cinglant.

— J'ai vu une voyante ce matin, elle l'a lu dans la paume de ma main. Elle m'a dit qu'un homme dont les initiales sont « RH » allait entrer dans ma vie.

Un silence gêné succéda à cette pique manifestement destinée à la psychologue. Ben regarda Zoë en plissant le front et Debbie demanda d'un ton condescendant :

— Pardon, mais que voulez-vous dire au juste ?

— Dans son journal intime, Lorne parle d'un certain RH. J'ai passé l'après-midi à le chercher. Sans le trouver.

Il y eut une longue pause, puis Debbie prit une inspiration et gratifia Zoë de son sourire accueillant : *Je suis ravie que vous ayez enfin compris notre façon de penser. Bienvenue à bord du Grand Vaisseau Debbie Harry. Vous allez faire une merveilleuse croisière.*

— Merci, inspecteur Benedict. Merci. Nous progressons. Et je crois que vous serez tous d'accord. Trouver ce « RH »...

Elle écarta les bras, enchantée de la tournure que prenaient les choses.

— ... sera déterminant pour résoudre cette affaire.

19

Beaucoup de familles de Bath préféraient les maisons victoriennes à celles de style georgien : les premières avaient généralement plus de pièces par étage, moins d'escaliers à grimper à la poursuite d'un gosse ou d'un animal familier. Elles étaient aussi plus faciles à chauffer et à aménager parce que la plupart d'entre elles n'étaient pas classées. La maison où Sally avait vécu avec Julian était une villa victorienne – avec une partie neuve ajoutée et une véranda à l'arrière – située loin de la route au centre d'un vaste jardin dans lequel Millie avait adoré courir. A présent, de nouvelles allées le quadrillaient, composant un système complexe de massifs de lavande sévèrement coupés à angle droit. La cabane dans un arbre de Millie avait été repeinte, décorée de crocodiles et d'éléphants mauves pour la petite Adelayde, la dernière des Cassidy.

Millie détestait Melissa. Elle ne venait qu'une fois par semaine à Sion Road pour voir son père. Cette fois, quand Sally se gara devant la maison, Millie refusa d'entrer et même de manifester sa présence. Elle resta dans la voiture, le nez collé à la vitre, et regarda sa mère monter l'allée éclairée par les lampes solaires plantées dans le sol tous les cinquante centimètres.

Sally n'avait pas téléphoné pour prévenir de sa visite – Julian aurait trouvé un moyen de ne pas répondre. Elle alla droit à la porte d'entrée, frappa. Entendit une voix à l'intérieur, celle de Melissa :

— Julian, il y a quelqu'un.

Il apparut quelques instants plus tard, un verre de vin à la main, et son visage se ferma lorsqu'il la découvrit.

— Oh. Sally.

— Je peux entrer ?

Il jeta un coup d'œil embarrassé derrière lui. Sally remarqua dans l'entrée un luxueux landau.

— De quoi s'agit-il ?

— De Millie.

— Julian ? appela Melissa de l'intérieur. Qui est-ce, chéri ?

— C'est… Sally.

Il y eut un silence, puis la porte du séjour s'ouvrit et Melissa apparut. Elle était jardinière paysagiste de profession et, la première fois que Sally l'avait rencontrée, elle était habillée comme pour un rodéo, avec un chapeau de cow-boy, de grosses chaussures de marche sur lesquelles étaient rabattues d'épaisses chaussettes, et un short en tweed. Elle riait comme un cheval et faisait sauter sous son menton la lanière maintenant son chapeau. Par temps froid, une goutte transparente se formait au bout de son nez à son insu et y tremblotait de longues minutes pendant qu'elle discourait. C'était bien la dernière personne dont Sally aurait imaginé que Julian puisse s'éprendre. Ce jour-là, elle portait son short habituel et, au-dessus, un immense cardigan beige sur lequel Adelayde était attachée dans un porte-bébé indien en tissu écarlate. Elle sautillait machinalement sur place pour garder l'enfant endormie tout en lorgnant l'ex de son mari.

— Sally ! finit-elle par dire. Vous êtes ravissante. Entrez donc.

Avec un sourire expansif, elle s'écarta pour laisser la visiteuse passer dans le salon.

— Ravie de vous voir.

Sally entra et se tint un instant au milieu du séjour. La pièce était méconnaissable, repeinte en couleurs primaires vives, meublée de sièges anguleux, inconfortables. Devant un rideau en soie noir et blanc couvrant la moitié de la baie vitrée, on avait placé le parc du bébé.

Melissa arrêta le téléviseur qui bourdonnait doucement dans un coin et s'installa sur le grand canapé en disposant les jambes d'Adelayde de part et d'autre de son ventre. Sally chercha du regard le vieux fauteuil confortable dans lequel elle avait donné le sein à Millie autrefois, découvrit à sa place une causeuse en cuir ornée d'hexagones blancs et violets. Elle s'y assit maladroitement.

— Comment va Millie ? demanda Melissa. Toujours pleine d'entrain ?

— Non. Elle va très mal.

Le sourire de la nouvelle Mme Cassidy s'estompa.

— Vraiment ? A cause de cette fille ? Lorne Wood ?

— Ça n'a rien arrangé.

— Un des jeunes qui ont fait leur stage avec moi la connaissait. Il en pinçait pour elle et ça m'étonnait. Elle n'était pas du tout son genre : vulgaire, aucun goût.

— Qu'est-ce qui tracasse Millie ? dit Julian. Elle avait l'air d'aller bien, l'autre jour.

— Je crois qu'elle vit encore très mal notre divorce.

— Sally, si tu veux parler du divorce, il vaut peut-être mieux que…

— C'est très dur pour elle, coupa Sally d'une voix plus ferme qu'elle ne s'y attendait. Millie est toujours une petite fille et c'est très dur pour elle.

Julian fronça les sourcils : jamais Sally n'avait montré autant d'assurance. Un peu nerveux, il ferma la porte et traversa la pièce, s'assit à côté de Melissa en remontant son pantalon sur ses jambes grêles pour qu'il ne godaille pas aux genoux. Sally se demanda ce qu'elle avait bien pu lui trouver, à part qu'il avait toujours été là, payant pour elle et répondant à ses questions comme un père. Jusqu'au jour où il était parti et avait commencé à faire exactement la même chose pour Melissa.

— D'accord, j'ai compris. Tu veux une discussion. Et qu'est-ce que tu attends de cette discussion ? De nous – Melissa et moi ?

— Euh… de l'argent.

Melissa prit une inspiration, se renversa contre le dossier du canapé en croisant ses longues jambes hâlées et riva son regard au plafond. Julian ferma les yeux comme si une douleur fulgurante lui taraudait la tête. Il les rouvrit, posa les coudes sur ses genoux et joignit les paumes.

— Puis-je te faire remarquer que nous en avons déjà discuté et que, si mes souvenirs sont bons, j'ai…

— Quatre mille livres.

143

— Bon Dieu ! s'exclama Melissa d'une voix sifflante.

Elle fit sauter Adelayde avec plus de vigueur, les yeux toujours au plafond.

— Bon Dieu de bon Dieu.

Julian se redressa et regarda attentivement Sally. C'était ce qu'elle l'avait vu faire dans son travail, quand il évaluait un accord possible et tentait de déterminer s'il pouvait faire confiance au client. Il examinait Sally comme si, pour la première fois, il pensait avoir devant lui une adulte, pas son petit bébé d'épouse.

— J'imagine que ce n'est pas une plaisanterie ?

— Non.

— L'argent est pour quoi ?

— Le voyage à Malte. Tu t'étais engagé à le payer.

— Bon, si la discussion doit prendre un tour agressif, je propose qu'on arrête là et qu'on en parle à nos avocats…

— Tu lui avais promis de lui offrir ce voyage – j'étais là quand tu l'as fait. Ç'aurait été tout à fait différent si tu avais refusé. Tu as fait une promesse et tu es revenu dessus. Millie pensait que tu paierais ce voyage. Elle a fini par devoir emprunter de l'argent.

— Il me semble qu'elle aurait pu annuler quand elle a appris que Julian et moi ne pouvions vraiment pas nous le permettre, argua Melissa d'un ton calme.

— Et personne n'a jamais parlé de quatre mille livres, enchaîna Julian. Quatre mille ! Un voyage à Malte à quatre mille livres ? Ils sont jeunes, bon sang ! Ils sont censés dormir par terre dans un train, pas se payer une suite dans le nouvel Airbus A380.

144

— Millie a besoin de cet argent. Sinon, je ne serais pas ici.

— C'est Millie ou vous qui en avez besoin ? insinua Melissa. Pardon, ajouta-t-elle aussitôt en fermant les yeux, je ne voulais pas dire ça. Faites comme si je n'avais rien dit.

— A qui a-t-elle emprunté l'argent ? Pas aux parents de Nial, j'espère. Ils me classent déjà dans la catégorie Salauds après ce que tu leur as sûrement raconté sur notre divorce.

— Ecoute, Julian, je ne peux pas te forcer la main. J'ai renoncé à tout avantage ultérieur en acceptant les termes du divorce et si je pouvais me payer un avocat, je sais d'avance ce qu'il me conseillerait. Tout ce que je peux faire, c'est te demander, poliment, d'aider Millie. Elle a des ennuis, Julian, de gros ennuis. Elle n'a que quinze ans et je ne peux rien faire dans cette situation.

Il s'humecta les lèvres, regarda sa femme.

— Melissa ?

Elle n'avait pas détaché ses yeux du plafond et avait l'expression de quelqu'un qui fredonne dans sa tête pour ne pas remarquer ce qui se passe autour de lui.

— Fais ce que tu penses devoir faire, répondit-elle.

Elle posa une main protectrice sur la petite tête d'Adelayde comme s'il s'agissait tout à coup d'une affaire les opposant, elle et le bébé, à Sally et Julian.

— Ce que ta conscience te dicte.

Julian toussa bruyamment, fit aller ses yeux d'une femme à l'autre. Jamais Sally ne l'avait vu aussi embarrassé.

— Je suis désolé, Sally. Tout l'argent que je destinais à Millie a été englouti dans Peppercorn. Je vais te donner cent livres, je ne peux pas faire plus. Tu es d'accord, Melissa ?

— Très bien, fit-elle d'une voix tendue et haut perchée. Parfait.

Il se leva, quitta la pièce et alla dans son bureau situé au bout du couloir. Les deux femmes se retrouvèrent face à face, Melissa prenant de profondes inspirations comme pour se calmer. Finalement, elle n'y tint plus et tourna brusquement la tête vers Sally.

— Vous aviez promis de ne plus rien demander à Julian. Il a payé Peppercorn, il a dû faire un gros emprunt en donnant cette maison comme garantie et il a réglé d'avance les frais scolaires de Millie pour les trois prochaines années. *Les trois prochaines années*. Il n'en avait pas les moyens, mais il l'a fait.

Sally ne répondit pas. En montant l'allée, elle avait remarqué plusieurs bouteilles de Bollinger vides dans la poubelle de recyclage. Quand elle vivait avec Julian, il ne buvait du champagne aussi cher que dans les grandes occasions. Et le cardigan beige que portait Melissa coûtait trois cents livres, Sally l'avait vu dans la vitrine de Square. De plus, Julian avait encore un appartement à Madère qu'il louait et un cottage dans le Devon.

— J'espère qu'elle se plaît, dans cette école, poursuivit Melissa. Est-ce qu'elle a de bons résultats, au moins ? Franchement, je l'espère, parce que ce serait jeter beaucoup d'argent par les fenêtres. Je ne crois pas que Julian pourra mettre deux enfants dans une école privée. Adelayde devra sans doute se contenter du public avec ce que coûte Millie.

Melissa semblait au bord des larmes.

— J'espère sincèrement, pour Julian, que la fille qui lui coûte aussi cher réussira ses études.

Sally se leva et se dirigea vers la porte.

— Ne nous menacez pas, Sally.

Elle se retourna. Melissa s'était levée et la regardait haineusement.

— Parce que vous avez beau être méchante, je peux l'être encore plus.

Sally ouvrit la bouche pour répondre, la referma. Sans un mot, elle passa dans le couloir, ferma la porte derrière elle et se tint près du luxueux landau, jouant nerveusement avec les hochets suspendus sous la capote. L'instant d'après, Julian sortit de son bureau, un chèque et une feuille de papier à la main. « Je reconnais avoir reçu de M. J. Cassidy la somme de cent livres. »

— Signe, s'il te plaît.

Sally signa sans croiser son regard.

— Merci, mumura-t-elle.

Elle prit le chèque et se tourna vers la porte d'entrée.

— Sally ?

Elle s'arrêta, une main sur la poignée.

— S'il te plaît… fit-il, assez bas pour que Melissa ne puisse pas l'entendre. S'il te plaît, dis à Millie que je l'aime. D'accord ?

20

Assise dans le jardin derrière sa maison, Zoë avait une main sur un genou et tenait dans l'autre des croquettes que les chats errants venaient timidement grignoter. Elle se voyait comme la triste illustration de « la vieille fille solitaire avec ses chats, ses seuls compagnons… ». Après la réunion, lorsqu'elle était allée retrouver Ben dans son bureau, il s'était montré distrait et avait continué à taper ses notes. Elle avait envie de lui parler de l'affaire – des photos, peut-être – mais elle était lasse de discuter, lasse de se retrouver seule sur le ring face à toute l'équipe et elle dit simplement :

— Bon, j'arrête, fini pour aujourd'hui. On se retrouve chez moi ?

Au bout d'un moment, il leva les yeux vers elle, l'air fatigué.

— Désolé, il faut vraiment que je termine.

Elle se demanda par la suite pourquoi cela la contrariait : ce n'était pas comme s'ils passaient toutes les nuits ensemble. Elle s'en fichait. Vraiment, elle s'en fichait. Pourtant, lorsqu'elle était arrivée à la maison vide, elle espérait à demi le voir comme par magie apparaître sur le seuil. Mais pas de Ben. Elle avait monté l'allée d'un pas lent, était entrée. La soucoupe de lait était encore devant la moto.

La solitude est mon défaut, pensa-t-elle en faisant tomber d'autres croquettes dans sa main en coupe. Ce n'était pas grave. Certaines personnes ont besoin de compagnie, d'autres pas. Elle se rappela ce que Pippa Wood avait dit sur les enfants qui se révélaient si différents l'un de l'autre et, brusquement, elle se retrouva en pensée devant une porte ouverte, en train de regarder à l'intérieur d'une pièce.

C'était la salle de séjour de son enfance : les lumières allumées, le feu pétillant gaiement dans l'âtre. Sally, âgée de trois ans, était assise sur les genoux de maman. Maman qui lui souriait et caressait ses cheveux blonds. Et, dans le coin obscur, il y avait Zoë, le regard sombre, silencieuse. Assise par terre, jouant avec un jeu de construction, glissant de temps en temps un coup d'œil à sa mère, se demandant quand maman lui sourirait ou simplement la regarderait. Deux enfants tellement différents : la petite fille de rêve et la sale gamine rancunière, intelligente, têtue.

L'« accident » de Sally avait été honnêtement tout sauf un accident. En réalité, Zoë avait piqué une colère quand ce qui s'était accumulé avec les années avait explosé sous l'effet de quelque chose d'insignifiant. Zoë avait huit ans, Sally sept et, à partir de ce jour, les parents avaient séparé les deux sœurs. Zoë avait compris qui elle était et de quel côté de la vie elle serait contrainte d'exister. Elle savait désormais qu'elle était capable de faire le « mal », de commettre un « acte inimaginable ». Jamais on ne la laisserait oublier cette leçon.

Par la porte ouverte, elle regarda la pièce éclairée, les photos sur le mur. Le voyage à moto, le pensionnat : la fille qui résistait à tout sans jamais perdre le sourire. Excellente en maths, toujours en conflit avec les profs. Tous les gens qu'elle connaissait, Ben compris, pensaient que c'était un privilège d'être placée à huit ans dans un excellent pensionnat. Personne en dehors de la famille Benedict ne savait que c'était pour la séparer de Sally, la douce enfant que papa et maman adoraient. Si douce et charmante qu'ils devaient la protéger de sa sœur, cruelle et incontrôlable.

Zoë n'avait pas repensé à l'événement depuis des années. C'était Lorne qui le lui avait remis en mémoire, Lorne et son frère parfait. Et les endroits où elle s'était peut-être aventurée, comme Zoë, dans l'espoir d'échapper à sa famille. Les photos. C'était ce qui avait glacé Zoë parce qu'elle aussi avait choisi ce moyen pour s'échapper. Dix-huit ans plus tôt. Au sortir du pensionnat, elle avait travaillé six mois dans un night-club de Bristol : encore adolescente, elle se déshabillait douze fois par jour devant des hommes. A l'époque, elle s'était délibérément abstenue de trop réfléchir à ce qu'elle faisait : elle en plaisantait, trouvait cela très drôle et pensait au voyage à moto que l'argent gagné lui permettrait de faire. Mais lorsqu'elle entendait les gens parler de l'industrie des sex-clubs, de ce qu'elle avait d'avilissant, sa bonne contenance disparaissait. Elle détournait le regard, pensant en son for intérieur qu'ils ne comprenaient pas que, pour être avili, il fallait valoir quelque chose. Zoë – et peut-être aussi Lorne – ne valait rien depuis longtemps.

C'était le lot des enfants brisés de se retrouver dans des endroits, comme ce night-club, plus sombres encore que leur propre côté obscur.

Zoë donna le reste des croquettes aux chats. Il avait commencé à pleuvoir et les gouttes crépitaient sur la housse de la moto qu'elle avait jetée contre la cabane du jardin. Quelque chose attira son attention. Zoë se leva, examina la housse, remarqua la petite flaque qui se formait dessous.

— Bordel de merde, marmonna-t-elle aux chats. Manquait plus que ça.

21

Sally appela Steve à neuf heures trente et, moins de vingt minutes plus tard, le faisceau des phares de sa voiture pénétra par la fenêtre de la cuisine et monta le long du mur. Sur la table devant elle, une pile de papiers : relevés d'emprunt, factures de gaz et d'électricité, bulletins de salaire, devis pour les travaux à effectuer dans la maison. Cela faisait une heure qu'elle les étudiait en cherchant désespérément comment économiser quatre mille livres. Elle les rassembla hâtivement et les fourra derrière des bouquins avant que Steve apparaisse dans l'encadrement de la porte. Vêtu d'un bermuda en toile, d'un tee-shirt délavé légèrement mouillé de pluie aux épaules et chaussé de sandales, il n'était pas rasé et avait l'air fatigué.

— Salut, murmura-t-il en refermant la porte. Ça va, ma belle ?

Sally lui fit signe d'approcher.

— C'est bon, Millie dort. Elle n'entend rien une fois endormie.

Il approcha, jeta ses clés sur la table.

— Alors ? Qu'est-ce qui se passe ?

Sally alla prendre dans le réfrigérateur la bouteille qu'il avait débouchée la veille.

— Désolée, mais je crois que j'ai besoin d'un remontant.

Elle remplit deux verres, les posa sur la table, s'assit et laissa ses épaules s'affaisser.

— Qu'est-ce qu'il y a ?

— Rien. Je voulais juste une présence affectueuse près de moi.

— Non. Il y a autre chose.

Elle avala une gorgée de vin.

— Allez, insista-t-il. Qu'est-ce qui te tracasse ?

— Excuse-moi, j'ai… j'ai eu une journée difficile, c'est tout. Avec Millie, avec le boulot.

Elle secoua la tête. Comment pouvait-elle continuer à être aussi stupide ? Tout le temps. Absolument tout le temps. Ça ne s'arrangeait vraiment pas.

— La maison tombe en ruine, Steve. La gouttière de derrière est morte, il y a de l'eau partout. Le chaume pourrit, des rats se baladent dans le plafond, ils ont rongé le placo, et lundi j'ai trouvé des crottes d'écureuil dans la buanderie. Il me faudrait dix mille livres pour tout remettre en état, et moi, triple idiote, je ne sais même pas comment je vais payer mes impôts locaux ce mois-ci. En plus, aujourd'hui… aujourd'hui…

— Oui ?

Elle leva les yeux vers lui.

— Tu sais garder un secret ?

— Tiens, c'est la première fois qu'on me demande de faire ça.

Sally eut un pâle sourire.

— Sérieusement. Il s'agit de Millie. Je lui ai promis de n'en parler à personne mais je ne peux pas faire autrement.

Steve tira une chaise à lui et s'assit.

— Vas-y, je t'écoute.

— Elle… avait besoin d'argent. Comme elle savait que je ne pouvais pas lui en prêter, elle s'est adressée à quelqu'un d'autre. Quelqu'un qui le réclame, maintenant. Et ce n'est pas le genre de personne avec qui je pourrais m'arranger. Il est dealer.

— Oh, merde.

— Je sais. Je suis vraiment bouchée.

De ses jointures, elle se frappa le front, comme pour réveiller la masse de crétinerie qui y était endormie.

— Je ne comprendrai jamais. Je n'ai rien vu venir, comme je n'ai pas vu venir le divorce, et, maintenant, ma seule possibilité de gagner correctement ma vie, c'est de travailler pour une crapule. Un type grossier, et dangereux, d'après toi, mais je n'ai pas le choix parce que ma fille s'imagine qu'elle peut encore vivre comme ses copines riches et faire n'importe quoi et moi, je…

— Hé, hé, hé, dit Steve en prenant la main de Sally dans les siennes. Hé. Doucement. On va trouver une solution. Tu veux que je parle à ce mec ?

— Impossible. Si tu le fais, Millie l'apprendra et je lui ai promis de ne pas dire un mot. En plus, Dieu sait ce qu'il serait capable de lui faire s'il pense qu'il ne récupérera pas l'argent. J'ai réfléchi : le seul moyen, c'est que je rembourse ce qu'elle a emprunté.

— Alors, je te le prêterai. Le divorce m'a ratiboisé, tu le sais, mais je peux trouver l'argent. Ce n'est pas un problème.

Sally se mordit la lèvre. Dans le visage ouvert de Steve, dans son sourire franc, elle voyait une pente douce et accueillante. Il suffisait de se laisser glisser et la peur disparaîtrait. Ce serait facile, mais cela ne la mènerait nulle part. Elle retomberait au bout du compte dans l'engourdissement et la passivité, comme avec Julian.

— Non, répondit-elle, faisant un effort sur elle-même. Merci, mais non. Je dois régler ça moi-même. Avec les quatre cent quatre-vingts de plus par mois que Goldrab me donnera, ce sera long mais j'y arriverai. Et j'emprunterai un livre sur le bricolage à la bibliothèque, pour remettre moi-même en état une partie de la maison. Les anciens propriétaires ont laissé des outils dans le garage et je peux en demander aussi à Isabelle.

— OK, approuva Steve avec un sourire. Et ce qu'elle n'aura pas, je te le donnerai.

Sally lui répondit par un faible sourire.

— Merci.

Il retourna prendre la bouteille dans le réfrigérateur mais Sally ne pouvait en rester là. La tête inclinée sur le côté, elle faisait tourner son verre sur la table et observait les ronds humides qui s'entrecroisaient sur le plateau.

— Steve ? dit-elle lorsqu'il se rassit.

— Oui ?

— Ta remarque ce matin sur Goldrab...

Le visage de Steve s'assombrit.

— Tu as dit qu'on aurait dû le mettre en prison depuis longtemps, mais pour quoi ?

— Tu es sûre de vouloir savoir ?

155

— Oui. Demain, c'est le premier jour de mon nouveau travail chez lui et, franchement, je me sens nerveuse. Je ne peux pas continuer à garder la tête dans les nuages, à être toujours la dernière à savoir. S'il te plaît…

— D'accord, capitula-t-il en secouant la tête. En gros, Goldrab est un pornographe.

— Qu'est-ce que ça veut dire ? Il vend des magazines ?

— Des vidéos, surtout. Téléchargées sur Internet.

— Tu es sûr ?

— Tout à fait.

Sally fut étonnée de ne pas être plus scandalisée.

— Ça alors, moi qui le prenais pour un vrai criminel.

— Mais c'est un vrai criminel, en chair et en os, dit Steve dans un rire sec. L'un des plus riches du pays. Il a fait fortune en persuadant des jeunes femmes – des gamines encore, parfois – de s'abaisser à des choses qu'elles regretteront toute leur vie. Avant le démarrage d'Internet, il a passé de longues années au Kosovo à faire du porno illégal qu'il introduisait ici en fraude. Du lourd : du SM, des animaux. Des filles ont souffert, je peux te l'assurer. Je ne vais pas jouer au puritain avec toi, je ne prétends pas n'avoir jamais regardé un porno mais, crois-moi, les filles qu'il a utilisées n'ont pas eu le choix. Surtout celles des Balkans.

Sally digéra en silence les révélations de Steve et réfléchit à ce qu'elles impliquaient. Si elle travaillait pour un type de ce genre, cela la rabaissait à son niveau et faisait peut-être même d'elle une sorte de complice.

Mais elle savait que, tout bien considéré, elle ne reviendrait pas sur sa décision. Elle avait besoin de cet argent.

— Il faut vraiment que je sois prête à tout pour travailler pour lui.

Steve tendit la main et releva une mèche tombée sur le visage de Sally.

— On l'est tous, ma biche. On est tous forcés de faire des choses dont on n'est pas fiers. C'est la vie.

22

Comme il pleuvait, Zoë prit la Mondeo. Elle se gara près des portes des Sydney Gardens et se fraya un chemin à travers les broussailles. Le parc était officiellement fermé mais officieusement en pleine activité. Partout où se posait son regard, elle voyait des jeunes hommes marcher lentement, ou s'adosser à un arbre, les mains dans les poches. Quelques-uns étaient même assis par terre, comme à midi au mois d'août. La plupart disparurent au passage de Zoë.

La grille sertie dans le mur donnait sur le canal mais personne n'était autorisé à la franchir la nuit. La police avait placé à côté une pancarte avertissant que le chemin de halage était barré vers l'est à la suite d'un incident et conseillant d'emprunter un autre itinéraire. Zoë alluma sa lampe électrique, la braqua sur le sol. La pluie avait diminué mais elle avait été assez forte auparavant pour remplir à ras bord les empreintes de pas laissées dans la boue. Les petites flaques lui renvoyaient la lumière dans les yeux. Zoë les évita en se pressant contre les buissons bordant le sentier et ouvrit la grille. De l'autre côté du mur, un seul réverbère de style victorien projetait un cercle de lumière jaune sur le gravier et l'eau du canal. Zoë balaya le sol de sa lampe et découvrit à trois mètres d'elle ce qu'elle s'attendait à trouver.

A cet endroit, le sentier s'affaissait, peut-être parce qu'un tuyau souterrain avait causé un effondrement du sol. Quelle qu'en fût la raison, ce creux avait réuni les petites flaques éparpillées en une mare qu'on ne pouvait pas contourner. Soit on la traversait en pataugeant, soit on sautait par-dessus en prenant de l'élan. Si on arrivait par là, songea Zoë, on en profitait sûrement pour nettoyer ses chaussures couvertes de boue.

Si Lorne avait rejoint le chemin de halage à cet endroit, elle aurait eu la possibilité de décrotter ses chaussures, et pourtant elles étaient encore boueuses lorsqu'elle était morte. Il y avait peut-être un autre accès au canal, un autre endroit plus proche du lieu du crime où elle avait marché dans la boue. Sa capuche sur la tête, Zoë descendit le sentier en le balayant du faisceau de sa torche. La température avait baissé, de la fumée montait de quelques péniches dont les occupants avaient fermé leurs portes et allumé leur poêle à bois. Le son et la lueur bleuâtre et tremblante des téléviseurs filtraient à travers les fenêtres.

Zoë avait parcouru trois cents mètres environ quand une trouée dans les broussailles la fit s'arrêter. Le passage était étroit, à peine une piste de blaireau. Il s'élevait en s'écartant du sentier puis retombait dans l'obscurité. Ecartant les ronces, Zoë s'avança, éclaira le sol et sourit. De la boue. Et deux empreintes de chaussures, bien nettes. A première vue, elles semblaient correspondre aux chaussons de danse de la victime.

— Lorne, murmura-t-elle, tu n'es pas allée faire du shopping samedi. Tu as menti à tout le monde.

23

Le lendemain matin, Millie refusa catégoriquement d'aller au lycée. Elle prétendit que tout le monde ne parlerait que de Lorne mais Sally savait que la réaction de sa fille était plutôt due au chauffeur du 4×4 violet garé devant Kingsmead. Elle ne voulait pas la forcer mais il n'était pas question de la laisser seule à Peppercorn après ce qui s'était passé la veille. Isabelle, à qui elle téléphona pour lui confier sa fille, était en réunion toute la journée et Sally se résigna à faire appel à Julian. Lui aussi était pris toute la journée.

— Je t'en prie, maman, supplia Millie. Ne m'oblige pas à y aller.

Sally la regarda longuement. Problème insoluble. Emmener sa fille de quinze chez un roi du porno, ou la laisser affronter un dealer usurier. Il fallait pourtant qu'elle prenne une décision.

— Si je t'emmène, tu passeras quatre heures assise dans la voiture.

— Ça m'est égal, répondit Millie. Je prendrai un bouquin. J'embêterai personne.

160

— Bon, fais-toi un sandwich, soupira Sally. Et habille-toi correctement. Un chemisier, pas un tee-shirt étriqué, et pas de jupe courte. Une tenue raisonnable. Emporte aussi de quoi faire tes devoirs : quatre heures, c'est long.

Le beau temps était de retour, la pluie de la veille n'était plus qu'un souvenir, mais Sally se tourmenta pendant tout le trajet jusqu'à Lightpil House. Elle se remémorait les révélations de Steve, les filles du Kosovo dont certaines n'étaient même pas encore des femmes. Et puis, changeant tout à fait de point de vue, elle se mit à craindre que Goldrab refuse que Millie reste, qu'elles soient obligées de remonter dans la voiture et de faire demi-tour, qu'elle perde les quatre cent quatre-vingts livres mensuelles qu'elle avait déjà incorporées à ses calculs.

Lorsqu'elles s'engagèrent sur le parking, Millie baissa sa vitre et passa la tête dehors, cligna des yeux dans le soleil en regardant Lightpil House comme si la Ka de sa mère roulait sur un plateau de cinéma. David Goldrab devait guetter la voiture car, avant même que Sally se gare, il descendait la longue allée pour l'accueillir. Une fois de plus en peignoir de bain et tongs, il tenait à la main un verre de thé vert et portait au poignet un moniteur cardiaque numérique, probablement parce qu'il venait de quitter l'un des tapis de course de la salle de gymnastique du premier étage. Sally serra le frein à main et l'observa en se demandant comment il réagirait quand il verrait Millie. Comme de juste, il fronça les sourcils en la découvrant assise à l'avant.

— Qui c'est ?

— Millie, répondit Sally en se préparant à une discussion. Ma fille. Elle se fera toute petite.

Goldrab se pencha vers la fenêtre du conducteur et, les mains sur les cuisses, enveloppa l'adolescente d'un long regard évaluateur.

— Tu viens nous tenir compagnie ?

— Elle restera dans la voiture, déclara Sally. Elle ne nous dérangera pas.

— T'aimes les faisans, princesse ?

Millie regarda sa mère.

— Ça va, c'est pas une question piège, plaida Goldrab. Faut que t'apprennes à répondre franchement. Les questions pièges, ça démasque seulement ceux qui les posent. Alors, t'aimes les petits faisans ou pas ?

— Elle reste dans la voiture.

— Sally, s'il vous plaît, elle a plus deux ans, cette fille. Il lui faut quelque chose pour s'occuper. Il lui arrivera rien et ça vaut mieux que rester enfermer dans cette…

Il s'interrompit, chercha le terme pour décrire la médiocrité de la Ka.

— Ouais. Enfin, vaut mieux que tu te balades au soleil, princesse. Maintenant, réponds à ma question. T'aimes les faisans ?

— Oui.

— Alors, je vais te montrer où il faut aller pour en voir.

— Ne sors pas de la propriété, recommanda Sally à sa fille. Et prends ton portable.

Millie roula des yeux et murmura :

— J'ai compris.

Sally prit quelques inspirations avant de défaire sa ceinture et de descendre de voiture. Millie sortit elle aussi, lissa son chemisier et regarda autour d'elle, manifestement impressionnée par ce qu'elle voyait et étonnée que sa mère, d'une façon ou d'une autre, pût en faire partie.

David Goldrab fit le tour de la voiture et tendit le bras vers la limite de sa propriété.

— Tu vois l'allée qui longe la maison ? Tu la suis jusqu'à une grille. Y a un cadenas à chiffres. Le code, c'est 1983. Ma date de naissance.

Il éclata de rire ; ni Sally ni Millie ne l'imitèrent.

— Tu passes la grille, tu verras une cabane. Pleine de ces petits salopiots. Quand t'en auras marre, reviens t'installer sur la terrasse. Maman te fera un citron pressé. Hein, Sally ?

Millie se tourna vers sa mère. Sally hésita, mal à l'aise, hocha finalement la tête pour dire à sa fille d'y aller. D'en finir.

— Téléphone, articula-t-elle à voix basse. Garde ton téléphone allumé.

Après un dernier regard hésitant à Goldrab, Millie s'engagea dans le sentier. Il croisa les bras et la suivit des yeux. Elle paraissait très mince dans son jean serré aux hanches et large aux jambes. Sa chevelure dansait et brillait au soleil. Voyant Goldrab lorgner sa fille, Sally claqua la portière de la voiture plus fort qu'elle n'aurait dû et il se tourna vers elle avec un sourire nonchalant.

— Quoi ? Oh, Sally, je suis déçu. Vous vous imaginez que je la mate ? Pour qui vous me prenez ?

Il se tourna de nouveau vers Millie, qui disparut à cet instant précis derrière les plates-bandes fleuries.

— Pour un pervers ? Un homme de mon âge ? Une gamine comme ça ? Elle est beaucoup trop âgée pour moi.

Sally se raidit et il rugit de rire en lui donnant un coup de coude.

— Je rigole. C'était pour plaisanter. Allez, un petit sourire au moins. Putain ! Le manche à balai que vous avez dans le cul, vous avez dû le payer en plus ou c'était compris dans l'éducation au couvent ?

Sally déglutit. Elle avait la bouche sèche, mais n'en montra rien. Elle alla au coffre de la voiture et commença à en sortir son matériel de nettoyage.

— Je vous faisais marcher, ma petite, dit-il.

Elle prit la mallette noire dans laquelle se trouvaient ses carnets, ses crayons et, sans attendre, remonta l'allée. Goldrab la suivit en marmonnant sur les gens qui n'ont pas le sens de l'humour. Il flottait dans la maison une odeur de pain frais. Il avait dû en faire avec la machine automatique à trois cents livres jouxtant le percolateur de la cuisine. Sally aspira une longue goulée d'air pour se calmer. L'odeur de la nourriture lui faisait toujours perdre son sang-froid.

— Vous savez quoi ? dit-il lorsqu'ils arrivèrent au bureau. Le prenez pas mal mais j'ai l'impression que Sally Benedict n'a pas très haute opinion de David Goldrab. Parce que c'est comme ça que le monde marche, hein ? Vous, vous avez sûrement grandi dans une propriété avec des tourelles et des écuries. Moi ? Moi, y avait aussi des tours : j'habitais dans une tour avec une saloperie de grande porte en fer pour empêcher les toxicos de l'Isle of Dogs de venir chier dans l'ascenseur. Un ascenseur qui ne marchait jamais, d'ailleurs, qu'on s'en serve de chiottes ou pas. Dix-septième étage sans eau chaude et sans chauffage.

Il s'assit dans son fauteuil pivotant, détacha le moniteur cardiaque de son poignet et le brancha au dos d'un portable Sony blanc pour charger les données de l'exercice de la journée. Puis, d'un coup de talon, il se propulsa vers un ordinateur de bureau plus grand et le mit en marche.

— 1957 : c'est ma vraie date de naissance, pas 1983, au cas où vous m'auriez cru. Le plus jeune de trois garçons. Deux par lit, enfin, un matelas par terre, et tu pouvais t'estimer heureux si on te laissait un petit coin de mur crasseux pour coller tes posters. On se faisait toujours toucher la bite, fallait dormir comme ça...

Il tint ses mains devant son entrejambe et se plia, comme s'il venait de recevoir une balle de cricket dans le bas-ventre.

— Mon frère aîné s'est mis à picoler à treize ans. Ma mère l'a même pas remarqué, elle était trop enfoncée dans sa misère. Il rentrait complètement cassé et nous tombait dessus. Je sens encore son odeur, à ce con. Un matin, je me réveille, le matelas était mouillé. Il avait pissé dessus. Et quand je me suis redressé, que je l'ai vu couvert de dégueulis et de sang, je me suis juré que même si ça prenait toute mon énergie, si je devais manger de la merde pour ça, si je devais tuer pour ça, je me sortirais de là, je trouverais mon espace vital. Mon *Lebensraum*.

Il écarta les mains pour indiquer la propriété s'étendant de l'autre côté de la fenêtre. Sur les collines qui disparaissaient au loin, il n'y avait que quelques poteaux télégraphiques pour indiquer que d'autres êtres humains habitaient cette planète. La grille par laquelle Millie était sortie était entourée d'arbres projetant des ombres géantes sur la pelouse. Sally ne vit pas trace de sa fille.

— *Lebensraum*, répéta David Goldrab. Ce que réclamait Hitler. Quelquefois, vous savez, on en vient à se demander s'il avait pas raison. Moi, avec mon nom juif, avec mon sang juif – même s'il est pas aussi pur que mon connard de père l'aurait voulu –, je me dis qu'Hitler avait peut-être pas tort ! Mes aïeux – Dieu vous garde –, bouchez-vous les oreilles, mais Hitler était en fait végétarien. Et il *aimait* les animaux. Et surtout, il aimait avoir de l'*espace*. De l'espace pour respirer, pour vivre, pour dormir. De l'espace pour pas se faire peloter et pisser dessus par son *enfoiré* de frère. Et c'est pour ça que vous êtes là, Sally, pour gérer mon *Lebensraum*. Pour le garder comme il est. Tranquille. Pas encombré de gens.

Le moniteur ayant fini de charger ses données, David passa un moment à les étudier puis, apparemment satisfait, il arrêta l'ordinateur.

— 'videmment, reprit-il en lançant à Sally un bref regard, si j'avais le choix, j'aurais une femme dans ma vie, une jolie petite blonde avec de gros nichons, douée pour les chiffres et avec un gros problème de nymphomanie. Mais je connais les meufs : la plupart ont qu'une chose en tête et ça commence pas par S. Alors, venez vous asseoir ici.

Il tira un autre fauteuil devant l'ordinateur.

— Venez que je vous montre ce que j'attends de vous.

166

Sally s'installa à côté de Goldrab. Il émanait de lui une vague odeur de transpiration et d'après-rasage. Elle ne pouvait s'empêcher de penser aux femmes des Balkans. Est-ce qu'il leur avait raconté sa vie, à elles ?

— Ici, dit-il en désignant le bureau, c'est Tracy Island[1], le centre nerveux de Goldrab Enterprises. On est dans la partie perso. Là-bas, c'est la partie qui rapporte.

Il désignait du doigt un bureau chargé de dossiers et un autre ordinateur. A côté, sur un classeur, un grand moniteur montrait l'allée filmée par la caméra de surveillance de devant. Un jour, en faisant le ménage dans cette pièce, Sally avait remarqué de la paperasse sur le classeur. Elle n'y avait pas trop prêté attention mais elle se rappelait des factures en langue étrangère. Le nom de Pristina lui avait sauté aux yeux. A l'époque, elle avait cru que c'était une ville russe. Repensant maintenant à ce que Steve lui avait appris, elle devinait que ça devait se trouver au Kosovo.

— Sally, je veux pas que vous retourniez chez vous avec l'idée que je vous fais pas confiance, parce que c'est pas vrai. Mais laissez-moi vous expliquer que mon boulot est confidentiel. Je préfère que ce soit comme ça. Autrement dit, si je vous chope à fouiner ici, je vous tire une balle dans l'œil.

Il eut un sourire satisfait devant la réaction de Sally.

— Je plaisante encore. Bon Dieu, le sens de l'humour est vraiment parti en vacances, ce matin, hein ? Bon, sur cet ordinateur-là, je mets tout ce qui concerne la maison. Compris ? Donc, c'est là que vous

1. Base secrète d'une série télévisée des années 1960, *Les Sentinelles de l'air*. (*N.d.T.*)

bossez. Vous entrez les factures ici, et les reçus ici. C'est pas sorcier. Vous passez les coups de fil, vous obtenez les devis, vous organisez le travail. Arrangez-vous pour que tout le monde vienne le même jour pour que je cavale pas tous les matins en me disant : Vite, faut que j'enfile mon bénard parce que le plombier arrive.

— D'accord, répondit-elle.

— Et *souriez*, bordel de merde. J'ai l'impression qu'on vient de vous flanquer une fessée, quand je vous regar…

Il s'interrompit, se leva d'un bond, les yeux sur le moniteur des caméras de surveillance.

— Putain de Dieu, lâcha-t-il à mi-voix. Le petit lèche-cul.

Dehors dans l'allée, un 4 × 4 japonais violet métallisé avec des pare-buffles chromés s'était arrêté. Sally n'arrivait pas à y croire. Le dealer de Kingsmead ? Ici, chez David Goldrab ? Il les avait *suivies* ? La vitre côté conducteur s'abaissa, un bras se tendit vers le digicode de l'entrée. C'était bien lui, Sally reconnaissait les cheveux et le bronzage. Elle se détourna, regarda par la fenêtre. Millie était allongée sur la pelouse. Elle avait peut-être déjà vu les faisans, ou ça ne l'intéressait pas vraiment, en tout cas elle était à plat ventre dans l'herbe, tenant son portable à deux mains, envoyant un SMS ou mettant à jour sa page Facebook. Sally se leva, hésitante, se demanda si elle devait traverser la cuisine en courant et crier, ou prendre son téléphone et appeler.

Sur l'écran, le dealer continuait à enfoncer les touches du clavier mais il ne connaissait visiblement pas le code parce que les grilles restaient résolument closes. David Goldrab ne semblait pas le moins du monde perturbé. Appuyé au dossier de son fauteuil, les mains derrière la nuque, il arborait un sourire mauvais.

— Jake, marmonna-t-il au moniteur, Jake le Piquet, t'aurais pas dû revenir ici, mon gars. Non. T'aurais vraiment pas dû.

24

Faire des moulages d'empreintes de pas et les comparer à des chaussures était généralement le boulot le plus rapide pour les équipes de la police scientifique. Pas besoin d'attendre les résultats de longues analyses en laboratoire. A onze heures du matin, Zoë obtint une réponse : les traces de pas qu'elle avait découvertes la veille avaient été laissées par Lorne Wood. Et lorsque la police examina la piste partant de la trouée dans les broussailles, elle conclut que la victime n'avait pu prendre qu'une seule direction. La sente traversait une petite partie boisée, passait entre deux enclos pour chevaux, sous un pont de chemin de fer, et aboutissait à un arrêt d'autobus. Rien à voir avec les boutiques du centre. Lorne avait menti à sa mère sur son emploi du temps de samedi et, d'après l'expérience de Zoë, si on mentait pour une chose pareille, on pouvait aussi bien raconter des bobards pour tout le reste.

Elle chargea un des constables d'obtenir des mandats pour visionner les cassettes des caméras de surveillance de la compagnie d'autobus puis passa un moment dans son bureau à examiner les voies menant à l'arrêt proche du canal. Elles partaient dans toutes les directions, il était impossible de savoir d'où Lorne revenait. Elle avait même pu aller jusqu'à Bristol, elle en aurait eu le temps. Zoë tira de sa poche la carte mémoire trouvée dans la chambre de l'adolescente et la tint pensivement en équilibre au bout de son doigt. A deux reprises elle avait failli la porter dans le bureau de Ben mais, chaque fois, elle s'était arrêtée. Elle ne savait pas au juste qui elle protégeait en se taisant : Lorne ou elle. Finalement, elle se leva et enfila sa veste. Elle avait besoin d'en savoir plus avant de faire quoi que ce soit.

« N° 1, Milson Street », indiquait la plaque avec, dessous, en hautes lettres fines, « The Zebedee Juice ». L'agence se trouvait dans le centre de Bath, au-dessus d'une boutique et une fois que Zoë eut grimpé l'escalier, elle s'avança dans une vaste pièce inondée de lumière par la coupole en verre du plafond. Il n'y avait pas de réception, rien qu'une série de canapés rouges ponctués de coussins en fourrure synthétique et des tables en laque noire couvertes de piles de magazines. Au mur, sur un écran LCD sans cadre, une vidéo silencieuse faisait défiler des visages – garçons et filles – se fondant l'un dans l'autre par morphing.

La directrice, une jeune femme en pull à col roulé, short en denim et hauts talons pointus, ombre métallisée sur les paupières, se leva d'un bond pour accueillir Zoë par un « Salut, salut, salut » quasi névrotique. Agitée, elle ne cessait de se frotter le nez et de déglutir, et il ne fallait pas être un génie pour comprendre que ça la démangeait d'aller sniffer une autre ligne de coke. Zoë présumait qu'on ne devenait pas aussi mince sans un petit coup de pouce.

La gérante de l'agence remplit deux hauts verres de jus de citronnelle et emmena Zoë s'asseoir près de la fenêtre. En bas dans la rue, touristes et locaux se bousculaient devant les portes des magasins. La femme reconnut qu'elle s'attendait à une visite de la police, ajouta qu'elle aurait peut-être dû appeler d'elle-même car elle se souvenait bien de Lorne. L'adolescente était venue avec sa mère un mois plus tôt. Une très jolie fille, quoique un peu petite et un peu lourde pour les défilés de mode. Et les sourcils épilés à un millimètre de la disparition totale.

— La plupart de nos mannequins n'ont pas ce que vous et moi qualifierions de beauté classique. Certaines, si vous les croisiez dans la rue, vous les trouveriez presque laides. Ce qui est tendance en ce moment, c'est le look animal. On doit pouvoir déceler l'appartenance ethnique d'un mannequin. Si quelqu'un entre dans cette pièce et que je me dis : Oui, il a toute la colère de sa race en lui, je sais que je tiens un gagnant.

— Lorne n'était pas comme ça ?

— Non. Du glamour, peut-être, mais pas ce qu'il faut pour les défilés de mode.

— Vous le lui avez dit ?

— Oui.

— Comment a-t-elle réagi ?

— Elle était bouleversée. Ça arrive tout le temps, des ados déboulent ici pleines d'espoir et repartent effondrées.

— Et Mme Wood ? Quelle a été sa réaction ?

— Oh, elle a été soulagée. Vous seriez étonnée : c'est ce qui se passe le plus souvent. Les mères cèdent au caprice de leurs filles mais elles sont aux anges quand quelqu'un souligne ce qu'elles pensent secrètement depuis toujours et qu'elles n'ont pas eu le courage de dire. Les filles, par contre…

La directrice secoua la tête.

— On a beau leur répéter, elles n'écoutent pas. Chez certaines, c'est comme une faim qui les ronge. Elles refusent d'entendre un « non ». Tout ce qui compte pour elles, c'est de se voir un jour sur la couverture d'un magazine. Ce sont celles-là qui m'inquiètent, parce qu'elles finissent dans des endroits où elles n'ont pas vraiment envie d'être. Vous voyez ce que je veux dire.

Zoë soutint le regard de la jeune femme. Un moment, elle avait cru percevoir une lourde insistance sur le « vous » : *Vous, inspecteur Benedict, vous voyez parfaitement ce que je veux dire.* Elle eut envie de demander une explication – « Qu'est-ce que vous voulez dire ? » – mais se contint. Cette fille avait vingt ans, elle ne pouvait pas être au courant de ce qui s'était passé des années plus tôt.

— Qu'est-ce que vous faites avec une fille comme ça qui ne se laisse pas décourager ?

La directrice prit quelques cartes commerciales dans un présentoir en plastique posé sur une des tables, en tendit une à Zoë.

— Nous leur conseillons de faire dans le glamour et nous leur donnons une de ces cartes.

Zoë la prit, l'examina. Elle était en forme de bouche avec cette inscription : « Agence Holden. Là où les rêves deviennent réalité. »

— Vous en avez donné une à Lorne ?

La jeune femme passa un doigt sous son col roulé, réfléchit.

— Je ne sais pas, répondit-elle au bout d'un moment. Probablement pas, parce que sa mère l'accompagnait. Je ne me souviens pas vraiment.

— Elle n'en aurait pas pris une quand même ?

— C'est possible. Franchement, je ne peux pas vous dire.

Zoë glissa la carte dans son portefeuille, but lentement son verre, les yeux sur les vitrines du grand magasin d'en face. Quelque chose la travaillait, quelque chose qu'elle avait vu ou que la directrice avait prononcé au cours des dix dernières minutes. Elle n'arrivait pas à mettre le doigt dessus. Elle posa son verre sur une table.

— Lorne a parlé d'un petit ami ? A un moment ou à un autre de sa visite, elle a mentionné un nom ?

— Non. Pas que je me souvienne.

— Vous avez un catalogue ? De vos mannequins ?

— Bien sûr.

La directrice ouvrit un tiroir pour montrer à Zoë une pile de carnets reliés en rose et une boîte de cartes mémoire de même couleur. Tous portant l'inscription « Zebedee Juice » gravée en vert-jaune.

— Papier ou carte ?

— Papier, répondit Zoë en prenant un des carnets. C'est pour vérifier si vous avez un mannequin dont les initiales sont « RH ».

— « RH » ?

Pendant que Zoë feuilletait le catalogue, la directrice mordillait son pouce en fixant le plafond et en passant mentalement en revue la liste de ses clients.

— Non, répondit-elle enfin. Même pas pour leurs vrais noms.

— Et dans votre personnel ?

— Non plus. Il n'y a que moi et Moonshine, qui vient l'après-midi. En réalité, elle s'appelle Sarah Brown.

— Vous ne vous rappelez rien d'autre concernant Lorne ? Un détail qui pourrait être important ? Quelqu'un dont elle aurait parlé ?

— Non. J'y ai déjà réfléchi. Depuis que j'ai appris la nouvelle et que j'ai compris que c'était la fille qui était venue ici, j'ai fouillé dans ma mémoire. Et franchement, je ne me rappelle rien de curieux ou d'anormal dans sa visite.

— OK. Je peux garder le catalogue ?

— Bien sûr, je vous en prie.

— Une dernière chose et je m'en vais. Quelle impression elle vous a faite, Lorne ? D'être une de ces filles pouvant finir dans les endroits dont vous me parliez ? Elle avait cette faim ?

La jeune femme eut un rire bref.

— Si elle l'avait ? Je ne crois pas avoir vu quelqu'un qui l'avait plus qu'elle franchir cette porte ces deux dernières années.

25

Par l'interphone, David Goldrab déclencha l'ouverture des grilles, invita Jake à se garer devant la maison, à franchir la porte d'entrée, qui était ouverte, et à attendre dans le hall. Puis il monta s'habiller dans sa chambre. Dès qu'il sortit du bureau, Sally composa d'une main tremblante le numéro du portable de Millie. Elle s'approcha de la fenêtre pendant que l'appareil sonnait, vit sa fille étendue sur la pelouse, ne tendant pas la main vers son portable. Au bout d'un moment, Millie changea d'avis et approcha le téléphone de son oreille.

— Ouais, quoi ?
— *Il nous a suivies. Il est là.*
— De qui tu parles ?
— L'homme du 4 × 4. Jake. C'est son nom.

Millie se redressa brusquement. Elle se leva et demeura un moment immobile, à moitié paralysée, ne sachant quelle direction prendre.

Sally approcha à pas de loup de l'encadrement de la porte, passa la tête dans le couloir. Elle pouvait voir le hall d'entrée, vaste atrium à galerie avec un escalier central de granit et de marbre, un sol dallé noir et blanc. Le dénommé Jake se tenait près de la porte, les cheveux noirs raides de gel, le jean artificiellement vieilli et le tee-shirt révélant ses muscles et la ligne svelte du ventre.

— Ça va, il est dans la maison, murmura-t-elle dans le téléphone. Ne t'affole pas, il est dans le hall, il ne peut pas te voir.

Sally plaqua l'appareil contre sa poitrine et passa de nouveau prudemment la tête dans le couloir. L'homme lui parut plus petit et moins sûr de lui que dans sa voiture.

Elle recula dans le bureau et dit à voix basse :

— Je ne sais pas ce qu'il mijote. C'est bizarre, il est peut-être simplement venu voir Goldrab. Cache-toi quelque part où on ne pourra pas te voir de l'arrière de la maison. Je te rappelle dès que je sais quelque chose.

Une porte claqua en haut. Sally coupa la communication, se remit à guetter. Jake était toujours dans le hall et resserrait sa ceinture en regardant Goldrab s'avancer sur la galerie.

— Jake le Piquet ! s'exclama Goldrab du haut de l'escalier.

Il portait une chemise blanche sur un jean. Les pieds nus, il descendit les marches en ouvrant grands les bras comme pour accueillir un ami perdu de vue depuis longtemps. Il s'arrêta avant le bas de l'escalier et s'assit un peu au-dessus du niveau des yeux de Jake pour le contraindre à lever la tête vers lui.

— Ça fait une paye, poursuivit-il. Comment ça va ? Et cette troisième jambe, mon gars ?

177

Il tint ses mains devant son entrejambe pour mimer un énorme phallus.

— Toujours d'attaque ? Toujours de nouvelles conquêtes ?

— Ouais, ouais, répondit Jake en hochant nerveusement la tête, les bras croisés, les mains sous les aisselles. Ça roule, ça roule. Justement, j'ai une proposition en tête et je me suis dit que je pouvais… tu vois, passer t'en parler.

— Ouais, je t'ai vu « passer ». Je vais être franc, j'ai été scié que tu penses que j'avais gardé le même code pendant six mois. J'ai même trouvé ça un peu insultant mais… tu sais comment je suis. Je passe l'éponge. Si ça te gêne pas de venir taper mon code après six mois sans m'avoir vu, ça veut sûrement dire que tu te sens à l'aise avec moi.

Goldrab tira un cure-dent de sa poche et le porta à sa bouche sans cesser de fixer son visiteur.

— Alors, Jakey, Jakey, Jakey, mon pote à trois jambes. Qu'est-ce que tu deviens, mon frère ? Tu sais, on entend des rumeurs idiotes, de temps en temps. Paraîtrait que tu fais un peu dans une marchandise pas catholique. Que tu la refiles aux gosses de riches, que tu traînes devant les écoles friquées, comme une merde dans un lac, à ce que j'ai entendu dire. Naturellement, j'écoute pas ces conneries, parce que je sais que c'est pas vrai.

— Non, fit Jake en gigotant. Bien sûr que non.

— Alors, comment tu gagnes ta thune, ces temps-ci, mon gars ? Maintenant que tu lâches plus la purée pour moi ?

— Oh, je me débrouille. Je bine mon bout de jardin.

Goldrab émit un bruit de gorge comme s'il trouvait ça incroyablement drôle et dut se pencher légèrement en avant pour maîtriser un rire chevalin.

— Quoi ? fit Jake.

— Rien. C'est juste que…

Goldrab s'essuya les yeux du revers de la main, céda à une autre vague de gloussements. Il se calma, se redressa, le visage encore crispé.

— « Je bine mon bout de jardin »… Quand tu dis ça, je t'imagine en train de…

Il n'arriva pas à finir sa phrase et se plia de nouveau en deux.

Jake l'observait, les muscles de ses énormes bras tressautant légèrement.

— En tout cas, ça a l'air marrant, ce que t'imagines.

— Oh, oui, confirma Goldrab d'une voix aiguë, comme au bord de l'hystérie. Très marrant. Je vois des tarlouzes. Une fiotte qui bine le parterre d'une autre fiotte. Un pédé qui en ramone un autre. C'est à ça que ça me fait penser.

Il s'essuya de nouveau les yeux, se ressaisit.

— Ma mère, c'est une femme relativement intelligente. Enfin, mis à part les trois fois où elle a écarté les jambes pour mon père, elle s'est pas montrée trop bête. Tu sais ce qu'elle me disait quand j'étais gosse ? Elle me disait : « Y a plusieurs sortes de gens à qui tu dois jamais faire confiance, fils. Tu dois jamais faire confiance à un flic, à un cuisinier maigrichon, à un mendiant gras du bide. Tu dois jamais faire confiance à un Arabe ou à un mec qui a les sourcils qui se rejoignent. Jamais à un type qui porte des chaussures noires avec des chaussettes blanches, jamais non plus à un

179

Black avec un fez. » Mais tu sais ce qu'elle mettait en tête de liste ? Le top du top de ceux à qui on peut pas se fier ?

— Non, répondit Jake d'une voix presque inaudible.

— Les pédés. Ces putains de tantouzes.

— De quoi tu parles ?

— T'es un enfoiré d'homo, Jake. Un empaffé, une tapette, un rôdeur de pissotière, un batteur de merde. Attention, je dis pas que c'est ta faute. Ce que racontent les scientifiques ces temps-ci – je sais pas si t'es au courant –, c'est que *tu peux pas t'en empêcher*. Apparemment, c'est biologique.

Il écarta les mains d'un air étonné comme pour dire : « Bizarre, hein ? »

— Ouais, d'après les savants fous, c'est pas du tout parce que vous êtes une bande de pervers, c'est parce que ça a déconné quelque part dans les chromosomes. Alors, je peux pas te reprocher d'être de la jaquette, Jake – ce que tu fais avec ton cul, ça te regarde –, mais je peux te reprocher – et c'est là que je commence à m'énerver –, je peux te reprocher…

Il se pencha en avant.

— … de pas avoir eu la politesse de seulement me prévenir. Jake le Piquet, avec sa troisième jambe, qui n'a peut-être pas la gaule, finalement, pour la pouffe allongée sur le lit, mais peut-être pour un membre de l'équipe de tournage. Ou – Dieu me pardonne – peut-être même pour *moi*. Et qui ne dit jamais un mot là-dessus. *Ça, tu vois*…

Goldrab poignarda l'air de ses doigts.

— *Ça*, c'est ce que j'appelle de la grossièreté.

180

Il abaissa la main, la posa sur la rampe, parut un moment sur le point d'expédier son pied dans le menton de Jake mais se leva finalement.

Jake avala sa salive. Il ne recula pas. Les mains dans les poches, il répliqua sur un ton de défi :

— Je suis pas un pédé.

— Menteur, dit Goldrab sans changer d'expression.

— Et même si j'en étais un ? Qu'est-ce que ça peut foutre ? On n'est plus à l'âge de pierre, y a des droits de l'homme à respecter. Tu peux pas me traiter de pédé comme ça.

Goldrab secoua la tête avec de petits claquements de langue réprobateurs.

— Tu joues la carte « Non à l'homophobie » ? Ça marche pas, mon p'tit gars. C'est aussi mauvais que la carte antiraciste.

Il inclina la tête sur le côté et entonna d'une voix claironnante :

— Nous sommes désolés, votre carte de pédé n'est plus valable. Nous vous avisons que votre compte de pédé a été fermé, décision prise sur la base d'une série de découverts non autorisés. Veuillez détruire immédiatement votre carte puisqu'elle a perdu toute validité. Maintenant, tu vois l'arbalète sur le mur ? Là-haut.

Jake leva les yeux. D'où elle était, Sally n'avait pas vue sur la galerie mais elle savait que l'arme s'y trouvait. Sous une lampe de tableau, dans une vitrine dont le fond était occupé par une photo encadrée du soleil se couchant sur la brousse africaine.

— J'ai tué un hippopotame avec ça, dit Goldrab. Du temps où les Blancs respectueux des lois et travaillant dur avaient des droits, avant qu'on nous les prenne pour

181

les donner aux animaux, aux Noirs et aux pédés. Et je me fous que tu me trouves politiquement incorrect parce que *toi*, t'as rien à faire ici. Alors, maintenant…

D'un signe de tête péremptoire, il indiqua la porte.

— … tu dégages ta saloperie de caisse de mon allée avant que j'aille prendre ma copine là-haut et que je t'en colle une dans ton joli petit *derrière* rose.

La tête toujours levée, Jake fixait l'arbalète en silence. Sa pomme d'Adam montait et descendait comme s'il voulait parler. Puis il sembla changer d'avis. Il baissa le menton et, sans dire un mot de plus, sans croiser une dernière fois le regard de Goldrab, il se retourna et sortit de la maison. Sally entendit le crissement de ses pas sur le gravier puis le couinement aigu du déverrouillage des portières à distance, le claquement d'une portière et, enfin, le bruit du 4 × 4 s'éloignant lentement.

Tremblante, elle s'éloigna du mur et composa le numéro du portable de Millie.

26

L'incident poursuivit Sally toute la journée. Même après le départ de Jake, quand elle eut parlé à Millie et qu'elle la sut en sécurité dans le jardin, même après avoir passé trois heures devant l'ordinateur et que les choses se furent calmées à Lightpil House, Goldrab se baladant un verre de champagne à la main, marmonnant sur l'immoralité de l'homosexualité, elle continua à s'inquiéter. Il n'y avait plus désormais aucun doute dans son esprit : Steve avait raison, la vie de David Goldrab dissimulait dans ses profondeurs quelque chose de dangereux qui pouvait à tout moment jaillir à la surface.

Dans la voiture, sur le chemin du retour, elle sermonna longuement sa fille :

— C'est grave, ce qui se passe. Ce Jake est vraiment un sale individu. Te voilà mêlée à de drôles de gens.

— Hé, c'est toi qui travailles pour l'un d'entre eux, maugréa Millie, ce que Sally ne pouvait contester.

Maintenant que Julian n'était plus là pour les protéger, elle voyait les choses différemment.

— Je réfléchis. Je trouverai une solution.

— Tu crois ? dit Millie d'un ton incrédule en regardant à travers sa vitre. Tu crois vraiment ?

Lorsqu'elles tournèrent enfin dans l'allée de **Pepper**corn, Sally se sentait épuisée et la dernière chose au monde qu'elle souhaitait, c'était bien voir des gens. Mais deux camping-cars étaient garés dans le jardin, où Isabelle et les ados l'attendaient. Sally avait totalement oublié que c'était ce jour-là que Peter et Nial **allaient** prendre les camping-cars pour lesquels ils avaient fait des économies. Deux tas de rouille couverts de boue et de fumier. Elle dut se forcer à sourire en descendant de voiture. Il s'avéra cependant que personne ne semblait d'humeur joyeuse. Ils avaient beau prétendre se réjouir de l'arrivée des camping-cars, Sally sentait dans le groupe une tension sous-jacente. Un fantôme dont nul ne parlait passait entre eux. Lorne Wood. Morte à seize ans.

— Première leçon sur leur caractère mortel, dit Isabelle quand Sally et elle furent enfin seules dans la salle de séjour, buvant un verre du bon vin que Steve apportait toujours à Peppercorn. C'est difficile à supporter.

— Millie n'a pas voulu aller au lycée aujourd'hui. Parce que les policiers y seraient, d'après elle. **Ils** sont venus ?

— Non. Mais ils sont retournés une deuxième fois à Faulkener's. Sophie a reçu un texto d'une des filles : tout le monde est retenu. Apparemment, les policiers pensent que c'est un des garçons qui a tué Lorne.

— *Un des garçons ?* s'exclama Sally en fixant le visage d'Isabelle, ses cheveux poivre et sel, ses yeux bleu clair. Sérieusement ?

— Ils ont empêché les élèves d'utiliser leurs portables. Ils les ont gardés toute la journée. Certains parents se sont plaints au proviseur.

Les deux femmes se tenaient devant les portes-fenêtres et regardaient les adolescents s'affairer autour des camping-cars. Sally avait fait plusieurs fois le portrait de chacun d'eux et y avait pris un vif plaisir : c'était comme saisir leur personnalité émergente, fixer une infime partie de leur être changeant, même si ce n'était que sur de la toile, avec de la peinture. Parce que, ce dont elle était maintenant sûre, c'était que les choses changeaient rapidement pour eux. Plus rapidement que quiconque aurait pu le prédire.

— D'après Nial, les filles ont peur, dit Isabelle avec un sourire triste.

A l'aide d'un marqueur, le garçon traçait sur son camping-car les contours des motifs qu'il voulait peindre.

— Il est à moitié convaincu qu'il sera leur chevalier blanc, comme tu l'as représenté sur tes lames de tarot. Qu'il les protégera. Ça ne risque pas d'arriver avec Pete dans les parages.

Elle a raison, pensa Sally. Le gentil petit Nial, celui qu'elle préférait en secret. Trop chétif, trop timide, totalement éclipsé par Peter. Il était beau, mais d'une beauté qui ne se révélerait pas avant la trentaine. Lorsque les tombeurs comme Peter prendraient du poids et perdraient leurs cheveux, les garçons comme Nial achèveraient leur mue. En ce moment, il était encore trop petit et trop féminin pour que les filles le remarquent. Sally aimait beaucoup la carte de tarot sur laquelle elle l'avait peint en Roi des Epées, moitié furieux et vindicatif, moitié réservé et très intelligent. Capable de mener des rébellions avec ses idées pénétrantes. Elle avait choisi de le revêtir d'une tunique de velours et de brocart, bleue, pour faire ressortir ses yeux.

— Tu penses qu'elles ont raison ? demanda-t-elle. D'avoir peur, je veux dire. Tu penses que c'est un des autres jeunes ?

— Je n'en sais rien, mais il y a une chose que je peux te dire, répondit Isabelle en désignant le groupe de la tête. Ils nous cachent quelque chose.

— Quoi ?

— Je l'ignore, mais je connais mon fils. Et il y a quelque chose qu'il ne me dit pas. Quelque chose qu'il n'arrive pas à me dire. Peter et lui sont vraiment cachottiers en ce moment.

De la pointe du pied, Isabelle ouvrit un peu plus la porte vitrée. Le chant des oiseaux pénétra dans la maison avec les bêlements des moutons et le grondement lointain de la circulation sur l'autoroute. Après un silence, elle reprit :

— Peter était amoureux de Lorne. Tu le savais ?

— Oui. Enfin, tous les garçons l'étaient plus ou moins, je présume.

— Je crois qu'elle ne s'intéressait pas à lui mais qu'il l'aimait. Nial aussi, j'imagine.

Baissant un peu la voix, Isabelle ajouta :

— Je pense que c'est à cause de Peter que Millie a cessé d'être l'amie de Lorne.

— Comment ça ? fit Sally, étonnée.

— Tu ne savais pas ?

— Je ne savais pas quoi ?

— Regarde-les. Regarde-les bien.

186

Sally les observa. Millie s'était séparée du groupe pour s'asseoir sur la balançoire suspendue à une branche. Un pied sur l'herbe, elle se faisait pivoter et son ombre tournoyait sur le sol. Au bout d'un moment, elle s'arrêta et posa des yeux maussades sur les autres. Sally suivit la direction du regard de sa fille et vit Peter accroupi près du camping-car, examinant le pneu. Elle revint à Millie et ce qu'elle découvrit dans l'expression de sa fille la sidéra. Isabelle avait raison. Millie était amoureuse. Amoureuse de Peter. Le bel effronté plein d'assurance, totalement imbu de lui-même, qui n'accordait aucune attention à Millie.

— Est-ce que… commença-t-elle, se sentant de nouveau idiote, est-ce que c'est pour ça que Millie a arrêté de voir Lorne ? Parce que Peter était amoureux d'elle ?

— Tu ne le savais vraiment pas ?

— Euh, je… bredouilla-t-elle en se frottant les bras. Oui, je suppose.

Les deux femmes contemplèrent un moment les enfants en silence. Un sentiment familier de tristesse et de solitude palpitait dans la poitrine de Sally, coups sourds assénés à celle qui avait perdu. C'était ce que Millie devait aussi ressentir. Sally avait éprouvé la même chose au pensionnat, où elle avait appris dès son jeune âge à vivre tout en bas de la pile gagnante. Alors que Zoë, dans l'autre école, savait ce que c'était qu'être en haut, bien sûr.

— Isabelle, ils sont en train de grandir, murmura-t-elle tristement. Là, sous notre nez.

27

Sally avait mis le dîner dans le four. Elle préparait du caramel au chocolat que son amie emporterait chez elle, découpé en carrés qu'elle disposait sur du papier sulfurisé. Isabelle revint du jardin en haletant, agita les jambes pour faire tomber les brins d'herbe coupée collés à ses pieds nus. Au lieu de répondre au sourire d'accueil de Sally, elle porta un doigt à sa bouche en secouant la tête.

— Quoi ?

Elle s'écarta, révélant Nial et Millie qui se tenaient derrière elle sur le pas de la porte, l'air penaud. Sally posa son couteau, s'essuya les mains à son tablier, repensa aussitôt à sa conversation avec Isabelle : les enfants leur cachaient quelque chose.

— Millie ? fit-elle avec appréhension. Qu'est-ce qui se passe ?

— Sally, intervint Isabelle en refermant la porte derrière les adolescents, il y a un problème.

— C'est au sujet de Lorne ?

— Non. Non, Dieu merci, répondit Isabelle en se tournant vers son fils. Nial ? Viens expliquer.

Il s'avança vers la table, s'assit en lançant à Sally un regard hésitant. Millie le suivit aussitôt, s'assit à côté de lui, épaule contre épaule, les yeux baissés. Elle était peut-être amoureuse de Peter mais Isabelle avait raison : lorsqu'on avait besoin d'un chevalier en armure étincelante, Nial était toujours là. Il gonflait la poitrine dans l'espoir que les filles se réfugieraient derrière lui... et elles passaient sans le voir, pour se jeter au cou de Peter.

— Ce qu'il y a, dit Isabelle, c'est qu'ils ont acheté leurs billets pour Glastonbury il y a deux mois. Tu étais au courant, non ? Par le frère aîné de Peter ?

— Bien sûr. C'est pour ça qu'ils repeignent les camping-cars. Où est le problème ?

Isabelle posa un doigt sur le grain du bois de la table, coula à la lycéenne un regard embarrassé.

— Millie n'a pas payé son billet.

— Son billet ? s'étonna Sally en se tournant vers sa fille. Quel billet ? Millie, on en avait discuté, il n'était pas question que tu ailles avec eux.

— Maman, s'il te plaît, pique pas une crise, geignit l'adolescente, au bord des larmes. Peter a payé par Internet. Maintenant, il faut que je le rembourse.

— Mais...

Sally se laissa tomber sur une chaise, secoua la tête.

— Chérie, je te l'ai répété je ne sais combien de fois, je n'ai pas les moyens. On en a parlé.

— Tous les autres parents paient, argua Millie.

— Oui, mais les autres parents...

Sally s'interrompit. Elle avait failli dire : Tous les autres parents ne se conduisent pas comme des irresponsables.

189

Isabelle posa une main sur le bras de son amie.

— Nial et moi voulons payer pour Millie. C'est pour ça qu'on est ici. Sérieusement, j'en serais heureuse. Si ça te fait plaisir que Millie y aille, l'argent n'est pas un problème.

— Je ne peux pas accepter ça.

— Pourquoi ?

— Je ne peux pas. Tu m'as déjà aidée plus que je ne le méritais.

— Mais pense à tout ce que tu as fait pour moi pendant des années. Tu m'as beaucoup aidée toi aussi. J'ai perdu le compte des cadeaux que tu m'as faits, des tableaux que tu as peints pour nous. Tu dois nous laisser te rendre tout ça.

Sally poussa un long soupir, se mordit la lèvre et regarda par la fenêtre. C'était la deuxième fois en vingt-quatre heures que, assise à cette table, elle affirmait qu'elle se débrouillerait seule. Elle se tourna de nouveau vers Isabelle et Nial, qui la regardaient avec espoir.

— Je ne peux pas accepter. Merci de votre générosité mais je ne peux vraiment pas. Millie trouvera un moyen de gagner cet argent. Ou elle devra rendre le billet.

— Maman ! Quelquefois, t'es vraiment…

Millie repoussa sa chaise et se rua hors du cottage, claquant la porte derrière elle. Isabelle et Nial gardaient le silence, les yeux baissés.

— Sally, dit Isabelle au bout d'un moment. Tu es sûre que nous ne pouvons pas t'aider ?

— Absolument. Je dois trouver une solution moi-même.

Elle se leva, porta les verres à l'évier, demeura le dos tourné, les épaules tombant de fatigue. Seigneur, pensa-t-elle avec amertume, je commence à ne plus supporter de m'entendre dire ça.

28

L'un des chats qui s'attroupaient devant la porte de derrière de Zoë s'était blessé à la patte. Elle le remarqua ce soir-là après le travail, alors qu'elle sirotait un rhum gingembre longtemps attendu en les regardant se presser autour d'elle, impatients d'engloutir la nourriture qu'elle leur distribuait chaque jour. Le plus petit restait en retrait et la regardait craintivement. Il était maigre, comme s'il n'avait pas assez à manger.

Elle finit son verre, retourna chercher des croquettes pour le faire approcher. Elle réussit à l'attraper et à l'amener à l'intérieur afin de l'examiner à la lumière. Il avait un élastique autour des pattes arrière. Pas étonnant qu'il n'arrive pas à marcher, pensa-t-elle. L'élastique compressait la peau mais ne l'avait pas encore entamée. Zoë le coupa avec précaution puis passa les mains sous les pattes avant de l'animal et le tint devant elle pour vérifier qu'il n'avait rien d'autre. Suspendu en l'air, il la fixa d'un air idiot.

— Me regarde pas comme ça, marmonna-t-elle en le reposant à terre.

Elle trouva un bac rempli de litière au fond de la cabane, le posa avec un bol de croquettes et de l'eau dans les toilettes du rez-de-chaussée, plaça le chat devant.

— Une nuit seulement, le prévint-elle, jusqu'à ce que tu ailles mieux. C'est pas un hôtel, ici.

Le chaton se jeta avidement sur la nourriture. En se redressant, Zoë surprit son reflet dans le miroir du lavabo, s'immobilisa pour se regarder. Chevelure rousse hirsute, pommettes hautes, peau abîmée par le soleil. Elle avait l'air à moitié sauvage. Dix-huit ans plus tôt, dans la boîte de strip-tease, elle avait les cheveux coupés court et teints en blond presque blanc. Une seule personne avait connu son vrai nom : le directeur, parti depuis longtemps à l'étranger. Personne n'aurait reconnu dans l'inspecteur Benedict la fille qui s'exhibait sur scène des années plus tôt. Elle était la reine du déguisement, elle pouvait cacher aux autres ce qu'elle voulait.

Elle remonta sa manche, baissa les yeux vers les cicatrices de son bras, marques inégales laissées par ses propres ongles. Encore une chose qu'elle avait réussi à cacher. Ben ne les avait jamais remarquées. Les soirs où ils étaient ensemble, elle les recouvrait de maquillage et faisait en sorte qu'il ne voie jamais les plus profondes. Elles étaient les traces d'un truc qu'elle avait appris au pensionnat pendant sa première année : chaque fois qu'elle pensait à ses parents et à Sally, assis confortablement devant un feu, pressés les uns contre les autres, elle pleurait silencieusement dans son oreiller. Peu à peu, elle avait découvert que le seul moyen de chasser la douleur qu'elle sentait au creux de la poitrine, c'était de se faire mal à un autre endroit du corps. Là où l'infirmière ne pourrait pas le voir : le haut des cuisses, le ventre. Il y avait quelquefois du sang sur son pyjama le matin et elle trouvait une excuse pour se glisser dans les douches et faire disparaître les taches. Elle n'avait jamais perdu cette habitude.

Il faut que tu arrêtes, s'ordonna-t-elle en baissant sa manche. *Idiote, idiote, idiote.* Ce n'est pas toi, ça. Toi, tu es la fille qui a survécu au pensionnat, qui a traversé à la dure plusieurs continents, qui a gravi les échelons au boulot dans un monde dominé par les hommes. Aucune importance si ce soir, pour la deuxième fois de suite, Ben était trop « occupé » pour venir chez elle. Il ne lui appartenait pas. Aucune importance. Et son passé ne lui reviendrait pas en pleine figure à cause des photos de Lorne.

Zoë éteignit la lumière, enferma le chat, lava la casserole et l'assiette de son dîner et alla se coucher. Elle demeura longtemps éveillée dans l'obscurité, résistant à l'envie de se griffer les bras. Lorsqu'elle s'endormit enfin, elle sombra dans un sommeil agité et souvent interrompu.

Elle rêva de nuages et de montagnes, de torrents. Elle rêva de bâtiments qui s'écroulaient et d'une péniche qui, inclinée sur le côté, prenait l'eau. Et puis, lorsque le soleil se leva et commença à éclairer sa chambre, Zoë rêva d'une pièce dans une maison victorienne, avec des tableaux de chiffres et de lettres dessinés sur les murs, un cheval à bascule dans un coin. Dehors, un réverbère à l'ancienne jetait une lumière jaunâtre sur la neige poussée par le vent, sur les flocons qui filaient à l'horizontale devant les carreaux. Bien que le décor ne lui parût pas familier, elle savait que c'était la chambre d'enfants qu'elle partageait autrefois avec Sally. Elle savait aussi, sans l'ombre d'un doute, que c'était le jour de « l'accident ». Le jour où, montant l'escalier, elle avait découvert avec fureur que Sally avait peint d'absurdes fleurs jaunes sur son lit, ses jouets et toutes ses affaires. Une « surprise ». Pour lui faire plaisir.

Mais, dans le rêve, Zoë n'éprouvait aucune colère. Ce qu'elle ressentait, c'était de la peur. La neige, la chambre, les chiffres peints sur le mur la cernaient. Et derrière elle un enfant sanglotait. Elle se retourna et vit que c'était Sally, terrorisée, un filet rouge coulant d'une de ses mains. De l'autre, elle montrait désespérément les chiffres sur le mur, comme s'il était capital que Zoë les voie. « Regarde, hurlait-elle. Regarde les chiffres. Un, deux, trois. »

Zoë se tourna de nouveau vers le tableau de chiffres et vit qu'il avait été remplacé par la plaque de l'agence Zebedee Juice, N° 1 Milsom Street.

N° 1... N° 1.

Elle se redressa brusquement, avala une goulée d'air, son cœur battant à se rompre. Il lui fallut un moment pour réaliser où elle était – chez elle, dans son lit.

Il faisait jour, le soleil marbrait le plafond. N° 1. Elle avait enfin trouvé le détail qu'elle avait inconsciemment remarqué à l'agence. C'était ce que le tueur avait écrit sur le ventre de Lorne Wood. Zoë tendit vivement le bras vers son portable. Huit heures moins dix, indiquait l'écran. Elle avait dormi sept heures. L'équipe avait une réunion dans quarante minutes. Mais cette fois, ce ne serait pas Debbie Harry qui aurait la vedette, ce serait elle.

Elle se doucha en vitesse, avala deux tasses de café, fit sortir le chat, le repoussa quand il se frotta contre sa cheville et arriva au bureau à la demie pile pour découvrir que la réunion avait déjà commencé. Un technicien avait agrandi une série de photos – rien que des délinquants sexuels de moins de vingt-cinq ans vivant dans la région – et les avait punaisées au mur. Un des sergents récitait à l'équipe les antécédents de chacun d'eux. Lorsque Zoë entra, essoufflée, les cheveux encore humides de la douche, serrant contre elle son casque de moto, il s'interrompit et la regarda en silence.

— Pardon, vieux.

Elle posa le casque et ses clés sur une chaise et s'avança au milieu de la salle.

— J'ai quelque chose à dire. Avant que vous alliez plus loin.

Elle ôta le capuchon d'un marqueur, traça un cercle sur le tableau blanc.

Ecrivit soigneusement au milieu *No. One*.

Puis elle prit l'une des photos de l'autopsie de Lorne – celle de l'inscription sur le ventre – et la fixa sur le tableau à côté de ce qu'elle venait d'écrire.

— Regardez, dit-elle. Regardez le nombril. Il est juste après *No*.

Tous les policiers fixèrent le tableau.

— Ça ne veut pas dire que « personne » ne le comprend. Ça ne veut pas dire que Lorne n'est « personne » pour lui. Il nous dit qu'elle est « numéro un », *No One*. Et qu'il y en aura d'autres. N° 2. N° 3.

Suivit un long silence stupéfait et le commissaire, assis à l'entrée de la salle, se racla la gorge.

— Très bien. Merci, Zoë. Tout le monde prend note, OK ? Bon, maintenant…

Il se tourna vers le sergent.

— Vous avez terminé ? Parce que j'aimerais qu'on passe au Service des voies navigables. Je veux la liste complète de toutes les péniches amarrées samedi dans cette partie du canal pour que…

— Attendez, attendez, intervint Zoë en levant la main. Je suis encore là, vous savez, j'ai pas quitté la salle.

— Pardon ?

— Je suis encore là. Vous avez l'intention de ne tenir aucun compte de ce que je viens de dire ?

— J'en ai tenu compte. J'ai demandé à tout le monde de le garder à l'esprit.

— Vous voulez que je termine ce que j'avais à dire ? Ou inutile que je me donne cette peine ?

Le commissaire la regarda d'un œil torve. Mais il la connaissait depuis longtemps, il savait que, parfois, il valait mieux laisser couler, et il finit par faire machine arrière, les mains levées en signe de capitulation.

Zoë fit de nouveau face à l'équipe. Elle sentait qu'elle avait le sang au visage et que Ben l'observait d'un coin de la salle.

— Il faut prendre ça au sérieux parce que – allez savoir – il se pourrait même que j'aie raison. Le meurtrier a peut-être l'intention de recommencer. Il l'a peut-être déjà fait. Quelqu'un a contacté le service Renseignement pour savoir si on a eu ailleurs une affaire comparable ?

— On le saurait, si c'était le cas, estima le commissaire.

— Vraiment ? Et si on n'avait pas retrouvé le corps ?

— Alors, nous aurions une affaire de personne disparue.

— Non, c'est de la foutaise, ça. Combien de jeunes femmes d'une vingtaine d'années disparaissent chaque mois ?

— Pas des filles comme Lorne, objecta le commissaire.

Zoë le regarda posément. Elle savait ce qu'il voulait dire : les filles qui disparaissent sans faire la une des journaux sont des prostituées, des droguées, des fugueuses, des strip-teaseuses : la lie de la société. Elle parviendrait à faire parler ces filles si elle leur montrait les photos de Lorne, mais elle ne pouvait pas. Elle ne pouvait tout simplement pas.

Le commissaire baissa le menton et la dévisagea par-dessus ses lunettes.

— Vous voulez dire qu'il y a quelque part un tas de cadavres ? Que personne n'a remarqué ?

— Non. Je dis que jusqu'ici on a orienté l'enquête sur l'hypothèse d'un meurtrier qu'elle connaissait, un ado. Je vous demande de reconsidérer la question. De réfléchir en dehors de ces paramètres. Et vite, parce que franchement, je suis convaincue que cette inscription est un avertissement.

Debbie Harry, assise en silence au fond de la salle, toussota délicatement. Elle paraissait jeune et fraîche avec son chemisier en dentelle blanche et sa queue-de-cheval.

— Les hypothèses sont une bonne chose mais ce ne sont que des hypothèses, rappela-t-elle.

— La mienne serait plus hasardeuse que d'avancer que l'autre inscription signifie « toutes les filles comme elle » ? Et s'il voulait nous dire qu'il va s'en prendre à toutes celles qui ressemblent à Lorne ?

— J'ai toujours été parfaitement claire en donnant mon opinion, souligna Debbie d'un ton apaisant. Il ne s'agit que de suggestions. Vous devez tous – j'insiste, *tous* – forger vous-mêmes vos propres conclusions. Et garder l'esprit ouvert en permanence.

— Je vous ai effectivement entendue dire ça, convint Zoë. Mais je suis peut-être la seule à l'avoir fait parce que, si je regarde autour de moi, je ne vois qu'une tripotée d'enquêteurs trop heureux d'accepter vos suggestions parce que ça leur évite de faire marcher leur cerveau. Désolée, les gars, mais c'est vrai. Vous avez accepté ses paramètres, alors, si on doit vraiment mener cette affaire comme un séminaire de psychologie, allons-y. Chacun de nous avance mille interprétations de ces mots et puis on discute pour savoir quelle est la bonne.

— Une minute, une minute, intervint le commissaire en levant une main. Je sens quelque chose de vindicatif dans ces propos, et nous n'avons vraiment pas besoin de ça.

— De vindicatif ?

Debbie approuva de la tête comme à regret. Comme si ces attaques la blessaient mais qu'elle était, elle, suffisamment mûre pour se conduire en adulte. Elle adressa à Zoë un sourire compatissant.

— Je ne voulais pas aborder ce point mais je me demande si je n'ai pas provoqué quelque chose en vous, inspecteur Benedict. J'ai l'impression que quelque chose en moi réveille quelque chose de douloureux en vous.

Zoë ouvrit la bouche pour répondre, s'aperçut que tout le monde la dévisageait. Elle comprit. Ils pensaient tous qu'elle était jalouse. Jalouse de cette crétine d'étudiante en psycho qui se prenait au sérieux avec ses chemisiers trop petits d'une taille et ses cheveux soyeux. Zoë lança un coup d'œil à Ben en s'attendant à demi – ou du moins en espérant – qu'il prenne sa défense, mais il évita son regard. Il concentrait son attention sur les photos de délinquants sexuels comme s'il les trouvait beaucoup plus intéressants.

— Bon Dieu, marmonna-t-elle en récupérant ses clés et son casque. Bienvenue dans le nouvel âge de la police. Tous ceux qui dans cette salle ne se foutent pas totalement de la justice peuvent commencer à réciter leurs prières.

Elle salua le commissaire, claqua des talons et, sous le regard de collègues persuadés qu'elle était devenue folle, sortit et referma bruyamment la porte derrière elle.

29

Sally avait décidé que Millie irait au lycée quoi qu'il pût arriver. Ayant quelques heures de liberté ce matin-là, elle conduisit sa fille en voiture à Kingsmead et promit de la reprendre derrière la salle de sport à la fin des cours. Bien que le 4 × 4 violet de Jake le Piquet ne fût nulle part en vue, elle suivit Millie des yeux jusqu'à ce qu'elle ait disparu dans le bâtiment.

Ce jour-là, Sally faisait le ménage un peu plus bas dans la rue, l'une des plus huppées de la ville. La plupart des bâtiments, d'élégantes maisons individuelles, avaient été construits à l'époque victorienne. La vogue des tons Farrow & Ball avait gagné le quartier, et toutes les portes et fenêtres étaient peintes en gris et vert sourd ; des lauriers dans des pots en faux plomb s'alignaient de chaque côté de nettes allées de gravier dans des jardins parsemés de bacs de lavande et de romarin. Steve habitait à deux pas de la maison où Sally faisait le ménage et, le mercredi, elle avait pris l'habitude de passer chez lui après le travail. Parfois, ils déjeunaient ensemble ; le plus souvent, ils finissaient au lit.

Sa maison était un peu plus petite mais très semblable à ses voisines : un perron en dalles de pierre, une sonnette à l'ancienne avec une tige en fer déclenchant un vrai carillon. A une heure, Sally se tenait devant la porte et écoutait les notes s'égrener en repensant à ce qui était arrivé à Jake chez David Goldrab. Elle était résolue à en parler à Steve mais, dès qu'il ouvrit, elle comprit que ce n'était pas du tout le moment.

Il l'accueillit par un « Salut, beauté », suivi d'un baiser, mais ce ne fut qu'un bécot bref et distrait qu'il déposa sur sa joue avant de redescendre le couloir en direction de la cuisine. Elle lui emboîta le pas pensivement en lisant l'inscription inscrite sur son tee-shirt taché de peinture : « Le Queensland : beau un jour, parfait le lendemain ». Il y avait quelque chose d'inhabituel dans l'affaissement de ses épaules.

— Ça va ? s'enquit-elle quand ils pénétrèrent dans la cuisine.

— Hmm ?

— Je te demande si ça va ?

— Oui, oui. J'avais l'intention de préparer le déjeuner mais j'ai commencé à chercher les outils dont tu as besoin pour ta maison et, d'un seul coup...

Il se frappa la nuque comme si un moustique s'y était posé.

— ... la muse de la menuiserie m'a frappé.

Il désigna de la main le séjour où des bâches étendues sur le sol étaient jonchées de copeaux de bois. Un pistolet à clous reposait en équilibre sur un établi Black & Decker au-dessus d'une caisse à outils.

— J'essaie de rectifier l'encadrement de la porte mais je suis en train de tout foirer.

— Je m'occupe du repas, dit Sally en déboutonnant son tablier de HomeMaids. Continue à bricoler.

— Sally, je…

— Oui ?

Il secoua la tête, détourna les yeux.

— Rien. Il y a, euh…

Il tendit vaguement le bras vers les éléments.

— … de l'huile de sésame dans celui du bout, si tu veux, acheva-t-il avant de retourner dans le salon.

Sally plia le tablier et le posa sur le plan de travail en suivant Steve des yeux. Il s'arrêta sur le seuil, ramassa un ceinturon à outils de professionnel auquel pendaient des manches de marteau et de ciseaux, l'attacha autour de sa taille. Il prit ensuite le pistolet, le remit en marche et commença à enfoncer des clous dans le chambranle. Pas une fois il ne se retourna pour regarder Sally. Au fil des mois, elle avait appris que, de temps à autre, il sombrait dans ce genre d'humeur, lorsqu'il était préoccupé. Une affaire qui le rendait muet et renfermé pendant quelques jours, comme s'il avait entrevu un monde qu'il aurait préféré ne pas connaître. Peut-être songeait-il en ce moment au voyage qu'il était censé faire samedi : un client de Seattle à qui il devait rendre visite. Ou alors sa réunion de la veille à Londres : il s'était montré nerveux à ce sujet quand il avait quitté Peppercorn tôt le matin avant que Millie se réveille. Steve n'avait pas précisé qui il devait voir. Peut-être Mooney, le type dont il lui avait demandé d'oublier le nom.

Elle trouva dans le réfrigérateur sur la grille du milieu des steaks de thon suintant un liquide rouge sur du papier sulfurisé. Un pot de basilic qui semblait acheté au marché, des cornichons et, tout en bas, un bocal de câpres. Elle décida de faire une *salsa verde*. Après avoir rassemblé les ingrédients nécessaires, elle commença à ciseler le basilic en laissant son regard s'égarer en direction de Steve. Chaque fois qu'il plantait un clou, elle sursautait.

Elle avait terminé la sauce et faisait chauffer de l'huile dans une poêle, le dos tourné au séjour, quand la détonation du pistolet fut suivie d'un claquement bruyant. Sally se retourna. Steve se tenait de côté, la main gauche plaquée haut sur le chambranle, l'autre pressée contre le mur. Le pistolet tombé par terre pivotait lentement sur son axe. La tête baissée, Steve demeurait immobile ; seule sa jambe gauche s'agitait spasmodiquement comme s'il tentait de décocher une ruade. Il tourna vers Sally un visage gris, tendu.

— Je crois que je me suis niqué la main, si tu me passes l'expression, dit-il entre ses dents serrées.

De la tête, il indiqua sa main gauche sans lever les yeux.

— Le pistolet a rencontré un nœud, il a glissé. Je pense que je me suis vraiment bousillé la main. Tu veux bien regarder ?

Elle ferma le gaz et s'approcha précipitamment. Au premier coup d'œil, la main paraissait simplement posée sur le bois, les doigts vers le plafond, mais en regardant de plus près, Sally comprit ce qui s'était passé. Steve s'était embroché. Elle se hissa sur la pointe des pieds.

— Qu'est-ce que tu vois ? demanda-t-il d'une voix nerveuse.

La tête du clou luisait dans le renflement sous le pouce et un filet de sang huileux coulait de la blessure jusqu'au poignet où il se partageait, formant un delta à travers les poils du bras. Ce qu'elle ne pouvait voir, Sally l'imagina – les muscles, les os sous la peau – parce que c'était ce que lui avait révélé la radio de sa main près de trente ans plus tôt après l'accident provoqué par Zoë. Elle ferma les yeux, s'efforça de chasser cette image qui la rendait à chaque fois inexorablement triste.

— Je ne sais pas, répondit-elle. Je ne m'y connais pas trop.

Steve s'essuya le visage de sa main libre.

— OK. Tu vois cette scie à métaux ?

Elle s'accroupit, fouilla dans la caisse à outils.

— Celle-là ?

— Non. L'autre.

— Qu'est-ce que je dois faire ? demanda Sally d'une voix tremblante.

— Scier le clou. Entre mon pouce et le mur.

— Le scier ?

— Oui. S'il te plaît. Je ne te demande pas de m'amputer la main.

— D'accord, d'accord.

Elle retourna dans la cuisine, trouva sous l'évier deux rouleaux d'essuie-tout, prit une chaise, la traîna jusqu'à Steve et monta dessus pour examiner la blessure. La langue entre les dents, elle tamponna la main autour du clou. Steve grimaça, fit tourner sa tête une ou deux fois comme s'il avait un torticolis. La peau de sa main était tirée sur le côté : le clou n'avait percé que le bord du muscle, ce n'était pas aussi sérieux qu'elle l'avait cru.

205

— OK, dit-elle, le cœur battant. Ce n'est pas trop grave, je crois.

— Fais ce que je te demande.

Elle avait les mains moites de sueur mais elle parvint à glisser les doigts entre le mur et la chair de Steve, tira doucement jusqu'à ce qu'un centimètre de métal apparaisse entre la peau et le mur.

— *Oh, nom de Dieu*, gémit Steve.

Il baissa la tête, serra les dents et agita la jambe de plus belle.

— *Putain de nom de Dieu*.

D'une main hésitante, Sally leva la scie, passa la lame dans l'intervalle, l'abaissa jusqu'à ce qu'elle touche le clou. Steve cessa de jurer et de bouger, fixa le visage de Sally. Elle fit aller la scie dans un sens puis dans l'autre, ajusta la position de la lame, la sentit mordre le métal et se mit à scier.

— Sally, murmura-t-il soudain. J'ai vraiment besoin de toi.

Elle le regarda et décela dans ses yeux quelque chose qu'elle n'y avait jamais vu : de la peur pure et simple.

Elle comprit que ce n'était pas seulement pour le déclouer du mur qu'il avait besoin d'elle. C'était un « besoin » plus important. Elle ouvrit la bouche pour répondre mais avant qu'elle pût le faire, le clou céda. Le bras de Steve retomba, la tête du clou se détacha de sa main. Il fit pas en arrière, elle sauta de la chaise et lui saisit la main, l'enveloppa d'essuie-tout pour arrêter le saignement. Elle le fit asseoir, la main sur l'épaule.

— Respire à fond.

Il secoua la tête. Des taches sombres de sueur étaient apparues sur son tee-shirt, au cou et sous les bras. Du

206

sang avait éclaboussé le sol et les outils étaient dispersés dans toute la pièce.

— Hier, j'ai eu une journée vraiment épouvantable, dit-il au bout de quelques minutes.

Sally s'accroupit, leva les yeux vers son visage blême.

— Il est arrivé quelque chose, n'est-ce pas ?

Il parut chercher au plafond un endroit où poser les yeux tandis qu'il s'efforçait de ne pas craquer.

— C'est le boulot, répondit-il. *La merde, la merde, la merde*.

— L'Amérique ?

— Non. Non, c'est rien, ça. C'est Londres, la réunion. Avec… tu sais qui.

Mooney, pensa-t-elle. J'avais raison.

— Que s'est-il passé ?

Après un long silence, Steve abaissa ses yeux gris sur Sally et la regarda d'un air grave.

— On m'a proposé un moyen original de gagner trente mille livres. Net d'impôt. Ça réglerait instantanément tous tes problèmes.

— Quel moyen ?

— Tuer David Goldrab.

Elle inclina la tête sur le côté, eut un petit sourire.

— D'accord. Je le tue et tu lui voles tout son champagne.

Il continuait à la regarder avec le plus grand sérieux.

— Quoi ? Tu me fais peur, Steve.

— Je ne plaisante pas. C'est ce qu'on m'a offert à la réunion d'hier. Au Wolseley de Piccadilly, j'ai bu du champagne à deux cents livres la bouteille et on m'a proposé trois bâtons pour liquider David Goldrab.

Ils se regardèrent longuement. Sally se redressa, chercha le canapé à tâtons derrière elle, s'y laissa tomber.

— Ce n'est pas vrai ?

— Bon Dieu, Sally, dans quoi je me suis fourré ! J'ai l'impression d'être dans un film de Tarantino.

— Tu ne parles pas sérieusement ?

— Putain, si.

— Il y a des gens qui font des choses comme ça dans la vie ?

Il haussa les épaules, aussi perplexe qu'elle.

— Apparemment. Enfin, j'ai toujours su, plus ou moins, que ça arrivait de temps en temps, dans ma partie, des rumeurs couraient : tel privé pourri qui avait filé mille livres à un ancien de l'IRA pour écraser la femme de quelqu'un avec un Range Rover. Tout comme j'ai toujours su qu'il y a des trucs dégueulasses dans la vie. Les fumiers qui se promènent tranquillement dans la rue sans qu'on leur demande des comptes. Personne ne leur cherche des poux parce qu'ils portent des costumes Armani, qu'ils roulent en Audi haut de gamme et qu'on les appelle « monsieur », mais ce sont quand même des psychopathes, sans la moindre pitié. J'ai toujours su qu'on détruisait des vies derrière la façade. Par simple cupidité. Et quelque part dans ma tête, je savais que ce genre de choses arrivait. Qu'on faisait tuer des gens – pour un certain prix.

Il se renversa en arrière dans son fauteuil en pressant sa main.

— Mais je n'ai jamais, *jamais*, imaginé que je serais un jour mêlé à ça.

Sally expira longuement, fixa le plafond en tentant d'assimiler ce qu'elle venait d'entendre. Au bout d'un moment, comme ni l'un ni l'autre n'avaient bougé, elle murmura :

— Steve ?

— Quoi ?

— Ces gens... Ils ont été contrariés quand tu leur as répondu non ?

Il garda le silence puis défit le papier entourant sa main, examina la blessure. Humecta un doigt et frotta le sang.

— Steve ? insista Sally.

— Quoi ?

— Tu leur as dit non, n'est-ce pas ?

— Bien sûr, répondit-il sans croiser son regard. Qu'est-ce que tu t'imagines ?

30

Au sortir de la salle des opérations, Zoë descendit le couloir pour découvrir devant son bureau cinq adolescents à l'air maussade. Les trois garçons avaient les cheveux hérissés et portaient leur pantalon d'uniforme du lycée bas sur leurs fesses maigres. Les filles, jupes relevées pour montrer leurs jambes et chemisiers noués au-dessus de la taille, semblaient sorties du film *St Trinian's, pensionnat pour jeunes filles rebelles.*

— Tante Zoë, dit la plus petite des deux. Désolée de te déranger.

Zoë s'arrêta net, se pencha pour l'examiner.

— *Millie ?* Bon Dieu, je t'avais pas reconnue.

— Pourquoi, qu'est-ce que j'ai ? dit Millie en se touchant les cheveux des deux mains comme pour vérifier qu'ils étaient toujours là.

— Rien. C'est juste que…

Elle ne connaissait sa nièce que par les photos que ses parents lui avaient envoyées et pour l'avoir croisée deux fois dans la rue, en passant. Mais elle était jolie, vraiment jolie. Zoë mit un moment à se ressaisir et demanda :

— Qu'est-ce que tu veux ? Tu ne devrais pas être au lycée ?

— Le proviseur nous a laissés sortir. On voudrait te parler. En privé, si possible.

— Oui. Bien sûr. Entrez.

Elle ouvrit son bureau fermé à clé, poussa la porte du pied, inspecta rapidement la pièce au cas où il y traînerait quelque chose que ces gosses ne devaient pas voir : des photos d'autopsie ou des notes sur l'affaire Lorne.

— Y a pas de chaises. Désolée.

— Pas de souci, répondit le plus grand des garçons. On ne restera pas longtemps.

Zoë referma la porte, s'assit à son bureau et les regarda attentivement. Etait-ce son imagination ou Millie lui ressemblait davantage qu'à Sally ?

— Qu'est-ce que je peux faire pour vous ?

— On a besoin d'aide, expliqua le garçon.

Un beau blond et, à en juger par le langage corporel des quatre autres, le mâle dominant du groupe. Il devait avoir l'habitude de bousculer ses camarades et obtenait généralement ce qu'il voulait.

— C'est au sujet de Lorne Wood.

— D'accord, dit Zoë en passant d'un visage à l'autre. D'accord. Et je suppose que vous tenez à ce que cette conversation reste entre nous pour le moment ?

— Pour le moment.

— Ça se comprend. Avant de commencer, j'aimerais quand même avoir vos noms. Je vous donne ma parole que ça ne sortira pas d'ici. Tiens.

Elle posa sur le bureau un carnet à spirale et tendit un stylo au grand costaud. Il hésita à le prendre.

— Vous avez ma parole, répéta-t-elle.

Avec réticence, il se pencha au-dessus du bureau et écrivit *Peter Cyrus*. Puis il passa le stylo à Millie qui se tourna vers Zoë, parut sur le point de faire une remarque mais se baissa elle aussi et inscrivit *Millie Benedict*. Benedict, remarqua Zoë, pas Cassidy. Ainsi, ce qu'elle avait entendu était vrai : Sally avait vraiment divorcé de Julian. Et Millie, qui se tenait devant elle, avait pris le nom de famille de sa mère, pas celui de son père. Qu'est-ce que cela disait de leur séparation ?

Les autres adolescents se mirent en file indienne pour s'identifier l'un après l'autre.

Nial Sweetman, Sophie Sweetman, Ralph Hernandez.

Ralph Hernandez.

Zoë considéra le dernier nom en remuant sa mâchoire de droite à gauche. Puis elle sourit calmement et leva la tête vers le garçon auquel elle avait peu prêté attention jusque-là. Il était frêle, de taille moyenne, les cheveux bruns et la peau basanée. Hormis sa cravate, large, avec un gros nœud comme cela se faisait maintenant, semblait-il, à la manière des flics des séries télévisées des années 70, il avait un look plus classique que les autres, en ce sens qu'au moins son pantalon était presque à sa taille et que les épis dans ses cheveux n'étaient pas si étranges. Ses yeux marron étaient injectés de sang.

— Alors ? fit Zoë en prenant un ton détaché. Je vous écoute.

Il y eut un silence et celui qui s'appelait Nial donna un coup de coude au nommé Peter. Sophie et Millie gardaient les yeux baissés ; Ralph se passa nerveusement la manche sur le front.

— Voilà, dit Peter. Ralph a peur.

— Je suis inquiet, rectifia l'intéressé. Un peu inquiet, c'est tout.

— Je vois. Et pourquoi tu es inquiet ?

Il se gratta le bras.

— Parce que j'étais… j'étais…

— Il était avec Lorne, termina Peter pour lui. Le soir où elle s'est fait assassiner.

Zoë appuya son menton sur ses doigts en coupe, posa sur les adolescents un regard pensif. Dans sa poitrine, son cœur battait le tam-tam : elle avait devant elle le « meurtrier » de Debbie et de Ben. Un gaillard d'un mètre soixante-quinze, grand maximum. Mais si elle avait correctement interprété le message laissé sur le corps de Lorne, le vrai tueur se baladait quelque part. En songeant peut-être à une n° 2.

— OK. Et il y a sûrement une raison pour que tu n'en aies pas parlé avant.

— Mes parents n'étaient pas au courant, pour Lorne. Et elle n'avait rien dit aux siens non plus. C'était un secret.

— Ses parents sont catholiques, précisa Peter. Ils trouvent qu'avoir une copine, c'est un peu… vous voyez.

— Vous pouvez l'aider ? demanda Nial. Il ne sait pas ce qu'il doit faire.

— L'aider ? Je sais pas trop. C'est une affaire grave. Vous le savez, vous n'êtes pas idiots. Prenons les choses dans l'ordre. Ralph, Lorne était ta copine. Depuis combien de temps ?

— Deux semaines seulement. Mais je l'aimais, sérieux. C'était mon grand amour.

Il y avait dans la voix de l'adolescent une tension indiquant qu'il ne mentait pas.

— S'il vous plaît, poursuivit-il d'un ton suppliant de petit garçon abandonné sous la pluie. Je ne sais pas ce que je dois faire.

Il se redressa, pressa le dos contre le mur, secoua la tête.

— Franchement, j'aimerais mieux être mort.

— Doucement, dit Zoë en se penchant en avant. On se donne le temps de souffler un peu, d'accord ?

En principe, face à un mineur tenant des propos suicidaires, elle devait appeler une des unités de protection de l'enfance, mais, si elle faisait ça, elle n'arriverait jamais à lui faire raconter son histoire.

— Ça va aller ?

Au bout d'un moment, il s'humecta les lèvres et murmura :

— Ouais.

— Et calmement, maintenant, Ralph, calmement, sachant que ça doit être terrible pour toi, et que tu veux nous aider à trouver celui qui a fait ça à Lorne, explique-moi ce qui s'est passé ce soir-là.

Le silence se fit dans le bureau, les quatre autres jeunes portèrent leur attention sur Ralph. Il baissa les yeux vers ses poings serrés.

— Elle avait dit à sa mère qu'elle ferait les boutiques mais, en fait, elle avait rencard avec moi. Là-haut près de Beckford's Tower. Là où on se retrouvait toujours.

Beckford's. La tour victorienne grâce à laquelle les fermiers soûls étaient autrefois censés se repérer la nuit pour rentrer chez eux, avec son belvédère néoclassique, sa lanterne dorée. Elle se dressait dans un cimetière en haut de Lansdown, visible de tous les coins de la ville. Elle se trouvait aussi sur le parcours d'une des lignes de bus passant par l'arrêt proche du canal.

— Il était quelle heure ? demanda Zoë.

— Cinq heures et demie, environ.

— Vous êtes restés là-bas combien de temps ?

— Je sais pas trop. Une heure, peut-être ? Une heure et demie.

— Tu ne sais pas ?

— J'ai pas regardé ma montre. Je vous le dirais, sinon.

Une heure et demie maximum, pensa Zoë. Plus dix minutes de bus pour retourner dans le centre, et il était toujours possible que Lorne, après avoir quitté Ralph, ait fait autre chose avant de se retrouver sur le chemin de halage.

— Et ensuite ?

— Ensuite, elle est partie. Je suis allé en ville à pied, j'ai retrouvé…

Il se frotta de nouveau le bras.

— … Peter et Nial.

— On est allés boire des bières, s'empressa d'ajouter Nial. L'équipe du bahut avait gagné au cricket la veille, on avait envie de fêter ça.

— A trois ?

— Ouais.

— Vous êtes assez âgés pour faire le tour des pubs ?

— Euh, pas vraiment. On a plus ou moins montré des faux papiers.

— Plus ou moins ?

— Oui. Pourquoi ? Vous allez nous faire la leçon ?

215

Impressionnée par son culot, Zoë haussa les sourcils.

— Sûrement pas. Dans la situation actuelle, c'est pas le crime du siècle. A quelle heure elle s'est terminée, votre petite fête ?

Du regard, Nial consulta Peter, qui se gratta la tête.

— Quelle heure il pouvait être ? Minuit ?

— Quelque chose comme ça, ouais.

— Tu es allé où, Ralph ?

— Chez moi. Weston.

— Comment ?

— A pied.

— Tu as remarqué quelque chose d'inhabituel en chemin ? Tu as croisé quelqu'un que tu connaissais ?

— Non.

— Revenons en arrière. Tu retrouves Lorne près de la tour. Qu'est-ce que vous avez fait ?

Nouveau silence. Les mains de l'adolescent tremblaient. Il secoua la tête d'un air implorant, comme s'il craignait de fondre en larmes s'il parlait.

Zoë se tourna vers Peter, agita le pouce en direction de la porte.

— Vous nous laissez un moment ?

Les autres échangèrent des regards puis, tel un unique organisme capable de prendre une décision sans le secours des mots, ils sortirent l'un après l'autre. Ils restèrent dans le couloir, les mains dans les poches, un pied contre le mur, comme une couverture d'un album des Ramones. Le look maigre et renfrogné n'était toujours pas passé de mode.

Du pied, Zoë ferma la porte, tira une poignée de mouchoirs en papier de la boîte placée sur l'appui de fenêtre, revint à Ralph. Il s'était laissé glisser le long du mur et, accroupi, tenait les mains devant son visage.

— Ça va aller, ça va aller, lui dit Zoë.

Elle s'accroupit à côté de lui, lui posa une main sur l'épaule, sentit la chaleur de sa peau à travers le mince tee-shirt.

— Tu as fait exactement ce qu'il fallait faire en venant me voir, le complimenta-t-elle en lui tendant un mouchoir.

Il le prit, le pressa contre son visage.

— Tu peux en être fier, ajouta-t-elle.

Il hocha la tête, se moucha.

— Mais j'ai besoin d'avoir les idées parfaitement claires, poursuivit-elle. Je t'ai demandé ce que vous aviez fait près de la tour et ça t'a fait perdre tous tes moyens.

— On s'est embrouillés, répondit-il tristement. Elle voulait mettre tout le monde au courant, et moi…

Ralph dut prendre plusieurs inspirations pour se calmer.

— On a cassé. On a cassé et elle a dit qu'elle ne voulait plus jamais me revoir et… et… voilà ce qui est arrivé. Et c'est de ma faute, putain. Tout ça parce que mes enfoirés de parents me font flipper.

— Ce n'est pas de ta faute, Ralph. Vraiment pas.

— Qu'est-ce qui va se passer ? Il faudra que j'aille au tribunal ? Mes parents le sauront ? Mon père va péter un câble. Il pense que mentir est un péché mortel.

Il avait vraiment l'air d'un petit garçon et elle lui entoura les épaules de son bras. Elle voyait la blancheur du cuir chevelu là où une raie partageait nettement en deux sa chevelure noire.

— Je pense que la plupart des parents se soucie-
raient plutôt de ton bien. Et trouveraient courageux que
tu aies dit la vérité.

Comme il avait utilisé tous les mouchoirs, il
s'essuya le nez à l'épaule de son tee-shirt et soupira :

— Si vous pouviez être ma mère...

— Oh, non. Je ferais une mère épouvantable, tu
peux me croire. Venir ici était une décision extrêmement difficile à prendre, mais c'était la bonne. Cette
information est très importante, elle nous permet de
mieux cerner ce qui est arrivé à Lorne. Mais je ne peux
pas faire grand-chose de cette info si je ne la partage pas
avec mes collègues. Si je te promets que tes parents ne
sauront rien avant que tu sois d'accord, tu accepterais de
faire une déclaration devant tous les membres de
l'équipe ? Ceux qui ont du poids ? Tu pourrais empêcher que la même chose arrive à quelqu'un d'autre.

Il y eut un silence et il fallut un moment à Zoë pour
se rendre compte que Ralph hochait la tête.

31

La loi de 1984 sur la procédure policière en matière criminelle stipulait que tout interrogatoire de suspect devait se dérouler dans une pièce spécialement conçue : bien éclairée, bien aérée, insonorisée, avec matériel d'enregistrement intégré et accès à un espace neutre de « pause » si le suspect n'aimait pas la façon dont l'interrogatoire était mené. Les municipalités de tout le pays avaient dû se donner beaucoup de mal pour installer des locaux conformes à la loi PPMC, et au poste de police de Bath il y en avait deux.

Assise à sa table, Zoë avait laissé la porte ouverte afin de pouvoir surveiller le couloir. Son bureau se trouvait là où le corridor bifurquait et conduisait aux salles d'interrogatoire. Si on faisait sortir Ralph du bureau jouxtant la salle des opérations où Ben lui parlait, cela signifierait qu'ils avaient décidé de ne tenir aucun compte des intuitions de Zoë, de ses requêtes, et qu'ils avaient décidé de l'interroger comme suspect éventuel dans l'affaire Lorne Wood. Mais le commissariat était silencieux depuis un bon moment. Des heures. Qu'est-ce qu'ils faisaient de lui ?

Tentant de se concentrer sur autre chose, Zoë tapa une recherche de renseignements sur des jeunes femmes disparues âgées de seize à vingt et un ans. Lorsqu'elle avait suggéré à Debbie que « toutes comme elle » signifiait que le tueur prendrait pour cibles des filles comme Lorne, elle avait dit ça un peu au hasard, mais se pouvait-il qu'elle n'ait pas été si loin de la vérité ? Cela méritait d'y réfléchir. Sauf que, en regardant l'écran de son ordinateur, elle comprit que ce ne serait pas facile : le résultat de sa recherche était atterrant. Une interminable liste de noms. Elle savait naturellement que la plupart de ces filles étaient probablement vivantes, qu'elles avaient simplement perdu le contact avec leurs familles ou qu'elles les évitaient. Une proportion importante d'entre elles était sûrement retournée à la maison sans que la police en soit informée. La liste n'en comptait pas moins des centaines et des centaines de noms. Impossible pour une personne seule de vérifier tout ça. Zoë se renversa dans son fauteuil et croisa les bras. Merde. Si l'un de ces noms était celui d'une victime du meurtrier de Lorne et si le corps n'avait pas été retrouvé, il n'y avait aucune chance pour que la police tombe dessus.

A dix heures moins le quart, Ben passa d'un pas rapide avec une pile de dossiers, n'accorda pas un regard à Zoë et entra dans son propre bureau. Elle entendit la porte claquer. Après avoir attendu un moment, elle se leva, fit quelques pas dans le couloir, frappa à la porte de Ben.

— Oui ?

— C'est moi. Zoë.

Un silence – une hésitation ? – puis :

— Entre.

Elle poussa la porte, le découvrit assis à son bureau, les coudes plantés de part et d'autre de la pile de paperasse. Il lui faisait face mais, remarqua-t-elle, évitait de croiser son regard et gardait un sourire neutre, poli, collé aux lèvres.

— Qu'est-ce qui se passe ? demanda-t-elle.

— Pour ?

— Tu sais bien. Pour Ralph. Vous êtes encore en train de l'interroger ? Vous avez demandé quelqu'un des Services sociaux ?

— Il a dix-sept ans, il n'en a pas besoin.

— Je lui ai promis que ses parents ne seraient pas mis au courant sans qu'il donne son accord.

— Oui. Et c'est là-dessus qu'on travaille. Obtenir son accord. Ils finiront par l'apprendre, de toute façon.

Zoë rejeta tout l'air de ses poumons, alla s'asseoir sur le fauteuil en face de Ben. Il la regarda, haussa légèrement les sourcils comme s'il n'appréciait pas vraiment qu'elle prenne ses aises.

— C'est pas lui, affirma-t-elle. C'est impossible, il est trop jeune. Tu te souviens, pendant le stage, l'accent sur le temps qu'il faut pour un passage à l'acte dans ce genre de crime ? Ce n'est qu'un gosse. Il correspond pile poil au profil qu'on t'a fourgué mais c'est un profil *foireux*. Reconnais-le, je t'en prie.

Il lui sourit calmement.

— Je m'estime assez professionnel pour ne pas me laisser enfermer dans un profilage, foireux ou non. Ce serait une énorme erreur. Tu te rappelles ce que nos formateurs répétaient : « Présumer de quelque chose fait de vous et de moi des crétins. »

221

— Arrête, Ben, soupira Zoë. Je te connais trop.

Tapotant de son stylo sur le bureau, il reprit :

— Ralph Hernandez est une personne intéressante. C'est tout ce que je peux dire pour le moment.

— Une « personne intéressante » ? Ce que tu peux être con ! J'y crois pas.

— Ah ouais ? Tu as une meilleure piste que celle-là ?

— Je vous l'ai donnée, cette piste. Je vous l'ai servie sur un plateau, en croyant, en croyant *vraiment* que vous seriez corrects. C'est dire si je connais le monde, hein ?

A cet instant, la porte s'ouvrit. Zoë fit pivoter son fauteuil, découvrit Debbie, sereine dans ses dentelles blanches.

— Aaah, désolée, fit la psy en levant une main et en ressortant de la pièce. Je tombe mal.

Elle referma la porte. Après un moment de silence, Zoë se retourna vers Ben, secoua la tête et eut un petit rire sans joie.

— C'est drôle, normalement, tu ne laisses personne entrer dans ton bureau sans frapper. A moins que ce ne soit quelqu'un de ton cercle intime. Elle en fait partie, maintenant ?

Ben la regarda, impassible.

— Tu as une meilleure piste que Ralph Hernandez ?

— Tout ce qu'elle raconte, tu l'avales ? C'est pour ça que tu feras condamner ce gosse ?

— J'ai une autre solution ? Je prends n'importe qui d'autre juste parce qu'il ne colle pas au profil qu'elle a tracé ? J'ai vu dans quel sens tu cherches, Zoë : en gros, tu aimerais mieux laisser filer le meurtrier que

222

reconnaître que Debbie a raison. Alors, c'est qui le pire ? Toi ou moi ?

Elle avait le visage brûlant.

— Tout ça à cause de quelque chose qui m'a échappé l'autre soir, hein ?

— Je ne vois pas ce que tu veux dire.

— Enfin, Ben, sois franc. Tout allait bien entre nous et d'un seul coup...

De la main, elle mima un avion s'envolant.

— Pfft, parti. Tu es devenu distant, agressif et, excuse-moi, tu t'es conduit comme un con.

Il lui lança un regard froid.

— Il n'y a pas d'avenir pour nous, Zoë.

— Quoi ? Parce que je ne fais pas semblant de m'intéresser aux gens qui ne m'intéressent pas ? Parce que je ne fais pas un numéro d'âme compatissante ? C'est ça mon crime ?

— Pourquoi tu t'obstines à être quelqu'un de mauvais ?

— Parce que c'est ce que je suis.

— Pourquoi tu veux absolument montrer que tu te fous de tout ?

— Parce que je me fous de tout et que je n'ai besoin de rien.

— Tu vas me sauter dessus et me traiter de minable mais il faut que je te dise une chose. Il y a des gens qui aiment qu'on ait besoin d'eux.

— Eh ben moi, j'ai besoin de personne.

— Pipeau.

Zoë repoussa sa chaise, se pencha au-dessus du bureau, approcha son visage de celui de Ben.

— C'est pas du pipeau. J'ai fait le tour du monde toute seule. Je n'ai pas besoin de toi ni de personne. C'est pour ça que je suis solide, moi, et efficace. De toute façon…

Elle prit une inspiration, chercha à donner plus de largeur à ses épaules.

— … c'est sans importance puisque tu ne vas pas tarder à t'envoyer en l'air avec Miss Canon, là.

Soutenant le regard de Zoë, il déclara :

— C'est déjà fait.

Elle sentit quelque chose s'effondrer en elle.

— Quoi ? murmura-t-elle. Qu'est-ce que tu viens de dire ?

— Je suis désolé, mais c'est vrai.

Elle demeurait immobile, incapable de parler. Les cicatrices de ses bras lui faisaient si mal qu'elle avait envie d'arracher ses manches, mais elle se maîtrisait. Elle ne voulait pas qu'il sache qu'il l'avait littéralement assommée.

— OK, parvint-elle à articuler. Je n'ai plus qu'à partir, je suppose.

Il hocha la tête avec une franchise polie. C'était ça le pire : il ne souffrait pas du tout.

— Mais j'ai raison, pour Ralph, maintint-elle. Il n'a pas tué Lorne.

— Bien sûr, Zoë, répondit Ben.

Il se tourna vers l'écran de son ordinateur, mit ses lunettes.

— Tu as toujours raison.

32

Sally appela un service d'assistance médicale télé-phonique qui lui conseilla d'envoyer Steve voir son généraliste, mais Steve avait soigneusement examiné la blessure et estimait que ce n'était pas la peine, que ce n'était qu'un trou dans la peau. Ensemble, ils désinfec-tèrent et bandèrent la plaie, essuyèrent les taches de sang du pistolet à clous et le mirent dans le coffre de la Ka avec les ciseaux à bois et la scie en prévision du bricolage à Peppercorn. Après quoi, ils passèrent enfin au déjeuner – le thon, suivi d'un sorbet mangue-fram-boise –, burent un café et chargèrent le lave-vaisselle épaule contre épaule, le tout sans faire une seule allu-sion à la conversation sur David Goldrab. Comme s'ils avaient décidé ensemble, par télépathie, qu'ils ne l'avaient pas eue. Ils n'en étaient pas solennels pour autant, ils plaisantaient même sur la blessure de Steve : il allait avoir la gangrène et on devrait l'amputer. Quel effet ça lui ferait de finir sa vie manchot, comme Nelson ? Sally se demanda si elle n'avait pas rêvé toute cette histoire, si des choses aussi sombres et violentes qu'une exécution sur contrat existaient vraiment ou si elle n'avait pas mal interprété pour une raison ou une autre les propos de Steve.

Elle reçut un SMS de Millie la prévenant que Nial la ramenait avec son camping-car et qu'elle n'avait pas à passer la prendre au lycée, qu'elles se retrouveraient à Peppercorn. Millie ne semblait pas inquiète, elle allait mieux, apparemment. Ce qui n'empêcha pas Sally de se hâter de rentrer chez elle à quatre heures et demie, largement à temps pour voir le camping-car de Nial à moitié peint s'engager lentement dans l'allée. Peter était assis à l'arrière, un bras autour des épaules de Sophie. Les deux garçons portaient l'uniforme d'été du lycée, les cheveux aussi enduits de gel qu'ils pouvaient se le permettre à Kingsmead. Le véhicule s'arrêta, Millie descendit sans adresser la parole aux autres, claqua la portière et se dirigea vers la maison, le visage fermé.

— Qu'est-ce qu'il y a ? demanda Sally.

Millie passa devant sa mère sans répondre, parcourut rapidement le couloir, se précipita dans sa chambre et ferma la porte. Sally s'approcha à pas feutrés, écouta, entendit des sanglots étouffés. Elle ouvrit doucement la porte, vit sa fille allongée sur le lit, pleurant dans l'oreiller. Elle s'assit à côté d'elle et appela d'une voix douce :

— Millie ?

Sally crut d'abord que sa fille n'avait pas entendu, puis l'adolescente se redressa, se jeta dans les bras de sa mère et s'accrocha à son cou comme si elle se noyait. Ses sanglots redoublèrent. Sally l'écarta d'elle pour voir son visage.

— Qu'est-ce qui s'est passé ? C'est à cause de ce type ? Jake ? Tu l'as vu ?

— Non, répondit Millie en pleurant. M'man, j'en peux plus. Et maintenant il est avec Sophie. Elle est même pas vraiment jolie.

Sally revit Sophie assise à l'arrière du camping-car avec une expression rêveuse, le bras de Peter autour de ses épaules. D'après Isabelle, Peter était très amoureux de Lorne et Millie en souffrait. Il n'y avait que lui qui comptait pour elle. Sally ne comprenait pas que sa fille ne puisse voir plus loin que sa grande taille et ses cheveux blonds, qu'elle ne parvienne pas à l'imaginer plus tard, à quarante ans, avec un visage rougeaud de buveur de bière, bedonnant après trop de soirées au club de rugby. En même temps, elle était soulagée d'apprendre que le chagrin de sa fille n'avait rien à voir avec Jake. Ni avec Lorne.

— Hé.

Elle embrassa le crâne de Millie, lui lissa les cheveux.

— Rappelle-toi ce que je te dis toujours. L'important, ce n'est pas l'extérieur, c'est ce qu'il y a à l'intérieur.

— Sois pas idiote. Personne s'intéresse à l'intérieur. Tu dis ça parce que t'es vieille.

— D'accord, d'accord, convint Sally.

Elle appuya le menton sur la tête de Millie, regarda par la fenêtre les champs, les arbres, les nuages empilés dans le ciel hauts comme des châteaux et s'efforça de couvrir dans son esprit la distance entre quinze et trente-cinq ans. Cela ne lui parut pas une éternité. Mais lorsqu'elle se mit à la place de sa fille et qu'elle repensa à sa propre mère quinze ans plus tôt, elle comprit combien la remarque de Millie était juste et fondée. Elle la laissa pleurer, mouiller le devant de son chemisier.

Finalement, les sanglots s'apaisèrent. Millie se redressa, s'essuya le nez avec sa manche.

— Je le déteste. Sincèrement. Je le déteste.

— C'est seulement ça qui te met dans cet état ?

— Seulement ? répéta-t-elle. *Seulement ?* Ça suffit pas ?

— Ce n'est pas ce que je voulais dire. Tu es tellement… bouleversée.

— Vraiment pourrie, cette journée. Tout était nul.

— Tout ?

Millie acquiesça de la tête, l'air accablée.

— Il y a eu quoi d'autre ?

— Il vaut mieux que tu ne le saches pas, je pense.

— Quoi ? insista Sally.

Millie poussa un long soupir, tira sur les manches de son chemisier et remonta ses genoux contre sa poitrine.

— D'accord, mais je t'aurai prévenue.

— Alors ?

— J'ai vu tante Zoë.

Avant d'avoir bien saisi les paroles de sa fille, Sally ouvrit la bouche pour répondre. Elle la referma aussitôt : c'était la dernière chose à laquelle elle s'attendait. Cela faisait des années que personne à la maison n'avait fait allusion à Zoë. Depuis la naissance de Millie, elles l'avaient croisée deux fois dans la rue, la première quand Millie avait environ cinq ans. Ce jour-là, Zoë s'était arrêtée, avait souri et dit à l'enfant : « Tu dois être Millie. » Puis elle avait regardé sa montre et ajouté : « Faut que j'y aille. » La seconde fois, deux ans plus tard, les deux femmes avaient simplement échangé un hochement de tête et poursuivi leur chemin. Après quoi, Sally avait gardé le silence pendant des heures. Ces derniers temps, il lui arrivait de rêver de sa sœur, de se demander ce que cela lui ferait de la revoir.

Elle releva doucement une mèche tombée sur le visage de sa fille. Elle n'aurait même pas cru que Millie se souvenait du prénom de sa tante.

— Tu… tu l'as simplement vue dans la rue ? Ou tu lui as parlé ?

— On est allés la voir au commissariat. Le proviseur nous avait donné l'autorisation. Nial, Peter et Ralph avaient quelque chose à déclarer.

— Ralph ? L'Espagnol ?

— Il est à moitié espagnol. Et il sortait avec Lorne.

— Il sortait avec elle ?

— Oui, et c'était un secret. Maintenant il l'a dit, c'est mieux comme ça. Il sortait avec elle mais il ne l'a pas tuée, maman.

Isabelle avait raison, pensa Sally. A propos des secrets. Des murmures. Elle se demanda comment les enfants à qui elles avaient donné naissance, comment ces bambins bouclés qu'elles asseyaient sur leurs genoux avaient pu devenir des êtres complexes ayant des secrets, des codes, des plans.

— Il est resté au commissariat. Avec tante Zoë. Elle a été top avec lui. Trop gentille.

Sally entendit de l'admiration dans la voix de sa fille. Elle ne pouvait s'y tromper, elle savait ce que c'était qu'admirer Zoë.

— Comment va-t-elle ?

— Très bien, répondit Millie en reniflant.

— Très bien ?

— C'est ce que je viens dire.

— Et physiquement ?

— Comment ça ?

— Je ne sais pas… Elle est vraiment grande ? Dans le temps, elle me paraissait immense.

— Ça, pour être grande elle est grande. Comme j'aimerais être.

— Et ses cheveux ? Elle avait des cheveux incroyables.

— C'est toujours le cas. Ils sont comme les miens, un peu roux. Pourquoi ?

— Je ne sais pas, je me demandais, c'est tout.

Sally eut un sourire triste puis reprit :

— Elle réussit dans son travail, j'imagine. Elle est très intelligente, tu sais. On ne penserait jamais qu'on est sœurs.

— Oui, elle a son bureau à elle. Elle n'a pas le genre à rester dans un bureau, pourtant.

— Pourquoi ?

— Oh, je sais pas. Elle…

Millie chercha le mot juste.

— Elle est trop cool pour être dans la police. Oui, c'est ça, elle est trop cool.

33

Les toilettes pour femmes les plus tranquilles du commissariat de Bath se trouvaient au rez-de-chaussée, juste après la réception. Zoë traversa le hall d'entrée la tête baissée, au cas où quelqu'un la regarderait, poussa la porte. Personne. Rien qu'une odeur d'eau de Javel, le vague bruit d'une chasse d'eau qui fuyait dans l'un des cabinets. Ignorant son reflet dans le miroir, elle longea l'alignement de portes, choisit la dernière, la plus éloignée de l'entrée. Elle pénétra à l'intérieur, rabattit le couvercle de la cuvette, verrouilla la porte, ôta son blouson et le laissa tomber par terre. Elle s'assit, les coudes sur les genoux, la tête entre les mains.

C'est déjà fait...

Cela ne la regardait pas, avec qui Ben couchait. Il n'y avait jamais eu de promesses entre eux, cela ne faisait pas partie de leur accord tacite. Mais ce qui n'en faisait pas partie non plus, c'était qu'il devienne aussi glacial. Elle le connaissait depuis des années. Ils avaient longtemps bossé ensemble avant de coucher ensemble : il aurait dû tout savoir de sa façon de se comporter. Qu'est-ce qui avait changé d'un seul coup ? Il n'avait pas pu voir en elle, découvrir ce terrible côté sombre qu'elle faisait tant d'efforts pour dissimuler. Non, impossible. Alors quoi ?

Elle releva une de ses manches jusqu'au biceps, comme une camée. Trouva un centimètre de peau indemne et saisit une demi-lune de chair entre le pouce et l'index. Elle ferma les yeux, enfonça ses ongles. De plus en plus fort. La douleur était comme un doux fil noir qui parcourait son corps, telle une drogue. La tête en arrière, Zoë respira lentement jusqu'à ce que la souffrance monte dans sa poitrine, s'enroule autour de ses poumons et de son cœur, rende tout sombre et silencieux. Le sang jaillit de la chair pincée, coula le long du bras, éclaboussa le carrelage blanc. Elle ne desserra pas les doigts.

Puis, quand elle fut sûre que le cri avait cessé en elle, elle laissa sa main retomber. Elle ouvrit les yeux, regarda la lumière blanche, le sang sur ses ongles, le formica froid de la porte du cabinet.

Ben n'était rien. Il ne comptait pas. Ce serait un combat à livrer, mais ça passerait. Elle se sentait vidée, épuisée par l'affaire Lorne Wood, elle avait besoin de respirer. Elle prendrait quelques jours de congé – Dieu sait que j'y ai droit, pensa-t-elle. Elle prendrait la moto et disparaîtrait un moment. Elle coucherait n'importe où, boirait de la Guinness à la bouteille. Elle oublierait l'affaire, elle se foutrait de savoir qui avait tué Lorne, elle laisserait le vent de la vitesse, sur l'autoroute, emporter le souvenir de la boîte de strip-tease de Bristol.

Elle déroula du papier hygiénique et entreprit de se nettoyer. En se baissant pour essuyer les taches de sang par terre, elle vit que son portefeuille avait glissé de la poche de son blouson. Elle arrêta son geste. De l'un des compartiments dépassait une courbe rose en carton : le haut de la carte que la directrice de Zebedee Juice lui avait remise.

— Merde.

Zoë se rassit, s'adossa à la chasse d'eau, la boule de papier souillée de sang dans la main droite, la tête pendant mollement. Le tube fluorescent palpitait au plafond au-dessus d'elle.

— OK, Lorne, marmonna-t-elle. OK. Je te donne un jour de plus. Douze heures. Après, désolée, je me tire.

34

En sortant de la chambre de Millie, Sally fut étonnée de voir Nial dans la cuisine, debout près de la table, l'air emprunté.

— Je te croyais parti.

— Je… j'étais de trop, là-bas, expliqua-t-il en indiquant d'un geste l'endroit où le camping-car était garé. Ils avaient besoin d'être un peu seuls avant que je reconduise Peter chez lui.

Elle regarda par la fenêtre et vit Peter et Sophie à l'arrière en train de s'embrasser. Il donnait l'impression de la pousser contre le dossier du siège par la pression de sa bouche mais Sophie ne résistait pas, au contraire. Elle s'agrippait à lui comme si elle craignait qu'il ne disparaisse. Après une minute de silence gêné, Nial se racla la gorge et dit d'une petite voix :

— Elle l'aime, hein ?

— On dirait bien.

— Non. Je parle de Millie, pas de Sophie. Millie est amoureuse de Peter.

Sally se tourna vers lui avec raideur, sidérée par ce qu'elle avait cru comprendre.

— Nial ? Tu veux dire que toi aussi…

Il eut un pâle sourire.

— Ouais, enfin, je peux pas y faire grand-chose.

Elle le regarda longuement. Seigneur, quel gâchis. Aucune réciprocité, aucun sentiment partagé. Sophie aime Peter, Millie aime Peter et Nial aime Millie. Pauvre petit Nial. Ils étaient comme ces éléphants qui font le cercle sur une piste de cirque, chacun nouant sa trompe à la queue de l'animal de devant, avançant d'un pas lourd, aveugles à la futilité de la situation. Vraiment la vie était injuste.

— Tu as probablement raison, dit-elle. Pour le moment. Mais attends. Attends.

— Comment ça ?

— Plus tard, Millie te verra sous un autre jour. Je peux te l'assurer.

Il battit des cils.

— Vraiment ?

— Oh oui, vraiment.

Et en lui faisant cette réponse, elle pria de tout son cœur pour avoir raison.

35

Zoë avait pris un somnifère avant de se coucher : il lui fallait quelque chose, n'importe quoi, pour ne plus entendre la voix obsédante dans sa tête. D'abord, l'effet avait été merveilleux, elle s'était sentie glisser dans le sommeil et l'oubli. Mais elle se réveilla en sursaut cinq heures plus tard aux premières lueurs de l'aube, avec dans la poitrine la même douleur acérée que la veille. Elle ne se regarda pas dans le miroir en se lavant. Assise au bord du lit, elle entoura son bras d'une bande en en tenant l'extrémité entre ses dents. Elle choisit ensuite un épais chemisier noir en coton aux manches se boutonnant aux poignets, l'enfila avec précaution pour ne pas rouvrir sa blessure. Elle avait l'habitude.

Dans sa voiture, elle mit la radio afin de se remonter le moral mais, quand elle arriva à l'agence Holden, qu'elle découvrit la plaque gondolée, les chewing-gums et autres saletés collés aux marches du perron, son allant en prit un coup. Elle hésita, soudain découragée, mais il était trop tard. L'homme qui se trouvait de l'autre côté de la vitre renforcée par un treillis métallique l'avait remarquée. Il s'approcha de la porte et l'ouvrit. Il était bronzé, la soixantaine, vêtu d'un costume bon marché étriqué à fines rayures et d'une chemise blanche elle aussi trop petite pour lui. Il essayait visiblement d'arrêter de fumer car un inhalateur Nicorette dépassait de sa poche de poitrine et il flottait autour de lui une légère odeur de tabac.

— Salut, dit-il en lui donnant à serrer une main charnue.

Il avait un sourire de vendeur de voitures texan et Zoë s'attendait à ce qu'il lui dise : « En quoi puis-je vous être utile, m'dame ? »

— Zoë.

— Mike. Mike Holden. Qu'est-ce que je peux faire pour vous ? J'espère que vous ne cherchez pas le magasin de produits diététiques ? Il est au coin de la rue.

— Non, je...

Elle tira maladroitement sa carte de sa poche, la lui montra.

— Je suis de la Criminelle. De Bath.

Holden marqua une pause puis :

— C'est Wendy ? Il lui est arrivé quelque chose ? Allez-y, dites-moi. Je m'y attendais.

— Wendy ? Non. J'enquête sur quelque chose qui s'est passé à Bath. Pas de mauvaises nouvelles pour vous.

Il recula d'un pas, inspira lentement pour se calmer.

— Tant mieux. Tant mieux.

Il l'examina de la tête aux pieds, comme s'il venait juste de la remarquer.

— Pardon, je manque à tous mes devoirs. Entrez.

Le bureau était propre et moins déprimant que l'extérieur. Il y flottait une odeur de salle d'exposition de cuisines et ses quelques meubles semblaient perdus sur une vaste étendue de moquette brune industrielle. Sur l'un des murs s'alignaient des photos en noir et blanc encadrées. Des filles en maillot une pièce, des filles en bikini. Pas de seins nus.

— Vous êtes une agence de mannequins ?

Holden acquiesça, s'installa derrière son bureau, fit signe à Zoë de s'asseoir et tourna vers elle un album.

— Notre catalogue.

Elle le feuilleta, comprit ce que la directrice de Zebedee Juice avait voulu dire : rien à voir avec les créatures sauvages, rebelles de l'écran où les visages se fondaient l'un dans l'autre. Les filles de Holden étaient jolies, sexy et bien en chair. Lorne Wood aurait eu sa place dans le catalogue.

— Certaines sont topless, commenta-t-elle.

Il hocha la tête.

— Nous faisons dans le topless, du maillot de bain à la lingerie en passant par la page 3 des journaux. Cette année, on a eu deux filles dans le calendrier Pirelli et dix-huit pages 3. Le West Country fournit quelques-unes des plus belles plantes de la planète. C'est à cause de la chaleur et de la pluie, prétendit-il avec un clin d'œil. Et de la crème fraîche.

— Ces filles, ces mannequins, elles vont plus loin que le topless ?

— Bien sûr. Le corps est un merveilleux instrument d'expression artistique. Si une fille est libérée, qu'elle se sent à l'aise nue, elle peut avoir de grandes satisfactions dans cette branche. La plupart d'entre elles aiment ça, elles aiment vraiment ça.

238

— Vous y croyez ? Ou plutôt, vous pensez que j'y crois ? Elles font ça pour l'argent, en fait.

Il garda le silence. Sa mâchoire remua très légèrement, comme s'il s'efforçait de déloger un morceau de nourriture coincé entre ses dents, puis il écarta les mains.

— Vous n'êtes pas bête et moi non plus. Bien sûr qu'elles font ça pour l'argent. Et la plupart du temps, pas parce qu'elles sont obligées, pas pour nourrir leur bébé handicapé ou leur mère mourante. Pas même pour se ravitailler en dope, parce qu'elles sont clean, le plus souvent. Non, en général, elles font ça parce que c'est plus facile que de rester huit heures par jour derrière une caisse de supermarché. Et parce que, franchement, on se fait plus respecter par le photographe que par le client lambda du supermarché. Et je leur tire mon chapeau. Sauf que, depuis dix ans que je fais ce métier, je n'ai jamais encore vu une fille faire quelque chose d'intelligent avec ce fric. Elles ne le placent pas ni rien. Elles le claquent en fringues ou en implants mammaires. Pour pouvoir... continuer à être mannequin. Un cercle vicieux, si on y réfléchit : les hommes obtiennent ce qu'ils pensent vouloir des femmes, les femmes obtiennent ce qu'elles pensent vouloir des hommes.

Pas toutes, pensa Zoë. Certaines utilisent cet argent pour s'échapper. Pour acheter leur liberté.

— Vous avez suivi les infos ? Les nouvelles locales ? Il y a eu un meurtre à Bath.

— Je sais. Une fille jeune. Jolie. Lorraine, non ?

— Lorne Wood. Le nom vous dit quelque chose ?

Holden plissa le front.

— Pas à première vue.

239

— Vous ne vous souvenez pas qu'elle soit venue ici ?

— C'était une lycéenne, je crois.

— Oui, mais elle rêvait de devenir mannequin. Et elle ne s'est peut-être pas présentée sous son vrai nom.

Zoë tira de sa sacoche un montage de photos que le service Reprographie lui avait fourni. Des photos de Lorne. Les millions investis dans la mise au point des techniques de reconnaissance faciale n'avaient pas fait grand-chose de plus que souligner un point important : le visage humain a tellement de facettes que le moindre changement d'angle ou d'éclairage peut le modifier totalement. Le directeur de la police de Bath l'avait compris et le service utilisait maintenant des jeux de photos pour les identifications. Celles du montage provenaient en grande partie du mur de la chambre de Lorne. Zoë se leva à demi pour les placer sous le nez de Holden.

Il les regarda. Fronça les sourcils. Secoua lentement la tête.

— Je ne pense pas. Je reçois des tas de photos de filles qui croient faire un jour la page trois ou la couverture de *FHM*. Pour être franc, elles finissent par avoir toutes le même visage, pour moi, mais je ne crois pas me souvenir d'elle.

Zoë récupéra le montage et considéra un moment le sourire hollywoodien de Lorne. Aucune de ces photos ne ressemblait à celles de la carte mémoire de l'appareil photo. Elles dégageaient une atmosphère totalement différente. Zoë tira de sa poche l'iPhone sur lequel elle avait transféré les photos de la carte et fit apparaître une de celles où l'adolescente était allongée sur le lit.

Pas avec les seins nus : elle protégeait au moins Lorne de ça.

— Et là ?

Holden changea d'expression.

— Là, je la reconnais.

Il alla à un classeur, y prit un dossier, passa en revue les photos et les feuilles qu'il contenait.

— Je ne l'aurais jamais reconnue d'après les autres photos mais, avec celle-là, je me souviens.

Il tira une photo du dossier, la montra à Zoë. C'était une des topless de la carte mémoire.

— Elle me l'avait envoyée par e-mail. Sous un autre nom. Elle se faisait appeler…

Il la retourna.

— Cherie. Cherie Garnett.

Zoë sentit la fatigue envahir tout son corps. Elle n'était pas satisfaite d'avoir vu juste, elle était simplement déprimée.

— Et ? Qu'est-ce que vous avez répondu ?

— Non. Je me suis méfié. J'ai tout de suite pensé qu'elle était plus jeune qu'elle le prétendait.

— Ça vous a arrêté ?

— C'est un délit grave, répondit-il en haussant les sourcils. On n'est jamais trop prudent. Je lui ai répondu que je la garderais dans mes fichiers.

— Donc, vous lui avez dit non. Vous êtes sûr ?

— Je suis sûr.

Elle le regarda, s'efforça de le jauger. Conclut qu'il ne mentait pas.

— Vous pensez qu'elle s'est adressée ailleurs après votre refus ?

Holden garda un moment le silence puis il se leva et ouvrit un autre classeur, y prit une liste, la tendit à Zoë.

— Je ne vous connais pas et vous ne me devez rien, fit-il d'un ton grave. Mais si vous dites à l'un de ces types que le tuyau vient de moi et que le bruit se répand…

Zoë parcourut la feuille : une cinquantaine de noms avec des coordonnées. Apparemment des agences du West Country, mais il y avait aussi des boîtes de danseuses nues.

— Vous lui avez donné cette liste ?

— Non. Vous avez ma parole. Mais je ne suis pas la seule agence en ville. Quelqu'un d'autre a pu le faire.

Zoë plia la liste, la glissa dans sa poche et se leva.

— Une dernière chose.

— Oui ?

— Si un détail important vous revient, n'appelez pas le commissariat. Aucun de mes collègues ne bosse sur cette piste, il vaut mieux que vous me contactiez directement.

Zoë posa sur le bureau une de ses cartes de visite.

— Et ne laissez de messages que sur ma boîte vocale personnelle. Si vous faites ça pour moi…

— Oui ?

— Je ne donnerai votre nom à aucun des types de la liste.

tenta de se concentrer sur la colonne de chiffres. Un peu plus tôt, elle avait remarqué un voyant allumé sur l'un des autres ordinateurs. Ce qui signifiait qu'il était en veille.

Au bout d'un moment, elle ne put plus s'empêcher de le regarder. Elle finit par se lever et, la langue pointant entre les lèvres, toucha la souris. L'appareil bourdonna, l'écran s'éclaira. Effrayée, Sally s'approcha de la porte ouverte, leva les yeux vers le plafond. *Bam-bam-bam*, faisaient les pieds de Goldrab sur le tapis de jogging.

Elle retourna prestement à l'ordinateur. Goldrab n'avait pas fermé la session, une page de journal était apparue, montrant un homme d'une quarantaine d'années, menton empâté, cheveux clairsemés, costume sombre. Il tendait une main vers l'objectif comme s'il s'était fait surprendre par les photographes. « Mooney, du ministère de la Défense, à la tête de l'unité contre la mafia kosovar du sexe », disait le titre. L'article semblait provenir du *Sun*, du *Mirror* ou d'un autre tabloïd. Sally le lut en diagonale : il s'agissait d'une unité établie par les Nations unies pour empêcher le trafic de prostituées pour les forces de maintien de la paix. Elle examina ensuite le visage de l'homme. Mooney. Le client de Steve. Sa présence sur l'ordinateur signifiait-elle que Goldrab le surveillait ?

Elle jeta un coup d'œil à la porte, revint à l'écran. Au-dessus de la photo s'alignaient dix icônes, toutes avec l'extension .vid. Des vidéos. David Goldrab continuait à marteler le tapis de ses semelles. Sally promena la souris sur les icônes. C'était ridicule, quand elle y songeait, mais à trente-cinq ans, elle ne se souvenait pas d'avoir regardé un film porno. Elle avait pourtant dû en voir des extraits à un moment ou à un autre de sa vie car si elle se concentrait vraiment, elle avait une idée de ce à quoi elle devait s'attendre : des blondes très bronzées à la poitrine rebondie et aux lèvres rouge vif. Des visages crispés par l'extase. Elle ne s'attendait pas en revanche à ce qu'elle découvrit quand elle eut le courage de cliquer sur la première icône.

Cela se passait dans ce qui ressemblait à un hangar à bestiaux avec des murs de béton blanchis à la chaux, des projecteurs suspendus au plafond. D'abord, Sally ne vit que les dos d'un groupe de personnes qui semblaient fixer quelque chose par terre au centre du hangar. C'étaient tous des hommes, dont la tenue était plutôt banale à partir du cou – jeans, tee-shirts ou pulls – mais dont les visages étaient dissimulés. Certains portaient des écharpes nouées pour ne montrer que les yeux, d'autres des cagoules ou des passe-montagnes. Quelques-uns se cachaient derrière des masques de carnaval : Oussama Ben Laden, Michael Jackson, Elvis Presley, Barack Obama. Cela aurait paru bizarre, voire comique, s'ils n'avaient pas tous eu la braguette baissée et ne s'étaient pas ouvertement masturbés.

La caméra fit un panoramique, l'image devint plus claire et Sally fut paralysée de stupeur. Au centre du cercle, quelqu'un était étendu nu sur une paillasse : une fille, bien qu'on pût difficilement déterminer son sexe tant elle était émaciée. Elle avait les jambes écartées, les chevilles attachées au sol. On ne voyait pas son visage mais Sally devinait qu'elle était jeune. Très jeune. Pas beaucoup plus âgée que Millie.

Un homme portant des lunettes de soleil et une casquette de base-ball à la visière rabattue sur le visage se fraya un chemin dans le groupe. Il était vêtu d'un jean et d'un tee-shirt moulant et, quoique sa figure fût à moitié invisible, Sally reconnut immédiatement Jake à ses bras bronzés et musclés. Il s'approcha de la fille, se plaça au-dessus d'elle, un pied près de chaque épaule, et commença à ouvrir sa braguette. A cet instant, Sally se rendit compte que le bruit du tapis de course avait cessé.

Elle mit fin à la vidéo et fit rapidement glisser la souris vers le bouton d'arrêt du PC, se souvint alors qu'il était auparavant en veille et passa au bouton de gauche. Elle retourna s'asseoir à l'autre bureau, le dos tourné à l'ordinateur, espérant de toutes ses forces qu'il se mettrait rapidement en veille. Goldrab apparut sur le pas de la porte en survêtement et chaussures de sport. Le facteur avait dû passer parce qu'il avait une coupe de champagne rosé dans la main gauche, une pile de lettres dans la droite. Il en avait coincé d'autres sous son menton. Il examina rapidement les enveloppes en murmurant :

— Facture, lettre de tapeur, putains de relevés de carte de crédit…

Il remarqua alors que l'écran de l'ordinateur était éclairé et que Sally, raide et silencieuse, le visage écarlate, gardait les yeux rivés sur l'autre appareil. Lentement, il baissa la liasse de lettres.

— Excusez-moi, mais j'ai l'impression que quelqu'un a tripoté mon PC.

Il se planta devant l'ordinateur et, les yeux plissés, regarda l'écran s'éteindre. Il y eut un long silence pendant lequel Sally ne put penser qu'aux battements de son cœur. Puis Goldrab se retourna.

— Sally ?

Elle ne répondit pas.

— Sally ? Je vous parle. Regardez-moi dans les yeux.

Il tendit le bras, lui posa une main sur l'épaule. Elle se tourna vers lui avec réticence. De son petit doigt et de son index, il fit des cornes qu'il braqua vers ses propres yeux.

— Regardez-moi dans les yeux et dites-moi pourquoi vous avez fait ça.

Une veine palpitait sur son front.

— Hein ? Alors que je vous avais dit de ne jamais vous approcher de cette partie de la pièce.

Elle ne répondit pas, elle en était incapable. Elle avait l'impression qu'elle allait vomir.

— Ne me faites pas votre regard condescendant. Je suis pas une merde sous vos godasses, Sally, c'est le contraire. Vous avez pas remarqué que c'est *moi* qui suis *votre* patron ? C'est pas parce que vous parlez comme si vous sortiez d'une école classe où on apprend à pas montrer sa foufoune en descendant d'une Ferrari que ça vous rend meilleure que moi. Vous devez quand même faire semblant de m'avoir à la bonne. Parce que vous êtes dans la …

Il s'interrompit. Quelque chose avait attiré son attention. Le moniteur de surveillance fixé au mur. Il le regarda, la bouche ouverte. Tremblante, Sally leva les yeux et vit sur l'écran, derrière la grille de la propriété, le 4×4 violet familier. Penché par la vitre, Jake appuyait sur le bouton de l'interphone.

— La tarlouze, grommela Goldrab. Manquait plus que ça, tiens.

Il prit une cravache appuyée contre le mur et passa dans l'entrée, cinglant furieusement le sol tous les trois pas. Le bourdonnement de l'interphone résonnait dans le hall. Au lieu de monter prendre l'arbalète, Goldrab alla droit à la porte et pressa le bouton pour ouvrir la grille. Saisissant sa chance, Sally prit son sac et sa veste et descendit silencieusement le couloir. Elle pénétrait dans la cuisine quand elle entendit le 4 × 4 s'engager dans l'allée. Elle saisit son kit de nettoyage sur le plan de travail, se rua vers la porte donnant sur la terrasse, posa la main sur la poignée pour ouvrir.

Impossible. Elle était fermée à clé.

Elle la tourna dans les deux sens, mais rien à faire. Elle chercha une clé des yeux, souleva des pots, des vases… La buanderie. Elle était sûre que la porte de la buanderie était ouverte, elle l'était toujours. Mais, avant qu'elle ait le temps de ressortir de la cuisine, la porte d'entrée claqua et les deux hommes s'avancèrent dans le hall. Sally se figea, le cœur battant. Pas moyen de s'échapper. Elle ne pouvait pas retourner au bureau sans passer par le hall, elle ne pouvait pas non plus aller dans la buanderie. Elle était prise au piège.

Elle se glissa prestement dans le vaste jardin d'hiver accolé à l'arrière de la maison. Les portes en verre donnant sur le jardin étaient à cinq mètres d'elle et elle ne pouvait pas courir le risque de s'en approcher pour voir si elles étaient fermées à clé parce que les deux hommes l'auraient repérée. La chaise longue installée contre le mur n'était pas visible de la cuisine et lui fournirait une cachette pour le moment. Elle s'assit en silence. A l'instant où Goldrab et Jake le Piquet entraient dans la cuisine, un long rai de lumière parcourut les baies vitrées du jardin d'hiver. Un reflet. Sally se rendit compte qu'elle pouvait voir la cuisine et le hall d'entrée dans le verre. Si les deux hommes s'avançaient jusqu'à un certain endroit, ils verraient son reflet à elle, mais elle n'avait plus le temps de changer de place. Elle remonta les jambes, pressa sa mallette contre son ventre et demeura aussi immobile et silencieuse que possible.

— Jake, fit Goldrab.

Il se tenait à quelques pas de la porte, les pieds écartés, les bras croisés. Sally ne distinguait pas bien le visage de Jake, mais elle en devinait la gravité. Vêtu d'un blouson de cuir, il avait les mains gantées et portait un grand fourre-tout. Il gardait le menton légèrement baissé. Sally le revit les jambes de part et d'autre de la fille étendue par terre sur la vidéo. La fille au corps quasi squelettique.

— David.

— Qu'est-ce que tu veux ?

— Te parler.

Dans le silence qui suivit, Sally porta son regard sur le grand sac. Il avait aussi attiré l'attention de Goldrab, qui le désigna de la tête.

— Qu'est-ce que t'as là-dedans, Jake ? Tu m'as apporté un cadeau ?

— En un sens, oui. Je peux m'asseoir ?

— Si tu me dis de quoi tu veux parler.

— De ça, répondit Jake en levant le fourre-tout. Quelque chose à te montrer.

249

Pendant quelques secondes, Goldrab resta sans bouger, puis il recula et indiqua la table.

— Je viens d'ouvrir une bouteille de champagne. T'as toujours eu un faible pour le champ', hein, mon Jakey ?

Les deux hommes s'approchèrent de la table, leurs reflets séparés par une largeur d'épaules. David prit la bouteille dans le réfrigérateur, remplit une longue flûte.

— Une seulement, prévint-il. Je voudrais pas que mon Jakey conduise en état d'ivresse. Quel gâchis ce serait, ta cervelle étalée sur le macadam de l'autoroute.

Il se servit à son tour, leva son verre. Jake fit de même, but une gorgée. Malgré la distance, Sally entendit le claquement de ses dents sur le verre. Il était nerveux. Il ne savait pas qu'elle était là, la Ka était garée derrière, hors de vue. Il devait se croire seul avec David Goldrab.

— C'est bien, la caméra de surveillance que t'as fait installer devant. Ça filme tout, hein ?

— Tout, confirma Goldrab.

— J'ai le même système. L'image reste enregistrée une semaine. Sauf si tu l'effaces.

— Oui. Mais pour ça, il faut connaître le code.

— Ouais.

— Que le propriétaire change régulièrement. Comme il change celui de l'entrée. Mettons qu'il fasse assez confiance à quelqu'un pour lui filer le code, à un moment. Mettons qu'après, ils aient des petits problèmes, tous les deux, des embrouilles qu'ils arrivent pas à régler, eh ben, le propriétaire serait vraiment con de pas changer le code, non ? Sinon, qu'est-ce qui empêcherait l'autre d'entrer dans la maison et d'y faire du grabuge ? Ou même de faire quelque chose d'idiot au proprio ?

— Quelque chose d'idiot ?

— Quelque chose d'idiot.

Il y eut un autre silence puis David demanda :

— Y a quoi dans le sac, Jake ?

Sally ferma les yeux, pencha la tête en arrière et prit une longue inspiration silencieuse pour que son cœur cesse de lui cogner les côtes. Quand elle les rouvrit, Jake plongeait la main dans le sac et la maison semblait retenir son souffle elle aussi. Même la grande horloge du jardin d'hiver paraissait suspendre son tic-tac.

Jake tira du sac un DVD. Le posa sur la table. Goldrab le regarda sans rien dire puis tendit la main.

— Le reste. Montre-moi ce qu'il y a d'autre. Tu ne me fais pas peur.

— Y a rien. Juste d'autres DVD.

— C'est ça. Fais-moi voir.

Jake tendit le sac, Goldrab le prit, le secoua, regarda à l'intérieur, fouilla dedans. Il leva vers Jake un regard perplexe, comme s'il le soupçonnait d'un coup fourré.

— Quoi ? protesta Jake. Quoi encore ?

Goldrab le dévisagea d'un air méfiant mais lui rendit le sac. Sally lâcha sa respiration. Dans sa poitrine, son cœur s'était mis à rebondir comme un ballon en caoutchouc.

— C'est quoi, ces DVD ?

— Mon dernier projet commercial, répondit Jake d'un ton soudain enthousiaste. Fallait que je trouve une idée bon marché et j'me suis dit : Hé, pourquoi pas « Jake le Piquet se fait l'alphabet » ?

— L'alphabet ?

251

— Une fille avec un prénom qui commence par une lettre différente à chaque fois, d'un bout à l'autre de l'alphabet. Et elle porterait la lettre sur sa tenue, là.

Il montra son ventre et poursuivit :

— J'avais une guêpière en réserve, j'y ai fait coudre la lettre A. A pour Ambre. B pour Britanny. C pour Cindi. On en est à F pour Faith. En vrai, elle s'appelle Veronica. Mais des nichons énormes. Comme ils aiment en Amérique.

— Tu fais vraiment confiance à ton public en pensant qu'il connaît l'alphabet.

— Si je fais imprimer la lettre au dos, ça devient une série, une collection. Les vrais fans voudront toutes les avoir sur leurs étagères, de A à Z.

David Goldrab prit un des DVD, en examina le dos.

— Vachement créatif, commenta-t-il. Mais c'est ce qu'on dit de toi, hein ? Tu soignes les couleurs, le papier peint, le mobilier, tout ça.

— J'ai besoin d'un capital de départ.

— Que je te prêterais ? Ce serait avec plaisir, mon vieux pote, mais il paraît que le *bukkake* se vend plus. Tu le savais ? Y a de plus en plus de femmes qui regardent du porno et ça les excite pas de voir une pouffe se faire asperger de foutre par vingt bonshommes. Dieu sait pourquoi. Pour moi, c'est un mystère, mais on entend beaucoup le mot « dégradant », ces temps-ci.

Sally se massa les tempes. Ainsi ce qu'elle avait vu sur la vidéo portait un nom. *Bukkake*. D'une certaine façon, cela rendait la scène plus réelle, et c'était encore pire. Elle ne pouvait pas se dire qu'elle l'avait imaginée.

— Bien sûr, tu pourrais les bazarder sur le marché gay, ce serait un nouveau créneau. J'ai jamais compris pourquoi un homme digne de ce nom prendrait plaisir à regarder une bande d'autres mecs décharger.

Jake ne releva pas la pique.

— Je pensais qu'on pourrait partager quarante/soixante. T'assures pour les copies, l'emballage et le marketing. Moi, je fournis le produit.

— Quarante/soixante ? C'est qui, quarante ?

— Toi. Tu les laisses partir à 6,99. Même stratégie que pour la dernière série.

Goldrab se leva, alla prendre la bouteille dans le réfrigérateur et se servit un autre verre. Il referma la porte et resta immobile une seconde ou deux, le dos tourné à Jake, comme s'il s'efforçait de se calmer, puis retourna s'asseoir.

— On a eu une prise de bec, l'autre jour, rappela-t-il. J'ai été grossier, je le reconnais.

— Ouais, t'étais vénère.

— Vénère. Exactement. Et je t'ai dit de plus jamais remettre les pieds ici. Du coup, tu dois te demander pourquoi je t'ai quand même laissé entrer aujourd'hui, non ?

— Je sais pas. Ça s'peut.

— Je t'explique : je t'ai ouvert la porte pour une seule raison. Par curiosité. Je suis curieux de nature, depuis toujours. Quand j'étais gosse, j'adorais aller au zoo. La gentille sortie familiale pour voir les singes se tirer sur la nouille. Ça m'intriguait. Aujourd'hui, ce qui m'intrigue, c'est l'étonnante variété de choses que des traînées kosovar se carrent dans la fente pour quelques euros. Ça me rend curieux. Et voilà pourquoi, mon bon vieux Jake, je t'accueille encore à bras ouverts.

— Parce que t'es curieux ?

Goldrab éclata de rire, se pencha en avant et talocha le genou de son visiteur.

— Oh, la tronche que tu tires ! Tu crois que je vais te demander de t'astiquer le manche comme les singes du zoo ? Ou de t'enfoncer un oignon dans le derche ? Te bile pas, je vais pas te demander ça, même si je suis sûr que tu le ferais, vu que t'es un pédé. Non, j'ai déjà assez vu ta bite légendaire pour satisfaire ma curiosité. Comme la moitié de la Grande-Bretagne, hein ? Dommage que ton public puisse pas t'applaudir à deux mains, ça te donnerait une meilleure opinion de toi-même. Non, Jake, c'est pas ça qui me rend curieux.

— C'est… c'est quoi, alors ? bredouilla le Piquet.

— C'est ce que tu pouvais bien penser, nom de Dieu ! éructa Goldrab en lâchant une salve de postillons et en se tapotant la tempe. Y a plus personne aux manettes, là-dedans, pour que tu reviennes essayer de me fourguer un truc qu'est ma spécialité ? Je suis le roi du *bukkake*, pauvre enculé. C'est moi qui t'ai lancé. Je t'ai *fait*, Jake. *Je. T'ai. Fait.*

Il secoua la tête d'un air affligé, soupira et écarta les mains.

— Franchement, Jake, si t'avais un cerveau de plus, il se sentirait seul. Maintenant, fous le camp. Et ce coup-ci, ne reviens pas.

Jake le regarda fixement.

— Qu'est-ce qu'il y a ? T'es sourd ou quoi ?

Goldrab donna à la table un coup de poing qui fit trembler les vidéos. Jake se leva d'un bond, fit hâtivement glisser les DVD dans le sac, le jeta sur son épaule et recula vers la porte. Goldrab le suivit jusque dans le hall puis tourna autour de la balustre, grimpa les premières marches de l'escalier et disparut aux yeux de Sally.

Il allait prendre l'arbalète. Forcément.

Elle s'approcha silencieusement de la porte. Dehors, dans l'allée, Jake tapotait son blouson à la recherche de ses clés en jetant des regards inquiets en direction de Goldrab, qui était redescendu et se tenait à quelques mètres de lui au soleil, brandissant l'arbalète, le dos tourné à Sally. Elle regarda en direction de la buanderie : trois mètres à faire pour se retrouver dehors. Elle allait s'élancer quand il y eut un claquement. Le carreau de l'arbalète fit jaillir dans l'air une fontaine de gravier dans l'allée à quelques mètres du 4 × 4. Jake mit les bras en l'air.

— Alors, quoi, mon gars, lui lança Goldrab d'un ton affable. Tu sais pas ce que ça veut dire, « foutre le camp » ?

Dans un geste de défi, Jake se baissa, ramassa une poignée de gravier et la jeta vers lui. Puis, avant que Goldrab pût réagir, il était dans le 4 × 4 et fonçait vers la grille, qui s'ouvrit automatiquement pour le laisser passer.

Goldrab retourna dans la maison d'un pas lent et surprit Sally en train de reculer vers le jardin d'hiver.

— Qu'est-ce que tu mates comme ça ?

Il jeta un coup d'œil derrière son épaule comme s'il pouvait y avoir quelqu'un d'autre dans le hall qui donnait à Sally cette expression médusée.

— Quoi, j'ai pété un câble ? Si t'avais pas mis le nez dans mes affaires, j'aurais pas piqué cette crise.

Incapable de prononcer un mot, elle continuait à le fixer. Elle avait le visage brûlant, elle pensait à la fille de la vidéo enchaînée par terre.

— Quoi ? répéta-t-il. Prends pas ton air supérieur, j'en ai soupé. T'es là *chez moi* à me juger ? Si ça te plaît pas, c'est simple, tu dégages.

Elle demeura immobile un instant encore avant de marcher d'un pas décidé vers la buanderie.

— Espèce de salaud, marmonna-t-elle à mi-voix.

— Pardon ?

Sally secoua la tête, continua à avancer.

— Tu vas t'excuser ! beugla-t-il derrière elle. Tu vas t'excuser, putain !

Elle était parvenue à la porte de la buanderie, qui, par bonheur, s'ouvrit sans problème. Sally se retrouva dehors au soleil, son sac à l'épaule, sa veste pliée dans le kit de nettoyage. Bien qu'elle tremblât de tout son corps, elle ne courut pas, elle marcha d'un pas rapide et régulier, la tête droite, cherchant d'une main ses clés dans son sac. Elle entendait Goldrab derrière elle. Lui non plus ne courait pas, mais il ne se laissait pas distancer.

— Des *excuses*, t'as compris ? Tiens, pour te faciliter les choses, je te donne le texte : « David, je suis vraiment désolée de vous avoir traité de salaud. Je suis désolée. » Tu dis ça et on efface.

Quand elle parvint au bout de l'allée et ouvrit la petite grille, son trousseau de clés parut lui sauter magiquement dans la main. Merci, merci, merci, pensa-t-elle en le braquant vers sa voiture. Le système de verrouillage des portières émit un bip suivi d'un bruit sourd rassurant. De la petite grille à l'aire de stationnement, il n'y avait que quelques mètres. Dès qu'elle serait dans la voiture, elle n'aurait plus rien à craindre.

Mais David Goldrab la rattrapa.

— T'es vraiment incroyable, toi.

Il courut pour passer devant elle : il voulait qu'elle le regarde.

— Jamais vu quelqu'un comme toi : de la connerie pure et simple.

Elle le contourna, ouvrit la portière et lança sa veste et son sac sur le siège passager. Puis elle alla à l'arrière de la voiture, toujours sans regarder Goldrab. Elle ouvrit le coffre, mit son sac dedans. Au moment où elle se redressait, il s'approcha par-derrière et lui frappa le crâne avec une telle force que sa tête partit en avant, et sa joue heurta le bord du coffre. Sally rebondit, se cogna le coude contre le métal, fit un pas de côté pour ne pas perdre l'équilibre. Avant d'avoir eu le temps de reprendre sa respiration et de se retourner pour lui faire face, il se jeta sur elle, lui saisit la nuque et lui plaqua le visage sur le plancher du coffre.

— Tu t'*excuses*, salope. Tu me prends pour qui ? Hein ? dit-il en la secouant. Des excuses, *tout de suite*.

Elle tenta de desserrer les doigts de Goldrab, sentit la pression du sang dans sa tête. Elle avait des fourmis dans les bras, ses oreilles bourdonnaient. C'était un cauchemar, ça ne pouvait pas être vrai.

— Je devrais te faire la peau, espèce de pute. Tu prends mon fric et tu me juges ?

Il la secoua de nouveau, colla son corps contre le sien.

— Je devrais t'arracher la tête et te chier dans le cou. Et moi qui trouvais Jake énervant.

Elle n'arrivait plus à déglutir. Elle s'était mordu la langue et du sang envahissait sa bouche, coulait de ses lèvres sur son menton. Tous les objets que contenait le coffre semblaient se déformer et monter vers elle, comme si elle les voyait à travers un œilleton. Une forme lisse et noire retint son attention. Le pistolet à clous, dont le voyant rouge était allumé. Steve lui avait montré comment s'en servir avant de le mettre dans le coffre et avait précisé que le voyant n'était allumé que lorsque l'outil était armé. Peut-être qu'il était resté tout le temps comme ça.

— Excuse-toi.

— Non.

Le sang de sa bouche rendait sa voix pâteuse. Ses doigts se refermèrent sur le pistolet, dont le métal lui parut étrangement tiède.

— Pas question.

Goldrab donna un coup de pied à la voiture.

— Me pousse pas à bout. T'es encore pire que Jake, tu sais pas quand il faut arrêter. Excuse-toi.

L'index de Sally trouva la détente du pistolet. Se rappela les instructions de Steve : il faut ramener le cran de sûreté en arrière, s'assurer que la bande de clous est en place, presser le canon sur la surface et appuyer sur la détente. Si elle arrivait à trouver un endroit sur les bras ou les jambes de Goldrab où il souffrirait mais ne serait pas gravement blessé. Seulement pour lui laisser le temps à elle de monter dans la voiture.

— Tu sais ce qui arrive aux roulures comme toi qui savent pas s'arrêter ?

Il la secoua encore et lui murmura à l'oreille d'une voix sifflante :

— Excuse-toi.

Son haleine était chaude et aigre.

— Excuse-toi, pauvre conne.

Sally prit sa respiration, se tourna de côté pour se libérer. Elle tituba contre le pare-chocs, braquant le pistolet à clous vers Goldrab. Quand il revint à la charge, elle tira à l'aveugle – sur le premier endroit accessible. Sa jambe. La suspension de la voiture grinça. Avant qu'il pût réagir, il y eut un *wouf* sonore et elle lui avait planté un clou dans la cuisse. Il se plia de douleur, recula en pivotant sur lui-même. Fit quelques pas en titubant, s'étreignit la cuisse. Sally chancela et le regarda, sans vraiment croire à ce qu'elle venait de faire.

— Merde. Pourquoi t'as fait ça ?

Il s'écroula en tirant frénétiquement sur le clou. Sally lâcha le pistolet et demeura immobile, bouche bée, consciente de l'avoir blessé gravement parce que du sang imprégnait déjà le bas de son survêtement. D'épais bouillons recouvrirent les mains de Goldrab pressant sa jambe.

— T'as gagné, Sally, t'as gagné.

— Non ! s'exclama-t-elle, horrifiée. Qu'est-ce que j'ai fait ?

— J'en sais rien. Enlève-moi ce foutu truc.

Elle s'accroupit, chercha la blessure, mais le sang semblait couler de partout. Mercredi, quand Steve s'était planté un clou dans la main, elle avait gardé son calme. Cette fois, elle était prise d'une panique qui engourdissait tout son corps. Comme au ralenti, elle se releva, alla à la voiture prendre sa veste, revint, jeta le vêtement sur la cuisse blessée et le pressa dessus pour tenter d'arrêter le sang.

— Appelle une ambulance.

Sally s'aperçut avec terreur que les lèvres de Goldrab avaient bleui. Il agitait les mains, essayait de lui prendre le poignet, mais le sang rendait ses doigts glissants.

— Ramène-moi dans la maison.

— *Ne bougez pas*, fit-elle, haletante. *Ne bougez pas*.

Il se laissa faire quand elle entoura la cuisse avec sa veste. Mais avant de réussir à la nouer autour, elle comprit que c'était inutile : le sang avait détrempé le tissu et passait à travers les chevrons comme à travers un tamis. Puis la fontaine rouge se remit à palpiter.

— *Mon Dieu, mon Dieu, mon Dieu.*

Elle jeta un regard désespéré en direction de la grille mais Jake était parti depuis longtemps.

— *Qu'est-ce que je dois faire ?* Dis-moi ce que je dois faire maintenant !

— J'en sais rien.

Elle se redressa, alla prendre son sac, en vida le contenu par terre et saisit son portable. D'un doigt malhabile, elle commença à composer un numéro mais, avant qu'elle arrive au deuxième 9, David Goldrab lâcha un étrange gémissement. Il se redressa à demi, la bouche ouverte en une grimace, comme s'il voulait mordre Sally. Il resta un moment figé dans cette position puis retomba en arrière, agité de spasmes. Ses jambes donnaient des ruades involontaires. Il arqua le dos, tordit le cou comme s'il tentait de regarder la roue de la voiture par-dessus son épaule puis il s'affaissa, un bras pris sous son corps, l'autre tendu sur le côté.

Sally se releva, le téléphone oublié dans sa main, les yeux fixés sur Goldrab. Il ne bougeait plus. Ne respirait plus. Une odeur d'urine et de sang montait de son corps.

— David ? murmura-t-elle. David ?

Silence.

Tremblante, elle tomba à genoux dans la flaque de sang. Goldrab avait les yeux ouverts, la bouche aussi, comme s'il criait. Hébétée, elle s'assit sur ses talons et pensa : Non, pas ça. Pas ça en plus.

Le soleil de fin d'après-midi lui chauffait la nuque. Une saute de vent soudaine fit danser doucement devant ses yeux un tourbillon de pétales de fleurs, comme si ce n'était qu'un banal jour de printemps : rien d'inhabituel à ce qu'une frêle jeune femme d'une trentaine d'années tue froidement un homme dans le jardin d'une propriété.

37

Elle épuisa toutes les réserves de Zoë, cette journée de recherches. Elle l'emmena dans le genre d'endroit que, pendant des années, elle avait espéré ne plus jamais revoir. La boîte où elle avait travaillé dans les années 1990 avait fermé – remplacée par une officine de paris – mais, tandis qu'elle roulait dans les rues de Bristol ce jour-là, la liste que Holden lui avait remise scotchée au tableau de bord, le côté sordide de la chose lui revint brutalement en mémoire, telle une gifle. Boîte après boîte, dans toute la ville. En ce milieu d'après-midi, la plupart venaient seulement d'ouvrir et parfois des femmes de ménage en sortaient d'un pas lent, harassées, conscientes d'être réduites à nettoyer des sols tachés de toutes sortes de sécrétions corporelles. Les salles sentaient l'eau de Javel, le parfum éventé et le suc gastrique. La majorité des femmes provenaient d'Europe de l'Est. Elles se montrèrent en général aimables et coopératives mais aucune n'avait jamais vu Lorne Wood, excepté en première page des journaux. Lorsque Zoë mentionna que Lorne s'était peut-être aventurée dans le secteur de la photo de charme ou dans les boîtes topless, une des filles l'avait regardée d'un air stupéfait, comme pour dire : Elle était givrée ou quoi ? Quelqu'un comme Lorne finir dans un endroit pareil ?

Vers neuf heures du soir, quand elle arriva au bout de la liste, Zoë commençait à croire que les filles avaient raison, que la piste de Lorne n'allait pas plus loin que l'agence de Holden. C'était la fin de la journée, la fin aussi de la promesse faite à l'adolescente. Une dernière tentative et elle s'avouerait vaincue. Elle rentrerait chez elle, regarderait la télé. Elle irait au cinéma. Elle téléphonerait à l'un des copains motards qu'elle rencontrait à l'occasion pour boire une bière dans un bar et préparer la sortie à moto de la semaine.

Jacqui Sereno – dernier nom de la liste, également mentionné dans une conversation avec un videur – vivait à Frome. Zoë s'y rendit dans sa vieille Mondeo, les deux mains sur le volant, les yeux obstinément rivés à la route. L'adresse correspondait à un pavillon et, un moment, Zoë crut qu'elle s'était trompée. Mais elle vérifia la liste : c'était bien là. Apparemment, Jacqui gérait un service de webcam, louait des chambres et du matériel informatique dans cette maison ordinaire que rien ne distinguait de ses voisines du lotissement hormis son aspect délabré. La porte de l'armoire métallique du compteur à gaz était ouverte et pendait sur ses gonds ; une poubelle débordait sur l'allée de devant et les vitres des fenêtres n'avaient pas été nettoyées depuis des années. Avec un profond soupir, Zoë sortit de la voiture et remonta l'allée.

La femme qui ouvrit la porte avait la cinquantaine. Petite, mince, l'expression amère, le visage bronzé, surmonté d'une choucroute démodée. Elle portait un caleçon noir, un tee-shirt, des mules rouges à talons hauts, et tirait sur sa cigarette comme si elle était en manque de nicotine.

— Jacqui ?

— Ouais ? C'est pour quoi ?

— Police.

— Ah ouais ?

— Vous avez un moment ?

— Ben… ouais, je suppose.

Du pied, Jacqui poussa sur le côté un bourrelet de porte et ouvrit. Zoë entra. Il faisait très chaud dans la maison : le chauffage central marchait à fond malgré le temps printanier. L'intérieur était plus avenant que l'extérieur : il y avait des rideaux de dentelle aux fenêtres, un arbre à tasses, des torchons assortis et des boîtes de biscuits formant une pyramide sur le dessus du réfrigérateur. Seul objet incongru, un collecteur d'aiguilles jaune et noir sur le plan de travail.

— Je suis diabétique, expliqua Jacqui.

— Vraiment ?

— Vraiment. Mettez-vous à l'aise, mon chou, je vais faire du thé, parce que vous en avez pour un moment.

— Pourquoi ça ?

— Vous allez me menacer de ci et de ça et je vais me défendre, expliquer que je tiens pas un bordel, que ce que je fais n'est pas illégal. Vous allez devoir prouver que ce que font les filles est licencieux ou contraire à la loi. Vous êtes flic mais vous êtes pas sur votre terrain.

Jacqui sourit et brancha la bouilloire, mit deux sachets de thé dans des tasses.

— Le prenez pas personnellement, mon chou, mais depuis qu'on a supprimé la brigade spécialisée – les Mœurs –, j'ai réussi à jamais voir vos abrutis de collègues de la Crime. C'est dommage, j'avais des tas d'amis dans cette équipe.

Zoë ne tenait pas à entrer dans les détails de la loi sur les délits sexuels. Par expérience, elle connaissait la législation antérieure – dont une bonne partie était gravée dans le marbre de son esprit – mais, avec les années, son savoir s'était lézardé. Le fonctionnement des boîtes à entraîneuses tombait sous le coup d'arrêtés municipaux, et une loi adoptée en 2003 avait abrogé des pans entiers de ce qu'elle avait appris. Le seul article de la nouvelle loi qu'elle pouvait citer avec certitude portait sur « violence par pénétration avec un objet » – encore ne le connaissait-elle que par les discussions dans la salle des opérations sur le chef d'inculpation possible pour le meurtrier de Lorne. Zoë ne faisait pas le poids face à une vieille endurcie comme Jacqui.

— Je l'ai répété cent fois : personne n'obtient de satisfaction sexuelle dans cette maison, déclara-t-elle en tapotant la table d'un doigt ridé. Je peux vous le jurer. S'il y a satisfaction sexuelle, c'est pas ici. C'est à New York, au Pérou, ou dans cette foutue ville de Dunstable.

Zoë leva la tête, regarda le plafond, imagina un dédale de pièces à l'étage.

— Comment ça marche ?

— Ces filles sont des « hôtesses de *chat* ». C'est tout. Elles sont assises devant une webcam et elles « causent »... ou elles font ce qu'elles ont envie de faire, si vous voyez ce que je veux dire. Elles s'occupent de messieurs qui en sont revenus des filles asiatiques. Un peu chérot, mais on en a pour son argent. Deux dollars la minute. Et j'en touche pas un centime. Parce que c'est pas un bordel, ici. Je gagne seulement ma vie en louant le matériel informatique. Ce qui se passe dans les chambres ne me regarde pas.

Elle posa une tasse sur la table.

— Tenez, buvez, mon chou. Vous avez l'air d'en avoir besoin.

— Il y a des filles là-haut en ce moment ?

— Une seulement. On travaille surtout avec l'Amérique du Sud et le Japon, répondit Jacqui en consultant sa montre. Là, le client sud-américain est au bureau et il aime pas se faire pincer avec le pantalon sur les chevilles par son boss. Et le Japonais, il vient juste de se réveiller. Il sera pas chaud avant douze heures. Alors ?

Elle adressa à Zoë un sourire amical qui révéla une tache de rouge à lèvres sur une dent de devant.

— De quel article de la loi vous voulez discuter ? Moi, dit-elle en tournant vers sa poitrine la main qui tenait la cigarette, j'aime la discussion. J'aurais dû passer à l'émission *Question Time*. Ils me feront peut-être venir un jour.

— Sûrement, approuva Zoë. Sûrement.

Elle s'éclaircit la voix et, pour la centième fois, glissa une main dans sa sacoche, y prit les photos de Lorne.

— Jacqui, j'adorerais discuter avec vous mais je ne suis pas là pour l'affaire que vous gérez.

— « Gérez » ? Attention au vocabulaire que vous utilisez.

— Le matériel que vous « louez », rectifia Zoë en se massant le front.

Elle avait chaud, elle transpirait dans son épais chemisier et le thé de Jacqui était infect. Elle avait envie de rentrer chez elle, d'oublier tout ça.

— Ce que je veux savoir, c'est si vous avez vu cette fille sur votre écran radar.

Jacqui tira une longue bouffée de sa cigarette, rejeta la fumée en un mince jet droit et regarda attentivement les photos en plissant les yeux. Elle a déjà fait ça, pensa Zoë. Si elle est dans ce boulot depuis un moment, elle a dû faire ça un tas de fois : parler à la police de victimes de viols, abus sexuels, violences conjugales. Prostituées, danseuses topless. Filles allongées sur un lit, nues, devant une petite caméra vidéo et un micro. Tout un monde qui vivait dans une zone située juste de l'autre côté de la loi… et qui avait une frontière commune avec la violence.

— Non, répondit Jacqui.

Elle se renversa contre le dossier de sa chaise, ferma les yeux et tira de nouveau sur sa cigarette.

— Jamais vue.

— OK.

Zoë remit les photos dans sa sacoche et commença à se lever. Elle avait fait tout ce qu'elle pouvait.

— Mais… disait Jacqui. Attendez…

— Oui ?

— Je crois savoir qui aimerait ce genre de fille. Pour ses vidéos. Il s'est accaparé le marché des jeunettes.

— De qui vous parlez ?

— Je connais pas son nom. Son vrai nom. London Tarn, on l'a toujours appelé comme ça. London Tarn.

Zoë se rassit lentement.

— London Tarn ?

— London Town, en fait. « Tarn », c'est à cause de son accent. Vous savez, comme dans la série *EastEnders*, mais il…

Jacqui s'interrompit, lança à Zoë un regard soupçonneux.

— Qu'est-ce qu'y a ? Vous êtes toute pâle. Vous avez entendu parler de lui ?

— Non.

Zoë plaqua la sacoche contre sa poitrine, serra les genoux.

— Non, répéta-t-elle.

— Vous êtes sûre ?

— Certaine.

— Parce que quand j'ai dit son nom…

— *Certaine*, affirma Zoë.

Elle se mit à taper du pied, soudain agacée. Soudain réveillée.

— Parlez-moi de ce type. London Tarn. Il fait des vidéos ?

Jacqui aspira une bouffée de fumée en scrutant le visage de Zoë.

— Ça fait des années qu'il est dans le secteur, il doit approcher de la soixantaine, maintenant. A ses débuts, il bossait seulement dans le porno soft. Des cassettes Hi-8. Il tenait aussi une boîte – à Bristol, du vieux strip à l'ancienne – et quand elle a fermé, il a tout misé sur les vidéos. Il avait pas le matériel et l'équipe qu'il fallait : la seule fois où je suis allée voir, il y avait juste lui dans un appart de Fishponds, avec un magnétoscope ici…

Jacqui tendit un bras.

— … un autre là, et des fils entre les deux, c'est comme ça qu'il faisait des copies. Il les vendait ensuite sur les marchés. Vous savez, les étals à St Nicolas.

— Et après ?

— Après, il est devenu barge.

— Barge ?

— Ouais, il se filmait lui-même. C'était dans les années 90.

Jacqui tapota sa cigarette au-dessus d'un cendrier et croisa les jambes : elle se mettait à l'aise pour se souvenir.

— Je le fréquentais plus à ce moment-là, c'était plus de mon temps, mais j'ai vu les cassettes. Il se montrait dans toute sa gloire avec une pauvre fille qu'il avait persuadée de faire des trucs. Il s'embêtait jamais avec l'éclairage et le reste, ce que j'ai toujours trouvé pas du tout professionnel. Manque de rigueur, si vous voulez mon avis. Mais il paraît que ça plaît à certains : le style brut de décoffrage, vous voyez. En tout cas, ça marchait fort. Et en plus, il s'est mis tout de suite sur le Net. Faut lui reconnaître ça, il était dans le coup. Après est venu le *bukkake*.

— Le *bukkake* ?

Jacqui s'esclaffa.

— Vous savez pas ce que c'est ?

— Non.

— L'idée, c'est d'humilier la femme. On dit que ça remonte à une vieille coutume japonaise : ce que les anciens faisaient aux femmes qui couchaient à droite à

269

gauche. Les hommes du village les enterraient jusqu'au cou. Sauf qu'au lieu de les lapider…

Elle suspendit sa phrase, eut un sourire mauvais.

— Non, c'est vous le flic, à vous de trouver. Mais en tout cas, il a bâti sa fortune là-dessus. Le *bukkake*, plus c'est crade, mieux c'est. J'en ai vu un, ça ressemblait à un snuff movie. Vraiment dégueu. On aurait cru qu'ils allaient découper la fille en morceaux. Pourtant, il en a vendu des caisses. Ça fait s'interroger sur la nature humaine, hein ?

— D'accord, dit Zoë très lentement. Et qu'est-ce qu'il fait, maintenant ?

— Oh, c'est devenu un ponte. Un grand, grand ponte.

Jacqui agita une main en l'air comme si elle parlait d'un autre univers.

— Jet privé, sûrement. Domestiques. Tout le bazar. Il a grimpé là-haut, chérie, et pas moyen de le faire descendre.

— Il vit dans quel pays ?

— Ici. Au Royaume-Uni.

Au Royaume-Uni. Zoë venait de décider de ne pas prendre de semaine de congé, finalement.

— Vous voulez dire dans le coin ?

— Je pense, oui. Et croyez-moi, s'il tombe sur une fille comme celle de vos photos, y a des dollars qui s'allumeront dans ses yeux. Qu'est-ce qui lui est arrivé à cette petite ? Elle est blessée ?

— Vous ne connaissez pas son vrai nom ? Si ? London Tarn ?

Jacqui eut un rire guttural.

— Si je le connaissais, j'irais lui réclamer le billet de dix que je lui ai prêté dans le temps.

Elle fit de nouveau tomber la cendre de sa cigarette.

— Y a de ça quinze ans. Avec les intérêts qu'il me doit, je pourrais faire le tour du monde en avion. Aller dire bonjour à mes clients d'Amérique du Sud, hein ?

38

Le soleil avait déjà délaissé les collines orientées au nord autour de Bath. Le jardin de Peppercorn Cottage devait être dans l'obscurité. En revanche, le terrain de Lightpil House, légèrement en pente et tourné vers le soleil, profitait plus longtemps de la lumière du jour. Deux ou trois minutes de plus. Le soleil parut fondre au-dessus de la colline, s'étala et disparut, ne laissant que quelques taches de nuages gris dans un ciel d'ambre.

Incapable de déplacer le cadavre de David Goldrab, Sally fit reculer sa voiture de façon à bloquer l'accès à l'aire de stationnement. De toute façon, il ne venait jamais personne. Elle trouva ensuite un cardigan dans la Ka, l'enfila et s'assit sur le capot, les jambes repliées. Elle se triturait les méninges. Les muscles du visage de Goldrab s'étaient contractés, ce qui lui donnait des yeux plus écarquillés encore, comme s'il fixait avec étonnement un rocher situé à un mètre de lui. Il faisait froid. Sally entendait les moindres bruits autour d'elle : dans les haies, les champs, l'herbe, le bruissement d'ailes d'un oiseau dans les branches.

Au bout d'un moment, elle constata que le sang sur ses mains avait séché. Elle le gratta de son mieux avec ses ongles, frotta ensuite son portable avec les manches du cardigan et composa le numéro d'Isabelle.

— C'est moi, annonça-t-elle inutilement.

— Salut.

Une pause, puis :

— Sally, ça va ?

— Oui. Enfin…

Elle pressa un instant ses doigts sur ses lèvres.

— Ça va.

— On ne dirait pas.

— Je me sens un peu… Issie, tu es passée prendre Millie au lycée comme prévu ?

— Oui, oui.

— Elle est encore chez toi ?

— Oui, ils regardent tous la télé. Pourquoi ?

— Tu pourrais la garder, cette nuit ?

— Bien sûr. Sally, je peux faire quelque chose pour toi ? Ça n'a pas l'air d'aller du tout.

— Non, je t'assure. Je passerai la prendre demain matin et… Issie ?

— Oui ?

— Merci. Pour tout ce que tu es. Pour tout ce que tu fais.

— Sally ? Tu es sûre que tout va bien ?

— Oui. Tout va très bien.

Elle mit fin à la conversation. Ses mains tremblaient tellement qu'elle dut poser le téléphone sur le capot de la voiture pour composer le numéro suivant. Steve répondit à la troisième sonnerie.

— C'est moi.

— Je sais.

— Il s'est passé quelque chose, il faut qu'on se parle.

— D'accord, répondit-il d'un ton circonspect. Tu es où ?

— Non, je ne peux pas. Je veux dire, il vaut mieux que je ne le dise pas au téléphone.

Après un silence, Steve reprit :

— OK. Tu es près de chez toi ?

— Non. Assez loin.

— Au sud ? Au nord ?

— Au nord.

— Alors tu es… Oh. Chez quelqu'un dont on a parlé récemment ?

— Oui. Prends à droite quand tu arriveras, il y a une aire de stationnement. Ne passe pas devant la façade à cause de la caméra. Tu peux… tu peux faire vite ?

Elle raccrocha, entendit un bruit lointain dans l'air du soir : une voiture accélérait sur la route en direction du champ de courses. Des phares percèrent la ligne des arbres. Sally baissa la tête et se recroquevilla sur la Ka, bien qu'elle sût que le chauffeur ne venait pas à Lightpil. La voiture changea de vitesse, continua à gravir la colline. Sally colla quand même son front contre le pare-brise froid pour tenter de disparaître, de faire surgir quelque chose d'apaisant dans son esprit. Le visage de Millie, peut-être.

Peine perdue. Il n'y eut qu'une lumière vive zigzaguant dans sa tête, comme après un feu d'artifice.

Dix minutes plus tard, une autre voiture mit son clignotant à gauche et tourna. Lentement, elle monta la route sinuant autour du pied de Hanging Hill. Sally se laissa glisser du capot, alla s'accroupir derrière les buissons bordant l'aire de stationnement lorsque les phares se rapprochèrent. La voiture s'engagea dans l'allée, passa la grille, s'arrêta. C'était Steve.

Il descendit, haute silhouette se dessinant dans le couchant, mit une veste en peau de mouton, regarda autour de lui. Sally se releva et se tint devant la haie, serrant le cardigan autour d'elle pour cacher ses vêtements tachés de sang.

— Qu'est-ce qui s'est passé ? murmura-t-il.

Elle ne répondit pas. La tête baissée, les mains sous les aisselles, elle fit le tour de sa voiture et se dirigea vers l'aire de stationnement. Steve la suivit sans dire un mot, ses chaussures crissant sur le gravier. Parvenue derrière la Ka, Sally fit halte, Steve la rejoignit et ils fixèrent en silence le corps de David Goldrab. Son tee-shirt retroussé montrait un torse lourd, des poils collés par le sang. Son visage semblait calcifié, sa bouche ouverte révélait ses gencives. Sally se rendit compte qu'elle pouvait encore sentir son odeur. Un peu de son être qui flottait dans l'air.

Steve s'accroupit près du cadavre. S'appuyant avec circonspection au gravier de sa main bandée, il se pencha pour examiner le visage du mort, se redressa.

— Nom de Dieu. Nom de Dieu.

— On s'est disputés, dit Sally. Il m'a suivie jusqu'à la voiture et m'a frappée. Il m'a forcée à mettre la tête dans le coffre. Il y avait ton pistolet à clous et j'ai…

Elle se passa les mains sur le visage, sentit une douleur à l'endroit où sa tête avait heurté le métal.

— Oh, Steve, tout s'est passé si vite. Je ne voulais pas… C'est arrivé comme ça.

275

Il expira longuement, s'approcha d'elle et la prit dans ses bras. Le sang séché de Goldrab sur ses vêtements émit un craquement sinistre.

— Ça va aller, dit-il.

— Personne ne croira que c'était un accident.

Elle se mit à sangloter et, sans rien dire, il continua à la presser contre lui, à lui caresser le dos d'une main apaisante. Lorsqu'elle cessa enfin de pleurer, il s'écarta, retourna à l'entrée de l'aire de stationnement. Les mains dans les poches, il regarda devant lui. Sally savait ce qu'il voyait : la vallée qui s'étendait en bas, les faubourgs de la ville à l'horizon. Le territoire de son enfance, les lieux où elle avait rêvé, où elle avait eu peur et espéré. Les ruisseaux et les clairières, tous les endroits où elle était allée sans jamais apercevoir ce qui l'attendait, tapi derrière les arbres.

Au bout d'un long moment, Steve se retourna et redescendit la pente.

— Tu as ton matériel de nettoyage dans ta voiture ? demanda-t-il à Sally.

— Oui.

— Des gants de caoutchouc ?

— Oui.

Elle ouvrit le coffre, y prit une paire de gants encore dans leur emballage, la tendit à Steve. Le visage blême mais calme, il déchira le plastique avec ses dents et enfila les gants.

— Steve ? Qu'est-ce que tu fais ?

— J'ai une réunion à neuf heures demain matin. Ce qui signifie que nous avons treize heures devant nous.

39

Steve expliqua que son plan était la meilleure solution possible mais qu'il fallait faire vite, et, pour commencer, ils avaient besoin d'un grand rouleau de plastique. Sally savait que Goldrab gardait une quantité de choses dans le garage, mais celui-ci se trouvait du côté couvert par la caméra et elle craignait qu'ils ne soient filmés. Elle décida de vérifier sur le moniteur et retourna à la maison, suivie de Steve. Goldrab avait pour habitude de laisser les lumières et les téléviseurs allumés en plein jour et, maintenant que le soir tombait, la bâtisse était illuminée comme un arbre de Noël. Les lampes halogènes du jardin d'hiver projetaient sur la pelouse les ombres d'énormes plantes en pot. Par la porte ouverte de la buanderie leur parvenaient les voix du poste de télévision.

Steve resta sur la terrasse et garda un œil sur la route pendant que Sally se glissait dans la maison. L'air y était étouffant, immobile comme dans un tombeau, et même dans les pièces et les couloirs familiers, chaque ombre la faisait sursauter, comme si le fantôme de Goldrab allait se jeter sur elle. Elle se demanda si elle

277

connaîtrait toujours cette peur, si son sentiment de culpabilité la rendrait folle. On disait que cela arrivait, que des gens demeuraient hantés toute leur vie par l'esprit d'un mort.

Dans le bureau, le moniteur lui montra qu'une bonne partie de l'allée n'était pas couverte par la caméra – ils pouvaient facilement accéder au garage sans être filmés – et, après être allée prendre toutes les clés accrochées dans la cuisine, elle longea avec Steve le flanc de la maison.

— Putain, murmura-t-il lorsqu'elle appuya sur la télécommande et que la porte du garage s'ouvrit sur une grosse voiture étincelante. Une Bentley, rien que ça.

— C'est bien ?

Il lui adressa un petit sourire ironique.

— Viens.

Derrière une rangée de bidons d'huile de moteur, ils trouvèrent un rouleau de plastique et de vieux sacs à ballast, du ruban adhésif et un cutter. Ils portèrent le tout sur l'aire de stationnement et déroulèrent le plastique près du cadavre.

— Prends les pieds.

— Oh, mon Dieu.

Elle se tenait à un mètre du corps, qu'elle regardait fixement. Elle claquait des dents.

— Je ne sais pas si j'en suis capable.

— Sally, tu peux y arriver. Je le sais : je t'ai vue avec la scie, l'autre jour. Tu y arriveras.

— On va vraiment faire ça, alors ? Ne rien dire à la police et empocher l'argent ?

Steve haussa un sourcil.

— A toi de me dire. Tu aurais pu appeler la police, tu ne l'as pas fait.

Elle ferma les yeux, se pressa les tempes. Il avait raison, bien sûr. Elle avait eu tout le temps d'appeler la police. Avait-elle déjà décidé – inconsciemment – que c'était ce qu'ils feraient ? Elle rouvrit les yeux.

— Mais… est-ce que c'est bien ? Steve ?

— Tout dépend de ce qu'on appelle « bien ». Est-ce que c'est légal ? Non. Est-ce que c'est la meilleure solution ? Tu toucheras trois bâtons pour avoir liquidé ce vieux pervers. Est-ce que c'est la meilleure solution ? A toi de me le dire.

Sans répondre, elle concentra son attention sur le visage de Goldrab à présent figé et livide. Ses yeux avaient changé. Ils étaient devenus troubles, sans éclat, et semblaient plus enfoncés, comme si la tête les avait aspirés. Quelques instants plus tôt, elle avait vu une mouche essayer de se poser dessus. Une image jaillit dans son esprit. Un hématome. Sur la cuisse de la fille étendue sur le sol du hangar à bestiaux. Un simple bleu, mais il lui fit l'effet d'un coup de poing.

— OK, dit-elle en retroussant ses manches. Qu'est-ce que je fais ?

Goldrab était lourd, mais il n'était pas devenu raide comme elle l'avait imaginé. Steve expliqua qu'il ne s'était pas écoulé assez de temps pour ça. Le corps se plia quand ils tentèrent de le déplacer, les bras pendant de chaque côté, mais ils parvinrent finalement à le mettre sur le plastique. Ils l'enroulèrent dedans comme dans un cocon, le soulevèrent pour le mettre dans le coffre de l'Audi de Steve. Ce dernier fouilla ensuite la cabane d'entretien de la piscine jusqu'à ce qu'il y trouve deux seaux et, pendant les vingt minutes qui suivirent, ils firent tous deux la navette entre le robinet extérieur et l'endroit où Goldrab était mort, déversant sur le sol seau d'eau après seau d'eau pour que soient entraînés dans la terre le sang, l'urine et les poils.

Steve monta dans l'Audi, mit le contact.

— Il y a un chemin détourné pour aller chez toi ? En évitant les routes fréquentées ?

— Oui. Suis-moi.

Sally monta dans la Ka, recula jusqu'à l'allée et repartit en marche avant. Les phares de l'Audi prirent son sillage. Un nuage bas masquait à présent la lune, plongeant la campagne dans le noir. Par de petites routes étroites, ils parvinrent à Peppercorn sans croiser une seule voiture. La lumière de la véranda était allumée et elle parut à Sally si accueillante qu'elle dut se rappeler qu'il n'y avait rien de chaud sur la cuisinière, pas de bougies aux fenêtres ni de feu dans la cheminée. Steve et elle ne passeraient pas la soirée à déguster un bon repas, à regarder la télé ou à bavarder en buvant un verre de vin. Elle arrêta la voiture dans l'allée, descendit, ouvrit grandes les portes de l'immense garage pour que Steve y mette l'Audi. Il coupa le moteur, sortit de la voiture et ôta ses gants.

— Je n'avais jamais remarqué ce garage.

— Parce que je ne m'en sers jamais, répondit Sally.

Elle alluma la lumière, une ampoule nue qui éclairait les toiles d'araignée et les nids d'oiseaux fossilisés. Le propriétaire précédent avait laissé quelques outils rouillés accrochés au mur. Steve passa devant en les examinant, fit halte devant une tronçonneuse, la décrocha.

— Steve ?

Il se retourna.

— Sers-nous un verre.

— Qu'est-ce que tu veux ?

— Quelque chose de pur. Du whisky. Pas du cognac.

L'intérieur du cottage sentait la cire de bougie et les jacinthes bleues que Millie avait mises en pot. Elles se fanaient sur l'appui de fenêtre. La tête appuyée contre le plâtre froid du mur, Sally contempla un moment les fleurs. Puis elle ôta ses chaussures et les posa sur un sac en plastique dans le couloir, roula sa veste en boule et la fourra dans un sac-poubelle. En chaussettes, elle alla dans sa chambre avec le sac, se déshabilla et ajouta ses vêtements tachés de sang à la veste. Elle passa ensuite un tee-shirt et un pantalon de ski qu'elle avait acheté pour l'un des voyages d'affaires de Julian en Autriche. Elle mit des chaussures de sport et redescendit le couloir en attachant ses cheveux en queue-de-cheval. Dans le placard chauffé, elle prit des serviettes et dans l'élément sous l'évier une pile de torchons. Le whisky se trouvait au fond d'un autre placard, derrière les manuels scolaires de Millie. Sally n'y avait pas touché depuis leur emménagement, elle le gardait pour les visiteurs. Elle posa la bouteille sur les serviettes, ajouta deux verres, une bouteille d'eau gazeuse et emporta le tout.

La lune avait percé à travers les nuages et Sally, en traversant la pelouse, fut frappée par la terrible beauté du jardin. Il avait toujours représenté pour elle la chaleur et la santé mais il semblait n'être à présent que le reflet glacé de la vieillesse et de la maladie. Elle s'immobilisa un instant et tourna son visage vers l'ouest en pensant surprendre quelque chose qui l'épiait. Les champs qui, de l'autre côté de la haie, lui avaient toujours paru amicaux étaient ce soir-là peuplés d'ombres qu'elle ne reconnaissait pas.

Dans le garage, Steve se tenait devant le coffre ouvert de l'Audi. A la lumière électrique, son visage était jaunâtre, creusé sous les yeux. Sally posa les serviettes, servit deux verres de whisky – pas trop remplis – et lui en tendit un. L'un en face de l'autre, ils levèrent leurs verres, comme pour porter un toast à quelque projet louable, et les vidèrent. Le goût de l'alcool la fit grimacer et elle but aussitôt une gorgée d'eau.

— Il faut le mettre dehors. Sur l'herbe, dit Steve.

Elle abaissa la bouteille d'eau.

— Pourquoi ?

— Aide-moi. Va chercher le rouleau de plastique.

Ils posèrent la bouteille et les verres vides sur l'appui de fenêtre et enfilèrent leurs gants de caoutchouc. Ensemble, ils retournèrent au coffre de la voiture, prirent chacun une extrémité du cocon de plastique et tirèrent. Le corps de Goldrab roula vers eux avec un bras tendu, presque comme s'il savait qu'il basculait vers le sol. Steve le rattrapa, la pression sur sa main blessée lui arrachant une grimace, puis tous deux le posèrent par terre. A travers le plastique, le visage de Goldrab était visible, comme pressé contre une vitre.

— Nom de Dieu, lâcha Steve en s'essuyant le front du dos de la main. Nom de Dieu.

Il semblait sur le point de vomir. Sally le regarda. Il ne pouvait pas craquer, pas après ce qu'ils avaient déjà fait. Il était trop tard pour revenir en arrière.

— *Steve ?*

— Ouais.

Il s'épongea de nouveau le front, se secoua.

— OK, dit-il, retrouvant soudain son énergie. Roule le plastique de ton côté.

— Oui, d'accord.

Ils nouèrent les extrémités du plastique et portèrent le cadavre dans l'allée. Marchant en crabe, courbés sous le poids de leur fardeau, ils descendirent les deux marches menant à la pelouse.

— Ici, dit Steve, et ils lâchèrent le corps au milieu du gazon.

Il se redressa, regarda autour de lui. Aussi loin qu'on pût voir, il n'y avait aucune lumière, rien que les premières étoiles piquetant le ciel. Il tâta sa poche, y prit son portable, l'ouvrit du pouce. Le tint d'une main et fit le tour du cadavre en le photographiant, en prenant le visage sous tous les angles.

— Qu'est-ce que tu fais ?

— Aucune idée, répondit-il avec un sourire sardonique. Je fais semblant d'être dans un film. Je joue à être De Niro. Ou Scorsese. Je fais comme leurs tueurs.

— Oh, mon Dieu, dit Sally en se frottant les bras.

Il s'accroupit, examina la main droite de Goldrab.

— Qu'est-ce que tu regardes ?

— Sa chevalière. Quatre diamants et une émeraude. Pour l'identifier.

Il prit plusieurs photos de la bague avant de la faire glisser et de la fourrer dans sa poche. Puis il rangea son portable, contourna le cadavre, passa son index derrière les incisives de Goldrab et, de l'autre main, abaissa avec précaution la mâchoire inférieure, tourna le visage sur le côté. Le mort émit un long soupir.

Sally recula d'un pas. La tête de Goldrab roula mollement sur le sol, les yeux grands ouverts.

— C'est rien, murmura Steve. L'air qui sort des poumons.

Tremblante, Sally s'accroupit à son tour. Steve s'humecta les lèvres et se remit à explorer la bouche du cadavre avec un grognement approbateur.

— Ça ira.

Un coude dans l'herbe, il s'allongea presque près du corps, face à lui, comme s'ils allaient avoir une longue conversation. De sa main libre, il reprit son portable et passa près de cinq minutes à photographier le visage et les dents de Goldrab. Quand il eut terminé, il se releva et se tourna vers Sally.

— Et maintenant ? demanda-t-elle.

— Je te l'ai dit : j'ai jamais fait ça.

Il retourna dans le garage et, à la faible lumière de l'ampoule, Sally le vit verser un bidon d'essence dans quelque chose. La tronçonneuse. Il revint avec l'outil, se planta devant le cadavre.

— Non, dit-elle à voix basse. Non. Nous ne pouvons pas faire ça.

— On n'a pas le choix. Plus maintenant.

Elle ferma les yeux et prit une profonde inspiration. Quelque chose en elle essayait à grands coups de s'échapper de sa poitrine. Elle compta jusqu'à vingt, jusqu'à ce que la chose cesse de cogner contre ses côtes.

Lorsqu'elle rouvrit les yeux, elle vit que Steve la regardait avec insistance.

— OK, murmura-t-elle. OK. On commence par quoi ?

— Le visage, répondit-il d'une voix tendue. Parce que c'est le pire. On commence par le visage.

40

Le whisky baissa rapidement dans la bouteille. Ils parvinrent à garder le contrôle de leurs nerfs en faisant sonner un minuteur tous les quarts d'heure. Ils se forçaient à tenir pendant ce laps de temps mais, lorsque l'appareil se déclenchait, ils ôtaient leurs gants, les laissaient tomber sur le plastique à côté des restes de David Goldrab et retournaient dans le garage. Le dos tourné aux épouvantables saletés du jardin, ils avalaient un autre whisky qu'ils faisaient descendre avec de l'eau. Ils ne parlaient pas, ils buvaient en silence et nouaient leurs regards, comme s'ils avaient besoin de voir un être humain vivant. De voir une chair dans laquelle le sang, la chaleur et la vie circulaient encore.

— On peut pas continuer à picoler, dit Steve. Il va falloir conduire, tout à l'heure.

Sally laissa ses yeux se porter sur le plastique, les masses pourpres lisses luisant au clair de lune. Steve ne cessait de répéter que sans un corps et un mobile, la police n'avait aucun point de départ pour son enquête. Il prétendait que des restes humains étaient plus faciles à cacher qu'on ne le pensait, que ce qui manquait à la plupart des meurtriers, c'était du temps, des moyens adéquats et des couilles pour faire disparaître leur victime. Que ce n'était pas compliqué si on avait le courage de faire en sorte que les restes ne paraissent plus humains. On pouvait alors les cacher sous le nez des flics qui passeraient devant sans les remarquer. Il prétend savoir ce qu'il fait uniquement pour me rassurer, pensa Sally, et elle ne répondit pas.

— On a passé le pire, souligna-t-il. On peut arrêter le whisky. Et on devrait essayer de manger quelque chose.

Elle secoua la tête.

— Je ne mangerai plus jamais de ma vie.

— Moi non plus. Je disais simplement qu'on devrait.

Ils ressortirent et entreprirent de répartir les morceaux en huit tas. Steve avait une pince dont il se servit pour arracher quelques dents de la mâchoire brisée de Goldrab. Faute d'étau, il la serra entre ses genoux afin de la maintenir solidement. Sally, qui prenait des photos avec le portable de Steve, entendait à chaque dent tirée de son alvéole un craquement qu'elle n'oublierait jamais, elle le savait. Sur une perceuse, il fixa un accessoire doté d'une lame hélicoïdale destinée à mélanger de la peinture, puis ils remplirent un seau de chair et de tendons. Après avoir entouré la perceuse de plastique pour empêcher les projections, Steve la mit en marche et l'enfonça dans le seau, encore et encore, pulvérisant les morceaux.

A une heure du matin, couvert de sueur, il se redressa pour regarder les huit grands sacs de supermarché gonflés par une pâte rouge impossible à identifier. Sally suggéra de réciter une prière. De faire un geste pour marquer la mort de Goldrab.

— Tu crois qu'il y a quelqu'un là-haut pour entendre ce genre de prière ?

— Je ne sais pas.

Elle se tenait dans l'encadrement de la porte et regardait fixement les sacs.

— C'est peut-être sans importance que nous y croyions ou non, argua-t-elle. L'important, c'est s'il y croyait, lui.

Steve secoua la tête.

— Excuse-moi, Sally, mais on n'a pas le temps pour une leçon de morale. S'il y a un dieu là-haut, ne lui fais pas perdre son temps avec l'âme de David Goldrab. Mais prie quand même, de toutes tes forces.

— Pour quoi ? demanda-t-elle.

— Pour nous.

41

Les nuages disparurent, et la lune, basse et resplendissante, apparut au-dessus de la campagne du Somerset. Sally disposa ses grandes marmites sur la pelouse, les remplit de produit anticalcaire et récura tout ce dont ils s'étaient servis : la perceuse, la tronçonneuse, le plastique, les sacs. Elle découpa ensuite le plastique en petits carrés grands comme des timbres postaux et les fourra dans un sac-poubelle. Pendant ce temps, Steve rassembla les vêtements qu'ils avaient portés, y ajouta les chaussures, les torchons, en fit un tas sur un massif de fleurs du côté ouest de la maison, versa de l'essence dessus et y mit le feu. Lorsque les flammes moururent, ils enterrèrent les cendres, tapissèrent de nouveau le plancher du coffre de l'Audi de plastique et chargèrent les sacs de supermarché. Un neuvième, contenant des cheveux et des fragments d'os qui n'avaient pas été broyés par le mixeur, alla à l'arrière. Les restes de Goldrab répandirent dans la voiture une odeur infecte d'abats et de matières fécales. Sally et Steve gardèrent leurs manteaux, mirent le chauffage à fond et baissèrent les vitres.

Steve était originaire de la campagne entourant Tauton. Randonneur, il avait sur ses étagères, soigneusement rangées selon leur numéro, toutes les cartes d'état-major des îles Britanniques. Il connaissait les terres voisines du Somerset, du Gloucestershire et du Wiltshire mieux que Sally, et avait déjà prévu un itinéraire. Passant par des rivières et des canaux, des forêts où les blaireaux cherchaient leur nourriture la nuit. Passant par l'estuaire boueux de la Severn, où Steve pataugea dans l'ombre grise géante de la centrale nucléaire désaffectée de Berkeley. Ils s'arrêtèrent à l'entrée des villages et firent passer leur pâte rouge à travers les grilles d'égout de la route ; ils traversèrent d'un pas lourd les champs des Mendips pour déverser le contenu du dernier sac sur le grillage protégeant les anciens puits de mine romains. L'oreille près du treillis métallique, Steve guetta les petits bruits mous de la bouillie heurtant les côtés du puits.

De temps en temps, Sally se tournait sur son siège pour regarder le visage de Steve éclairé par la lueur du tableau de bord, ses yeux rivés à la route. L'idée étrange lui vint que, pour la première fois de sa vie, elle avait fait quelque chose en collaboration avec quelqu'un. Une chose atroce, inimaginable, mais faite en commun par des égaux. Aussi fou que cela pût paraître, elle n'avait jamais été aussi proche de qui que ce soit de toute sa vie.

Il tourna la tête, la surprit à l'observer. Il soutint son regard une seconde et, pendant ce bref instant, quelque chose passa entre eux. Quelque chose qui la remua, telle une force étrange en train de se former. Comme une sorte d'exaltation au début des vacances, une envie de

crier et de danser. Elle jeta par la fenêtre une poignée de petits carrés de plastique et les regarda dans le rétroviseur, emportés par le vent tels des confettis, rougis par les feux arrière de l'Audi. C'était si beau qu'il aurait pu s'agir d'une célébration. Curieux comme tout dans la vie peut être trompeur, pensa-t-elle.

DEUXIÈME PARTIE

1

— J'ai quelque chose pour vous.

— Ce n'est pas trop tôt.

— Ces choses-là ne se font pas du jour au lende-main. Ce n'est pas comme ça que ça marche.

Le type à l'autre bout du fil – un employé de la SOCA, l'Agence chargée de lutter contre le crime orga-nisé – commençait à s'agacer de l'insistance de Zoë à lui soutirer une réponse. C'était lundi et, ces quatre derniers jours, elle avait appelé au moins deux fois par jour pour savoir si la demande de renseignements qu'elle avait sollicitée sur un pornographe de Londres surnommé London Tarn avait donné quelque chose.

— Peut-être pas du jour au lendemain, mais dans le courant de l'année prochaine, ça va, ce n'est pas trop demander ?

— Pas la peine d'être sarcastique.

Si vous n'étiez pas aussi lents, je n'aurais pas à l'être, voulut-elle rétorquer, mais elle pinça les lèvres, pianota d'un doigt sur son bureau et parvint à garder son calme. London Tarn avait été le gérant du club de Bristol dans lequel elle avait travaillé, la seule personne qui, à l'époque, connaissait sa véritable identité. Elle n'aurait jamais cru qu'elle entendrait à nouveau parler de lui ; elle pensait qu'il avait disparu à l'étranger. Apparemment, elle avait vécu en sursis, car il était resté au Royaume-Uni toutes ces années, quelque part dans la région, et si jamais il avait la moindre raison d'être envoyé en taule et d'entendre le nom de Zoë Benedict accolé au titre d'inspecteur, elle serait foutue, complètement foutue. C'est le problème avec le passé. On ne se rend vraiment compte de sa puissance que quand il est trop tard.

Elle se balança sur sa chaise avec impatience. Elle avait retrouvé son énergie, c'était toujours ça. Cette recherche l'empêchait de penser à Ben.

— D'accord, dit-elle. Je comprends. Merci pour ce que vous avez fait. Je reçois ça comment ?

— Par e-mail. Ça devrait déjà être sur votre ordinateur. A moins que votre webmaster ne soit du genre tatillon.

Elle saisit son mot de passe et parcourut rapidement sa boîte de réception. Il était là, un e-mail avec des pièces jointes.

— C'est bon, je l'ai.

— Certaines pièces manquent. S'ils ont fait de la prison, vous aurez une photo d'identité judiciaire, mais certains n'ont pas été condamnés, et on est en train de monter des dossiers sur eux. Alors, pour ceux-là, vous n'aurez peut-être pas de photo. Vous voulez qu'on regarde ça ensemble ?

— Ouais, bien sûr...

La langue pointant entre les dents, elle commença à faire défiler la liste des pièces jointes. La SOCA collectait des renseignements émanant d'organismes très divers : la bonne vieille Mondaine, les différentes brigades anticriminalité à travers le pays, les Douanes, la Direction de la consommation et de la répression des fraudes, et même le ministère du Travail et des Retraites. Les fichiers qu'ils transmettaient ressemblaient parfois à d'antiques captures d'écran MS-DOS. Elle en trouva un qui lui sembla prometteur et cliqua dessus. Une liste de noms défila sur l'écran.

— Ça fait un sacré paquet, on dirait. Il y a vraiment autant de pornographes que ça dans ce pays ?

— J'ai pourtant resserré la recherche du mieux que j'ai pu. Je n'ai trouvé aucun London Tarn nulle part.

— Pas étonnant, c'était probablement un simple surnom qu'il s'était choisi là-bas.

— C'était bien aux Londoniens que vous vouliez que je m'intéresse ?

— Aux Londoniens partis dans l'Ouest dans les années 90.

— Comme vous pouvez le voir, il y en a eu des tas. Et j'ai pensé que dans le lot certains vous intéressaient tout particulièrement. Il y a un certain Franc Kaminski. Il a fait fortune avec un site porno baptisé « myrich-daddy ». Ça fait des années qu'on lui court après. Le portail du site donne accès à un groupe de discussion qui s'apparente peu ou prou à un site pédophile.

— Franc Kaminski ? Polonais ?

— Ses parents, peut-être. Mais lui, il est londonien.

— Kaminski ? répéta-t-elle pensivement en tapotant ses dents avec son stylo. Non, ça ne me dit rien. Quand s'est-il installé dans l'Ouest ?

— 1998.

— Non, ce n'est pas lui. Le type que je cherche est arrivé en 1993. Et la pornographie infantile ne cadre pas avec son profil.

— D'accord, alors rayez-le de la liste, lui et les deux suivants, ils font aussi dans la pédopornographie. Jetez un coup d'œil sur Mike Beckton. Il est arrivé au début des années 80, difficile d'être plus précis. Il est en taule en ce moment. Il y a une photo.

— Ouais, je vois ça. Ce n'est pas lui. Et le type en dessous, dit-elle en examinant la photo d'un homme de type moyen-oriental. Halim Machin-truc, je n'arrive pas à prononcer, ce n'est pas lui. Mon client est blanc de chez blanc. S'il est quelque chose, ce serait juif.

— D'accord, ça en élimine un certain nombre. Continuez à faire défiler la page vers le bas. Il y en a quatre à la fin qui ont tous fait Londres-Bristol. Il n'y a pas de photos, mais ils sont tous classés IC1… blancs.

— Ça y est, je les vois. Jo Gordon-Catling ? Le nom ne colle pas, mais j'aimerais voir sa tête.

— Sa photo vient de nous parvenir ce matin. Je la scanne dès qu'on aura raccroché et je vous l'envoie. Les trois dernières viennent directement de chez vous. L'officier chargé de l'affaire a votre mail. Il vous les enverra plus tard.

Elle posa le doigt sur l'écran, regardant les derniers noms

— Mark Rainer ?

— Exact. On ne l'a toujours pas coincé, mais il est recherché pour importation de contenu pornographique contrevenant à la loi sur les infractions sexuelles… des trucs SM, mais, bien sûr, la législation sur le sujet a été complètement modifiée. Richard Rose, c'est un petit joueur, ça fait des années qu'il n'est plus en activité, on pense qu'il s'est acheté une conduite, mais ça vaut peut-être le coup d'y regarder de plus près. Le dernier, c'est le plus gros poisson du lot, avec des connexions à l'étranger. Des militaires. A la fin des années 90, il recrutait des nageurs de combat pour faire entrer du porno dans le pays. Il les payait mille livres chacun pour convoyer un bateau à Poole, où ils se mettaient au mouillage devant une des baraques de millionnaire de Sandbanks. La Crime de Londres l'a dans son collimateur, sans parler de leur unité chargée de lutter contre la cybercriminalité. Même la Direction des enquêtes spéciales, au fisc, lui a collé un sacré redressement. Mais le bonhomme est aussi glissant qu'une savonnette. On n'arrive pas à le coincer.

— OK, il s'appelle comment ?
— Goldrab.
— Goldrab ?
— C'est ça. David Adam Goldrab.

2

Il faisait chaud dans le bureau. L'imprimante continuait de ronronner, débitant des feuilles de papier brûlantes. Zoë fixait les noms du regard, les adjurant intérieurement de faire sens, d'évoquer quelque chose. Marc Rainer, Jo Gordon-Catling, Richard Rose, David Goldrab.

— Allez, London Tarn, murmura-t-elle. Tu es lequel des quatre ?

La documentation transmise ne lui était d'aucune aide. Elle avait besoin de mettre un visage sur les données. Et les mails de la SOCA et de l'équipe d'enquête pouvaient mettre des siècles à arriver. Elle repoussa sa chaise, alla dans la cuisine au bout du couloir et brancha la bouilloire. En attendant que l'eau chauffe, elle se mit à la fenêtre, regardant vaguement le parking. Des véhicules de patrouille manœuvraient, entraient et sortaient, des piétons allaient et venaient. Trouver London Tarn, après toutes ces années ? Elle ne savait vraiment pas quoi en penser.

Elle allait se retourner quand elle remarqua un agent et un adolescent en uniforme scolaire qui traversaient la cour. Elle colla son front à la vitre. Elle reconnut la tignasse blonde : c'était Peter Cyrus, le copain de Millie. Intriguée, elle éteignit la bouilloire et sortit dans le couloir au moment où le constable Goods émergeait de la salle des opérations, le nez sur un mémo.

— Goodsy ?

Il leva les yeux.

— Hmm ?

— Un des amis de Ralph Hernandez est dans les locaux. Peter Cyrus. Vous avez une idée de quoi il retourne ?

Il pencha la tête de côté.

— Vous n'êtes pas au courant ?

— Au courant de quoi ?

— Pour la caméra de surveillance ?

— Quelle caméra de surveillance ?

— Je croyais que tout le monde était au courant, moi.

— Eh bien, probablement tout le monde, mais pas moi. Vous savez, dit-elle en se tapotant le front, j'ai un écriteau là, où il est marqué : « Des infos importantes à partager ? Assurez-vous que je sois la dernière personne dans la confidence. »

Il haussa les épaules, l'air contrit.

— Ben a envoyé une équipe ratisser les pubs. Ceux où Hernandez était censé boire avec ses copains.

— Oui, et... dit-elle avec prudence.

— Il n'y était pas. Aucun d'eux. On a interrogé les habitués et le personnel, qui ont vérifié les tickets de caisse et les enregistrements vidéo. Ils ont tous menti.

3

Zoë ne voyait Peter Cyrus nulle part, mais elle tomba sur Nial Sweetman, rencogné sur une chaise de l'accueil, l'air maussade. Elle le vit à travers la porte vitrée au bout du couloir et son expression disait qu'il aurait préféré être n'importe où plutôt qu'ici. Il leva les yeux en entendant la porte s'ouvrir, et quand il la vit, une vague lueur d'espoir passa sur son visage. Elle secoua la tête.

— Non, ce n'est pas moi qui vais t'interroger, désolée.

Il baissa à nouveau la tête, les coudes sur les genoux, les yeux rivés par terre. Zoë jeta un coup d'œil au sergent à l'accueil, qui parlait au téléphone en regardant par la fenêtre. Il était distrait. Elle alla se planter près de Nial, les bras croisés, en surveillant le sergent du coin de l'œil, et parla tout bas, la bouche en coin.

— Je ne devrais pas t'adresser la parole. Ça pourrait me valoir de gros ennuis. On pourrait même t'inculper d'entrave à l'action de la police.

— Je sais, marmonna-t-il. C'est ce que dit mon père.

— Qu'est-ce qui t'a pris de faire ça ?

L'adolescent haussa les épaules.

— Parce que c'est un pote. Parce que je pensais que c'était une bonne idée. D'ailleurs, c'est ce que je vais leur dire. Que c'était mon idée.

— C'était le cas ?

— Bien sûr, affirma-t-il évasivement. Et c'est ce que diront Ralph et Peter.

— Tu sais dans quel merdier tu vas te retrouver.

— C'est un pote, dit-il d'un ton féroce, et entre potes, on se serre les coudes.

Zoë secoua la tête. Les gens étaient décidément incorrigibles. Le sergent d'accueil était toujours au téléphone ; il bâillait en se grattant le torse.

— Alors, Nial, murmura-t-elle, quand ils vont te demander où tu étais vraiment ce soir-là, qu'est-ce que tu vas répondre ?

— Que j'étais chez moi.

— Avec Ralph ?

— Eh bien…

L'adolescent se tortilla sur sa chaise, mal à l'aise.

— Alors, quoi ?

Il se frotta le nez et jeta un coup d'œil à la rue éclaboussée de soleil par la porte ouverte. Il la regarda avec avidité, comme s'il était sur le point de signer un pacte avec le diable et savait que c'était peut-être la dernière fois qu'il voyait la lumière du jour.

— Nial ?

— Non, avoua-t-il. Pas avec lui. Je ne sais pas où il était. Mais je vous promets une chose, dit-il en levant les yeux sur elle, le visage couvert de plaques rouges. Je vous promets qu'il n'était pas en train de faire du mal à Lorne Wood.

4

Zoë retourna à son bureau, les dents tellement serrées qu'elles lui faisaient mal. Elle n'arrivait pas à chasser le visage de Ralph de son esprit, la peur bleue qu'il avait de ses parents. Elle ne pouvait pas s'empêcher de penser à Nial non plus – « Il n'était pas en train de faire du mal à Lorne Wood ». Nial savait ce qui n'était pour elle qu'une simple intuition : Ralph n'était pas un tueur.

La porte de la salle des opérations était entrouverte, le tableau blanc couvert de notes griffonnées, la photo de Ralph punaisée au mur. Elle passa devant, entra dans son bureau et considéra la montagne de dossiers. Là-dedans, il y avait *peut-être* quelqu'un qui savait *peut-être* quelque chose prouvant qu'ils faisaient *peut-être* tous fausse route. Quelque chose qui disculperait Ralph. Elle se laissa tomber sur sa chaise, gagnée par un sentiment de défaite. Beaucoup de « peut-être » et rien de concret. Ralph n'avait pas la moindre chance. Pas une putain de chance.

Une porte claqua quelque part. Sans se lever, elle entrebâilla la sienne du bout du pied. Ben marchait dans le couloir. Un dossier sous le bras, ses lunettes dans l'autre main. Il avait les traits tirés, comme si cette affaire lui prenait vraiment la tête. Nial le suivait, le dos voûté, mal à l'aise, jouant la nonchalance et ne réussissant qu'à paraître sournois. Ils n'échangeaient pas un mot.

Zoë allait battre en retraite quand la porte du bureau de Ben s'ouvrit sur Debbie. Elle portait une robe en dentelle couleur crème, féminine et innocente, et à ses pieds bronzés, des sandales vert vif. Il y avait quelque chose de dansant dans son pas, comme si elle profitait pleinement de la vie. Son expression changea quand elle aperçut Nial. Elle s'immobilisa devant la porte, croisa les bras et le regarda passer en fronçant les sourcils. Comme une principale qui viendrait de se retrouver nez à nez avec le plus grand perturbateur de l'école. Il leva les yeux sur elle d'un air maussade, et lentement, très lentement, Debbie secoua la tête. Si on avait traduit son geste en paroles, cela aurait donné : *Espèce de petit crétin.* Puis, comme s'il n'y avait pas de spectacle plus navrant, elle tourna les talons et s'éloigna dans la direction opposée.

Avant qu'on puisse la voir, Zoë referma la porte d'un coup de pied et retourna sa chaise vers l'ordinateur. Le visage brûlant, elle remonta sa manche droite et examina sa peau. Couverte de marques et de croûtes. Elle trouva un morceau de peau qui n'était pas lésé. Il serait facile d'y enfoncer les ongles… tellement facile. Elle ferma les yeux. Tu n'es pas obligée, Zoë. Ne le fais pas.

L'ordinateur émit un bip pour lui signaler l'arrivée d'un e-mail. Elle rouvrit les yeux, battit des paupières en regardant l'écran. Il avait été envoyé par un inspecteur de l'équipe d'enquête. Il y avait un trombone à côté de l'intitulé du message. Elle baissa la manche de son chemisier et cliqua sur la pièce jointe. Il s'agissait de trois fichiers JPEG : Marc Rainer, Richard Rose et David Goldrab.

Elle cliqua d'abord sur Marc Rainer. La photo le montrait en train de quitter un café dans une rue quelconque en compagnie de deux Noirs affublés de pantalons moulants et de coupes afro, comme s'ils voulaient jouer dans un film de la blaxploitation. Rainer était râblé et portait un col roulé moutarde sous un blouson en cuir marron. Ce n'était pas London Tarn. La seconde photo avait été prise en détention. Richard Rose. Le patronyme était anglais, mais ses origines étaient orientales, turques peut-être, ou bien chypriotes. Elle cliqua sur le troisième. Et resta là, le souffle coupé, le regardant droit dans les yeux.

London Tarn. C'était London Tarn, sans aucun doute possible. Des années et des années s'étaient écoulées, mais elle l'aurait reconnu n'importe où.

Il s'appelait David Goldrab.

5

— Vous avez déjà entendu parler de David Goldrab ?

L'inspecteur en tenue leva les yeux des feuilles d'heures supplémentaires qu'il était en train de signer. Zoë se tenait dans l'embrasure de la porte, bras croisés.

— David Goldrab. Apparemment il a des contacts dans notre secteur.

L'inspecteur posa son stylo et la regarda posément.

— Oui, dit-il avec circonspection. Pourquoi ?

— Oh, pour rien. Son nom a fait surface, c'est tout. Je m'intéresse à son cas…

Elle s'interrompit. La contrariété contractait les traits de l'inspecteur.

— Qu'est-ce qu'il y a ? s'enquit-elle. Qu'est-ce que j'ai dit ?

— Rien. C'est juste que…

Il jeta un coup d'œil au téléphone.

— … David Goldrab, vous dites ?

— C'est bien lui.

— J'étais au téléphone avec son frère il y a environ une heure. Un charmant personnage. Il appelait de

307

Londres, m'a traité de « sale pédé » entre autres amabilités. Il a aussi fait allusion à mon penchant pour les moutons.

— Son frère ?

— Cela fait pratiquement quatre jours que Goldrab n'a pas donné signe de vie. Il habite du côté de Hanging Hill, et, d'habitude, il a sa mère au téléphone à Londres tous les jours, matin et soir. Mais il n'a pas répondu à ses appels et maintenant la mère fait des crises à répétition, le frère pète un câble, et on serait censés mettre toute la police de l'Avon et du Somerset sur la brèche pour retrouver ce pauvre type. Alors comme ça, il a fait de la taule ? Je l'ignorais.

— Non, jamais, corrigea Zoë d'un ton distant.

Elle pensait à Hanging Hill. Au nord de la ville. La colline était orientée au nord, face à la Chenille. Un endroit étrange, humide et un peu isolé. Il y avait un arrêt de bus, sur la ligne qui passait par Beckford's Tower, où Ralph déclarait avoir retrouvé Lorne le soir de sa mort, et continuait jusqu'à l'arrêt du canal.

— Il aurait dû aller au trou, en fait, mais il est passé sous le radar. C'est un malin. Vous avez lancé quelque chose ?

— Le Renseignement va s'occuper de son téléphone plus tard, et de son compte bancaire, le cas échéant, mais il ne s'agit pas exactement d'une personne vulnérable. Une patrouille va passer chez lui pour s'assurer que tout va bien.

— Ils sont déjà partis ?

Il se leva et tendit le cou pour regarder le parking par la fenêtre.

— Non. Ils prennent la voiture banalisée. Elle est toujours là.

— Très bien. Appelez-les pour leur dire de laisser tomber. Il faut que je passe par Hanging Hill dans une vingtaine de minutes. Ça leur évitera le dérangement.

— Ce n'est quand même pas pour nous rendre service ?

— Vous rendre service ? Oh, non, certainement pas, dit-elle en tapotant ses poches pour y trouver ses clés. Je vous l'ai dit, c'est juste que c'est sur mon chemin.

6

Le sud-ouest du pays avait la primeur des conditions climatiques qui régnaient sur l'Atlantique. C'était le premier à essuyer les tempêtes et le premier à bénéficier de l'influence du Gulf Stream. Son boulot consistait à dompter les dépressions pour le reste du pays, à les filtrer avant qu'elles passent au-dessus des grandes villes de l'Est. Cette région s'était par ailleurs habituée à être la dernière à recevoir le soleil. L'aube prenait son temps au-dessus de la Russie, de l'Europe continentale, éclairant peu à peu la France, puis les ferries et les petites embarcations de la Manche, progressant vers l'intérieur des terres, vers Londres, avec ses tours de verre et ses immeubles d'acier qui grignotaient le dessous du ciel. Quand la lumière du jour trouvait enfin Bath, elle s'était lassée de la terre et attendait avec impatience le bleu de l'Atlantique. Si les soirées à Peppercorn Cottage étaient pareilles à de longs incendies qui embrasaient le ciel, les matins semblaient fatigués, sans enthousiasme et mornes, comme si la lumière était là faute d'avoir trouvé mieux.

Ce lundi matin-là, le temps était brumeux. Millie était partie au lycée, et Sally et Steve prirent le petit déjeuner à la table de la cuisine, à côté de la fenêtre. Après quoi ils restèrent là sans rien se dire, à contempler le jardin et les champs. Sur la table, entre eux, une cafetière à piston vide et une assiette de croissants à laquelle ils n'avaient pas touché. Ils n'avaient pas beaucoup d'appétit ; depuis jeudi, ils se sentaient fatigués, constamment fatigués. Sally avait pris son vendredi et Steve avait reporté son voyage à Seattle. Ils paraissaient aussi vidés l'un que l'autre.

Une biche apparut, reniflant la haie au fond du jardin, sa silhouette estompée dans la brume matinale. Ni Sally ni Steve ne bougèrent, mais l'animal devina peut-être leur présence, ou bien sentit les traces de David Goldrab, réduit à dix sacs plastique renflés et fermés par un nœud, car, sans crier gare, elle tressaillit, se tourna vers la fenêtre, puis s'enfuit d'un bond.

Sally se leva et s'approcha du vaisselier. Elle prit une petite clé dans sa poche, ouvrit un tiroir et en sortit une boîte en fer dont elle ôta le couvercle et qu'elle rapporta à la table. Elle contenait divers objets : des photos ; la chevalière de David Goldrab avec les quatre diamants et l'émeraude – un diamant pour chaque million engrangé, l'émeraude quand il était parvenu au cinquième ; le trousseau de clés de sa maison, hérissé de breloques électroniques et lesté de deux dés en or massif ; et cinq dents. Steve avait choisi les plus caractéristiques, celles qu'on voyait le plus sur les photos : deux incisives, remplies de composite blanc, et trois autres, des molaires, avec des amalgames en or. Leurs racines fines et pointues étaient ternes et brunies par le sang.

— Je ne peux pas garder ça ici plus longtemps. On ne sait jamais, avec Millie à la maison.

— Je trouverai un endroit où les cacher. Un endroit sûr.

— Est-ce qu'on fait comme prévu ? Tu sais, **avec**…

Elle se mordit la langue. Elle avait failli dire Mooney.

— … avec les gens de Londres.

— Je les vois demain. Après ça, tout sera réglé, promit-il en regardant la date sur sa montre. J'étais censé rentrer d'Amérique aujourd'hui.

— Je sais.

— Je vais quand même devoir le faire, ce voyage. Et bientôt. Je ne peux pas le reporter une deuxième fois. Il faut que je reprenne le cours de ma vie. Toi comme moi. Il faut qu'on se comporte comme s'il ne s'**était rien** passé.

— Oui, acquiesça Sally en hochant la tête. Ça aussi, je le sais. Ça va aller.

Elle repoussa sa chaise, se leva et commença à passer son tablier HomeMaids. Lorsque David l'**avait** engagée, il avait demandé à l'agence de modifier les jours où les Polonaises et elle venaient travailler. C'était le jour que la direction avait choisi. Comme on n'avait pas parlé de David Goldrab aux informations, elle savait qu'elle devait se rendre à Lightpil House comme si de rien n'était. Si elle annulait, ou faisait quoi que ce soit qui sorte de l'ordinaire, elle ne manquerait pas d'attirer l'attention de la police. La légère ecchymose que David lui avait faite à la joue en la poussant contre le coffre de la voiture avait déjà disparu. Elle n'avait vraiment aucune excuse à présent.

— Pars en Amérique. Je me débrouillerai.

— Sally ?

Elle leva les yeux.

— Quoi ?

— Tu sais que tout va finir par s'arranger, hein ?

Dans la lumière du matin, Steve paraissait plus vieux. Avec sa barbe naissante, il donnait l'impression d'avoir vécu à la dure pendant des années.

— Tu es sûr ?

— Tu as fait de ton mieux dans une situation difficile. Et il n'y aura pas de châtiment divin pour ça. Tu ne seras pas punie. Tu me crois ?

Elle ferma les yeux. Les rouvrit lentement.

— Peut-être, dit-elle. Peut-être.

7

Dès que Zoë franchit la crête sur le chemin conduisant à Lightpil House, elle sut que Jacqui avait raison, qu'à un moment ou à un autre quelque chose avait radicalement changé pour le petit gars de Londres venu s'installer dans l'Ouest dans les années 90. La maison qui se dressait de l'autre côté du mur avait tout d'un palais méditerranéen, avec ses murs blancs et sa terrasse à balustrade baignée de soleil. David Goldrab avait dû découvrir qu'il comptait un employé du service de l'urbanisme de Bath parmi les abonnés de son site porno pour avoir obtenu le permis de construire Lightpil House. Car le résultat était immonde. Franchement immonde.

Elle ralentit à une vingtaine de mètres des grilles d'entrée, arrêta la Mondeo sur une petite aire de stationnement et étudia son reflet dans le miroir du pare-soleil. S'il était chez lui, il ne la reconnaîtrait pas après toutes ces années. En revanche, il se souviendrait peut-être du nom, Zoë Benedict. Dans sa poche, en plus de sa propre plaque, il y en avait une autre, au nom d'Evie Nichols. Elle l'avait trouvée des années auparavant, poussée sous une table d'un coup de pied au cours d'une fête tapageuse entre collègues. Elle aurait dû la restituer à sa propriétaire, mais elle avait préféré la conserver toutes ces années, convaincue qu'un jour ou l'autre elle lui rendrait service. De toute façon, elle se disait qu'elle n'en aurait certainement pas besoin. S'il ne répondait pas au téléphone, c'est que Goldrab n'était sans doute pas chez lui. Elle tremblait quand même quand elle s'avança lentement jusqu'à la grille, se pencha par la fenêtre et appuya sur l'interphone.

Personne ne répondit. Elle patienta deux minutes, sonna à nouveau. Comme elle n'obtenait toujours aucune réponse, elle gara la voiture sur le côté et suivit la clôture d'enceinte jusqu'à trouver une brèche dans la haie. Elle se faufila à travers et se retrouva sur la pelouse du parc. Elle brossa ses vêtements et contempla la maison avec ses immenses fenêtres et son jardin d'hiver. Lorne, pensa-t-elle, as-tu jamais été dans ce jardin ? Sur ce patio ? Ou derrière une de ces fenêtres ? Ne serait-il pas extraordinaire que nous ayons cela en commun, en plus de tout le reste ?

Elle monta silencieusement le perron jusqu'à l'immense terrasse de grès, puis longea l'arrière de la maison en regardant à l'intérieur du jardin d'hiver haut de deux étages les grands palmiers et les meubles en osier. Le soleil y entrait à flots. En mettant sa main en visière contre la fenêtre, elle constata que tous les filaments des lampes halogènes étaient incandescents, et qu'un journal avait été oublié sur un des coussins. Soudain intriguée, elle s'approcha de la porte vitrée et tourna la poignée. Elle n'était pas fermée. Elle passa la tête à l'intérieur, le regard tourné vers la verrière, s'attendant au bip-bip-bip familier d'un système d'alarme. Mais rien.

— Ohé ! Il y a quelqu'un ?

Silence. Elle renifla. L'air était confiné et il faisait trop chaud, comme si on avait laissé le chauffage allumé. Il y avait de la condensation sur les vitres. Disparu, hein ? Disparu ? Elle dénicha une paire de gants en latex au fond de ses poches. Elle les enfila et entra, contemplant l'immense espace autour elle. Incroyable, se dit-elle. Tout ça parce que les gens aimaient regarder d'autres gens faire l'amour. Elle entra dans la vaste cuisine et regarda toutes les dorures, le marbre, les spots encastrés. Deux verres étaient posés sur la table de la cuisine, dont une coupe de champagne à moitié pleine. Un sandwich entamé était en train de rassir dans une assiette à côté du réfrigérateur. Dans le micro-ondes, elle trouva une assiette de pâtes, également ratatinées et figées. Elle ouvrit le réfrigérateur et y vit une bouteille de champagne sans bouchon. Elle passa en revue son contenu : flacons de vitamines, briques de jus d'orange, paquets de bacon et de saucisses. Quatre gros morceaux de fromage emballés dans du film alimentaire étaient disposés sur un plateau en marbre. Elle prit un sachet de salade et vérifia la date de péremption : 15 mai. La veille.

— Ohé ! Monsieur Goldrab ?

Elle se tenait dans l'entrée et appelait au pied de l'escalier. Aucune réponse. Elle gravit les marches en marbre, ses pas résonnant dans l'entrée, et inspecta la totalité du premier étage, les deux ailes de la maison, ouvrant des pièces où personne ne semblait avoir mis les pieds depuis que la maison était terminée. Il y avait une salle de gym, un home-cinéma, une baignoire à pattes de lion avec un robinet en forme de cygne, et, dans une des chambres, un lit à baldaquin dans lequel on aurait pu dormir à dix. Aucun signe de David Goldrab. En retournant sur le palier, elle remarqua une petite armoire vitrée ouverte, avec une photo de safari nocturne dans le fond. Deux bras en aluminium étaient montés dans la photo. Il s'agissait d'une vitrine d'exposition. Vide. Zoë ouvrit et ferma la porte, examinant la serrure, puis le support. Quel que soit l'objet qui avait disparu, il était important.

Elle fouilla le rez-de-chaussée et n'y trouva toujours aucun signe de Goldrab. Donnant sur le jardin à l'arrière de la maison, un bureau était rempli de rangées d'écrans et de lecteurs DVD ; tous noirs, avec des diodes rouges qui clignotaient sur leurs surfaces brillantes. Une bibliothèque, faite sur mesure dans un bois brun-rouge, du noyer peut-être, occupait tout un mur. Elle était pleine de photographies. Il y avait deux ordinateurs, en veille. Lorsqu'elle effleura la souris du premier, l'écran s'anima. Un tableau rempli de chiffres sur trois colonnes. Une petite secousse suffit également à réveiller le second PC. Celui-ci affichait diverses icônes de fichiers vidéo. Elle jeta un coup d'œil aux titres : *Bukkake à Gateshead ; Bukkake à Mayfair*. Des *bukkake*, comme l'avait dit Jacqui. Bon Dieu, Lorne, si j'aperçois ton visage dans un de ces trucs, je promets de trouver un moyen pour que ça ne se sache pas.

Elle baissa les stores, s'assit dans le fauteuil pivotant et commença à ouvrir les fichiers, qu'elle visionna les coudes plantés sur le bureau, les lèvres serrées. Jacqui avait raison : le *bukkake* était vraiment une pratique ignoble. A sa connaissance, il n'y avait là rien d'illégal, mais n'empêche, c'était répugnant, et Zoë avait pourtant un seuil de tolérance très élevé pour ce genre de choses. Elle espérait sincèrement qu'elle n'allait pas croiser le regard de Lorne sur le sol d'une de ces fosses aux ours.

Elle était tellement concentrée sur les visages des filles qu'elle ne reconnut pas la vedette masculine du spectacle avant la troisième vidéo. Jake. Jake le Piquet ! Seigneur, se dit-elle, elle était bête à manger du foin, parfois. Tout le monde au poste s'était demandé ce que Jake avait trouvé pour ne plus faire parler de lui ces derniers temps, sachant qu'il ne devait pas se contenter de dealer à la sortie des écoles. Mais star du porno ? Ce vieux Jake ? Personne n'avait envisagé cette possibilité. Et personne n'aurait deviné à quoi il devait son surnom. Elle eut un rire sec.

— Alors, mon Piquet, murmura-t-elle en regardant l'écran. C'est donc ça ton petit secret.

Le monde était décidément un endroit tordu.

Elle mit deux heures à passer les disques durs au peigne fin. Elle était désormais sûre à 99,9 pour cent que Lorne ne figurait pas sur les vidéos. Le visage d'une ou deux actrices, qui ne faisaient que de brèves apparitions, n'était pas tout à fait net. Elle nota les séquences où elles apparaissaient. Elles n'étaient pas blondes, comme Lorne, mais elle avait pu mettre une perruque. Quand un technicien du Central passerait prendre les ordinateurs, Zoë demanderait à ce que ces visages soient travaillés. Elle repoussa le clavier et, s'aidant du pied, fit pivoter son fauteuil. Les rayonnages de la bibliothèque défilèrent à toute vitesse, puis la fenêtre, avec vue sur les pelouses, la piscine et les arbres dehors. Tous les DVD et les ordinateurs.

Elle arrêta le fauteuil. Croisa les bras et resta là à réfléchir à la situation. De la nourriture entamée ? Un ordinateur laissé en veille avec tous les trucs craignos qu'il y avait dessus ? Les portes non verrouillées ? Les lumières allumées et le téléphone qui reste muet ? Elle n'avait aucune certitude, vraiment aucune, mais si ce n'était pas trop beau pour être vrai, trop commode, alors la flic en Zoë en aurait déduit que M. Goldrab, le seul homme à pouvoir établir un lien entre elle et ce club de Bristol, n'était plus de ce monde.

8

Bien que l'on ait réduit les heures qu'elles faisaient chez David, les Polonaises étaient de bonne humeur ce matin-là. Marysieńka partait en vacances avec son petit ami chauffeur de bus la semaine suivante, et Danuta avait rencontré un Anglais sympa au Back to Mine, une boîte du centre de Bath.

— Il est grand et il a plein de… dit-elle en frottant ses doigts les uns contre les autres. Si tu as ça, expliqua-t-elle à Sally, assise sur la banquette arrière, tu n'as pas besoin d'avoir ça.

Elle écarta alors ses mains d'une vingtaine de centimètres, puis réduisit la distance à cinq.

— Ce n'est pas grave.

A côté d'elle, Marysieńka rit aux éclats et frappa le volant de la paume.

— Ce n'est pas grave du tout ! gloussa-t-elle. Ça ne fait rien si tu as une saucisse-cocktail dans le slip.

Le soleil était haut dans le ciel quand elles arrivèrent à Lightpil House. Elles stoppèrent la petite Honda rose sur l'emplacement gravillonné au pied de la propriété. Sally n'arrivait pas à détacher ses yeux du sol. Mais il ne restait plus de sang, pas une tache. Rien. Elle descendit de voiture et leva le regard sur la maison. L'endroit paraissait plus silencieux que d'habitude mais, bien entendu, c'était parce qu'elle savait. Elle suivit les autres dans l'allée. Danuta avait retiré ses talons hauts et les avait mis dans son kit de nettoyage afin de pouvoir marcher pieds nus. Des fleurs poussaient partout – d'aériennes boules d'allium violettes, et déjà quelques cœurs-de-Marie, avec leurs fleurs blanches tombantes qui ressemblaient à des clochettes. Il était impossible de deviner ce qui s'était passé ici. C'était la dernière chose qui venait à l'esprit.

La porte de la buanderie était ouverte, comme souvent. Elles entrèrent, posèrent leurs kits de nettoyage. L'endroit était exactement tel que Sally l'avait laissé. Des toiles d'araignées se formaient peut-être déjà, recouvrant les appliques murales, la poussière se déposait peut-être sur les surfaces, les ordinateurs et les immenses téléviseurs, mais tout paraissait exactement pareil. Les verres à champagne étaient toujours sur la table où David et Jake s'étaient assis pour boire.

— Pas de liste, soupira Danuta, en regardant sous deux ou trois journaux. Sale gros bonhomme, tu n'as pas laissé de liste.

— Doum-di-doum-di-da, fredonna Marysieńka.

Elle alla à la porte et cria dans l'entrée :

— Monsieur Goldrab ?

Silence.

— Monsieur Goldrab ?

Elle s'avança jusqu'au bas des marches en enfilant ses gants en caoutchouc, les yeux tournés vers le palier.

— Vous êtes là ?

Elle patienta un moment. Comme personne ne répondait, elle retourna dans la cuisine en haussant les épaules.

— Pas là.

Elle alluma la machine à café, ouvrit le réfrigérateur, sortit du lait et remplit le mousseur pendant que Danuta cherchait des tasses. Sally posa son matériel et fit mine de sortir ses produits, de se préparer à effectuer un travail qui ne se ferait pas. Elle s'appliquait tellement à paraître naturelle qu'elle mit un moment avant de se rendre compte que les filles s'étaient tues. Elles avaient cessé de vaquer à leurs occupations et, les mains figées sur des bouteilles de lait et des tasses de café, tournaient leur visage vers la porte.

Quand Sally se retourna, elle comprit pourquoi : une femme se tenait sur le seuil. Très grande, en jean, les cheveux roux flottant sur ses épaules, une carte de police tendue à bout de bras. Sally la dévisagea, son cœur désorienté sombrant d'un coup dans sa poitrine.

Il y eut un moment de silence. Puis la femme baissa sa carte en fronçant les sourcils.

— Sally ? dit-elle. *Sally !*

9

— Sally Cassidy.

Zoë écrivit le nom. Elle avait déjà interrogé les deux Polonaises et les avait laissées partir. Sally et elle se trouvaient à présent dans son bureau, porte close.

— J'utilise ton nom de femme mariée.

— Je ne le suis plus.

Zoë leva la tête et la regarda avec attention. Sally était assise de l'autre côté du bureau, les mains sur les genoux. Ses cheveux étaient tirés en arrière, elle n'était pas maquillée et portait un petit tablier rose avec Home-Maids écrit dessus. Devant elle, une bouteille de Lucozade qu'une des Polonaises lui avait donnée en guise de remontant, parce qu'elle avait mal réagi à la disparition de Goldrab. Son visage était pâle sous les taches de rousseur, et ses lèvres avaient pris une teinte bleuâtre.

— Je vais quand même l'utiliser. Parce que je ne devrais pas t'interroger, étant donné que tu es ma sœur.

— D'accord, je comprends.

Zoë souligna le nom d'un trait. En ajouta un autre. C'était bizarre. Tellement bizarre.

— Sally, ça fait combien de temps ?

— Je ne sais pas.

— Des années, sûrement.

— Sûrement.

— Oui, enfin bref, se reprit-elle en tapotant le bureau avec son stylo : On n'est pas obligées d'y passer la journée. Je vais te poser les mêmes questions qu'à Danuta et Marysieńka. Ensuite tu pourras t'en aller.

— Mes réponses ne seront pas les mêmes.

— Pourquoi ça ?

— Parce que je travaillais pour David à titre privé. Nous avions un arrangement.

— Un arrangement ?

— Je ne l'ai pas dit aux filles, et je ne l'ai pas dit à l'agence, mais je travaillais pour lui et il me payait de la main à la main.

— Les filles ont déclaré qu'il avait réduit leurs heures récemment… changé leur jour ?

— Oui, c'est parce que j'avais commencé à travailler pour lui.

Sally joignit les mains sur la table.

— Il n'avait plus besoin d'elles.

Le regard de Zoë se posa sur les mains de sa sœur, sur l'auriculaire de la droite, qui était tordu. Il fallait le savoir pour le remarquer ; il s'agissait d'une très légère déviation de l'articulation, qui faisait tourner le doigt sur lui-même. Elle détourna le regard, reporta son attention sur ses notes. Il serait tellement facile de revenir à cette main, de revenir à l'accident, au moment où sa vie avait basculé. Elle tapota son stylo-bille, plus fort, sur le bureau. Un, deux, trois. S'arracha à ses pensées pour revenir à l'interrogatoire.

— Quand tu dis travail, qu'est-ce que tu faisais exactement ?

— J'étais sa gouvernante. Je faisais le ménage, comme avant, mais je me chargeais aussi des tâches administratives. Je n'ai fait que quelques journées pour l'instant.

— Quelques ?

— Oui.

— Combien, au juste ?

Sally hésita.

— Une. Une seule en fait.

— Une. Tu n'as pas l'air d'en être sûre.

— Si, si, j'en suis sûre. Tout à fait sûre.

— C'était quel jour ?

— Mardi dernier. Il y a une semaine.

— Mardi, tu es certaine que c'était mardi ?

— Oui.

— Et tu n'y es pas retournée depuis ?

— Non.

— Et tu t'occupais de ses affaires ?

— De ce qui concernait la maison. Je payais les factures, j'engageais des gens pour effectuer des travaux.

— Lightpil House est immense. Les jardins... il devait avoir besoin de quelqu'un pour les entretenir ?

— Les jardiniers viennent une fois par semaine. Les frères Pultman. Ils sont de Swindon.

— Pultman, répéta Zoë en notant le nom avec soin. Et le type de la piscine ?

— Il travaille pour une entreprise de Keynsham.

— Quelqu'un d'autre ?

— Je ne vois pas, non.

— Il te parle beaucoup, David Goldrab ?

— Pas vraiment.

— Pas vraiment ? Ça veut dire quoi, ça ?

Sally tripota l'étiquette sur la bouteille.

— Ça veut juste dire pas beaucoup.

L'attention de Zoë se reporta machinalement sur les mains de Sally. Sur le doigt à peine déformé. Mon Dieu, le passé revenait en force ces temps-ci. Comme les bourrasques de neige derrière la fenêtre dans son rêve.

— Bon, à part aujourd'hui, la dernière fois que tu es venue, c'était quand ?

— Mardi dernier, comme je t'ai dit.

— Tu n'as rien remarqué de suspect ?

Sally continua à tripoter l'étiquette.

— Non, pas vraiment.

— Et il n'a jamais dit qu'il comptait s'absenter ?

Elle secoua la tête.

— Tu vois, confia Zoë, tout dans cette maison me dit que quelque chose est arrivé à M. Goldrab. Pour être honnête, je patauge un peu. S'il lui est arrivé malheur, je suis bien embêtée, parce que je ne sais pas par où commencer. Alors si quelque chose te revient, n'importe quoi, même si c'est complètement insignifiant, tout ce que tu pourras ajouter à tes déclarations… dis-le, parce que là, je…

— Jake, coupa Sally abruptement, Jake.

Zoë cessa d'écrire.

— Je te demande pardon ?

— Il s'est présenté quand j'étais là. David l'a appelé Jake le Piquet.

— Il ressemblait à quoi ?

— Pas très grand. Les cheveux coupés assez court. Métis, peut-être, je ne sais pas trop.

— Il conduit un 4×4 violet ?

— Oui. Tu le connais ?

— On peut dire ça. Alors, Sally, poursuivit-elle en penchant la tête de côté, quand Jake est arrivé, qu'est-ce qui s'est passé exactement ?

— Ça a tourné au vinaigre. Il y a eu une dispute. Ensuite il est parti.

— Une dispute ? A quel propos ?

— Ce Jake n'était pas venu depuis des mois, et puis il s'est présenté et il a essayé d'utiliser le code de David pour ouvrir la grille. Je crois que c'est à cause de ça. J'étais dans le bureau et ils étaient dans l'entrée, alors je n'ai pas tout entendu. Ils ont crié un moment... et puis Jake est parti.

— Il n'a pas dit qu'il reviendrait plus tard dans la semaine ? Est-ce qu'il aurait pu revenir jeudi pour terminer la discussion ?

— Je n'en sais rien. Je ne l'ai pas entendu dire qu'il reviendrait.

— On a trouvé une arbalète dans la buanderie. Tu l'as vue ce matin, n'est-ce pas, tu as vu où on l'a trouvée ?

Sally confirma d'un signe de tête.

— Et tu ne sais pas comment elle est arrivée là ?

Zoë surveillait les doigts de Sally. Ils déchiraient l'étiquette à présent.

— C'est bizarre de mettre une arbalète là. Et ensuite de laisser toutes les portes ouvertes et d'aller faire un tour en voiture.

— Je l'ai toujours vue sur son support sur le palier. Je nettoyais régulièrement la vitrine.

— Tu ne l'as jamais vu s'en servir ?

— Non.

— Et tu n'es pas retournée à Lightpil depuis mardi dernier ? Tu n'y étais pas jeudi, par exemple ? C'est la dernière fois que quelqu'un lui a parlé.

Elle secoua la tête. Serra ses bras autour d'elle comme si quelqu'un avait brusquement ouvert la fenêtre.

— Qu'est-ce qui te rend si nerveuse, Sally ? Pourquoi tu es tendue comme ça ?

— Quoi ?

— Tu trembles.

— Non, je ne tremble pas.

— Si, tu trembles. Tu trembles comme une feuille. Et tu ne tiens pas en place.

— Ça a été un choc.

— Quoi, la disparition de Goldrab ? La Lucozade est censée t'aider à te remettre. Ça ne marche pas ?

— Je ne m'attendais pas à te voir.

Elle frissonna, détourna à nouveau le regard et s'étreignit avec plus de force, en se frottant les bras.

— C'est tout, je peux y aller maintenant ?

Zoë ne répondit pas tout de suite. Elle fit tournoyer son stylo pensivement.

— J'étais au courant pour le divorce, finit-elle par dire. Les parents n'ont rien dit, mais les nouvelles vont vite dans cette ville, n'est-ce pas ? J'ai été désolée d'apprendre ça.

— Oui, enfin, ça fait longtemps maintenant.

— Si ça ne t'ennuie pas que je pose la question, pourquoi es-tu partie ?

— Je ne suis pas partie. C'est lui qui m'a quittée.

Zoë cessa de jouer avec son stylo.

— Il t'a quittée ?!

— Oui. Il y a plus d'un an et demi.

Elle ne savait pas quoi dire. Elle étudia sa sœur, l'observa avec toute son attention. Une femme séduisante entre deux âges, mais pas d'une beauté renversante. Ses cheveux avaient perdu la blondeur pure et citronnée de l'enfance et étaient plus ordinaires à présent. Les vêtements sous le tablier, bien que de bon goût, étaient usés jusqu'à la trame. Elle travaillait comme femme de ménage. Femme de ménage et gouvernante pour un pornographe. Julian l'avait quittée et elle élevait Millie seule. Surgie de nulle part, une gigantesque et terrible vague monta en Zoë. L'envie irrépressible de se lever et de prendre sa sœur dans ses bras.

Elle toussa. Ecarta les cheveux de ses yeux.

— Parfait, dit-elle en tendant la déposition à Sally. Si tu veux bien signer ici avant d'y aller. Tu vois, je t'avais dit que ça ne serait pas long.

Une fois Sally partie, Zoë resta là, le regard dans le vague. Il lui fallut dix minutes pour se secouer et se concentrer à nouveau sur Lorne et Goldrab.

Elle commença par distribuer quelques tâches à ses constables. Puis elle parcourut rapidement ses messages, jeta un coup d'œil à ses e-mails et fit une demande afin que David Goldrab soit officiellement considéré comme une personne disparue. S'il était réellement mort, la question du pourquoi demeurait. S'il était impliqué dans le meurtre de Lorne, avait-il pu être tué à cause de cela ? Par vengeance ? Le père de Lorne, peut-être ? Ou Goldrab était-il mort parce qu'il connaissait le meurtrier et avait menacé de révéler ce qu'il savait ? Ou bien – et c'était l'hypothèse avec laquelle elle se débattait – Lorne avait cessé tout contact avec l'industrie du porno après qu'elle avait démarché l'agence Holden, et la disparition de Goldrab n'avait absolument aucun rapport. Dans un cas comme dans l'autre, elle serait tout à fait tranquille quand elle aurait la certitude qu'il était mort, quand elle verrait son corps sur une table d'autopsie à la morgue, découpé dans le sens de la longueur comme celui de Lorne l'avait été. Peut-être qu'alors la chose incontrôlable en elle se calmerait un peu. Garderait le silence.

Mais Sally ? Et tout ce qui était arrivé dans leur passé ? Qu'est-ce qui ferait partir cette épine empoisonnée ? Des excuses ? se demanda-t-elle en se frottant les phalanges. Comment s'y prenait-on pour s'excuser d'avoir commis un tel acte ?

Un autre message apparut. Il émanait de l'unité chargée des nouvelles technologies qui, en moins de deux heures, avait déchiffré le mot de passe administrateur du système de télésurveillance et analysé les images de l'entrée de Lightpil House. Elle parcourut le mail rapidement : on ne voyait pas Goldrab quitter la maison le jeudi. Il s'était rendu aux écuries dans la matinée, en était revenu à dix heures et, depuis, n'était pas entré dans le champ de la caméra de surveillance. Ce qui voulait forcément dire qu'il était sorti par le côté de la maison qui n'était pas couvert par la caméra. Ce que l'équipe avait trouvé, en revanche, c'était cinq minutes d'enregistrement montrant une violente altercation à l'extérieur de la maison, à environ trois heures de l'après-midi, le même jour. Elle referma les stores du bureau et visionna les extraits vidéo qu'ils avaient joints à leur mail. Un jeune homme bronzé à côté d'un 4 × 4, esquivant des carreaux d'arbalète. Jake le Piquet bondissant comme un singe sur des charbons ardents.

Jake, pensa-t-elle en tapotant l'écran. Jake le Piquet. Sally avait raison, tu es un vilain garçon.

11

La maison de Jake se trouvait sur la route reliant Bath à Bristol et ne semblait pas appartenir à une star du porno. Hormis la discrète caméra de surveillance braquée sur la jeep garée dehors, c'était une maison ordinaire des années 30 avec ses fenêtres à croisillons et ses marquises d'inspiration Art déco, le genre de construction qui avait survécu aux bombardements pendant la guerre parce qu'elle était située en grande banlieue, trop éloignée des organes vitaux de la ville pour avoir intéressé les Allemands. Zoë arriva juste après quatre heures et trouva les rideaux encore fermés. Elle patienta un moment en observant la maison. Elle lui rappelait un peu celle de ses parents. Des gens qui vivaient dans ce genre d'endroit n'auraient pas dû avoir les moyens d'envoyer leurs deux enfants en pension. A moins d'avoir eu une bonne raison de les séparer. Une très bonne raison. Ce matin, dans son bureau, Sally lui avait paru brisée. Vraiment brisée. Julian l'avait quittée. Et pas l'inverse. Ça ne collait pas du tout.

Elle verrouilla sa voiture, gravit l'allée, sonna à la porte et attendit sur le seuil, essayant de percevoir des mouvements à l'intérieur. Quand trois ou quatre minutes se furent écoulées, elle sonna à nouveau. Cette fois, elle perçut un bruit étouffé, puis une voix criant : « J'arrive, j'arrive. »

Le garçon qui ouvrit la porte ne devait guère avoir plus de dix-sept ans. Mais il compensait son manque de maturité par un sens certain de la provocation. La peau d'un brun sombre, il était peut-être d'origine vietnamienne ou philippine. Ses cheveux étaient rasés sur les côtés et la nuque, et relevés sur le dessus du crâne de manière à former une petite banane. Il portait une chaîne en or et un étui d'iPhone fixé à son biceps au moyen d'un brassard en Velcro. A part cela, il était nu, à l'exception d'un boxer moulant rose, avec « Waouh » imprimé sur l'entrejambe. Quand il vit la plaque de Zoë, il posa une main sur son torse comme pour dire que ce n'était pas le genre de chose qui lui arrivait tous les jours, et qu'il allait peut-être se sentir mal.

— Monsieur Drago est là ?

— Non ! Lui dormir, répondit-il en lorgnant la carte avec méfiance. Vous police ?

— C'est exact. Vous vous appelez comment ?

— Angel. Pourquoi ?

— Très bien, Angel. Je crois que je vais entrer, si cela ne vous dérange pas.

Il eut une exclamation désapprobatrice, tourna les talons avec arrogance et disparut à l'intérieur de la maison. Elle lui emboîta le pas. Elle vit que son boxer portait l'inscription « Kitty » sur les fesses.

Si l'extérieur de la maison était typique des années 30, à l'intérieur, il en allait tout autrement. La pièce de devant – où la plupart des familles auraient installé un chauffage à gaz, un poste de télévision, un canapé – avait été convertie en salle de musculation avec toute une batterie d'appareils noirs et chromés. Sur un mur peint en vert anis, un agrandissement noir et blanc montrait un jeune homme regardant avec coquetterie par-dessus son épaule. La pièce du fond, qui conduisait à la cuisine, était la pièce à vivre, avec des papiers peints des années 60 aux motifs géométriques, un salon en nubuck et des tubes au néon de différentes couleurs suspendus au plafond. Il faisait très froid, mais Angel n'avait pas l'air de le remarquer. Il cria au plafond :

— JAAAKE. JAAAKE. Important toi venir maintenant.

Sur quoi il alla dans la kitchenette et commença à faire du thé, s'interrompant de temps à autre pour exécuter un demi-plié, en se tenant à la poignée du réfrigérateur pour garder l'équilibre.

On entendit le bruit de quelqu'un tombant du lit à l'étage. Zoë trouva un siège et s'assit dos au mur, dans l'angle, où subsistait une précieuse poche de chaleur. Pas étonnant qu'il fasse froid : les fenêtres étaient ouvertes. D'authentiques fenêtres à croisillons en plomb des années 30 maintenues ouvertes par des tiges en métal. Quand elles étaient petites, à Noël, Sally peignait tous les carreaux des fenêtres de leur chambre. Chacun d'une couleur différente. Argent, vert, rouge.

— On se les gèle ici.

Jake apparut, emmitouflé dans une couette et claquant des dents. Il adressa à Zoë un regard peu amène, mais il n'était pas suffisamment réveillé pour se battre. Il paraissait davantage concerné par le chauffage.

— Ça te ferait mal, un peu de chaleur ? vociféra-t-il à l'adresse d'Angel. Espèce d'accident de la nature.

— Non, mais écoutez-la, repartit Angel, sarcastique. La Sorcière Blanche sur son traîneau. La Reine de glace.

— Ferme-la. Ferme-la.

— Oh, *méchant*, va. C'est problème de sang que tu as. Pas assez pour aller dans tout ton corps. Ça commence dans les petits doigts et on sait tous où ça se termine.

— Ta gueule !

Angel fit entendre un petit claquement de langue dégoûté, leva le menton et cassa le poignet en direction de Zoë, comme s'il n'était pas surpris, pas le moins du monde, qu'une personne aussi ignorante et rustre que Jake ait conduit la police jusqu'à chez lui, qu'avec les gens de son acabit, il fallait s'y attendre. Il tourna les talons, le bout du nez en l'air, et disparut à l'étage, en claquant la porte.

— Faites pas attention.

Jake ferma la fenêtre avec humeur et toucha le radiateur pour voir s'il était chaud. Ce n'était pas le cas. Il se pencha et tourna le thermostat à fond.

— C'est pas faute d'avoir essayé de lui apprendre les bonnes manières. Mais avec cette engeance-là, faut pas s'étonner.

Zoë examina le mug qu'on lui avait donné. Il s'ornait de portraits de Billie Holiday peints à la main dans des tons de rose et de vert.

— Comment as-tu fait pour nous cacher ça toutes ces années ? demanda-t-elle en désignant d'un mouvement de tête la porte derrière laquelle Angel avait disparu, vexé.

« Jake le Piquet et son petit copain. J'avoue que je ne m'attendais pas à ça, poursuivit-elle. Et encore plus spectaculaire, au chapitre des révélations, Jake le Piquet, *star du porno* ? Petit cachottier, va. C'est que tu es une célébrité ! J'ai regardé quelques-unes de tes prestations récemment. Au bureau. On a tous regardé. C'est marrant, maintenant que j'y pense, tu m'as toujours paru beaucoup plus petit en vrai.

Jake la regarda sans détourner les yeux. Puis s'assit.

— Je sais pourquoi vous êtes ici.

— Ah oui ? Vas-y, alors. Dis-moi.

— C'est parce que j'ai fait des films avec des filles tout juste majeures ? C'est rapport aux gamines, c'est ça ? Mais vous voyez la vidéo avec la tranche jaune là-bas ? Sur l'étagère ? Allez-y, sortez-la. C'est une vidéo de chaque nana, qui montre son passeport à la caméra. Ça prouve qu'elles avaient toutes dix-huit ans.

— Tout juste majeures ? C'est drôle, mais ce n'est pas pour ça que je suis ici.

Jake fronça les sourcils.

— Je vous le dis, j'ai potassé, j'ai appris la loi. C'est un business légal maintenant et j'ai rien à me reprocher.

— J'en suis sûre, Jake, j'en suis sûre. J'ai toujours eu une confiance aveugle en toi. Ce n'est pourtant pas pour ça que je suis ici. Je veux te parler de Lorne Wood.

Il suçota ses dents, roula des yeux.

— Ouais. Vous m'avez déjà interrogé à son sujet. C'est quoi que vous voulez savoir maintenant ?

— Je veux que tu te replonges dans tes souvenirs. Que tu farfouilles dans tes méninges. Certaines choses nous sortent de la tête, parfois.

— On en a déjà parlé.

— Oui, mais je t'ai demandé si tu l'avais vue en dehors du lycée. Ce que je ne t'ai pas demandé, c'est si elle s'est jamais pointée sur un de tes tournages.

— Elle ? s'étonna Jake, qui émit un petit rire sarcastique. Ça me ferait mal. Trop classe.

— Tu es sûr ? Tu es sûr que David Goldrab ne vous a jamais présentés ?

L'expression de Jake changea. Ses traits se figèrent.

— Goldrab ? Qu'est-ce qu'il a à voir là-dedans ?

— Tu le connais, non ?

— Vous posez cette question comme si j'étais une sorte de crétin. Comme si j'avais quatre-vingts balais. Mais vous vous gourez. Parce que ce que j'ai pigé, c'est que j'ai pas à répondre à ça, vu que la réponse, vous l'avez déjà, sinon vous auriez pas demandé.

— Je suis impressionnée. Tes talents seraient-ils sans limites ?

— Et ce qu'il a pu dire sur moi, ce qu'il a pu vous raconter, c'est parce qu'il me déteste.

— Il n'a rien dit sur toi.

— C'est à lui que vous devriez chercher des noises, pas à moi. C'est un homophobe. Vous pourriez le coincer pour discrimination et tout.

— Manifestement, tu n'as pas entendu. J'ai dit qu'il n'avait rien dit sur toi. Parce qu'à l'heure qu'il est il n'est pas très causant.

Jake plissa le front et resserra la couette autour de lui. Ses pieds dépassaient. Ils étaient artificiellement

337

bronzés, les ongles coupés avec soin et recouverts d'un vernis transparent satiné.

— Qu'est-ce que c'est censé vouloir dire ?

— Ça veut dire que le dernier signe de vie qu'on a de lui remonte à jeudi, le 12 mai. Sa mère lui a parlé dans la matinée et n'a plus eu de ses nouvelles depuis. Personne d'autre, d'ailleurs…

Cette information coupa Jake dans son élan.

— D'accord, dit-il avec lenteur. D'accord.

— Quand l'as-tu vu pour la dernière fois ?

— Jeudi, le 12. Il y a quatre jours. J'ai essayé de me sortir ça de la tête. Ce jour-là, il m'a manqué de respect, si vous voyez ce que je veux dire.

— Le jour de sa disparition, donc.

Elle but une petite gorgée de thé et demanda :

— Votre entrevue a été amicale, ce jour-là ?

— Non. Mais ça, vous le savez, parce que tout a été filmé par ses caméras espions. Le moment où il m'a agressé, par exemple. Vous avez dû le voir, non ?

— En effet. Tu veux bien me dire sur quoi portait votre différend ?

— Sur lui, qui est malade dans sa tête. Qui est homophobe. Qui peut plus me voir en peinture depuis qu'il a appris pour…

Il indiqua le plafond d'un brusque mouvement de tête pour désigner Angel.

— Et il a essayé de te descendre à cause de ça ?

— Ouais.

— Tu es revenu plus tard ce jour-là ? Ou est-ce que votre tête-à-tête était arrivé… comment dire… à sa conclusion naturelle ?

Jake roula à nouveau des yeux.

— Vous déconnez, là ? Non, je n'y suis jamais retourné. Et j'y retournerai jamais.

— Je suis perplexe, Jake. Il y a quelque chose qui cloche. Tu es la dernière personne à avoir vu ce type vivant.

— D'accord, sauf que les rues sont pleines de gens qui aimeraient voir ce connard disparaître. Pourquoi est-ce que vous me prenez le chou avec ça ?

— Les rues sont pleines de gens qui veulent le voir disparaître ? reprit Zoë en s'emparant de son iPhone. Voilà qui est intéressant. Je suis certaine que tu ne t'offusqueras pas si j'enregistre ça.

— Si.

Elle baissa son téléphone.

— C'est ton droit, Jake, de ne pas vouloir être enregistré. Mais laisse-moi noter ça sur mon bloc. Je te garantis que ta voix ne sera pas dessus.

Il leva le nez avec dédain. Tendit une main dans sa direction, paume ouverte. Elle la considéra un moment, puis passa le téléphone en mode Notes et le lui donna. Il soumit l'appareil à un examen rapide et moqueur, comme si elle lui avait demandé d'examiner un animal écrasé sur la route, et le lui rendit avec brusquerie. Elle s'en saisit et pianota sur l'écran quand il se mit à parler.

— Il a des ennemis.

Il regarda le téléphone d'un œil soupçonneux, mais commença néanmoins à donner les noms, en les comptant sur ses doigts.

— Il y a cette fille de l'Essex, Candi qu'elle s'appelle. Je vous le dis, moi, elle serait prête à le flinguer. Dans la rue, demain, si elle le voit.

339

— Une fille, une femme, qui ferait disparaître un homme adulte ? Je ne sais pas… En général, on ne soupçonne pas les femmes dans ce genre d'affaire.

— Candi ? Je veux dire, putain, elle vous boulotterait les yeux, celle-la. Elle est toxico et crèche je sais pas où avec un type appelé Fraser. Ensuite, il y a cet ancien de l'armée de l'air. Gaulé comme ça, dit-il en écartant les bras pour indiquer la taille et la corpulence de l'homme. Il était toujours là pendant les parties de chasse… Il a une dent contre David, si vous voyez ce que je veux dire. Spanner, ils l'appelaient. Je sais pas pourquoi. Je crois que son vrai nom, c'était Anthony ou quelque chose. Mais… non, il aurait jamais eu les couilles. Il y en a un autre. Un qu'est suffisamment cinglé pour le faire, à mon avis.

Zoë cessa de pianoter et leva les yeux sur lui.

— Je n'ai jamais su son nom…

Il prononça « son » à voix basse, avec gravité, comme si ce seul mot pouvait attirer le feu de l'enfer sur sa petite bicoque.

— Mais c'était le genre, vous savez, à entrer et à sortir sans que personne ait vu que dalle.

— C'était qui ?

— J'en sais rien. Je l'ai rencontré qu'une fois, pendant une partie de chasse. C'est comme ça que David faisait son business. Il faisait élever des faisans par un garde-chasse et des mecs venaient le voir quand il y avait une chasse d'organisée. Ce type s'est pointé et il a ouvert sa grande gueule. Il était quelque chose dans l'armée. Au… comment qu'on appelle ça ?… le ministère, vous savez…

— La Défense ? Le ministère de la Défense ?

— Ouais.

— Un prénom ?

— Aucune idée. David lui donnait du « mon pote ». Ils se sont connus au Kosovo. Et c'est tout ce que je sais sur son compte. Sinon, juré, dit-il en levant les mains en l'air, je vous le dirais.

— Il y en a d'autres ?

— Non.

Après avoir transcrit les derniers mots, elle sauvegarda, éteignit le téléphone et le mit dans sa poche. Il lui fallut une seconde ou deux pour retrouver sa concentration. Elle se pencha alors en avant, les coudes sur les genoux.

— Quoi ?

— J'ai toujours un problème, Jake. Je veux dire, regarde-moi dans les yeux et dis-moi que j'ai l'air convaincue que tu n'as rien à voir dans la disparition de Goldrab.

— Mais qu'est-ce que vous racontez, bordel ?

— Qu'aucun des noms que tu m'as donnés ne te met hors de cause.

— Mais j'ai un alibi pour cet après-midi-là.

— C'est une question de point de vue. Qui est-ce ? Angel ? Parce qu'il va avoir du mal à convaincre un jury.

Jake la gratifia d'un sourire narquois, qui fit étinceler le diamant sur son incisive.

— Ça, c'est la question la plus facile que vous avez posée, ma vieille. J'ai déchiré mon jean quand David me tirait dessus. Quand j'ai vu ça, je suis allé directement en ville m'acheter un nouveau fute. Chez River

Island. Leurs vendeurs se souviendront de moi, et ils ont sûrement des caméras de surveillance.

— Mais ton alibi, il n'est pas recevable, parce qu'on ne sait pas quand Goldrab a disparu exactement. Probablement cet après-midi-là, parce que sa mère n'a pas réussi à l'avoir au téléphone dans la soirée, mais on n'a aucune certitude. Tu aurais pu revenir plus tard pour t'occuper de lui. Disons vers six, sept heures.

— Pour ça aussi, c'est bon. Juste après avoir acheté mon nouveau jean, je suis allé au cinéma avec mes potes. J'ai payé par carte et on était six. Après on a passé le reste de la soirée au Slug, dans George Street. Alors je sais pas où David Goldrab est allé ce soir-là, ni qui il a rencontré, mais c'était pas moi. Mais on s'en fout de tout ça, non ?

Zoë arqua les sourcils.

— Ah bon ?

— Ouais, dit-il avec un sourire suffisant. Parce que David n'a pas été tué. M. David Goldrab ? Oh, non, pas lui. Cet enfoiré est trop malin pour ça. Il s'est fait disparaître lui-même.

12

L'air au-dessus du champ grouillait de papillons blancs. Pareils à des fées portées par le vent, ils passaient à la file devant la figure de Sally, occultant le soleil, se posant sur ses épaules et ses mains. A sa droite, elle distinguait des formes, indistinctes dans cette tempête blanche. Elles étaient importantes, son instinct le lui disait, et elle commença à marcher vers elles, ses mains protégeant son visage des insectes. La première était massive et haute, une énorme masse blanche en mouvement. Une voiture, devina-t-elle en s'approchant. Elle parvenait à distinguer les rétroviseurs et les phares à travers la nuée. Elle tapa dans ses mains et les papillons s'élevèrent pour former un nuage, tournoyant et battant des ailes. Dessous, le capot de la voiture était noir et luisant, et Sally reconnut l'Audi de Steve. Ce qui voulait dire, elle en était sûre, que la forme sur le sol, à trois mètres de là, enveloppée de blanc, était David Goldrab.

Son cœur se mit à cogner, un tambour géant qui emplissait sa poitrine. Elle fit quelques pas, écrasant des papillons, brisant leurs corps sous ses chaussures.

David était étendu sur le dos, immobile, les bras croisés sur la poitrine, comme s'il était dans un sarcophage, le visage couvert d'insectes. Elle ne voulait pas s'approcher, mais elle savait qu'elle devait le faire. A quelques dizaines de centimètres du corps, et alors que tous ses sens l'en dissuadaient, elle s'accroupit près de sa tête et tendit la main vers lui.

Le corps bougea. Il roula vers elle et commença à s'asseoir. Une main jaillit et l'agrippa. Les papillons abandonnèrent son visage en masse mais ce n'était pas David. C'était Zoë, qui se redressait et regardait Sally d'un air suppliant, comme si elle se trouvait au fond d'un trou très profond, et que Sally était la seule lumière visible.

— Sally ? Sally, réveille-toi !

On la secouait. Elle se couvrit le visage avec les mains.

— Quoi ? marmonna-t-elle.

— Tu pleurais.

Elle ouvrit les yeux. La chambre était dans le noir, la lueur du radio-réveil mise à part. Trois heures du matin. Steve était couché derrière elle, une main sur son épaule. Elle toucha son visage du bout des doigts et se rendit compte que ses joues étaient mouillées.

13

Il s'est fait disparaître lui-même...

Les paroles de Jake n'arrêtaient pas de revenir. Elle qui s'était pratiquement persuadée que Goldrab était mort commençait à douter. Il ne lui était pas venu à l'esprit qu'il avait pu organiser sa propre disparition. Elle voyait à présent que c'était faisable, et cette possibilité la rendait plus que mal à l'aise. S'il n'était pas mort, cela signifiait qu'il pouvait revenir n'importe quand, faire irruption dans sa vie et la faucher d'un seul coup. Parce que c'était ce genre d'ordure.

Le lendemain, elle se mit tout de suite au travail, exploitant la liste que Jake lui avait fournie, tâtant le terrain : quelques coups de fil à la police de l'Essex pour localiser Candi et Fraser, et à la SOCA pour voir s'ils avaient la moindre idée de qui pouvait être ce « Spanner ». Elle se connecta au site parlementaire Dods People pour chercher, parmi des centaines de CV, des gens du ministère de la Défense ayant servi au Kosovo. Plus elle creusait, plus elle était convaincue que la personne par qui il fallait commencer était un certain Dominic Mooney. Celui-ci était à présent directeur du renseignement dans un des départements du Foreign Office, mais ce qui l'intéressait, c'était qu'il avait travaillé un certain temps pour l'Administration civile au Kosovo au début de la décennie et avait dirigé pendant trois ans une unité basée à Priština chargée de surveiller et d'enquêter sur la prostitution et le trafic d'êtres humains. Si un de ses subordonnés au Kosovo avait été en contact avec Goldrab, ou avait fait quoi que ce soit de suspect, Mooney devait être au courant.

Elle essaya de le joindre à Whitehall, mais il était en réunion. Elle laissa un message à sa secrétaire, puis s'attela systématiquement à sa liste d'autres tâches. Elle contacta la société de jardinage de Swindon, mais ils n'avaient pas grand-chose à lui dire ; Goldrab vivait en reclus, les payait par prélèvement automatique, et les jardiniers passaient souvent huit heures d'affilée à Lightpil sans le voir ni lui parler. Elle obtint à peu près le même son de cloche à la société chargée de l'entretien de la piscine, ainsi qu'aux écuries où Goldrab mettait son cheval, Bruiser. Il montait presque chaque jour, mais généralement seul, et payait également les frais de pension par prélèvement automatique. En fait, tous les gens avec qui elle s'entretint n'avaient aucune espèce d'opinion sur Goldrab en tant que personne et, a fortiori, auraient été bien incapables de dire s'il était malheureux ou projetait de partir.

Le constable Goods appela. Elle lui avait dit que Jake le Piquet avait à nouveau des ennuis et l'avait chargé de vérifier son alibi. Ce qu'il avait déjà fait : le personnel de River Island se souvenait de lui, et l'enregistrement de la caméra de surveillance corroborait leurs dires. En jetant un coup d'œil à la photo, le gérant du cinéma s'était également dit presque certain de se rappeler Jake. Elle visionnait l'extrait vidéo avec son time code en même temps qu'ils parlaient. Son alibi pour la soirée semblait inattaquable. Zoë se rendit compte qu'elle n'était pas surprise outre mesure : il lui avait semblé trop simple que Jake ait pu faire disparaître Goldrab.

Elle ouvrit un e-mail de l'équipe technique du central. Les captures d'écran des vidéos porno trouvées sur les ordinateurs de Goldrab étaient revenues : aucune des filles n'était Lorne. Elle regarda fixement les images, essayant, sans y parvenir, de superposer les traits de Lorne sur le visage des actrices. Elle se demanda une fois encore si la disparition de Goldrab n'était pas une simple coïncidence. Est-ce que cela voulait dire qu'elle abandonnait Lorne pour tenter de découvrir ce qui était arrivé à Goldrab ? Elle regarda la photo de la jeune fille épinglée au mur. Allez, c'est toi qui m'as conduite jusque-là, alors dis-moi… qu'est-ce que je fais maintenant ? Tu sais à quel point David Goldrab m'intéresse. Est-ce que je suis cette piste ? Ou est-ce qu'il n'a rien à voir avec toi ?

On frappa à la porte. Elle s'assura que son chemisier ne faisait pas de plis, était bien rentré dans son pantalon, et que ses manchettes étaient boutonnées, puis elle fit pivoter son fauteuil vers la porte.

— Oui ?

Ben passa la tête dans l'ouverture.

— Oh… Ben…

Elle avait subitement la tête lourde, les pieds en plomb.

347

— Salut.

Ils se dévisagèrent en silence. Quelque part dans le couloir, un téléphone sonna. A l'autre bout du bâtiment, une porte claqua. Comment se comporter avec Ben de manière adulte ? se demanda-t-elle. Comment une personne normale gérerait ce qui s'était passé entre eux ? Elle l'ignorait. N'en avait pas la moindre idée.

Il finit par la tirer d'embarras en rompant le silence :

— Tu as entendu ?

— Entendu quoi ?

— Pour Ralph.

— Quoi, Ralph ?

— J'ai pensé que tu devrais être la première informée.

Il leva les yeux sur le tableau blanc où le nom de Ralph avait été biffé d'un gros trait rouge. Pour la première fois, elle remarqua les cernes noirs sous ses yeux. Il avait travaillé dur.

— Il a fait une tentative de suicide. Il y a deux heures. C'est sa mère qui l'a trouvé.

Elle se rappelait Ralph assis là par terre, contre le mur, ses larmes mouillant la moquette.

— Oh, mon Dieu. Il va s'en tirer ?

— On ne sait pas encore. Mais il a laissé un mot. Il a écrit : « Lorne, je suis désolé. »

Zoë se laissa aller en arrière dans son fauteuil, les mains sur les cuisses, les yeux clos. Elle ressentit le contrecoup de toute la tension accumulée ces derniers jours.

— Zoë ?

Elle baissa le menton. Ouvrit un œil et le braqua sur lui.

— Quoi ?

Il se gratta la tête, jeta un regard au tableau blanc, puis son regard revint sur elle.

— Rien. Rien, j'ai juste pensé qu'il fallait que tu saches.

14

Sally mit un long moment pour se rendormir après son rêve. Et quand le réveil de Steve sonna, elle eut l'impression de n'avoir dormi que quelques minutes. Il lui avait dit qu'il avait une réunion, à Londres, sans préciser de quoi il s'agissait, mais ils savaient tous deux qu'il devait rencontrer Mooney. Pour récupérer l'argent. Il prit une douche et s'habilla pendant que Sally restait au lit, essayant d'effacer les dernières bribes de son rêve. Il ne prit pas de petit déjeuner, mais tourna fébrilement en rond, buvant un mug de café, cherchant ses clés et son GPS. Il dit à Sally de ne pas l'appeler, qu'il l'appellerait, lui.

Elle se mit à la fenêtre dans sa robe de chambre et regarda la voiture prendre à gauche en sortant de l'allée et suivre un chemin étroit qui s'enfonçait dans les bois. C'était là-bas, dans la pure tradition du Club des Cinq, qu'ils avaient creusé un trou au pied d'un arbre et enterré les dents et la chevalière de David dans une boîte en fer. Elle attendit à la fenêtre jusqu'à ce que, vingt minutes plus tard, la voiture de Steve ressorte des bois et passe devant l'allée. Oui. Il allait voir Mooney. Il allait récupérer l'argent. Et le lendemain il partirait en Amérique honorer son autre contrat. Il savait cloisonner les choses, se dit-elle. Il fallait bien, avec le boulot qu'il faisait. Elle lui enviait cela. Il aurait été incapable d'imaginer ce qui se passait dans sa tête en ce moment. Le désordre, la confusion. Le supplice qu'avait été pour elle l'interrogatoire de Zoë.

Il y avait dans le jardin un tas de broussailles qu'elle avait ramassées en décembre et qu'elle n'avait pas trouvé le temps de brûler. Pendant l'hiver, le tas avait pris l'eau et avait pourri, mais ces derniers jours, un soleil radieux l'avait fait sécher. Elle ne devait pas se rendre au travail avant l'heure du déjeuner et n'avait pas envie de rester à l'intérieur à penser à Steve qui partait le lendemain, ni à la lueur étrange dans les yeux de Zoë quand elle avait demandé : « Pourquoi es-tu nerveuse, Sally ? » Aussi enfila-t-elle un jean, une paire de bottes en caoutchouc et rassembla-t-elle ce dont elle avait besoin pour faire un feu. Dans le garage, elle trouva le bidon de pétrole qui avait servi à brûler les affaires de David et leurs vêtements tachés de sang. Ses vieux gants de jardinage étaient restés dans la serre. Ils avaient passé des mois sur l'appui de fenêtre et étaient devenus tellement raides qu'ils ressemblaient à des griffes de cuir. Elle dut les faire craquer et les assouplir avant de pouvoir les mettre.

L'endroit où ils avaient fait le feu cinq nuits auparavant était encore noir de cendre. Une vis – ou un clou, elle ne savait pas trop – était fichée dans la terre. Elle l'enfonça avec la pointe du pied, puis empila les broussailles dessus, faisant plusieurs aller et retour jusqu'à ce qu'il y ait du lichen sur ses vêtements et une longue traînée de débris sur la pelouse, là où elle avait marché. Le pétrole était plus facile à manipuler qu'elle ne l'avait imaginé. Tandis qu'elle s'affairait, elle retrouva un peu de la détermination qu'elle avait éprouvée l'autre soir dans la voiture. Elle se sentait capable de faire des choses. Elle pouvait allumer ce feu toute seule. Elle pouvait aller de l'avant comme s'il ne s'était rien passé. Elle pourrait même s'attaquer au toit de chaume – ce serait quelque chose, non ? Elle pouvait être aussi forte que Zoë. Elle regarda les cendres s'envoler, portées par les flammes huileuses, les regarda prendre de la hauteur et être rapidement emportées vers les champs, mouchetant de gris la terre reverdie. Au moment où le brasier commençait à baisser en intensité, elle alla chercher un râteau pour qu'il ne s'affaisse pas et aperçut une voiture arrêtée dans l'allée derrière elle.

Elle ne l'avait pas entendue à cause du rugissement et du crépitement des flammes. Elle était bleue, cabossée, et Sally se rappelait l'avoir vue la veille. A la place du conducteur – comme si Sally l'avait fait apparaître d'un coup de baguette magique – se trouvait Zoë, en tee-shirt blanc et blouson de cuir, un bonnet sur sa tignasse rousse. Sally la regarda s'extraire prestement de la voiture. Avec une assurance de cow-boy. Ce devait être tellement agréable d'occuper ce corps, avec ces jambes bien espacées, ces bras forts. Pas de vêtements qui la boudinaient à la taille ni de vieux soutiens-gorge râpés et distendus.

Zoë s'approcha d'elle, l'air grave.

— Où est Millie ?

— Chez Julian. Pourquoi ?

— Tu as le temps de discuter un peu ?

— J'ai… hésita-t-elle en jetant un coup d'œil au bidon de pétrole. J'ai ça à brûler.

Elle écarta les cheveux qui lui tombaient sur le front avec le dos du poignet.

— Et après, il faut que je parte travailler.

— Ça ira, je ne serai pas longue.

— Il faut que je lave l'uniforme de Millie aussi.

— Je te répète que je ne serai pas longue.

Sally resta un moment sans rien dire. Elle regarda les champs, vit la petite route qui serpentait jusqu'à l'autoroute. Steve devait être à Victoria Station à présent.

— De quoi veux-tu parler ?

— Oh, de tout et de rien. En fait, dit-elle en jetant un coup d'œil au cottage, j'aimerais bien une tasse de thé. Si ça ne te dérange pas trop.

Sally continua à contempler les champs, essayant d'anticiper la suite. Elle n'avait jamais été douée pour lire dans les pensées de sa sœur. C'était comme ça. Elle posa son râteau et se dirigea vers le cottage en retirant ses gants. Zoë lui emboîta le pas, se baissant pour passer sous le linteau. Pendant que Sally faisait chauffer la bouilloire et mettait du thé dans la théière, Zoë allait et venait dans la cuisine, prenant des objets sur les étagères et les examinant, s'arrêtant pour scruter une peinture de Sally représentant un tulipier.

— Alors, dit-elle, c'est ici que tu vis maintenant.

Elle étudia une photo de Millie et de sa petite bande – Sophie, Nial et Peter –, qu'on voyait marcher en file indienne dans un champ labouré.

— Tu vas me raconter ? Qu'est-ce qu'il est devenu, Julian ?

— Il n'y a rien à raconter. Il s'est trouvé une copine. Ils ont un bébé.

— Et Millie, elle prend ça bien ?

— Je ne sais pas.

— Je l'ai vue l'autre jour, Millie.

— Je sais.

— Elle paraissait en forme. Elle grandit vite. Elle est très jolie. Elle est sage ?

— Pas vraiment. Non.

Zoë esquissa un sourire, et Sally cessa de mettre du thé dans la théière.

— Quoi ?

— Rien.

— C'est de ça que tu es venue parler ? De Millie ?

— Si on veut. Il y a du nouveau. Ralph Hernandez, son ami. Il va s'en sortir mais il a essayé de se suicider ce matin.

Sally reposa la boîte de thé avec un bruit mat.

— Ralph ? Oh, mon Dieu, murmura-t-elle. Ça n'en finira donc jamais.

— On a envoyé quelqu'un parler au principal de Kingsmead. J'imagine que c'est lui qui décidera comment annoncer la nouvelle aux gamins.

— Mais est-ce que c'est la façon qu'a eue Ralph, commença-t-elle en s'efforçant de trouver les mots justes, sa façon d'avouer qu'il avait quelque chose à voir avec Lorne ?

— C'est ce que pensent certaines personnes.

Sally baissa les yeux et reposa le couvercle sur la boîte de thé. Elle n'avait jamais rencontré Ralph, mais elle savait tout de lui. Elle l'imaginait grand et brun. Et maintenant une tentative de suicide. Encore quelque

354

chose que Millie aurait à porter sur ses épaules. Comme si le fardeau n'était pas déjà assez lourd pour cette famille. Elle découpa en tranches le cake aux amandes recouvert d'un glaçage à l'orange qu'elle avait fait pendant le week-end pour tenter de se remonter le moral. Elle sortit des assiettes, des serviettes en papier, des fourchettes, et s'était tournée vers le réfrigérateur pour y prendre le lait quand, dans son dos, Zoë dit :

— En fait, ce n'est pas vraiment pour ça que je suis ici.

Elle s'arrêta, la main sur la porte du frigo, dos à la pièce. Sans bouger. David, se dit-elle. Maintenant, tu vas me poser des questions sur David. Tu es tellement intelligente, Zoë. Je ne suis pas de taille contre toi. Elle baissa la tête, si bien que son front touchait presque le frigo. Attendant que le couperet tombe.

— Oh, dit-elle doucement. Alors tu es là pourquoi, vraiment ?

Il y eut un moment de silence. Puis Zoë murmura :

— Pour m'excuser, j'imagine.

Sally se raidit légèrement.

— Pour... Qu'est-ce que tu as dit ?

— Tu sais... pour ta main.

Sa gorge se serra. Elle s'attendait à tout sauf à ça. Dans la famille Benedict, personne n'avait jamais fait la moindre allusion à l'accident depuis le jour où il s'était produit, il y avait de cela presque trente ans. En parler, c'était comme invoquer le diable.

— Ne sois pas bête, parvint-elle à dire. Tu n'as à t'excuser de rien. C'était un accident.

— Ce n'était pas un accident.

— Mais si, c'était un accident. Et ça fait si longtemps tout ça, oui, si longtemps, que ce n'est vraiment
pas la peine de revenir là-dessus…

— Ce n'était pas un accident, Sally. Tu le sais, je le
sais. On a passé pratiquement trente ans à faire comme
si ça ne s'était pas produit. Je t'ai fait tomber de ce lit
parce que je te détestais. Papa et maman savaient aussi
que ce n'était pas un accident. C'est pour ça qu'on nous
a envoyées dans des écoles différentes.

— Non, rétorqua Sally.

Elle ferma les yeux, posa les doigts sur ses paupières
et s'efforça de rétablir les faits.

— On nous a envoyées dans des écoles différentes
parce que je n'étais pas assez intelligente pour la tienne.
J'ai échoué au test.

— C'est probablement parce que tu pouvais à peine
tenir ton stylo avec ton doigt cassé.

— Je pouvais parfaitement tenir mon stylo. Je n'ai
pas été admise dans cette école parce que j'étais idiote.

— Arrête tes conneries.

— Ce ne sont pas des conneries.

— Si, et tu le sais.

Un sanglot voulait monter du ventre de Sally. Elle
eut beaucoup de mal à le contenir. Après un long
moment, et au prix d'un immense effort de volonté, elle
rouvrit les yeux et se retourna. Zoë se tenait de l'autre
côté de la table, mal à l'aise. Elle avait des taches rouges
sur les joues comme si elle était malade.

— Je dois me racheter, Sally. Comme tout le
monde. Si on veut bien vivre dans le présent, il faut
affronter les erreurs du passé.

— Tu crois ?

356

— Oui. Il le faut. Il faut s'assurer qu'on… s'assurer qu'on est relié aux gens. Ne jamais oublier qu'on fait partie d'un ensemble plus vaste.

Sally ne dit rien. C'était si bizarre d'entendre ce genre de discours dans la bouche de Zoë. Elle n'avait jamais pensé que sa sœur était reliée à qui que ce soit. Elle était plutôt du genre à se suffire à elle-même. Une planète isolée. Elle n'avait besoin de rien. De personne. C'était peut-être ce que Sally lui enviait le plus.

— Ouais, enfin bref, dit Zoë en s'éclaircissant la gorge et en levant une main dédaigneuse. J'ai dit ce que j'avais à dire, mais je ferais bien d'y aller maintenant. J'ai des bandits à attraper. Des chatons à faire descendre des arbres. Tu sais ce que c'est.

Sur quoi elle disparut, sortit de la cuisine, du cottage, marchant d'un pas décidé sur le gravier, faisant tournoyer ses clés. Elle s'engagea sur la petite route sans se retourner, si bien qu'elle ne vit pas que Sally l'observait de la cuisine. Elle ne la vit pas rester plantée là plusieurs minutes après son départ. Un passant, s'il y avait eu des passants dans cet endroit isolé, aurait pensé qu'elle était pétrifiée. Un visage blanc et brouillé derrière la fenêtre à croisillons.

15

Au moment même où Sally terminait son travail cet après-midi-là, Steve l'appela et lui demanda de le retrouver en ville. Comme ils n'avaient pas le temps d'aller chez lui avant qu'elle passe prendre Millie, il lui donna rendez-vous au Moon and Sixpence, l'endroit de leur premier dîner en tête à tête. Elle utilisa la salle de bains qu'elle venait de nettoyer pour faire un brin de toilette et mettre de l'ordre dans ses vêtements. Elle se maquilla un peu mais, dans la glace, elle avait toujours les traits tirés et fatigués. Elle n'arrêtait pas de retourner dans sa tête ce que Zoë avait dit ce matin-là. Au sujet du rachat, des liens et du passé.

Elle arriva au café à quatre heures et le trouva sur la terrasse, en costume et pardessus de couleur fauve, en train de boire un café. Elle s'assit en face de lui. Il tourna ses yeux gris vers elle et l'observa attentivement.

— Est-ce que ça va ?

— Je crois, oui. Comment s'est passé le rendez-vous ?

D'un signe de tête, il montra la troisième chaise.

— Là-dedans.

Il avait l'expression lasse et résignée d'un homme qui vient de prendre conscience que le monde va le décevoir pendant le restant de ses jours.

Elle vit un sac à dos sur le siège.

— C'est le… ?

Il confirma d'un hochement de tête.

— J'ai été payé en Krugerrands.

— En Krugerrands ?

— J'ai dû aller les changer à Hanton Garden. J'ai obtenu un bon prix… il y a plus de trente-deux mille livres là-dedans.

Sally frissonna. Trente-deux mille livres pour tuer un homme. Le prix du sang. Elle aurait dû être révoltée, mais ce n'était pas le cas. Elle se sentait juste hébétée.

— Qu'est-ce que tu vas en faire ?

— Je ne vais rien en faire. Il est à toi.

— Mais…

— Je t'assure, c'est toi qui as fait le boulot.

— Mais tu m'as aidée. On l'a fait ensemble. Comme des partenaires.

— Ne discute pas. Prends-le.

Elle se mordit la lèvre. Regarda le sac à dos. Il était bien garni. Depuis la nuit du jeudi, elle avait été incapable de regarder un sac plein sans revoir les sacs plastique alignés sur la pelouse de Peppercorn. La pâte rouge forçant sur le plastique. Elle détourna le regard. Tripota le couvercle de la cafetière à piston de Steve.

— Jake a encore appelé Millie aujourd'hui.

— Ne t'en fais pas, on réglera ça ce soir.

— Je ne sais pas si j'en ai envie.

— Il faudra bien. On s'en occupe ce soir, et demain je pars en Amérique. Tu le sais, non, que je pars toujours en Amérique ?

Elle fit oui de la tête.

— Ça va aller ?

— Oui, dit-elle d'un ton distant. Ça ira très bien.

Mais elle n'allait pas bien, évidemment. Sa tête était pleine de bruits parasites et d'images. David Goldrab. Les odeurs. Le rouge qui était monté aux joues de Zoë dans la cuisine ce matin-là. Et maintenant elle se disait que Steve et elle avaient fait quelque chose d'horrible. Et qu'on ne pouvait rien y changer, quoi qu'il advienne. Mais avec le temps, l'accroc qu'ils avaient fait dans la grande trame de l'existence se résorberait peu à peu, et finirait par disparaître, quand de nouvelles générations auraient pris leur place.

16

Zoë passa le reste de la journée au bureau à suivre des pistes et à répondre à des e-mails. Comme elle n'avait pas eu de nouvelles de Dominic Mooney, elle fit une dernière tentative, mais on lui répondit qu'il était toujours « en réunion ». Au moment de quitter le bureau, le soleil était déjà bas, et les toits et les hautes fenêtres de Bath étincelaient dans les derniers rayons, comme si on les avait plongés dans de l'or en fusion. Il ferait nuit quand elle arriverait chez elle. Elle pourrait se préparer un Jerry's and ginger et regarder les étoiles apparaître, toute seule, pendant que Ben et Debbie feraient elle ne savait quoi, elle ne savait où. Les marques et les plaies sur ses bras la lancèrent sourdement alors qu'elle accédait au parking.

Elle s'arrêta. Un type vêtu d'un pantalon en toile rouge et d'un blazer lui barrait le passage. Il était très grand et maigre, et faisait penser à une version asiatique de David Bowie, avec ses cheveux de jais dressés en pointes avec du gel. Même avec ses talons, elle faisait quelques centimètres de moins que lui. Elle n'avait pas l'habitude. Elle fit un pas de côté pour le contourner, mais il l'imita, l'empêchant de passer. Elle recommença, sur la gauche cette fois, et il lui barra à nouveau le passage.

— Excellent, dit-elle en riant. J'aime bien la façon dont vous faites ça.

— Je ne rigolerais pas si j'étais vous.

Il était originaire d'Ecosse. Un coin huppé, Edimbourg peut-être.

— Si on était dans un film, continua-t-il, ce serait la scène où je vous assommerais et vous balancerais à l'arrière de la Chrysler.

Elle pencha la tête de côté et le regarda avec insistance.

— On se connaît ?

— Capitaine Zhang, répondit-il en lui mettant une carte sous le nez. Dans le film, vous vous réveilleriez ligotée à une chaise, un projecteur dans la figure. Toujours se méfier du Chinois… On ne vous apprend donc rien dans votre boulot ?

— Donnez-moi ça.

Elle tenta de lui prendre sa carte, mais il la rempocha habilement.

— SIB : Unité spéciale d'enquêtes. Mais vous pouvez nous appeler les Fédés.

— Les Fédés ? Oh, arrêtez un peu. Je croyais que vous aviez dit qu'on n'était pas au cinoche. L'Unité spéciale d'en…

Elle s'interrompit. Bien sûr, elle aurait dû deviner que c'était un militaire à la façon dont il était fagoté : l'accoutrement typique du diplômé de l'académie militaire de Sandhurst.

— La SIB. Je sais qui vous êtes. Police militaire. On vous surnomme les couteaux dans le dos, les bœufs-carottes du bataillon. Vous êtes là à faire comme si vous étiez dans les putains de Forces spéciales, mais vous n'êtes qu'un bidasse déguisé en espion. Vous comptez m'empêcher d'accéder à ma bécane ? J'aimerais bien voir ça.

— Eh bien, c'est le cas.

Elle haussa les épaules, tenta de le contourner. Il lui barra à nouveau le passage.

— Vous voulez qu'on se batte, histoire de voir qui aura le dessus ?

— Ce sera moi.

— Non.

Zhang soupira, comme s'il prenait sur lui pour garder son sang-froid.

— Il faut qu'on vous parle, inspecteur Benedict. Nous devons avoir une conversation franche et constructive au sujet de Dominic Mooney. Je pense que si vous vous montrez patiente, vous vous rendrez compte qu'on joue la même partition. Inutile de faire une partie de bras de fer.

Elle regarda Zhang attentivement. Dominic Mooney. Le type du ministère de la Défense qu'elle avait cherché à joindre.

— D'accord, vous avez mon attention à présent. Vraiment toute mon attention.

— Parfait, dit-il en boutonnant et en lissant son blazer, comme si cet échange l'avait froissé. C'est ce que j'espérais.

Elle se tourna, et, ouvrant la main pour indiquer les véhicules alignés sur le parking :

— Alors ? Dans quel coffre allez-vous m'enfermer pour faire le trajet ?

17

Twerton était le cousin infirme de Bath. Le frère bossu qu'on préférait cacher. Sur les places et dans les rues des beaux quartiers nord, personne ne pouvait prononcer son nom sans prendre un accent de péquenaud et mettre la langue dans le coin de la bouche à la manière d'un taré congénital. Tout ce qui tournait mal en ville semblait provenir ou avoir un rapport avec Twerton. C'était là qu'on pouvait trouver Jake le Piquet quand il n'était pas en train de rôder à la sortie d'une des très chics écoles privées.

— Quoi qu'il arrive, tu restes sur ton siège.

Sally décocha à Steve un regard de biais.

— Qu'est-ce que tu vas faire ?

— Ne t'inquiète pas. Je l'ai déjà fait, fais-moi confiance.

Elle serra l'enveloppe entre ses genoux. Elle avait les paumes moites. Elle avait demandé à Millie d'appeler Jake pour lui dire que l'argent était prêt, puis l'avait déposée chez Isabelle pour la soirée. Steve et elle savaient où le trouver, mais à vrai dire, se dit Sally au moment où la voiture s'arrêta, on aurait pu le repérer à l'instinct. Il était garé sur un arrêt de bus devant une rangée de boutiques. Une ou deux étaient encore ouvertes, éclairées par des flaques de lumière ; un fish and chips, un magasin de vins et spiritueux, une supérette ouverte toute la nuit. Autrement, la rue était plongée dans l'obscurité.

Steve se rangea le long de la voiture de Jake, de sorte qu'il bloquait en partie la rue. L'idée de créer un bouchon n'avait pas l'air de le déranger. Ni qu'il y ait des témoins.

— Salut.

Moteur en marche, il baissa la vitre et tendit son portable en direction de Jake. Appuya sur la touche Enregistrement.

Jake se cacha vivement le visage avec la main. Il baissa sa vitre et se pencha en hurlant :

— Non mais tu fais quoi là ? Eteins-moi ce bordel.

— Pas si tu veux récupérer ton fric.

— Putain.

Il sortit de voiture, claqua la portière et s'approcha à grandes enjambées, la main devant le visage. Il était habillé d'une veste de survêtement et d'un jean porté tellement bas qu'il plissait sur ses tennis. On avait l'impression d'avoir affaire à une personne différente maintenant qu'il était sur son propre territoire et non plus sur celui de David. Plus sûr de lui, plus fanfaron.

— Tu me prends la tête, mec. Tu me prends grave la tête. Eloigne ce truc de mon visage.

Il se pencha dans l'habitacle pour s'emparer du téléphone, mais Steve tendit le bras, le mettant hors d'atteinte.

— Si tu prends ce téléphone, tu n'auras pas ton fric.

— Donne-moi ce putain de téléphone, dit-il en tentant de le piquer. Ou je double ce que tu me dois.

— Tu veux l'argent, oui ou non ?

— Passe ce téléphone.

Il se pencha à nouveau mais, cette fois, Steve appuya sur la commande de la vitre électrique. Jake recula juste à temps pour ne pas être écrasé.

— Merde. Branleurs, va !

Furieux, il donna des coups de poing dans la vitre. Cogna sur le toit. Il fit le tour de la voiture, essaya d'ouvrir toutes les portières. Comme il n'arrivait pas à ses fins, il retourna à son 4 × 4 et ouvrit le coffre. Farfouilla à l'intérieur.

— Qu'est-ce qu'il fabrique ?

— Je n'en sais rien, répondit Steve.

Il tendit le téléphone à Sally, puis inclina le rétroviseur pour observer Jake.

— Quand il reviendra, n'arrête pas de filmer, et tu gardes la caméra sur son visage. Tu ne me filmes pas moi, d'accord ?

Elle s'agenouilla sur le siège et se retourna, braquant la caméra du téléphone sur la lunette arrière. Au même moment, Jake sortit la tête de son coffre. Il tenait un objet long et métallique, teinté de rouge par les phares des voitures. Elle mit un moment à comprendre qu'il s'agissait d'un démonte-pneu.

— Steve… commença-t-elle.

Mais Jake avait déjà soulevé l'outil et l'abattait sur le toit de l'Audi.

— Putain, jura Steve en écrasant le klaxon. Connard.

Le bruit était assourdissant. Dans le hall de l'immeuble d'en face, des jeunes interrompirent leurs occupations pour observer la scène. Steve retira sa main du klaxon, baissa la vitre et se pencha au-dehors.

— Hé ! Ça va pas la tête !

Jake reparut à côté de lui, se pencha à la vitre en souriant d'un air mauvais. Il balançait le démonte-pneu d'une main et tendait l'autre pour réclamer le téléphone. Steve regarda cette main avec mépris.

— Je ne crois pas.

— Ben, moi, si.

Il brandit à nouveau le démonte-pneu, prêt à l'abattre sur la voiture, mais cette fois-ci, quelque chose l'arrêta. Le mouvement avait été aussi fugace qu'un éclair. Steve s'était penché en arrière et s'était redressé juste assez pour que son blouson découvre brièvement son ventre. Cela avait été si rapide que Sally crut avoir rêvé. Mais Jake avait vu la même chose qu'elle, et son expression changea aussitôt. C'était la crosse d'une arme, passée sous la ceinture de Steve.

Il baissa le démonte-pneu et resta là, interdit, ne sachant quoi faire. L'espace d'un instant, il était redevenu l'homme fébrile qu'elle avait vu chez David.

— Ouais, d'accord.

Il balaya la rue des yeux pour voir qui observait la scène, lançant aux gamins dans le hall d'immeuble un regard qui les fit tous se détourner. Il se passa la langue sur les lèvres et décrivit un geste circulaire de la main.

— OK, mec. Allons-y… qu'on en finisse une bonne fois pour toutes.

— Merci, merci beaucoup, dit Steve en remontant la vitre. Tu peux éteindre la caméra, Sally, et compter l'argent.

— Quoi ?

— Tu m'as entendu.

D'une main tremblante, elle éteignit le téléphone, se pencha pour prendre le sac à ses pieds et commença à compter les liasses de billets de vingt. Elle jetait sans cesse des coups d'œil sur la ceinture de Steve, couverte à présent par son blouson.

— C'était bien ce que j'ai cru voir ? murmura-t-elle.

— On ne peut pas tirer avec. T'inquiète, je ne vais pas me faire sauter les noisettes.

— Je n'arrive pas à y croire.

Elle se tourna vers Jake, qui se tenait un peu plus loin, bras croisés, balançant la tête d'avant en arrière comme au rythme d'une musique qu'il était le seul à entendre.

— Ça, et tout le reste.

— Moi non plus, je n'arrive pas à y croire. Contente-toi de compter l'argent.

Elle s'exécuta et lui tendit les billets avec empressement.

— C'est bon, recommence à filmer. Quand on partira, tu t'attardes bien sur son 4 × 4. Sur la plaque surtout.

Elle alluma le téléphone et se recroquevilla sur son siège, tenant l'appareil devant elle comme un bouclier. Steve baissa la vitre. Jake s'avança, le regard noir. Il s'empara avec brusquerie de l'argent et retourna à sa voiture d'un pas nonchalant. Il claqua la portière et resta assis un moment, penché en avant, comptant les billets à la lumière du plafonnier. Quand il eut terminé, il ne regarda pas dans leur direction mais se contenta d'éteindre le plafonnier, de mettre le contact et de partir en faisant vrombir le moteur, manquant emporter leur pare-chocs avant.

— Tu as eu son numéro ?

Sally hocha la tête. Elle arrêta la vidéo et se laissa retomber sur son siège, haletante.

— Mon Dieu, marmonna-t-elle. Ça y est, c'est terminé ? C'est vraiment terminé ?

— Merde, j'espère bien, dit Steve en ajustant le rétroviseur et en démarrant. Je l'espère sincèrement.

18

Le capitaine Charlie Zhang était temporairement basé dans une vieille maison victorienne en brique rouge située, de manière incongrue, dans une garnison à l'est de Salisbury Plain. Il s'agissait peut-être d'une ancienne base militaire, mais, lorsque Zhang lui fit traverser les couloirs frais et moquettés, Zoë se dit que la police militaire était décidément mieux lotie que la flicaille de base. De la moquette au sol, des boiseries aux murs, et des portes qui se fermaient avec un chuintement rassurant, comme s'ils étaient à bord du vaisseau *Enterprise*.

Le supérieur de Zhang était le lieutenant-colonel Teresa Watling, une femme d'une soixantaine d'années d'apparence flegmatique, l'équivalent militaire d'un commissaire divisionnaire. Avec ses cheveux gris lissés, le pendentif en or sur son pull à col cheminée noir et ses chaussures à talons en peau de serpent, elle avait tout d'une femme d'affaires de Manhattan. En réalité, expliqua-t-elle à Zoë tandis qu'elles marchaient dans les couloirs, c'était beaucoup moins exotique que cela.

Elle était née et avait grandi dans les *home counties*, les comtés limitrophes du Grand Londres.

— Cool, dit Zoë en brandissant le badge d'identification qu'on lui avait remis au poste de contrôle. Je peux vous demander quelque chose ?

— Tout ce que vous voudrez.

— Quand je serai ligotée à la chaise, vous ferez le méchant flic ou le gentil ?

Le lieutenant-colonel Watling éluda la question. Elle s'arrêta devant une porte et la poussa. La pièce ressemblait à la salle du conseil d'une compagnie pétrolière : douze chaises en teck sculptées à la main autour d'une table en noyer ciré. Des verres à eau et des blocs-notes en cuir devant chaque place. Les coupes budgétaires qui frappaient des milliers de petits fonctionnaires de la police civile n'étaient manifestement pas encore arrivées jusqu'ici. Ils entrèrent tous les trois à la file. Zoë choisit le siège en bout de table, le plus éloigné de la porte, et le capitaine Zhang prit place à ses côtés, ses longues mains délicates posées l'une sur l'autre. Six gros dossiers occupaient le centre de la table. Il avait dû falloir du temps pour accumuler tout ça, se dit Zoë. Beaucoup de temps.

Le lieutenant-colonel Watling ouvrit une boîte noire aux lignes épurées et la présenta à Zoë. Celle-ci pensa d'abord à une boîte à cigares ; d'une certain manière, il paraissait approprié d'allumer un barreau de chaise dans un endroit tel que celui-ci, de se détendre un peu et de regarder par la fenêtre le ciel virer à l'indigo. Si c'était le tour qu'allait prendre la soirée, elle était partante. Peut-être qu'on allait lui offrir un petit verre de whisky pour faire bonne mesure. La boîte ne contenait pas des cigares, mais des capsules de café, aux couleurs de l'arc-en-ciel. Elle jeta un coup d'œil à la légende et se décida pour le plus corsé.

— Noir, s'il vous plaît. Deux sucres.

— Je connais votre patron, dit Watling en commençant à préparer les cafés. J'ai travaillé avec lui sur deux ou trois opérations dans le Wiltshire.

Zoë l'observa en se demandant comment elle avait dégoté ce poste. Ce serait cool de porter des Jimmy Choo au boulot. Quitte à les troquer de temps à autre pour une paire de rangers et une enquête rapide et sans risque dans une des bases d'Irak ou d'Afghanistan. Elle avait entendu dire qu'il y avait un café Piacetto à Camp Bastion qui faisait des gâteaux à se damner.

— Il donnait dans le profilage à cette époque ?

— Je vous demande pardon ?

— Non, rien. C'est un type sympa. De quoi voulez-vous parler ?

— Oh, de tout et de rien.

— De tout et de rien ?

Watling aligna sa tasse de café avec le bloc-notes en cuir, s'assit et joignit devant elle ses mains élégantes.

— Zoë, commença-t-elle, vous vous rappelez cette époque bénie où la Crime et les Renseignements combinaient leurs forces pour créer la SOCA ? L'époque où on nous racontait que cela allait révolutionner nos vies ? Que la main droite allait enfin savoir ce que faisait la gauche ?

— Vous y avez cru ?

Elle rit froidement.

— Je suis une femme ménopausée qui vient de passer vingt ans dans un monde d'hommes. Vous

372

trouverez difficilement créature plus cynique et cruelle que moi. Mais, c'est vrai, j'ai pensé que la SOCA pourrait être utile. Je me disais qu'au moins les autres agences la consulteraient, s'assureraient que leur cible du moment n'était pas déjà signalée par un grand drapeau marqué SIB. Pourquoi n'avez-vous pas fait cette vérification avant de commencer à laisser des messages au secrétariat de M. Mooney ?

— Vous êtes en train de me dire que M. Mooney a des ennuis.

— En effet, confirma Watling en désignant d'un geste de la main la longue rangée de dossiers. Ceci représente pratiquement deux ans de travail, prêt à être transmis au parquet militaire, et, croyez-moi, maniaque comme je suis question procédure...

— Attendez, attendez. Corrigez-moi si je me trompe, mais Mooney, c'est un type haut placé, non ?

— Très haut placé. Ça ne veut pas dire qu'il ne peut pas être aussi un vilain garçon.

Zoë touilla son café d'un air songeur. Elle regarda le sucre se dissoudre et attendit que ces nouvelles informations se mettent en place dans son cerveau.

— D'accord, dit-elle enfin, je comprends, maintenant. J'ai fait un faux pas et je m'en excuse. Et si je n'ai pas consulté la SOCA, c'est parce que ça ne m'est jamais venu à l'esprit. J'ai simplement sorti le nom de Mooney d'un chapeau, sur le site Dodspeople, parce qu'il avait servi un temps au Kosovo. Je pensais qu'il pourrait me fournir des infos, me mettre sur la bonne voie. Je travaille sur une disparition dans mon secteur, un pornographe qui avait fait des trucs pas clairs avec quelqu'un qui était rattaché aux Nations unies à

Priština. J'ai suivi mon instinct en prenant Mooney comme point de départ.

— Ecoutez, dit Watling en croisant les bras, vous n'êtes évidemment pas sans savoir, puisque c'est maintenant une chose que l'on sait mais que l'on ne dit pas, que là où vont les Nations unies va le trafic d'êtres humains. Cela crée une sorte d'appel d'air, qui aspire toutes les femmes de la région qui ne sont pas solidement accrochées.

— Ouais.

— Eh bien, c'est ce qui s'est passé à Priština. Les vannes se sont ouvertes, les prostituées ont afflué. Sauf que, cette fois, les Nations unies ont eu l'intelligence de monter une unité pour surveiller le phénomène. La TPIU, l'unité chargée de la répression de la prostitution et du trafic d'êtres humains.

— J'ai vu ça. C'est Mooney qui la dirigeait.

— Et qui, comme il s'est avéré, a lui-même fait quelques incursions parmi la population locale.

— Des incursions ?

— C'est un euphémisme. Pour rendre moins horrible la façon dont il a abusé de sa position.

— Comme ?

— Oh, il n'y avait pas de limites. Vendre des filles au plus offrant, offrir sa protection contre d'éventuelles poursuites pénales en échange de relations sexuelles, organiser des avortements, certains bébés étant de lui. La liste est ahurissante.

— C'est drôle, intervint Zhang en se frottant la tête, perplexe, à le voir comme ça, on a pourtant l'impression que c'est le type le plus gentil du monde.

— D'accord, articula Zoë avec lenteur, je vois où vous voulez en venir. Je vais me lancer et dire que je parie qu'il les persuadait aussi de tourner dans des pornos.

— Excellent. Vraiment excellent. Vous devriez vous faire payer pour vos dons de divination.

— Merci. Et je devine ensuite que ce n'était pas vraiment lui qui faisait les films, n'est-ce pas ? Qui s'occupait de l'éclairage et des mouvements de caméra ? Lui, il se contentait de fournir la chair fraîche.

— Nous l'ignorons. Nous le pensons. C'est un des chapitres que nous n'avons pas encore refermés.

— Eh bien, laissez-moi vous aider. Laissez-moi essayer de deviner comment se fait le lien avec mon client, Goldrab. Qui, comme je vois les choses, fournissait probablement tout le matériel technique. David Goldrab ? Ce nom ne vous dit rien ? Gold-rab. Citoyen britannique, avait trouvé un filon lucratif dans les années 90 en important du porno du Kosovo. C'était moins cher de le faire là-bas, évidemment.

— Goldrab ? reprit Zhang en lançant à Watling un regard interrogateur. Madame ? Ce nom n'a pas été cité quelque part ?

Il tira un dossier à lui et feuilleta rapidement les documents.

— Je suis sûr de l'avoir vu.

Watling prit un autre dossier.

— Ce ne serait pas dans le… ? Non. C'était un de ces versements ? Une des sociétés.

— Bingo, fit Zhang en pointant un doigt sur sa supérieure. Vous avez raison, c'est ça.

Il posa le dossier, en prit un autre, faisant défiler les pages à la vitesse de l'éclair, marmonnant des noms tout bas. Pour finir, il arriva à un certificat du registre des sociétés. Il sortit le document.

— Tenez, voilà. DGE Enterprises. Directeur et secrétaire général de la société, M. David Goldrab. Domiciliée à Londres… mais c'est probablement un comptable, ou bien un avocat.

— C'est quel genre de société ? Pourvoyeurs d'obscénités de premier choix ? Fournisseur officiel de Sa Majesté la reine Elizabeth II ?

— Non. Des récipients. Des récipients alimentaires pour l'industrie de la restauration. Et, en 2008, Dominic Mooney a acheté vingt mille bocaux à conserve à DGE.

Zoë haussa les sourcils.

— Ça en fait de la confiture, dites. Il doit diriger une exploitation fruitière.

— De sa maison de Finchley ?

Tous les trois se regardèrent.

— Alors, dit Zhang en souriant, qui va être le premier à le dire ?

— Moi, moi ! glapit Zoë en levant la main. Chantage. Il y a des années de cela, Goldrab faisait du porno au Kosovo et Mooney fournissait les filles, en se servant de celles que son unité était censée protéger. Leur collaboration capote et, des années plus tard, longtemps après leur séjour kosovar, Goldrab se dit que faire chanter un vieux copain est un moyen honnête de gagner de l'argent.

— D'où les paiements de Mooney à sa douteuse boîte de « restauration ».

Zoë approuva d'un hochement de tête. Si Goldrab avait fait chanter Mooney, ce dernier serait ravi que Goldrab meure. Son regard fit l'aller et retour de Watling à Zhang.

— C'est quel genre, Mooney ? A part ce qu'il a fait au Kosovo, je veux dire. Est-ce qu'il est actif dans d'autres milieux ? De quoi est-il capable ? De commettre un meurtre ?

Watling éclata d'un rire sec.

— Tout à fait capable. Ce ne serait pas la première fois. Si l'on en croit la conclusion de nos enquêtes, il est lié à au moins deux autres affaires de personnes disparues, ici et au Kosovo.

— Et le nom de Lorne Wood n'a pas fait surface ?

— Non, répondit-elle en haussant les sourcils, mais je connais ce nom. C'est le meurtre dont vous vous occupez à Bath, c'est ça ? Ça peut paraître surprenant, mais à la SIB nous nous intéressons à ce que fait la police de province, même si cet intérêt n'est pas réciproque. Mais aucun lien n'a été établi entre Lorne et Mooney. Absolument aucun. Pourquoi demandez-vous cela ?

— Où était-il samedi dernier ? Le 7 mai ? Le jour de la mort de Lorne.

— A Londres.

— Vous en êtes sûre ?

— A cent pour cent. Je peux vous assurer qu'il n'a rien à voir dans la mort de Lorne Wood.

— C'est pourtant un tueur.

Watling aspira entre ses dents.

— Entendons-nous bien : certes, c'est un tueur, mais pas ce genre-là. Si Mooney veut éliminer

377

quelqu'un, ce sera un contrat froidement exécuté, mais pas un meurtre à caractère sexuel. Lorne Wood ? Jamais. Goldrab ? Peut-être. Mais il ne se salirait pas les mains. Il sous-traiterait.

— Il engagerait quelqu'un ? Dans ce cas, il y aurait une trace de paiement.

Zoë se pencha vers Zhang pour consulter le dossier.

— J'imagine que vous n'avez pas les relevés de compte de Mooney là-dedans ?

Zhang ferma le dossier, se tourna légèrement sur sa chaise, croisant les jambes et soulevant son épaule pour l'empêcher de voir.

— Il n'y a rien là-dedans, assura Watling. Faites-moi confiance. On le saurait. Si un paiement avait été effectué récemment, il aurait utilisé une devise forte pour ne laisser aucune trace papier. Je pencherais pour des Krugerrands… Il avait des liens avec ce trafic de devises qui a éclaboussé la RAF, il y a des années de cela, vous vous rappelez ? L'humble Kruger était très demandé en ce temps-là.

— Quel genre d'individu engagerait-il ?

— En général, ce sont d'anciens militaires. En ce moment, le marché est inondé d'anciens de l'IRA, ils vous descendent quelqu'un pour dix mille livres. Mais ce n'est pas le style de Mooney. Ces types sont des francs-tireurs, pas assez fiables, trop bavards avec leurs vieux copains de comptoir. Non, il paierait plus cher pour avoir quelqu'un de confiance.

Zoë mit ses coudes sur la table, le menton dans ses mains, et regarda fixement les dossiers, réfléchissant à cette théorie du tueur à gages. Si Mooney avait effectivement fait éliminer Goldrab, et si elle arrivait à trouver celui qu'il avait payé pour s'en charger, alors toute l'affaire pourrait commencer à s'éclaircir. S'il existait un lien entre Goldrab, Mooney et Lorne que la SIB n'avait pas mis au jour, il apparaîtrait en un rien de temps. Sinon, au pire, elle aurait la certitude que Goldrab était bien mort.

— Et où est Mooney en ce moment ?

— En vacances avec sa femme… et bientôt ex-femme quand le scandale éclatera.

— Il y a un endroit où je pourrais lui rendre visite ?

— Ouais, grogna Zhang, attendez une minute, je vais vous écrire l'adresse.

— Ce que je veux dire, expliqua lentement Zoë, c'est comment on gère ça à partir de maintenant ? Qui fait machine arrière ? Qui renvoie l'ascenseur à qui ? J'ai la priorité sur Goldrab, ce qui signifie que j'ai le droit d'enquêter sur ses rapports avec Mooney.

— Et nous avons la priorité sur ce que Mooney a fait au Kosovo. Et sur les preuves. Allons, dit Watling en secouant la tête, nous y avons passé des années, Zoë. Des années. Vous n'avez pas idée du nombre d'heures de travail que ça représente. Tout est en place, prêt à basculer.

Elle leva une main et mima une voiture au bord d'un précipice.

— L'arrestation de Mooney est prévue la semaine prochaine, continua-t-elle. Mais il y a un risque de fuite s'il subodore quelque chose. Il peut quitter le pays et disparaître de mille façons. Vos coups de téléphone ont déjà fait paniquer sa secrétaire, parce que vous lui avez parlé de police criminelle. Pardonnez-moi, mais vous avez déjà compromis l'affaire. Encore une boulette et on perd tout. Non.

Elle plaqua ses deux mains sur le bureau. Comme si elle avait pris sa décision et qu'ils en avaient terminé.

— On prend le relais sur la disparition de Goldrab, et on partagera nos fichiers confidentiels quand tout sera bouclé. Vous aurez les résultats sans le travail. Goldrab ne peut pas avoir autant d'importance à vos yeux ?

— Si, il peut.

— Pourquoi ?

— Pour toutes les raisons habituelles. Parce qu'une fois que j'aurai résolu l'affaire, mon chef accrochera des petits fanions en mon honneur. Tous les policiers en civil de Bath se mettront en rang et chanteront « Zoë, on t'aime » quand je traverserai la salle de réunion. Parce que des oiseaux bleus viendront ranger mon bureau tous les matins.

— S'il reste des lauriers à distribuer, ils seront pour vous. Vous avez ma parole. Vous les aurez, vos petits fanions, Zoë. Vous les aurez. Les oiseaux bleus et le reste.

Elle hocha la tête en souriant. S'ils étaient dans un film, comme l'avait suggéré Zhang, ce serait le moment où elle se rebifferait, refuserait qu'on lui prenne son affaire. Pourquoi écrivaient-ils toujours le même scénario ? se demanda-t-elle. Qu'est-ce que les gens avaient contre le fait de hocher la tête, de faire une promesse, puis de revenir à sa première intention ? D'après son expérience, cette solution permettait de s'épargner bien des tracas.

Elle poussa un long soupir et se laissa aller contre le dossier de sa chaise, les bras ballants.

— D'accord, d'accord. Mais si fanions il y a, c'est moi qui choisis les couleurs.

19

Il était tard et Millie voulait rester dormir chez Sophie Sweetman. Apparemment, elles s'étaient rabibochées. Sally n'aurait pas accepté après ce qui s'était passé ce soir-là, mais elle se disait avec un peu trop d'optimisme que sa fille passerait peut-être du temps avec Nial et pas seulement avec Sophie. Que ça lui sortirait Peter Cyrus de la tête. Et de toute façon, fit valoir Steve, Jake n'était plus un problème à présent : Sally pouvait se détendre. Elle n'avait qu'à venir chez lui, ils se soûleraient et fêteraient la fin de cette horrible affaire. En son for intérieur, cette proposition la soulageait. Elle lui donnait l'occasion d'échapper aux silences qui semblaient envelopper les champs autour de Peppercorn.

Ils veillèrent tard en buvant un vin à dessert liquoreux que Steve avait déniché à dix euros la bouteille dans un supermarché de Bergerac. Ils firent l'amour deux fois ; une fois sur le plan de travail de la cuisine, encore tout habillés, et plus tard, au lit, sous les couvertures, alors qu'ils étaient fin soûls et que Sally n'arrêtait pas de hoqueter et de glousser. En apparence, tout paraissait presque normal. La dernière chose qu'elle fit avant de s'endormir fut néanmoins d'ouvrir les fenêtres pour que les bruits de la ville, auxquels elle n'était pas habituée, pénètrent dans la chambre et s'invitent dans ses rêves, empêchant peut-être Zoë, ou David Goldrab, de se dresser brusquement et de l'empoigner par le bras.

Elle se réveilla tard, avec une solide gueule de bois. Il faisait aussi chaud qu'en plein été, et ils prirent le petit déjeuner sur la terrasse. Jus de canneberge et framboises fraîches. C'était ce jour-là que Steve partait en Amérique, et elle pensait y être préparée. Après le petit déjeuner, pourtant, quand elle le vit en costume dans l'entrée, sa valise par terre près de lui, elle se sentit soudain glacée.

— Et s'il se passe quelque chose ? Si on m'interroge à nouveau ? Je ne saurai pas quoi dire.

— On ne t'interrogera plus. Ça n'arrivera pas.

— Et si quelqu'un retrouvait la trace de l'argent que tu as changé ?

— Les Krugerrands ? Aucune chance, fais-moi confiance, assura-t-il en soulevant sa valise. Tout se passera bien.

Sally se montra sombre pendant le trajet jusqu'à l'aéroport. Comme l'Audi était en réparation, ils prirent sa voiture. C'était Steve qui conduisait, vitre baissée et radio à fond, comme s'il était parfaitement insouciant. Elle était recroquevillée sur le siège passager, serrant son sac à main sur ses genoux, regardant par la vitre la banlieue de Bristol, le soleil qui découpait des ombres dures sur les maisons miteuses. Elle se demanda si Zoë venait parfois à Bristol. Bien sûr qu'elle devait venir... très souvent. Elle avait fait le tour du monde. Le visage de sa sœur assise à la table de la cuisine lui revint alors en mémoire. « Je m'excuse. » Elle essaya d'imaginer qu'on lui enlevait cette image, qu'on la tirait comme un fil gris de sa tête, puis qu'on la jetait par la vitre et qu'elle disparaissait brusquement dans le sillage de la voiture, comme un fantôme.

Ils se garèrent en se parlant à peine, quittèrent le soleil pour entrer dans le terminal, passèrent au comptoir d'enregistrement et prirent l'escalator. Comme on appelait déjà son vol, il alla directement à l'embarquement. Ce fut une fois qu'elle l'eut embrassé pour lui dire au revoir, alors qu'elle s'éloignait, tête baissée, qu'il l'arrêta :

— Sally ?

Elle s'immobilisa, se retourna. Il était dans la file du contrôle de sécurité, face à elle, les autres passagers défilant devant lui. Il arborait une expression étrange. Et frottait ses doigts, en les étudiant curieusement.

— Quoi ? Qu'est-ce qu'il y a ?

Il plissait le front. Il ouvrit la main pour lui montrer.

— Rouge à lèvres ?

Elle revint vers lui et, ensemble, ils examinèrent ses doigts tachés. Une sorte de rouge orangé.

— Ça vient d'où ?

— Je n'en sais rien. C'est au moment où je t'ai embrassée…

Il posa la main sur son épaule et la fit se retourner pour examiner son dos.

— C'est ta robe. Regarde.

Sally tendit le cou derrière elle, en tirant sur le bas de sa robe. Il avait raison, le dos du vêtement était couvert de rouge à lèvres. Un rouge orangé très particulier.

— Tu t'es frottée à quelque chose ?

— Je ne crois pas, dit-elle en se contorsionnant pour mesurer l'étendue des dégâts. Il y en a beaucoup.

— Tu as... tu t'es appuyée contre quelque chose. Tiens.

Steve sortit un mouchoir plié, prêt à frotter le tissu.

— Laisse, ça va aller.

Elle lui prit le mouchoir des mains et le remit dans sa poche de poitrine.

— Ne t'en fais pas, je vais arranger ça. Tu vas rater ton avion.

Elle l'embrassa sur la joue et le poussa doucement vers le contrôle de sécurité.

— Allez, va.

Il jeta un dernier regard à sa robe.

— Tu es sûre ?

— Evidemment. Fais un bon voyage et appelle-moi en arrivant.

20

Dans le *Who's Who*, la notice biographique de Dominic Mooney n'avait pas été mise à jour depuis son retour du Kosovo. On y lisait ceci :

Etat civil : Naissance à Hongkong, 20 sept. 1955 ; de Paul et Jean Mooney ; m 1990, Paulette Frampton ; un f.
Etudes : Kings, Canterbury ; Edinburgh Univ., Ba Hons ; RMA Sandhurst.
Carrière : Service militaire 1976-1988, Royaume-Uni, Belize, et Irlande du Nord (1979-80). Administration : depuis 1986 : 1986-99 Direction de l'armement ; 1999-2001 Secrétariat civil, Kosovo ; 2001-2004 TPIU, Priština.
Adresse : 3 Rightstock Gardens, Finchley, London N3.

Zoë savait que le « un f. » de la première ligne signifiait que Mooney avait « un fils », lequel était probablement adolescent et trop âgé pour partir en vacances avec ses parents. Elle le débusqua sur Internet en un rien de temps. Elle commença ses recherches après la réunion de la matinée, tapa Mooney/Kosovo, et le trouva en moins de dix minutes : Jason Mooney. Il avait mis pratiquement toute sa vie en ligne, y compris la mission de son père au Kosovo. (Pas un mot sur les filles et les demi-frères et sœurs avortés.) Il était beau garçon, bronzé comme semblaient l'être tous les étudiants sur les photos de leur profil Facebook. Il aimait nager et Punk, une boîte dans Soho Street, et estimait que Pixie Lott était la femme la plus sexy du monde. Il avait un tatouage en hindi sur la cheville gauche, portait encore le bracelet de l'amitié que son meilleur ami lui avait donné quand il avait douze ans, et faisait sa première année d'aéronautique à la City University. Son ambition ultime était de travailler au sein d'une équipe financée par des fonds privés pour envoyer une sonde aux confins de l'espace. Mais son véritable amour, l'objet de son plus profond attachement, la chose qui lui briserait le cœur s'il venait à la perdre, c'était sa bécane : une Harley FX Super Glide de 1971. Il avait été pris en photo avec, sur une route de campagne ensoleillée, l'air parfaitement béat. L'image baignait dans un léger flou artistique, comme une photo de jeunes mariés. A l'instant où Zoë la vit, un boulevard s'ouvrit devant elle. C'était tellement évident que ça ressemblait presque à une piste d'atterrissage bordée de balises lumineuses.

Watling avait déclaré qu'elle était la personne la plus cynique du monde. Mais elle se trompait. Parce que, question cynisme, Zoë lui mettait la pâtée. Elle savait qu'après la poignée de main polie échangée avec Watling et Zhang, elle n'entendrait plus jamais parler des « Fédéraux ». Et que le commandant de Salisbury

Plain ne lui manifesterait jamais la moindre reconnaissance. Elle ne voulait pas compromettre leur enquête, mais elle n'avait pas renoncé à obtenir les informations dont elle avait besoin.

Apportez-moi la tête de David Goldrab, pensa-t-elle en attrapant à la volée son casque, sa cagoule, ses cartes de crédit et ses clés. Elle dévala l'escalier au petit trot. Pas de Zhang planté telle une araignée géante et irritable sur le parking. Elle enfourcha la Harley, enclencha le starter et appuya sur le démarreur. Elle serait à Londres pour midi.

C'était une journée ensoleillée, le temps idéal pour rouler à moto. La M4 était dégagée, à part un bouchon à la sortie de Swindon, qu'elle traversa en se faufilant entre les voitures. Elle attira bien des regards. Avec le soleil qui se reflétait sur ses lunettes de moto-cross Oakley, elle avait l'impression d'être dans un road-movie des années 70, le riff d'ouverture d'une chanson des Steppenwolf passant en boucle dans sa tête. Les Mooney vivaient à Finchley, dans le nord de Londres, près du périphérique, là où les maisons mitoyennes du centre-ville commençaient à faire place aux pelouses, aux allées, aux garages et aux haies d'ifs et de cyprès de Leyland. Elle trouva la rue sans difficulté. En un coup d'œil, elle sut qu'elle avait pénétré dans une enclave pour riches. Hauts murs, portails électroniques et systèmes de sécurité somnolaient au soleil. On n'était pas loin de Bishop's Avenue, après tout, l'avenue des milliardaires.

Elle se trouvait du côté des numéros à plusieurs chiffres, la maison des Mooney devait donc se trouver de l'autre côté. Elle fit faire un demi-tour à la Harley et reprit le périphérique. Tourna à droite, puis encore à droite jusqu'à se retrouver à l'autre bout de la rue, et repéra une place où se garer. Elle béquilla la moto, retira la clé et recula de quelques mètres en ôtant son casque. Sous le couvert d'un mur en brique courbe, elle put observer les maisons de la rue. Celle des Mooney était le gros pavillon des années 50 avec les murs hérissés de pointes en fer, l'allée en brique, et les plates-bandes plantées de kerries aux boules jaune d'œuf immobiles dans le soleil. Aucun fonctionnaire n'aurait dû vivre dans un endroit pareil, même ceux qui gagnaient plus que le Premier ministre.

Elle passa en revue ses options. Il n'y avait pas de voiture dans l'allée, les portes du garage double étaient fermées, ainsi que la grille d'entrée. Une des fenêtres de l'étage était entrebâillée. Elle s'avança un peu, tournant le dos au vacarme de la circulation sur la route principale, et fixa son attention sur cette fenêtre entrouverte. La guitare de Steppenwolf continuait de jouer dans sa tête, mais il y avait autre chose. Elle en était sûre. Une pulsation frénétique qui provenait de la maison. Une voix de femme, débitant du hip-hop à la sauce Hollywood avec l'accent de South London. Le genre de musique qui faisait fuir ceux qui habitaient les quartiers populaires, et que seuls les gamins blancs des banlieues chics trouvaient radical. Zoë adressa à la fenêtre ouverte un petit sourire ironique. Jason. Forcément. Parfois les choses étaient décidément trop faciles.

Elle retourna tranquillement à la moto en enfilant son casque, releva la béquille et sortit de la poche de son blouson le couteau Leatherman qu'elle emportait partout. Elle se pencha en avant, passa la main dans l'espace entre le cadre et la culasse, et frappa un coup sec sur l'isolant en céramique d'une des bougies. Il se fendit aussitôt. Elle enfourcha la moto, démarra et s'engagea dans l'avenue, le vrombissement retentissant du moteur se réverbérant sur les maisons par-delà leurs grands jardins de devant. Au bout de cinquante mètres environ, le vrombissement se mua en toussotement, puis en crachotement. Le moteur finit par caler et la moto continua sur sa lancée jusqu'à s'arrêter à une dizaine de mètres de l'allée des Mooney. Elle en descendit, retira son casque, secoua la tête pour libérer ses cheveux, ouvrit la sacoche et commença à sortir des outils. Un assortiment de pinces – parfaitement inadaptées en l'occurrence. Elle s'allongea sur le trottoir, se tourna de côté, et s'efforça de saisir l'isolant avec les mâchoires de sa pince.

Elle n'entendit pas Jason approcher. Elle prit conscience de sa présence en apercevant ses pieds à un mètre de distance : bronzés, dans une paire de vieilles tongs Ripcurl, usées jusqu'à la corde et décolorées par le sable et le soleil. Elle les regarda quelques secondes. Puis elle s'écarta de la moto et s'assit au bord du trottoir.

— Désolée. J'espère que je ne dérange personne. Je devrais avoir débarrassé le plancher dans moins de dix minutes.

— C'est l'allumage qui a des ratés. Ça s'entend au bruit.

Jason paraissait plus maigre que sur ses photos Facebook. Et sur celles qu'il avait choisies, sa mâchoire semblait plus carrée qu'elle ne l'était en réalité. Il avait un visage ouvert, des yeux très écartés, d'un bleu pâle. On n'y décelait aucune trace de méchanceté ni de sournoiserie. Il portait un tee-shirt humoristique : « *Oh non, vous allez essayer de me remonter le moral, c'est ça ?* »

— Je vous ai entendue dans la rue. J'ai fermé les yeux, et je me suis dit : ça, c'est une Super Glide FXE. Une 1980. Je me suis planté pour l'année, mais j'ai bon pour la marque et le modèle.

Jason secoua la tête. Il paraissait impressionné.

— Quand je pense à toutes les maisons devant lesquelles vous auriez pu tomber en rade… Je veux dire, je suis un fondu total de Harley. Vous n'auriez pas pu mieux tomber. Vous avez regardé les bougies ?

— C'est ce que je suis en train de faire. J'aurais pu régler ça en deux secondes si j'avais une clé à bougie. Mais il faut que je fasse avec ça.

Elle lui montra la pince.

— Bon sang. Faut que vous voyiez mon atelier. Il y a tout ce qu'il faut. Venez, venez.

Elle hésita. Balaya l'avenue du regard.

— Tu es sûr ?

— Mais oui, allez. C'est du pur karma ce qui arrive.

Ensemble, ils poussèrent la Shovelhead dans l'allée et le portail se referma derrière eux. Un bruit d'eau se faisait entendre quelque part sur le côté de la maison.

— Super, la baraque, commenta Zoë tandis que Jason ouvrait la porte du garage. Le propriétaire se débrouille très bien dans la vie, visiblement.

— C'est la maison de mes parents. Ils sont absents. Il n'y a que moi et les tortues. Vous avez déjà essayé d'avoir une conversation avec une tortue ? Croyez-moi, elles n'y connaissent rien en bécanes.

— Je ne connais pas beaucoup de gens qui connaissent leur bécane aussi bien que toi.

Cette remarque lui fit plaisir. Il lui adressa un grand sourire et lui tendit la main.

— Je m'appelle Jason.

— Evie, dit-elle en lui serrant la main. C'est sympa de rencontrer un autre fan de Harley.

Il sourit et pointa un doigt sur lui.

— Rappelez-vous ce visage. Je suis un génie de la technique. Un jour, je ferai atterrir une sonde sur Mars. Vous verrez.

A l'intérieur du garage, il y avait un 4 × 4 rouge et la Harley. Il passa un moment à la lui faire admirer, la laissant promener ses doigts sur une soudure qu'il avait faite lui-même juste pour qu'elle constate qu'elle était « incroyablement lisse ». Après quoi il alla se planter devant son établi au fond du garage et passa en revue les outils accrochés au mur, marmonnant tout bas, jusqu'à ce qu'il trouve l'objet désiré.

— A mon avis, c'est une magnétique qu'il faut, dit-il en choisissant une clé à bougie.

Il s'agenouilla sur le sol froid du garage à côté de la moto. Pendant qu'il bricolait, Zoë ouvrit son blouson et marcha ostensiblement le long de l'établi en faisant mine d'étudier les étiquettes et les outils. Alors qu'elle lui tournait le dos, elle fit glisser la pince multiprise de sous son tee-shirt, s'accroupit et la laissa tomber par terre. Elle aurait peut-être besoin de revenir. Elle s'appuya ensuite contre l'établi, les bras croisés, la tête en arrière. Dans cette position, elle pouvait voir par la porte qui conduisait à l'intérieur de la maison. Elle était entrouverte. De l'autre côté on avait un aperçu de la vie

392

de Dominic Mooney : un tapis bleu pâle, une console en acajou brillant, des arums artificiels dans un vase. Jason avait dû éteindre le hip-hop, parce que la maison était silencieuse, à part le tic-tac d'une horloge comtoise quelque part.

— Ça ne sera pas long. C'est l'isolant qui est fendu.

— Ah bon ? Heureusement que tu étais là. Ça ne serait pas possible de… ?

Elle indiqua la maison d'un mouvement du menton et leva les mains pour montrer à quel point elles étaient crasseuses.

— J'ai roulé toute la journée et je meurs d'envie de me laver les mains.

— Première porte à gauche, dit-il sans lever les yeux. Prenez la serviette sur l'anneau en métal, pas celles qui sont pliées, avec la dentelle et tout. Elles sont pour les invités, celles-là. Ma mère me tue si on les salit.

Zoë pénétra dans la maison d'un pas nonchalant, faisant cliqueter les fermetures Eclair de son blouson. Elle entra dans les toilettes et s'aspergea le visage. Il y avait des accessoires de qualité, comme du savon Champney et une crème hydrante italienne dans un flacon en pierre avec une inscription en lettres d'or. Elle décrocha la serviette de l'anneau et s'aventura dans le hall d'entrée en s'essuyant les mains. Elle entendait Jason bricoler dans le garage. Elle profita de ce qu'il était tout entier à ce qu'il faisait pour jeter un rapide coup d'œil dans les pièces accessibles depuis l'entrée. Le salon était immense, tapissé d'un revêtement de sol à motifs et meublé comme un hôtel, avec des canapés recouverts de luxueux tissus. Les bibliothèques en acajou débordaient de livres et d'albums photos. Une porte-fenêtre ouvrait sur un vaste jardin clos de murs, inondé de soleil. Une raquette de tennis et une boîte de balles étaient appuyées contre la porte. Bizarre, songea-t-elle en les regardant. Elle n'avait jamais vraiment pensé au nombre de gens qui possédaient des balles de tennis chez eux.

Elle alla jusqu'au seuil de la cuisine, qu'elle soumit à une rapide inspection : rustique avec des éléments en bois, une guirlande de houblon séché sur les lambrequins, des ustensiles dans un pot en terre cuite. Un torchon en vichy. Cela ne ressemblait pas à la maison d'une personne susceptible de tuer ou de payer quelqu'un pour le faire. Malgré tout, quelque chose dans cet endroit, une simple impression, lui soufflait qu'on pouvait tout à fait imputer à Mooney le fait que le dîner de David Goldrab avait durci dans son micro-ondes à Bath.

Dans le garage, le moteur s'ébroua. Jason poussa un petit cri de victoire. Zoë revint dans l'embrasure de la porte en s'essuyant toujours les mains. Il était debout à côté de la moto, souriant de toutes ses dents, tournant la poignée d'accélérateur pour faire rugir le moteur.

— Je vous l'avais dit, cria-t-il pour couvrir le vacarme. Souvenez-vous de ce visage. Souvenez-vous de moi !

Elle posa la serviette sur l'établi et s'approcha de la moto en secouant la tête d'un air admiratif.

— Génial. Je te dois quelque chose ?

— Un tour ? Enfin…

Se rappelant ses bonnes manières, il cessa de jouer avec l'accélérateur et arbora une expression plus sobre.

— Un tour ? Si ça ne vous dérange pas.

— Tu veux conduire ma Shovelhead ?

— Non… je veux dire, pas si ça pose problème. Vraiment. Oubliez ça.

— Non, non, enfin, c'est que…

Elle se mordilla la lèvre. Fit mine d'hésiter. Puis, à la fin :

— Il n'y a aucun problème. Tu es assuré ?

— Je fais juste un aller et retour. Je ne sors pas de la rue.

— D'accord. Je suppose que c'est la moindre des choses. Mais fais-y attention, hein ?

— Vous pouvez compter sur moi.

Jason courut à l'intérieur et revint tout aussi vite, équipé d'un casque jet Shœi noir. Il envoya valser ses tongs et enfila des bottes sur ses pieds nus. Il avait l'air légèrement cinglé avec son tee-shirt et son casque. Il vacilla un peu en franchissant les grilles, puis trouva son rythme. Il déboucha dans la rue en seconde et disparut. Elle entendit le grondement du moteur par-dessus les haies et les jardins tandis qu'il mettait les gaz. Elle se hâta de retourner à l'intérieur.

Les rayonnages du salon ne contenaient rien de particulier. Quelques photos de famille, les Mooney le jour de leur mariage, Jason bébé, une grande fille maigre dans une robe de demoiselle d'honneur. Les livres étaient principalement des essais, sur la politique et les langues – espagnol, russe, arabe. Rien qui ressemblât à des dossiers professionnels. Elle revint dans l'entrée et ouvrit toutes les autres portes. Une buanderie, un atelier avec des poteries à moitié achevées un peu partout, une salle à manger dont les rideaux étaient tirés pour empêcher le soleil de décolorer les meubles. Et une pièce fermée à clé.

Elle secoua la porte. Passa les doigts au-dessus du chambranle, à la recherche d'une clé. Regarda dans le bol sur le porte-manteaux, soulevant des clés de voiture sur un trousseau en caoutchouc en forme de ressort, une clé de compteur de gaz, quelques tickets d'essence.

Elle ressortit par le garage, traversa l'allée et franchit le portail en bois sur le côté. Là, les maisons étaient plus rapprochées et se faisaient de l'ombre. Sur ce pignon, il n'y avait que deux fenêtres, l'une dépolie, avec la ventilation des toilettes dessous, l'autre étant celle de la pièce fermée. Elle posa la main sur la vitre et regarda à l'intérieur. Elle distingua un grand bureau en acajou au plateau couvert de cuir, une lampe de banquier verte posée dessus, un fauteuil en cuir et un repose-pieds. Derrière le bureau, elle voyait parfaitement les boîtes à archives alignées sur les étagères. L'une d'elles portait la mention « Kosovo », une autre « Priština ». Peut-être contenaient-elles le nom de celui qu'il avait payé. Et de quelle manière. Elle tambourina des doigts sur la vitre. Elle pourrait casser la fenêtre, entrer et sortir en un rien de temps.

Le bruit de la moto qui revenait résonna dans la trouée entre les deux maisons et elle s'écarta de la fenêtre. Elle avait des démangeaisons dans les mains tellement elle avait envie de le faire. Mais le bruit de la moto était de plus en plus fort et, à la dernière seconde, elle changea d'avis. Elle retourna au portillon qui ouvrait sur l'allée et se rendit compte qu'il s'était coincé. Elle tira dessus d'un coup sec, secoua la poignée, mais rien n'y fit. La moto approchait. Elle regarda par-dessus son épaule en direction du jardin de derrière. Ce serait trop long de passer par là. Elle fit une dernière tentative. Cette fois, le portillon céda, et elle passa de l'autre côté au moment où Jason arrivait en trombe dans l'allée.

Il arrêta la moto, retira son casque et la regarda bizarrement.

— Salut, dit-elle en tapotant le guidon de la Harley. Alors, elle te plaît ? Non, tu n'es pas emballé.

Le regard du jeune homme dériva vers le portillon.

— Tout va bien ?

— Hein ? fit-elle en regardant derrière elle. Ah ouais, je cherchais un tuyau d'arrosage. Je voulais la laver à grande eau.

— La laver ? Elle n'a pas l'air d'en avoir besoin.

— Moi, je trouve que si.

— Il y a un tuyau là-bas.

Il montra le robinet installé sur la façade de la maison, avec son tuyau soigneusement lové sur un dévidoir vert et jaune.

— Vous ne l'aviez pas vu avant de faire le tour par l'arrière ?

— Non.

Jason se gratta pensivement la tête, plissa les lèvres. Puis il descendit de moto et enroula la jugulaire de son casque autour de son poignet, comme elle avait vu des bikers le faire quand ils se préparaient à s'en servir comme d'une arme.

— Jason ?

— Qui êtes-vous ?

— Qui je suis ? Je te l'ai dit. Je m'appelle Evie.

— Eh bien, Evie, si vous avez pris quoi que ce soit dans cette maison, vous allez le regretter. J'ai votre immatriculation. Et vous n'imaginez pas à quel point mon père est tatillon pour ce genre de choses.

— Je n'en doute pas.

— Et je serais vous, j'aurais vraiment pas envie de m'embrouiller avec mon père.

— Je ne m'embrouille avec personne.

Elle leva les mains en l'air.

— Je m'en vais.

Elle passa devant lui, s'attendant presque à entendre le sifflement du casque s'abattant sur son crâne, tellement son changement d'attitude avait été brutal. Respect, Jason. Tu es moins facile à berner que je ne le croyais. Elle ramassa son propre casque sur l'allée, talonnée par Jason qui, les bras croisés, la regarda fermer son blouson et enfourcher la Shovelhead.

— J'ai laissé la serviette sur l'établi.

Elle emballa le moteur, leva la main et lui décocha un sourire éclatant.

— Il faudrait peut-être la mettre à sécher, pour ne pas contrarier maman. A plus, Jason, c'était sympa de faire ta connaissance.

21

Dans les toilettes pour femmes de l'aéroport de Bristol, Sally, dos au miroir, tirait sur sa robe pour étudier les traces de rouge à lèvres. Dans la glace, elle distingua ce qui ressemblait à des lettres, comme si elle s'était appuyée sur quelque chose. Une inscription, un graffiti ? Mais où ? La plupart des caractères étaient à moitié effacés, indéchiffrables, mais elle était certaine de reconnaître un « AW ». Et peut-être un « G ».

Elle entra dans une cabine, enleva sa robe et essaya de la nettoyer avec le paquet de lingettes qu'elle avait dans son sac. Le rouge à lèvres ne partait pas. Au contraire, il pénétra encore plus dans le tissu, et elle dut remettre sa robe et nouer son pull à sa taille de manière qu'il couvre les taches. Elle retourna au parking, la chair de poule gagnant ses bras en dépit du soleil. Elle jeta son sac à main sur la banquette arrière de la Ka et s'apprêtait à s'asseoir au volant lorsqu'une idée lui traversa l'esprit. C'était Steve qui avait conduit pour venir ici, et elle s'était assise sur le siège passager. Elle claqua la portière et fit le tour de la voiture. Elle ouvrit la portière de l'autre côté et s'accroupit, passant le doigt avec précaution sur la garniture du siège. Quand elle le retira, il était rouge. Elle le regarda un long moment. Puis, en hâte, prit d'autres lingettes dans son sac et les étala sur le siège. Elle appliqua une légère pression dessus avec ses mains, et compta dans sa tête jusqu'à cent. Elle entendait d'autres gens, qui faisaient bruyamment rouler leurs valises dans le parking. Entendait leurs pas s'interrompre quand ils s'arrêtaient pour la regarder accroupie devant sa portière ouverte.

Elle retourna les lingettes et les examina. Si la substance avait imprimé sa robe, elle devait être déjà présente quand elle était montée dans la voiture. Celle-ci était restée toute la nuit stationnée chez Steve, dans son allée. Elle essaya de se rappeler si elle avait verrouillé les portières. Comme elle ne le faisait jamais à Peppercorn, elle avait peut-être oublié. Et des gamins étaient peut-être montés dedans.

Elle étala les lingettes et les déplaça jusqu'à ce qu'elles s'assemblent correctement. Les lettres étaient estompées, certaines manquaient, et celles qu'elle pouvait déchiffrer étaient inversées. Elle trouva un « Y », un « G », puis un « W ». Elle identifia un « ITCH », les quatre lettres à la suite, et, de manière assez lisible, « EVIL ». Un autre « Y » et « ITH », alors tous les éléments se mirent brusquement en place.

You won't get away with it. You evil bitch.

Tu ne t'en tireras pas. Sale garce.

Tremblante, elle se releva d'un coup, manquant se cogner la tête au toit de la voiture. Elle se retourna brusquement, comme si quelqu'un pouvait se trouver derrière elle à l'épier. Mais sur des centaines de mètres à la ronde, elle ne vit que des voitures, et la tête d'un ou deux voyageurs se déplaçant parmi elles. Elle claqua la portière et commença à courir vers le terminal. Puis, s'avisant que Steve avait déjà rejoint la zone d'embarquement, elle fonça à la voiture, sortit fébrilement son téléphone de son sac, faisant tomber des objets dans sa précipitation. Elle composa son numéro, les doigts pareils à de la gelée. Il y eut un silence, suivi d'un bourdonnement électronique, et le téléphone bascula sur sa messagerie.

Ici, Steve. Si vous souhaitez laisser un message, je...

Elle raccrocha et resta là dans le soleil aveuglant, les mains sur le toit de la voiture, le souffle coupé, la vérité descendant lentement sur elle, comme un nuage.

Quelqu'un, d'une façon ou d'une autre, savait exactement ce que Steve et elle avaient fait à David Goldrab.

22

Le motel était un de ces endroits avec des fenêtres scellées pour filtrer le bruit de la circulation, des distributeurs de savon souples fixés au mur et des distributeurs automatiques dans le foyer. Partout des écriteaux promettaient de vous rembourser si vous ne passiez pas une bonne nuit de sommeil. Le motel était situé à seize kilomètres de Londres, sur la M4, et dès qu'elle l'aperçut, elle quitta l'autoroute et prit une chambre. Elle n'avait pas l'intention d'y dormir ; tout ce dont elle avait besoin, c'était un endroit où s'étendre deux heures et réfléchir, mais elle emporta consciencieusement son casque et quelques affaires, et demanda à la réceptionniste une brosse à dents sous plastique.

Une fois dans la chambre, elle retira ses bottes et s'allongea sur le dos, jambes croisées. Elle se couvrit les yeux avec sa cagoule de moto, joignit les mains sur sa poitrine et commença à essayer de mettre de l'ordre dans ses pensées, en les faisant tenir sur une même ligne, afin de décider de ce qu'elle allait faire : continuer à creuser la piste Mooney ou se dire qu'elle en avait assez fait pour aujourd'hui et retourner à Bath.

Comment réagirait-elle si elle voyait Goldrab mort, et toutes les choses qu'il savait de son passé mises sous clé ? Pensait-elle que maintenant qu'elle s'était excusée auprès de Sally, ça allait la purifier d'un coup ? Qu'elle allait devenir pure comme Debbie Harry ? Le genre de pureté qui serait du goût de Ben ? Elle avait la conviction que l'impureté était un état d'esprit qui, une fois installé, ne vous quittait jamais. Comme la tache de sang de lady Macbeth.

Elle prit de longues inspirations pour se calmer. Commença à réfléchir à tout cela. Mais le trajet et les dernières nuits blanches qu'elle avait passées eurent raison d'elle. Moins de cinq minutes plus tard, elle dormait.

Elle rêva à nouveau de la chambre d'enfant, avec la neige qui tombait dehors. Sauf que, cette fois, elle était par terre et se sentait toute petite et effrayée par ce qu'elle voyait : Sally se tenait au-dessus d'elle et lui montrait sa main cassée. Elle était en charpie, avec des os qui sortaient de partout, et le sang qui s'en écoulait tombait à grosses gouttes sur son visage.

Elle se poussa avec ses jambes loin de Sally, se retourna et se précipita vers la porte en trébuchant. Sally suivait de près, la main levée. « Non ! criait-elle. Ne pars pas… ne pars pas ! »

Mais Zoë passa la porte, dévala l'escalier et se mit à courir à toutes jambes dans les rues. Elle reconnut Bristol. Le quartier de St Paul. Devant elle, elle aperçut une porte ouverte, qui diffusait une lumière rouge, et une main qui lui faisait signe. *Dépêche-toi*, cria quelqu'un. *Dépêche-toi ! C'est par là. Viens !* Et alors, d'un coup, elle se retrouva sur une scène, devant un public qui la regardait dans l'expectative. Ses parents, un de ses professeurs de collège et le commissaire étaient assis au premier rang. *Faites quelque chose*, cria le commissaire. *Faites quelque chose de bien*. L'éclairagiste lui fit les gros yeux depuis sa régie et, dans le fond, l'homme chargé de l'entretien s'appuya sur son balai en lui adressant un grand sourire. *Allez, au boulot*, cria quelqu'un. *Faites quelque chose de bien*. On la poussait dans le dos. Quand elle se retourna, elle vit David Goldrab jeune homme, London Tarn.

Zoë, dit-il. *Ça fait vraiment plaisir de te revoir, Zoë !*

Elle se réveilla dans la chambre d'hôtel, cramponnée aux bords du lit, les yeux écarquillés. Elle avait mal à la tête. Elle inspira, souffla, inspira, souffla, regardant fixement le ballet de phares des voitures sur le mur. Au bout d'un moment, elle se retourna. Le cadran sur le chevet affichait 23 : 09. Elle chercha son portable à tâtons, le signal était bon, mais personne n'avait essayé de la joindre ou de lui laisser un message. Elle se demanda de qui elle espérait des nouvelles. De Ben ? Il était onze heures. Debbie et lui devaient être au lit, partageant peut-être un dernier verre, ou un chocolat. Ou autre chose.

Debbie. Pure, pure, pure.

Elle mit le téléphone dans sa poche, fit pivoter ses jambes hors du lit, alla se passer le visage à l'eau froide dans la salle de bains. Puis elle se redressa et examina son reflet.

— Et puis merde, siffla-t-elle. Merde et remerde.

Elle savait ce qu'elle allait faire. Elle allait retourner chez Mooney.

23

— Millie, va te coucher.

Cent cinquante kilomètres à l'ouest, Sally, assise à la table de la cuisine de Peppercorn Cottage, regardait sa fille farfouiller dans le frigo à la recherche d'un en-cas de fin de soirée.

— Tu as cours demain. Allez, il est tard.

L'adolescente gratifia sa mère d'un regard dédaigneux.

— Mais qu'est-ce que t'as ? Tu me prends trop la tête.

— Je te demande simplement d'aller te coucher.

— Mais tu es super-bizarre.

Millie se détourna du réfrigérateur, une brique de lait à la main, et désigna le verre à vin posé près du coude de sa mère d'un mouvement de menton accusateur.

— Et tu as bu comme un trou. Ouais, comme un trou.

Sally protégea son verre de la main. C'était vrai : elle avait descendu toute la bouteille et ça n'avait eu aucun effet. Rien. Elle était toujours aussi tendue, et son cœur battait la chamade.

— Tu te sers un verre de lait, dit-elle en se dominant, et tu l'emportes dans ta chambre.

— Et comment ça se fait que toutes les fenêtres sont
fermées ? C'est comme d'être dans une prison. Enfin
quoi, c'est pas comme s'il allait nous traquer jusqu'ici.

— Qu'est-ce que tu as dit ?

— Il ne sait pas où j'habite.

— *Qui* ne sait pas où tu habites ?

Millie cligna les yeux, comme si elle n'était pas tout
à fait sûre d'avoir bien entendu sa mère.

— Jake, évidemment. Maintenant que tu l'as payé,
il va me laisser tranquille.

Sally demeura silencieuse. Elle avait eu tellement
peur toute la journée que les muscles sous ses côtes lui
faisaient mal. Elle devait faire un effort pour contenir sa
panique. Au bout d'un moment, elle repoussa sa chaise
et alla dans le garde-manger chercher une autre
bouteille du vin de Steve.

— Sers-toi ce verre de lait. Emporte-le dans ta
chambre. Et laisse les fenêtres fermées. Il va pleuvoir
cette nuit.

Millie s'agita bruyamment dans la cuisine, prit un
verre, versa le lait. Elle reposa brutalement la brique sur
le plan de travail et disparut. Sally resta immobile dans
le garde-manger, l'écoutant marcher d'un pas lourd
dans le couloir, claquer la porte de sa chambre. Elle
inspira, appuya sa tête contre le mur, et compta jusqu'à
dix.

Cela faisait près de neuf heures que l'avion de Steve
avait décollé de Bristol. Neuf heures qui lui semblaient
neuf années. Neuf siècles. Avec lassitude, elle s'écarta
de la porte, déboucha le vin, l'emporta à table et remplit

son verre. Elle s'assit et consulta l'écran de son portable. Rien. Il devait atterrir dans cinquante minutes. Elle avait laissé plusieurs messages sur sa boîte vocale. S'il allumait son téléphone avant de passer le contrôle de l'immigration, il en prendrait connaissance d'ici une heure. Il saurait que quelque chose n'allait pas. Elle leva les yeux vers la fenêtre. La cuisine éclairée se réfléchissait dans les carreaux noirs. Toutes les surfaces, les placards, et son propre visage, aussi blanc qu'une lune, au milieu. Plus tôt dans la soirée, après être passée prendre Millie au lycée, elle avait fait le tour de la maison, verrouillé portes et fenêtres, et tiré tous les rideaux. Mais ensuite, l'idée que quelqu'un puisse se tenir, sans être vu, devant une des fenêtres avait cheminé dans son esprit et elle avait fini par rouvrir les rideaux en grand. Entre être observée et ne pas être capable de voir ce qui se passait dehors, elle préférait être observée.

Observée…

Elle était pourtant sûre, sûre et certaine, que, cette nuit-là, personne n'avait pu les voir, Steve et elle, dans le jardin. Alors comment cela était-ce possible ? Qu'avait-elle négligé ?

Elle tira l'ordinateur portable vers elle et lança Google. A l'époque où Google Earth avait fait son apparition, Millie et elle passaient des heures dessus, à zoomer sur des maisons d'amis, à se promener virtuellement dans des rues qu'elles connaissaient. Des rues qu'elles ne connaissaient pas. Des rues où elles ne mettraient peut-être jamais les pieds. A présent, elle zooma sur Peppercorn. Le toit à double pente familier du garage, les lucarnes grises – trois sur l'arrière et trois en façade –, la cheminée en pierre et le toit de chaume. La photo avait été prise en plein été et les arbres étaient aussi gros et duveteux que des fleurs de pissenlit, projetant des ombres courtes et cotonneuses sur la pelouse. Elle passa son doigt sur l'écran, décrivant un large cercle autour du cottage. Il n'y avait rien, aucun bâtiment en surplomb. Elle fit un zoom arrière et ne vit toujours rien alentour. Juste les rangées de cultures dans les champs voisins.

Elle repoussa l'ordinateur et resta un moment un doigt sur les lèvres, à réfléchir. Puis elle se leva, éteignit la lumière et alla se poster à la fenêtre. Il n'y avait rien dehors. Aucun mouvement ni changement. Rien que le scintillement des voitures sur l'autoroute au loin et le gris pâle de la lune derrière les nuages. Elle se déchaussa et s'avança à pas de loup dans le couloir, jusqu'à la chambre de Millie. Elle dormait et sa respiration était régulière. Elle retourna alors dans l'entrée, enfila ses bottes en caoutchouc et son duffel-coat, et se munit du puissant projecteur que Steve avait absolument tenu à lui acheter, parce qu'il pensait que c'était de la folie de vivre dans ce coin paumé où il y avait des coupures d'électricité tous les quatre matins. Steve. Dieu qu'elle aurait aimé qu'il soit là à cet instant.

Elle sortit sans bruit par la porte de derrière. Il faisait frais, presque froid après la chaleur hors de saison de la journée. Elle resta un moment sur le seuil à regarder ce cadre qu'elle connaissait si bien : la grande rangée de bouleaux argentés à la limite nord du terrain, le boqueteau à l'est, le jardin du haut où poussait un arbre à kiwis qui donnait des fruits durs et amers. Sa voiture était garée là où Steve et elle s'étaient trouvés six nuits auparavant, tremblants et nauséeux après ce qu'ils avaient fait.

Elle ferma la porte à clé derrière elle et alla à la voiture. Elle s'adossa à la carrosserie et lentement, très lentement, scruta l'horizon. Rien. Elle contourna la voiture et fit de même de l'autre côté. Là non plus, rien. Aucun bâtiment ni lieu d'observation. Elle traversa la pelouse jusqu'au parterre où elle avait fait un feu la veille. La terre recouverte de cendre était encore grise et on percevait une légère odeur de bois brûlé. Elle souleva son énorme projecteur, l'alluma et braqua le rayon sur les arbres. Elle n'avait jamais utilisé cette lampe auparavant. Elle était tellement puissante qu'elle permettait de discerner les détails à cent mètres de distance. Si elle éclairait du verre, une vitre qu'elle n'aurait pas remarquée, Sally verrait un scintillement. Elle balaya les champs en décrivant un large cercle, éclaira le pignon du cottage, le garage, escalada les haies. Elle arrivait à voir chaque branche et chaque feuille des arbres qui ployaient et murmuraient dans la forêt. Dans le bosquet, au fond du terrain, le rayon fit étinceler deux points verts identiques. Des yeux qui la regardaient avec insistance. Elle s'immobilisa, le cœur cognant sourdement. Les yeux bougèrent très légèrement, se baissèrent et se détournèrent. C'était juste un cerf, surpris alors qu'il broutait.

Sally poussa un profond soupir et abaissa sa torche. Il n'y avait rien – aucune construction, aucune aire de stationnement dissimulée, ni affût de chasse, cabane ou bâtiment agricole. Aucun endroit où quelqu'un aurait pu se cacher pour les observer. Une pensée lui vint alors à l'esprit. Quelque chose qui aurait dû lui sembler évident depuis le début si seulement elle avait eu les idées claires. La voiture. Celui qui avait laissé le message avait choisi de le faire dans la voiture alors que celle-ci était garée chez Steve. Qu'est-ce que cela signifiait ? Pourquoi n'était-il pas venu à Peppercorn ? Pourquoi se donner la peine de la suivre chez Steve si...

Bien sûr. Elle éteignit la torche, regagna le cottage en traversant la pelouse à la hâte. Ouvrit la porte d'entrée et, sans retirer ses bottes ni allumer les lumières, alla dans la cuisine et ouvrit l'ordinateur portable. L'écran s'anima. Tous les champs étaient d'un vert éclatant dans la lumière du plein été. Elle fit un zoom arrière et déplaça l'image sur la gauche, vers le nord, s'arrêtant à la ligne floue, à peine visible, de la Chenille, en face de Hanging Hill.

— Là, murmura-t-elle en se laissant tomber sur sa chaise. Là.

La photographie avait dû être prise fin juin. La brume rosâtre des coquelicots flottait au-dessus des champs. Au milieu, Lightpil House, énorme balafre jaune sur fond vert, ses fontaines et terrasses réfléchissant le soleil. Au nord de la bâtisse, la place de parking presque triangulaire où David Goldrab avait trouvé la mort. Au sud, près de la clôture d'enceinte, à moitié dissimulé par d'imposants peupliers, le toit d'un cottage.

Celui qui avait laissé le mot ne savait rien de Peppercorn Cottage : il l'avait vue chez David. Elle était persuadée qu'on n'avait pas pu les voir sur le lieu du meurtre, mais elle n'avait pas pensé aux jardins des maisons situées en haut de Lightpil Lane. Sur l'écran, le fond du terrain attenant au cottage s'étirait le long du mur nord de Lightpil House et se terminait en forme de cuiller, bordé par une haie basse. Si quelqu'un s'était trouvé là au bon moment, si cette personne avait regardé de l'autre côté du creux…

Le téléphone sonna dans sa poche, la faisant sursauter. Elle s'en saisit, les mains tremblantes.

— Steve. *Steve ?*

— Bon Dieu, Sally, qu'est-ce qui se passe ?

— Tout est allé de travers. Je t'avais dit que ça tournerait mal, et c'est ce qui est arrivé.

— D'accord, d'accord, calme-toi. Pour commencer, on est sur une ligne internationale… Tu sais ce que je veux dire par là… Tu l'entends bourdonner ?

Elle respira à fond plusieurs fois sans détacher les yeux du toit du cottage.

— Oui, dit-elle d'une voix mal assurée en pensant à ces gigantesques stations d'écoute en forme de dôme et au centre d'interception des communications de Cheltenham, qui n'était pas loin.

Les conversations téléphoniques étaient-elles vraiment surveillées ? Peut-être qu'elles l'étaient dans le métier de Steve.

— Je crois savoir ce que tu veux dire.

— Explique, prudemment, ce qui s'est passé.

Elle s'humecta les lèvres.

— J'ai eu un message quand je suis retournée à la voiture. Le rouge à lèvres sur lequel je m'étais appuyée, c'était un message. Il disait, continua-t-elle avec une boule dans la gorge, il disait que je ne m'en tirerais pas comme ça.

Il y eut un long silence au bout de la ligne pendant que Steve digérait l'information.

411

— Bien, dit-il comme s'il se trouvait non pas à quelques milliers de kilomètres, mais à plusieurs millions, dans une autre galaxie. Bien.

— Mais si quelqu'un a… tu sais, été témoin de quelque chose, ce n'était pas ici à Pepp… chez moi, je ne crois donc pas qu'ils savent où je suis. Ça a dû se passer… au premier endroit. Je pense qu'ils ont dû voir ma voiture… qu'ils l'ont revue devant chez toi et ont dissimulé le message. J'ai regardé sur Google Earth et je crois savoir où ils étaient…

— D'accord. Je rentre immédiatement. Je ne vais même pas sortir de l'aéroport. Je fais demi-tour et je prends le premier vol. D'accord ?

— Non, dit-elle. Non, tu ne peux pas.

— Si.

— Oui, mais moi, je ne veux pas.

— Ne sois pas ridicule.

— Je ne plaisante pas. Je vais me débrouiller.

— Eh bien, tu peux me dire ce que tu voudras, je rentre.

— Non, dit-elle cette fois d'une voix si ferme que Steve se tut. Il faut vraiment que je fasse ça toute seule. Et, Steve, s'il te plaît, n'insiste pas.

24

A minuit passé, l'air avait fraîchi et les routes étaient presque désertes. Entrer dans Londres par l'ouest en passant par les ponts autoroutiers, c'était comme survoler une ville enchantée sur un tapis volant. Tous les immeubles étaient éclairés comme des palais. Sur sa droite, The Ark se dressait au-dessus de la route et, sur sa gauche, c'était le bulbe en tuiles bleues d'une mosquée. Elle dut se ranger dans une file unique le temps de franchir un barrage routier à Paddington – deux voitures de police à l'arrêt, gyrophares clignotant –, mais, à part cela, rien ne la retarda et elle poursuivit sa route sans encombre jusqu'à Finchley.

Elle arrêta la moto, coupa le moteur et se hissa sur la pointe des pieds près du mur de brique au bout de la rue. La maison des Mooney était vivement éclairée. Toutes les fenêtres avaient l'air ouvertes, laissant échapper des voix et de la musique. Celle-ci était si forte qu'elle avait l'impression de la sentir sous ses pieds. Dans l'allée, quelqu'un faisait rugir un moteur de moto. Elle était étonnée que les flics ne soient pas là, parce qu'il était impossible que les voisins tolèrent un tel vacarme, mais lorsqu'elle regarda autour d'elle et vit les maisons silencieuses, à peine une ou deux lanternes extérieures allumées, les portails tous fermés, elle se rendit compte que personne ne vivait ici. C'était une de ces rues où les propriétaires résidaient à l'année à Dubai ou à Hong Kong et ne conservaient une adresse londonienne que pour épater leurs collègues de travail. Il était possible que la maison des Mooney soit la seule habitation occupée de la rue. Pas étonnant que Jason y donne une fête.

Prudemment, elle monta à nouveau sur la moto et la démarra. Elle remonta la rue à petite vitesse, la tête droite, le regard sur la gauche. Les grilles de la maison des Mooney étaient ouvertes et sept gros choppers West Coast étaient alignés dans l'allée en brique. Derrière, dans le garage, éclairé comme un tableau vivant représentant une scène de la Nativité, deux hommes en tee-shirt sans manches buvaient de la bière à même la canette et examinaient la Harley de Jason. Ils continuèrent à bavarder quand elle passa devant la maison, mais l'un d'eux leva la tête et la suivit du regard jusqu'à ce qu'elle soit hors de vue.

Elle parcourut encore une centaine de mètres avant de faire demi-tour, retourna à la maison et s'engagea tranquillement dans l'allée, à côté de tous les choppers. Elle se gara près du tuyau d'arrosage, qui était accroché à la façade et se voyait comme le nez au milieu de la figure, mit pied à terre et s'aventura dans le garage, en tirant sur la jugulaire de son casque.

— Ça va ? s'enquit le plus corpulent des deux. Tout baigne ?

— Devine, fit-elle.

Elle les frôla en se passant les doigts dans les cheveux d'un air las. Comme ils ne l'arrêtaient pas, elle continua sur sa lancée, passa la porte qu'elle avait franchie plus tôt dans la journée et entra dans la maison. A l'intérieur, tout était changé. Tout ce qui constituait le mode de vie de Dominic Mooney était systématiquement foulé aux pieds. Tous les meubles disparaissaient sous les blousons de moto et les casques. La cuisine était pleine de gens buvant de la bière ; des filles en jean moulant, avec des fils barbelés tatoués sur les bras et des talons aiguilles, étaient perchées sur les plans de travail. Quelqu'un improvisait un rythme de batterie imaginaire avec une des cuillers en bois de Mme Mooney. Elle se promena au hasard, jetant un coup d'œil dans les pièces, comptant les anneaux de nez, les piercings sur le front et le nombre de pieds chaussés de bottes graisseuses posés sur les canapés des Mooney. Ses parents ne lui avaient jamais permis d'organiser une seule soirée, pas après ce qu'elle avait fait à Sally. Ils ne lui auraient jamais fait suffisamment confiance pour la laisser seule dans la maison pendant leur absence.

Elle trouva Jason dans la salle de bains du premier étage, couché tout habillé dans la baignoire, une canette de Gaymers dans une main, un iPhone dans l'autre, la tête roulant sur son épaule, la bouche ouverte. Complètement bourré.

— Salut, Jason.

Il ouvrit brusquement les yeux. Se redressa d'un coup dans la baignoire, renversant du cidre partout. Quand il vit à qui il avait affaire, il se ressaisit, fit une vague tentative pour essuyer le cidre. Ecarta les cheveux de son visage.

— Salut, dit-il d'une voix mal assurée. Pourquoi vous êtes revenue ?

— Il le fallait. J'ai fait tomber ma pince dans le garage.

— Je sais. Je l'ai trouvée.

— Je ne savais pas si je serais la bienvenue.

Il la dévisagea comme si elle le plongeait dans la perplexité.

— Qu'est-ce que vous vouliez ? Qu'est-ce que vous faisiez à fureter dans notre jardin ?

— Il fallait que je fasse pipi, Jason. C'est pour ça que j'étais derrière. Et je te fais mes excuses.

— Ça va, ça va, marmonna-t-il.

Il remua les lèvres comme s'il évaluait ce prétexte. Il était cependant trop soûl pour s'aviser qu'elle aurait très bien pu utiliser les toilettes de la maison, celles où elle s'était lavé les mains.

— Ouais… dit-il en haussant les épaules, y a pas de lézard.

— Pisser sur les rosiers de ta maman paraît bien dérisoire à côté des énergumènes qui boivent de la bière en bas dans la cuisine.

Jason la regarda fixement.

— Qu'est-ce qu'ils foutent ? Je leur ai dit deux ou trois bières, et après, ciao.

— Deux ou trois bières… Jason ? Tu sais combien ils sont en bas ?

— Cinq ?

— Cinq ? Cinquante serait plus proche de la vérité.

— Vous êtes sérieuse ?

— Sérieuse ? Oh que oui. Je veux dire sérieuse au point que tu devrais déjà songer à te dégoter une chambre en cité U et un petit boulot si tu veux décrocher ton super diplôme de sciences... Parce que je ne connais aucun parent assez large d'esprit pour tolérer ce merdier. Tu as jeté un coup d'œil en bas ? Tu as vu les brûlures de cigarette sur la moquette ?

— Des brûlures ? Merde, jura-t-il en s'extirpant laborieusement de la baignoire. Ils ont touché aux serviettes des invités ?

— Les serviettes des invités sont le cadet de tes soucis.

Jason resta debout un moment, ses jambes gainées de jean accomplissant une petite danse paniquée. Il était trempé de cidre.

— Ça craint tant que ça ?

Il se passa les mains sur le visage, la regarda avec l'expression de cette peinture de Munch que l'on voit partout. *Le Cri*. Horrifié. Il était vraiment horrifié.

— Qu'est-ce que je vais faire ? continua-t-il. Je les ai pas invités, je vous jure.

— Tu veux que je les disperse ? Que je les fasse fuir dans vingt directions différentes ?

— Vous pourriez faire ça ?

Elle haussa les épaules.

— Seulement si tu veux que je le fasse.

— Je peux rester ici ? Je peux mettre le verrou à la porte et rester ici ?

— Si tu veux.

— Alors, oui. Faites-le.

Zoë remonta son pantalon, resserra sa ceinture d'un cran et fouilla dans sa poche pour trouver sa plaque.

— Tu es prêt à fermer la porte ?

— Prêt.
— Alors, c'est parti.

Dieu sait qu'elle en avait fait évacuer des pièces au cours de sa vie, et sur une échelle de un à dix, les bikers réalisaient un score plutôt médiocre. Ils ne s'éparpillèrent pas exactement aux quatre vents, en se cachant le visage avec les mains de honte, mais au moins ils ne se levèrent pas d'un bond pour la provoquer, ni la menacer du doigt, comme le faisaient certains individus. Les bikers connaissaient bien ce petit jeu : ils savaient jusqu'où ils pouvaient pousser la plaisanterie et à quel moment faire machine arrière. De sorte que, lorsqu'elle fit le tour de la maison en débranchant les lumières et les lecteurs de CD, plongeant les lieux dans le silence et criant « Police » à pleins poumons, ils eurent la bonne réaction. Ils ramassèrent casques, gants et boîtes à tabac, et se traînèrent, en maugréant, jusqu'à la porte. Elle se posta dans l'allée, les regarda partir en leur parlant poliment et en aida même un à mettre en route son chopper récalcitrant.

Quand elle retourna à l'intérieur, Jason était assis sur les marches de l'escalier. Il avait retiré son jean mouillé et s'était enveloppé dans un drap de bain blanc pelucheux. Avec la chair de poule sur ses jambes nues et la façon dont la serviette formait une capuche au-dessus de sa tête, il avait l'air misérable d'un réfugié. Ses yeux étaient comme des trous dans son visage. Elle dut prendre sur elle pour ne pas s'asseoir et lui passer le bras autour des épaules.
— Ça va ?

— Vous n'avez jamais dit que vous étiez de la police.

— Parce que je ne le suis pas. Je suis infirmière vétérinaire.

— Infirmière…

Il ferma brutalement la bouche en faisant claquer ses dents.

— … mais vous avez fait comment pour leur faire croire que…

— Je leur ai montré mon permis de conduire en disant que c'était ma carte de police.

— Quoi ? Et ils ont marché ?

— Ouais, acquiesça-t-elle en sortant son permis de son portefeuille et en l'agitant si vite sous son nez qu'il fut incapable de lire son nom. Tu n'imagines pas ce que les gens sont capables de gober. Il suffit juste de faire ça bien.

Jason déglutit et se plaqua les mains contre les tempes.

— Bon Dieu. Ça va tellement vite.

— Je sais. Tu as vu le bordel ?

— Je vais pas survivre à ça. Qu'est-ce que je dois faire ?

— Tu vas boire une tasse de café. Ce n'est pas ça qui te fera dessoûler, mais ça va peut-être te réveiller un peu. On va tout nettoyer.

Elle l'aida à descendre l'escalier en le soutenant par le coude. Il trébucha une ou deux fois et faillit perdre sa serviette. Elle aperçut son corps pâle, les poils clair-semés, dessous, son slip lilas démodé, auréolé d'une tache humide au niveau de l'entrejambe. Une fois en bas, elle l'assit sur une chaise à l'entrée de la cuisine et mit la bouilloire en marche.

Elle passa devant lui pour retourner dans l'entrée et essaya la porte du bureau.

— Personne n'a été là-dedans ?

— Hein ? Je sais pas. J'espère pas.

— Je peux pas savoir. C'est fermé.

— Non. Il faut forcer. Poussez avec le pied.

Elle le regarda en clignant des yeux, puis laissa échapper un rire. Un rire lent, forcé et incrédule.

— Qu'est-ce qu'il y a ?

Elle secoua la tête. La porte n'avait jamais été fermée ; elle aurait pu s'introduire dans la pièce cet après-midi sans se donner tout ce mal.

— Rien, dit-elle. Crois-moi, il n'y a rien du tout.

Elle appuya son épaule contre la porte, tourna le bouton à trois cent soixante degrés, et pesa de tout son poids. La porte émit un bruit sourd puis s'ouvrit en grand. Tout était là : la lampe de banquier sur le bureau, le fauteuil en cuir et le repose-pieds. Les dossiers.

— Dans cette pièce, ça va, tu t'en sors bien. Pas de dégâts, du moins rien de sérieux.

Elle ressortit en tirant la porte à elle, la laissant à peine entrouverte.

— Ecoute, tu es sûr de vouloir ce café ? J'ai l'impression que tu devrais t'allonger. Je vais m'occuper du reste. Tu m'as bien aidée ce matin.

Jason hocha la tête d'un air hébété. Il la laissa le conduire dans le salon et l'installer sur le canapé. Elle trouva des manteaux accrochés dans le cabinet de toilette et les empila sur lui.

— Et s'il te prend l'envie de vomir, n'aggrave pas les choses, transporte-toi au moins jusqu'aux toilettes.

— Je ne vais pas vomir. Je suis juste fatigué.

— Alors, dors.

Elle resta dans l'embrasure de la porte, la main sur le mur, à l'observer un moment. La porte-fenêtre était orientée à l'est et, rapidement, la lumière rosée du petit matin envahit la pièce. Comme si quelqu'un avait allumé un feu dans le jardin. Ce qui ne dérangea pas Jason. Il ferma les yeux et, quelques secondes plus tard, il respirait lentement et fort.

— Je suppose que tu n'auras pas besoin du café, finalement.

Elle attendit encore cinq minutes pour être sûre puis, sans faire aucun bruit, elle s'éloigna dans le couloir, en ramassant deux ou trois canettes de bière au passage.

Le bureau était le seul endroit où les bikers n'avaient pas fumé. Elle maintint la porte ouverte afin que l'odeur de l'entrée puisse se répandre, fit tomber quelques canettes sur le bureau, poussa le fauteuil sur le côté et piétina le tapis pour donner l'impression que la pièce avait été visitée. Après quoi elle commença à examiner le contenu des boîtes à archives. Plusieurs étaient consacrées à la scolarité de Jason – il était allé à St Paul et le montant des factures était hallucinant. Elle se demanda si Julian payait toujours les frais de scolarité de Millie à Kingsmead. Bulletins de notes, programmes de réunions sportives, listes des vêtements composant l'uniforme et comptes rendus de voyages scolaires à l'étranger étaient rangés ensemble. Quelles que soient les misères que Mooney avait infligées aux filles de

Priština, il aimait au moins son fils. Disons plutôt qu'il avait des ambitions pour lui. Dans d'autres boîtes, elle trouva des relevés de plans d'épargne retraite, l'un souscrit par le biais du ministère, l'autre auprès d'une société privée, des documents concernant un emprunt immobilier, des contrats de location d'une propriété que les Mooney semblaient posséder à Salamanque. Il y avait des dossiers médicaux et les pièces d'une action en justice relative à un accident de voiture que Mme Mooney avait eu en 2005. Les relevés de compte étaient là. Zoë les prit, s'installa dans le fauteuil et commença à les parcourir.

Au-dessus des tuiles ridiculement chères du toit du voisin, le ciel blanchissait de minute en minute, et un ou deux nuages, encore enveloppés de leur manteau de nuit gris, étaient suspendus au-dessus des tuyaux de cheminée. Pendant qu'elle travaillait, il s'éclaircit de plus en plus, jusqu'à ce que le soleil se fraye un chemin entre les maisons et s'immisce dans le bureau par la fenêtre à croisillons. Elle éplucha les comptes pendant près d'une heure sans rien trouver. Elle se sentait découragée. Après tout ce cirque, la réponse n'était pas là. Zhang et Watling avaient raison : si Mooney avait payé quelqu'un pour descendre Goldrab, il en avait méticuleusement effacé les traces. Elle appuya son menton sur ses mains et fixa d'un air absent les photos sur le mur. Des photos de M. et Mme Mooney se tenant la main devant le Taj Mahal. Un portrait de Mooney échangeant une poignée de main avec quelqu'un de haut placé dans le gouvernement américain – Alan Greenspan, peut-être. Des Krugerrands, se demanda-t-elle. Qui, dans le sud-ouest de l'Angleterre, pouvait bien accepter des Krugerrands et savoir quoi en faire ? Il fallait pour cela se rendre dans une rue sordide de Bristol ou de Birmingham. En faire le tour avec une plaque de police à la main serait un cauchemar. Impossible…

Quelque chose sur une des photos la frappa. Elle repoussa le fauteuil et s'approcha du cliché. Il montrait Dominic Mooney, en veste Barbour et bottes de chasse, avec un fusil Holland & Holland porté négligemment, culasse ouverte. Il souriait à l'objectif. Derrière lui on distinguait un fragment d'horizon, une forme nette se détachant en noir sur le bleu du ciel. Elle reconnut la Chenille, en face de Hanging Hill. Et dans sa main, qui était levée vers l'appareil photo, une paire de faisans.

Elle écarta brusquement le dossier. Le garde-chasse. Jake avait dit que quelqu'un élevait des faisans pour Goldrab. Mooney avait chassé à Lightpil House et avait dû parler avec le garde-chasse. Elle rangea le dossier, fourra la photo dans son blouson, qu'elle boutonna. Tout le monde savait que les gardes-chasse étaient complètement cinglés. Et dangereux avec ça. Ils avaient des permis de port d'arme et des tas de moyens de faire disparaître des cadavres. Si elle était Mooney et souhaitait qu'il arrive quelque chose à Goldrab, elle commencerait par le garde-chasse.

Elle retourna au salon. Jason dormait toujours. Elle se pencha, approcha la tête de son visage et écouta sa respiration, douce et régulière. Il n'était pas si soûl que ça. Pas au point de mourir étouffé dans son vomi. Il s'en

25

Sally n'alla pas se coucher. Elle somnola à peu près une heure sur le canapé du salon, et se réveilla, le cœur battant, en pensant à ce cottage. Au chemin sinueux qui conduisait au jardin du bas. Elle prit une douche et s'habilla. Steve avait dû l'écouter et se rendre à ce dîner d'affaires parce qu'il n'avait pas rappelé. De son côté, elle était résolue à ne pas lui téléphoner. Elle enfila un de ses pulls, qu'il avait laissé traîner, s'attardant un moment pour renifler la manche. Après quoi elle alla dans la cuisine et commença à préparer le petit déjeuner. Millie apparut dans l'embrasure de la porte, bâillant et se frottant les yeux.

— Salut, dit Sally debout devant l'évier, les yeux douloureux, se sentant aussi raide qu'un mannequin de bois. Bien dormi ?

— Ouais, répondit Millie, qui alla ouvrir le réfrigérateur pour se servir un verre de jus d'orange. Oh, non, tu me regardes encore avec cet air bizarre. Comme hier soir.

— Pas du tout.

— Je te dis que si. Qu'est-ce qui se passe, à la fin ?

Sally remplit la cafetière à piston et la posa sur la table. Puis elle demeura immobile quelques instants, considérant sa fille avec attention.

— Mon ange, tu te rappelles ce jour de la semaine dernière où tu m'as accompagnée au travail ?

— Ouais, confirma Millie en s'essuyant la bouche du revers de la main. L'homme au médaillon ? Oui, je me rappelle. Pourquoi ?

— Qu'est-ce que tu as fait pendant que j'étais dans la maison ? Où es-tu allée ?

— J'ai rien fait, dit-elle en fronçant les sourcils. Je me suis baladée. J'ai marché jusqu'au fond du jardin. Il y a un petit cours d'eau là-bas, mais l'eau était trop froide pour faire trempette. Je me suis assise sous un arbre un moment. J'ai bouquiné sur la pelouse. Et puis Jake s'est pointé.

— Tu as parlé à quelqu'un ?

— Seulement au monstre de foire.

— Le monstre ? reprit Sally d'une voix contenue.

— Tu sais, le garde-chasse. Celui qui vit dans ce cottage.

Sally eut l'impression que sa tête se verrouillait sur ses épaules.

— Le garde-chasse ?

— Ouais, celui qui élève les faisans. Pourquoi ? C'est quoi ce regard ?

— Quel regard ? Je suis curieuse, c'est tout. Je ne l'ai jamais rencontré.

— Tu le croises parfois en ville, dit Millie en faisant tourner son doigt au niveau de la tempe. Tu sais, le genre à qui il manque une case.

— Non, je ne crois pas l'avoir rencontré.

— Celui qui est allé en Irak à ce qu'on raconte. Maintenant il a du métal dans la tête. Demande à Nial, il connaît toute l'histoire. Moi et les autres, on allait là-bas avant, tu sais, il y a longtemps, quand on s'ennuyait, sauf qu'à cause du métal qu'il a dans le crâne, il est barge, alors on a arrêté d'y aller. Peter et les autres l'appellent Tête de Métal.

Tête de Métal. Sally savait de qui il s'agissait. Kelvin Burford. Il avait fréquenté la même école maternelle que Zoë et elle. Kelvin était un petit garçon bizarre, qu'on tourmentait sans arrêt. Elle ne l'avait presque pas revu après la maternelle – il était allé dans une autre école, à l'autre bout de Bath –, et si elle l'avait revu, c'était de loin, dans la rue. Elle l'aurait totalement oublié si elle n'avait pas lu un article du *Bath Chronicle* qui lui était consacré, comme quoi il s'était engagé dans l'armée, avait sauté sur une mine en Irak et avait failli y rester. On avait remplacé certaines parties de son crâne par une plaque métallique et, alors que les médecins le croyaient complètement guéri, l'armée avait refusé de le réintégrer parce qu'ils affirmaient qu'il était devenu fou. Il ne parlait plus que de ses cauchemars, de gens dont la tête explosait. Quand elle avait appris par les journaux qu'il avait sauté sur un engin explosif, elle avait eu de la peine pour lui, elle s'était même inquiétée à son sujet de temps en temps. Mais que Kelvin Burford soit l'homme du cottage ? Celui qui avait mis le rouge à lèvres dans la voiture ? Elle ne savait pas trop si, après cette révélation, elle se sentait mieux ou plus mal.

— Et le jour où je travaillais, tu lui as parlé ? A Tête de Métal ?

— Je viens de te dire que oui.

26

Sally n'avait plus le courage de se garer sur la place de stationnement de David. Comme si le sang qui avait été bu par la terre pouvait mystérieusement trouver sa voiture, remonter sournoisement par les pneus et les bas de caisse et imbiber la garniture des sièges. Si bien qu'à neuf heures passées, lorsqu'elle arriva après avoir déposé Millie, elle arrêta la Ka une vingtaine de mètres avant, hors de vue.

Elle sortit lentement, se redressa, dos à la voiture, et scruta les environs. C'était une belle journée, avec juste quelques nuages à l'horizon. Au loin, la rangée d'ifs qui matérialisait la limite nord de Lightpil House semblait gravée à l'eau-forte sur le ciel. Le toit du cottage du garde-chasse, avec ses tuiles moussues, était à peine visible, sur sa droite, derrière la ligne d'arbres qui descendait vers la vallée.

Elle longea la clôture de la propriété de David jusqu'au point de jonction entre le mur et la haie, et regarda par-dessus. Le cottage était là, devant elle, entouré de hêtres pourpres et de peupliers penchés. Il s'agissait d'une maison d'ouvrier typique du

429

XVIIIe siècle, en pierre, avec son toit bas en tuile et ses cheminées. Les jardins étaient envahis par la végétation et encombrés de ferraille ; une Fiat jaune à la capote en toile décolorée était échouée là, l'avant dans un fenil effondré ; des cages à poules rouillées et inutilisées étaient empilées contre la haie du fond et, au centre de la pelouse négligée, une vieille tondeuse était couchée sur le flanc, près d'un rouleau de grillage abandonné. Derrière la maison se dressait un imposant moulin. C'était peut-être là que les faisans étaient élevés. David avait fait mention de son garde-chasse, mais elle n'y avait plus pensé jusqu'à ce que Millie en parle.

Au bout de cinq bonnes minutes, comme rien n'avait bougé dans la maison, elle se fraya un chemin à travers la haie et pénétra dans le jardin. L'endroit baignait dans un silence inquiétant, juste un murmure d'eau vive, peut-être le ruisseau qui descendait de Hanging Hill. L'allée était vide. Aucune voiture. Elle se retourna et se dirigea vers le bas du terrain – la forme de cuiller qu'elle avait repérée sur Google Earth. La vue y était très différente de celle qu'on avait depuis Lightpil House, car ici, le terrain était orienté plus à l'ouest, vers Bristol. Là où les arbres bordant la propriété de David s'arrêtaient, il y avait une forte pente, et le jardin faisait place à une mosaïque de terres cultivées. Et entre les deux, large et ouverte comme une plaie, la traînée de gravier jaunâtre où cela s'était passé.

Elle se retourna vers le cottage. Les fenêtres étaient noires et réfléchissaient le ciel. Aucun mouvement. Rien. Elle regarda à nouveau la place de stationnement, tenta d'estimer ce qu'on avait pu y voir. Et s'il y avait des photos ? Et si Kelvin, en plus de les avoir vus, Steve et elle, avait gardé une trace de tout ça ? Elle pensa à Steve, à des milliers de kilomètres de là, assis dans un restaurant de Seattle, en train de boire du vin et ces verres d'eau glacée qu'ils n'arrêtent pas de vous servir là-bas. Elle regrettait de ne pas lui avoir demandé de rentrer, elle regrettait d'avoir été si fière, si têtue.

Une brise traversa le bois, soulevant et faisant soupirer les branches. Lentement, elle commença à gravir la colline en direction du cottage. En s'approchant, elle constata à quel point il était vieux et décrépit. Il y avait des pièges à animaux partout et d'autres rouleaux de grillage à poules entassés contre le mur. *Il a agressé une fille à Radstock, maman. Il a fait de la prison pour ça.*

La porte d'entrée était vieille et écaillée, ayant subi pendant des années l'assaut des bottes en caoutchouc et peut-être des chiens. Un nom, que le soleil et la pluie avaient réduit à l'état de tache rose illisible, avait été écrit sur un morceau de papier et fixé sous la sonnette au moyen d'une punaise rouillée. Debout sur le pas de la porte, elle approcha sa tête de la boîte à lettres et tendit l'oreille. Silence. Elle fit le tour de la maison en examinant les fenêtres, cherchant un moyen de pénétrer à l'intérieur. Des lambeaux de rideaux en dentelle sales pendaient derrière la plupart des vitres, lui bloquant la vue, mais elle put jeter un coup d'œil à travers les fenêtres de l'extension donnant sur l'arrière : une cuisine tout en longueur équipée de placards en formica jaune. Il y avait un paquet de céréales sur la table, à côté d'une assiette sale et de deux canettes d'Heineken aplaties, prêtes pour la poubelle. Personne en vue. A sa grande surprise, elle remarqua en reculant que la porte d'entrée était entrouverte.

Elle la regarda fixement, les jambes en plomb.

Non. Tu ne peux pas…

Mais elle le fit. Elle ouvrit la porte. La cuisine était exiguë, le sol boueux, et les placards maculés de terre à hauteur de mollet, comme si quelqu'un s'était baladé chaussé de bottes en caoutchouc. Au fond, une porte ouvrait sur l'entrée. Elle s'en approcha sans bruit. C'était un vestibule lambrissé de bois sombre. Aucun bruit ni mouvement. Juste un rideau qui se gonflait mollement à la fenêtre.

Le couloir distribuait deux pièces. En jetant un rapide coup d'œil vers l'étage, elle s'approcha de la première, qui donnait sur le devant, et passa la tête derrière la porte. C'était un petit salon, dans son jus, avec ses moulures décoratives et ses habillages de cheminées en faïence. Malgré les rideaux tirés, il y avait suffisamment de lumière pour constater que la pièce était pratiquement vide, à l'exception d'un téléviseur de prix, sur un meuble noir, placé à moins d'un mètre cinquante d'un canapé. Les murs étaient nus, noircis par des années de crasse. Ce n'était pas la maison de quelqu'un d'organisé, possédant le savoir-faire technologique nécessaire pour photographier ou filmer des gens sur une place de stationnement éloignée.

La seconde pièce, à l'arrière de la maison, avait été aménagée en bureau de fortune, avec un meuble IKEA couvert de piles de papiers, et une chaise pivotante, toute crottée et éraflée. Elle s'approcha du bureau et commença à ouvrir les tiroirs. Dans celui du haut, elle trouva quelques boîtes de cartouches, ainsi qu'une cartouchière tachée d'huile. Dans celui du bas, un petit carnet, divisé en sections : « Rabatteurs », « Chiens », « Clients ». Elle allait le refermer quand elle vit scintiller un objet doré. Elle s'agenouilla et, avec hésitation, remua le contenu du tiroir jusqu'à ce qu'elle puisse voir ce que c'était. Un tube de rouge à lèvres. Elle le sortit, retira le capuchon et fit apparaître le bâton. Le peu qu'il en restait était d'un rouge orangé particulier. Elle appuya la tête contre le bureau et prit de longues inspirations, songeant au petit garçon avec qui elle avait joué au Lego il y a si longtemps, se demandant pourquoi il était devenu tellement en colère et tellement dangereux. Et ce qu'il voulait d'elle.

Un bruit sur le devant de la maison. Pas grand-chose, un vague murmure. Elle referma doucement le tiroir, se redressa et alla jeter un coup d'œil à la porte d'entrée depuis le couloir. Le vent avait forci. Il faisait faseyer les rideaux du palier, qui projetaient des ombres pareilles à des ailes en mouvement sur le sol de l'entrée. Une silhouette bougea derrière le verre dépoli.

Elle lança un regard derrière elle dans la cuisine. La porte était toujours ouverte. Un autre bruit, puis, brisant le silence, l'inconnu commença à frapper à la porte et les coups résonnèrent dans la maison. Cela la décida à agir. Elle revint silencieusement sur ses pas, sortit dans le jardin par la cuisine, s'éloignant en droite ligne d'un pas rapide, les mains dans les poches, la tête basse. Elle attendit d'être à moins de dix mètres de la brèche dans la haie pour se mettre à courir.

Elle courut aussi vite qu'elle put, fouillant dans ses poches pour trouver ses clés. Griffée par les épines de la haie, trébuchant sur le gravier du parking, elle arriva à

433

27

Zoë se tenait sur le pas de la porte, les bras croisés, le dos au cottage du garde-chasse, attendant que quelqu'un vienne ouvrir. Elle examina attentivement le jardin. Un vrai désastre, avec une pelouse envahie par les mauvaises herbes et un garage en ruine dont le bardage pourrissait et se détachait. Du côté de l'entrée, à l'endroit où l'on avait bêché un carré de légumes, il y avait un tas de cages en métal – des « chatières », pour piéger les renards. Les gardes-chasse s'en servaient couramment, surtout en cette période de l'année, quand les renards, tout juste remis des rigueurs de l'hiver, se montraient particulièrement actifs. Et comme elle coïncidait avec le moment où les jeunes faisans étaient le plus vulnérables, encore trop faibles pour voler dans les arbres, on voyait souvent des gardes chasser « à la lampe » dans leur Land Rover – traversant les champs en cahotant et braquant leurs énormes projecteurs sur les haies pour attirer les renards et les abattre un à un au calibre douze.

Comme personne ne venait ouvrir, elle se pencha pour regarder à travers la fente de la boîte à lettres. Elle distingua une petite entrée avec un parquet ciré sombre et un chemin à motifs sur un escalier étroit. Pas âme qui vive. Bizarre. Elle avait l'impression de ne pas être seule. Elle consulta sa montre. La plupart des gens étaient au travail à cette heure, mais un garde-chasse était libre de son emploi du temps. Si Goldrab avait organisé un grand nombre de battues aux faisans pendant la saison, on avait dû les élever de manière intensive. Beaucoup d'endroits perpétuaient ces pratiques dans la région malgré les défenseurs des droits des animaux ; et à cette époque de l'année, il y avait des tas de faisandeaux à différents stades de développement. Le garde pouvait être n'importe où.

Elle se rendit compte qu'elle entendait de l'eau. Un murmure très discret provenant de derrière le cottage. Elle fit le tour par le côté et tomba sur un moulin en pierre délabré, dont certaines ardoises pointaient vers le cottage. Le bâtiment enjambait le cours d'eau, qui s'engouffrait et résonnait dans un tunnel sous les fondations. Les portes en séquoia à barres et écharpes avaient été ouvertes, révélant le sol en béton jonché d'un peu de paille.

— Ohé ! appela-t-elle. Y a quelqu'un ?

Aucune réponse, seulement le roucoulement d'un ramier au loin, le murmure constant de l'eau vive.

— Ohé !

Elle pénétra à l'intérieur. L'air était chaud, plein de bruits. Une énorme roue hydraulique avait dû être montée à l'extrémité du bâtiment, là où la rivière passait sous les planches, mais elle avait été démontée et on avait posé un plancher sur la zone découverte. De part et d'autre d'une allée centrale en béton, on avait disposé quatre cages grillagées pourvues de bacs à fientes en aluminium et surmontées de lampes infrarouges. Un murmure s'élevait des dizaines de faisandeaux encagés, qui criaillaient, s'agitaient et ébouriffaient leurs plumes.

— Hé ! fit Zoë en s'approchant d'une cage et en leur présentant sa main. Salut, les petits gars.

Ils s'égaillèrent en se cognant les uns aux autres, puis se massèrent au fond de la cage en la regardant nerveusement. Elle s'attarda un peu plus longtemps et découvrit au bout du bâtiment une grande cage recouverte d'un filet. Elle abritait des faisans plus âgés, tous pourvus de petits masques qui les empêchaient de se blesser avec leurs becs. Ils dressèrent le cou et l'observèrent en clignant des yeux et en balançant la tête d'un côté et de l'autre.

Derrière l'enclos se trouvait un établi, avec un étau, plusieurs pots à confiture remplis de clous et de vis et, sur une barre aimantée, un jeu de couteaux de chasse, de ceux qui pouvaient servir à vider et dépiauter le gibier. Zoë les examina un moment, se demandant s'ils avaient servi à dépecer David Goldrab. Elle observa les faisans avec leurs masques. Etaient-ils difficiles sur la nourriture ? C'était une façon de faire disparaître un corps en étant sûr qu'il ne serait jamais retrouvé.

Elle retourna à l'extérieur. Près des portes du moulin, incliné dans l'herbe, il y avait un trou défendu par une grille ; peut-être l'entrée d'une oubliette ou la glacière d'un manoir oublié. La grille était munie d'une grosse chaîne cadenassée. Zoë en prit mentalement note, puis retourna au cottage, les mains dans les poches de son jean, s'arrêtant pour coller son nez à la fenêtre et regarder à l'intérieur. Elle essaya la porte de derrière, pour voir. Celle-ci s'ouvrit. Elle hésita, regardant la poignée, à moitié surprise. Puis elle entra.

— Ohé ?

Comme personne ne répondait, elle traversa la cuisine jusqu'à l'entrée, ouvrant les portes et jetant un coup d'œil à l'intérieur des pièces sur son passage. Personne. Elle monta à l'étage. Le rideau du palier battait et vrillait comme un spectre devant elle. Elle trouva deux chambres : une avec un lit poussé contre une porte-fenêtre, laquelle ouvrait, bizarrement, sur un balcon en fer forgé donnant sur la rivière ; la seconde était vide, à part une pile de cartons et un vieux poster d'équipe de foot fixé au mur avec de la pâte adhésive. Il y avait une boîte de balles de tennis par terre. Décidément, pas moyen d'aller quelque part sans tomber sur ces foutues balles, ces temps-ci. Ne crois pas que je t'aie oubliée, Lorne. Je vais découvrir si tout ça a quelque chose à voir avec toi.

Il y avait une salle de bains avec des serviettes grisâtres mises à sécher sur le radiateur et, posé sur l'appui de fenêtre, un échantillon de broderie encadré qui disait : « Je ne suis pas un plumeur de faisans, je suis le fils d'un plumeur de faisans. Je plume juste des faisans en attendant que vienne le plumeur de faisans[1]. » Dans l'armoire à pharmacie, elle trouva une boîte de médicaments ouverte, avec les tablettes sorties. Du Catapressan. Elle en avait entendu parler. Cela

1. Un virelangue connu au Royaume-Uni, où « Pheasant plucker », répété trop vite, finit souvent en « Pleasant fucker » (*N.d.T.*)

438

pouvait être prescrit en cas de stress post-traumatique. Elle reposa la boîte, se pencha au-dessus de la baignoire, ouvrit la fenêtre et regarda vers la cime des arbres. De là, on apercevait des parties de la maison de David Goldrab, avec ses carreaux en pierre reconstituée, ses efforts risibles pour se fondre dans le paysage. Les vitres de l'immense atrium renvoyaient des losanges de lumière dans les ifs. Oui, à la place de Mooney, le garde-chasse serait la première personne qu'elle aurait approchée.

Elle retourna au rez-de-chaussée. Il n'y avait pas grand-chose dans le salon, juste un téléviseur à écran large et un tas de DVD, mais à l'arrière de la maison, elle trouva un bureau avec des piles de papiers en équilibre instable. Elle s'assit et commença à les feuilleter, espérant se faire une idée du personnage. Il y avait une pile de factures de la coopérative Mole Valley Farmers maculées d'empreintes de doigts. Une série de lettres du Royal United Hospital concernant le traitement médical qu'il recevait. En rapport avec une blessure à la tête. Des pages et des pages de comptes rendus d'opérations, d'ordonnances, de radios et…

Elle se figea, une moitié de la pile de papiers dans chaque main. Elle avait sous les yeux une image qu'elle avait du mal à interpréter. Au début, elle crut à une sorte de canular réalisé sous Photoshop, le genre de chose que les gens adorent mettre en ligne – animaux énormes, tête de célébrité collée sur le corps de quelqu'un d'autre, fausses radios ridicules montrant tous les objets bizarres qu'une personne avait avalés. Mais, en y regardant de plus près, elle vit qu'il n'y avait pas de trucage.

L'unité de Watling et Zhang adorerait voir ça, songea-t-elle avec un léger vertige. C'était le genre de photo qui avait fait grand bruit récemment – le genre de photo que prenaient les militaires avec leurs portables. Elle montrait un tas de cadavres ; des hommes maigres, à moitié nus, que le soleil et la mort avaient noircis et transformés en morceaux de chair parcheminée. Les nombreux keffiehs parmi les vêtements des cadavres évoquaient l'Irak ou l'Afghanistan. Pas joli-joli. Le garde-chasse avait peut-être été soldat. Raison de plus pour que Mooney l'ait approché. Ancien militaire, avait analysé Watling. Ils étaient censés faire les meilleurs assassins.

Il y eut un bruit au niveau de la porte d'entrée, et quand elle leva les yeux, un homme se tenait là, la dévisageant la bouche grande ouverte, comme s'il était plus surpris de la voir qu'elle ne l'était de le voir, lui.

Elle laissa tomber les photos et fouilla fébrilement dans sa poche pour sortir sa plaque.

— Vous m'avez fait peur, dit-elle en se relevant.

Il était grand et barbu, avec des cheveux qui commençaient à grisonner. Sa bedaine faisait saillie sous sa chemise de bûcheron à carreaux, et il portait sur son jean des jambières étanches, pareilles à des chaps de cow-boy. Il tenait à la main une bobine de ficelle de jardin.

— Si tu crois que tu vas t'en tirer, cette fois.

— Désolée, je… ?

Elle ne termina pas sa phrase. Sa main resta figée sur la plaque, à moitié sortie de la poche, tandis qu'elle regardait fixement la cicatrice sur sa tête.

— Kelvin ? dit-elle avec hésitation. Kelvin ?

440

Cela lui avait pris un moment mais elle l'avait reconnu. Dix-huit ans après, son nom avait brusquement surgi dans son esprit comme s'il était monté sur un ressort. Quelqu'un avec qui elle était allée à la maternelle et qui, des années plus tard, avait été homme de ménage dans la boîte de strip-tease de Bristol.

Et à l'instant où elle le reconnut, il la reconnut aussi. Il fit un pas en avant, le dos courbé, un sourire intrigué aux lèvres.

— Zoë ?

Elle laissa sa plaque retomber dans sa poche. Retira lentement sa main en soutenant son regard. Il connaissait son nom. Elle ne pouvait pas lui montrer sa plaque, ne pouvait pas lui révéler qu'elle était flic à présent. Il savait tout d'elle. Tout.

— Attends. Je reviens tout de suite, j'ai quelque chose à te montrer.

Il sourit. Il avait de bonnes dents. Elle se rappelait ses dents. Mieux que tout le reste, elle se rappelait ses dents.

Il passa la porte en baissant la tête et disparut, la laissant seule, stupidement pétrifiée. Kelvin Burford. Cet enfoiré de Kelvin Burford. Elle ne lui avait pas parlé depuis dix-huit ans, et pourtant, elle avait rêvé de lui la nuit précédente, appuyé sur son balai derrière l'assistance, le sourire narquois. C'était un salaud. Un salaud effrayant. *Et qui connaissait son nom.* Elle qui avait cru jusqu'à présent qu'il n'y avait que Goldrab… Elle s'approcha de l'embrasure de la porte, regarda à gauche puis à droite. Et alors qu'elle poussait son cerveau engourdi à décider de quel côté s'enfuir, il reparut dans l'entrée.

Cette fois il ne dit rien, se contentant d'occuper l'encadrement de la porte. Elle ne s'était encore jamais rendu compte à quel point il était corpulent, en largeur et en hauteur. Sous la chemise de bûcheron, son ventre débordait sur le haut de son pantalon. Sa silhouette était découpée par le soleil qui entrait par la porte de derrière et éclairait le sol crasseux. Dans sa main, il y avait un couteau. Un des couteaux de chasse qu'elle avait vus sur la barre aimantée à l'intérieur du moulin. A présent elle distinguait la longue cicatrice qui partait de son oreille, faisait le tour de son crâne et redescendait sur sa nuque. Elle formait un carré aux coins bien nets. Elle savait de quoi il s'agissait ; c'était là que l'os avait été remplacé par du métal.

Elle regarda par-dessus son épaule pour évaluer la distance qui la séparait de la porte d'entrée. Puis reporta son attention sur le couteau.

— Kelvin, dit-elle. Tu n'as aucune raison de tenir ce truc, pas vrai ? C'est le genre de chose qui pourrait te mettre dans un merdier pas possible.

— Zoë, je te repose la question : qu'est-ce que tu fous chez moi ?

Elle prit une inspiration, se tourna et fonça dans l'entrée. Elle glissa, se prit les pieds dans le tapis et heurta la porte de plein fouet. Elle actionna le bec-de-cane et tira, s'attendant à ce que la porte s'ouvre à la volée. Ce qui n'arriva pas. Le verrou était mis. Elle s'escrima dessus, les mains tremblantes. Mais la porte ne bougeait toujours pas. Elle était fermée à clé. On voyait le pêne entre le chambranle et la gâche.

Elle se retourna. Kelvin se tenait derrière elle, bloquant l'accès à la cuisine, la tête baissée, comme s'il essayait de comprendre quelque chose. Il regardait le couteau, qu'il tenait la lame tournée vers le haut, comme fasciné par la façon dont elle renvoyait la lumière. Il n'avait pas l'air pressé. Elle monta les marches de l'escalier quatre à quatre, s'aidant de la rambarde pour aller plus vite. La porte-fenêtre de la chambre… elle ouvrait sur un petit balcon. Elle se jeta sur le lit et tenta de fermer le loquet, mais il était collé par la peinture. Dans l'escalier, Kelvin gravit lourdement quelques marches. Puis s'arrêta. Comme s'il était intimidé, ou fatigué, ou bien qu'il ne savait pas trop s'il devait la suivre ou non.

Elle cogna sur la fenêtre avec le plat de la main. L'huisserie était percée d'une béquille en acier et d'un trou de serrure, mais la clé n'était pas dedans. Et la porte était verrouillée. Mais merde, qu'est-ce qu'elle avait avec les portes fermées, ces temps-ci ? Elle regarda désespérément autour d'elle en espérant trouver les clés. Il y avait une armoire en mauvais état contre le mur du fond, ainsi qu'un meuble de chevet. Elle ouvrit brutalement le tiroir. Des vis, une batterie de téléphone, du lubrifiant. Pas de clé. Kelvin se remit à monter l'escalier. Le nez des marches en bois grinçait sous son poids. Zoë descendit du lit et se positionna comme on le lui avait appris à l'école de police. De profil, les genoux légèrement fléchis. Elle respira lentement, par longues inspirations, en s'efforçant de visualiser et d'abaisser progressivement son centre de gravité. Puis, à la dernière minute, elle perdit son sang-froid. Se laissa tomber à plat ventre et rampa sous le lit façon commando.

De loin en loin, elle avait eu des nouvelles de Kelvin par la bande. Elle avait ainsi appris qu'à Bassora, alors qu'il roulait dans un Land Rover blindé, un engin explosif dissimulé dans le cadavre d'un chien avait explosé, tuant tous les occupants du véhicule sauf lui. Alors, oui, l'Irak… ce devait être à ce moment-là que la photo des cadavres avait être prise. Ensuite, six mois après son opération, il avait agressé une adolescente à Radstock. Le bruit courait que la fille l'avait provoqué, en le traitant de Tête de Métal. Il avait pété les plombs et s'était jeté sur elle. L'avait plaquée contre un mur et lui avait enveloppé le visage dans un sac plastique. Plus tard, elle avait affirmé qu'il avait passé la main sous sa jupe et qu'il avait éjaculé dans son pantalon pendant qu'il l'étranglait. Il avait nié cette partie de l'histoire. Ce qui ne l'avait pas empêché de faire de la prison. La famille de l'adolescente voulait poursuivre l'armée en justice, car elle l'estimait responsable de sa folie. Mais leur demande avait été jugée irrecevable.

Zoë avait évité Kelvin autant qu'elle le pouvait quand il était chargé de l'entretien du club. Mais, à cette époque, des relations s'étaient nouées, des amitiés bizarres, bancales, qui duraient cahin-caha pendant parfois des semaines, parfois des années. Ce devait être dans ce contexte que Kelvin avait rencontré David Goldrab. Et c'était peut-être pour cette raison qu'il travaillait désormais pour son compte.

Elle roula sur le côté, le souffle court, cherchant désespérément quelque chose dont elle pourrait se servir pour se défendre. Le dessous du lit abritait le genre de choses auxquelles on pouvait s'attendre chez un célibataire : des moutons de poussière, un slip, une pile de revues pornos. Et, roulée en boule près des revues, à quelques centimètres de la tête de Zoë, une polaire de femme rose.

Elle s'immobilisa, les yeux fixés sur le vêtement, le cœur cognant sourdement. Une polaire rose.

Celle que Lorne Wood portait la nuit où elle avait été assassinée.

28

C'était une chose étrange de ne plus savoir du tout qui vous étiez ni ce qui était bien ou mal. Sally était accroupie dans les bois qui sentaient l'humidité, cernée par le silence des arbres. Une pensée revenait sans cesse à son esprit : elle enviait Millie. Millie, plus que n'importe qui. Millie, qui pouvait se trouver à court d'argent et, au lieu de se ronger les sangs, faisait un emprunt à la première personne qui le lui proposait. Millie, qui était capable d'entrer et de disparaître de la vie de quelqu'un sans se poser trop de questions. Elle enviait la simplicité de son esprit d'adolescente, cet âge où on sait pourquoi on fait telle ou telle chose et où on est encore capable de remonter le fil du raisonnement jusqu'à son point de départ. Où les motivations, les objectifs et les principes sont bien nets et bien séparés. Avant qu'ils s'emmêlent, perdent leur couleur individuelle et finissent par ressembler à une grosse pelote informe.

Elle gratta la terre sous l'arbre, creusant sous les feuilles de l'année précédente, chaudes et floconneuses, se mettant de la terre sous les ongles. Le tribunal qu'elle avait convoqué dans sa tête avait mis en balance sa culpabilité éventuelle et celle de Kelvin dans le meurtre de David Goldrab, et avait conclu qu'il n'y avait aucun doute possible. Kelvin était connu pour son passé de violence, travaillait pour la victime et avait de graves problèmes psychologiques. Bien sûr qu'il avait tué David. Ça ne pouvait naturellement pas être la gentille gouvernante exploitée, avec l'accent comme il faut et la fille adolescente inscrite dans le privé. Et de toute façon il y avait des preuves.

Quand elle eut trouvé ce qu'elle cherchait, elle s'assit sur les talons et posa la boîte en fer sur ses cuisses. Elle la souleva et souffla dessus pour en ôter la terre. Les quelques objets qu'elle contenait s'entrechoquèrent. Les dents de David. Sa bague. Elle ouvrit le couvercle et les regarda fixement. Steve avait appelé depuis la salle d'embarquement à Sea-Tac. Il avait assisté à sa réunion, réussi à dormir quatre heures à l'hôtel, puis était retourné à l'aéroport pour avancer son vol de retour en Angleterre. Son avion décollait de Seattle dans quatre heures et atterrissait à Heathrow. Il ne serait pas rentré avant le lendemain matin, de bonne heure. Elle lui avait dit pour le rouge à lèvres trouvé dans la maison de Kelvin.

« Mais je te l'ai dit, je peux régler ça toute seule. Tu n'as pas besoin d'écourter ton séjour.

— Je sais que tu en es capable, mais tu n'es pas obligée. Il y a des choses que tu vas devoir faire que je ne veux pas que tu fasses seule.

— Des choses ?

— Sally, toi et moi, on a déjà fait des choses dont on ne se serait jamais crus capables. Mais ce n'est pas fini. Il faut qu'on aille au bout du chemin. »

Il faut qu'on aille au bout du chemin...

Elle savait ce qu'il avait voulu dire. Il y avait des endroits dans le cottage du garde-chasse où elle pourrait laisser les dents. Elle pourrait les enterrer, ou attendre que Kelvin soit sorti pour s'introduire dans la maison. Leur trouver une bonne cachette. Un coin où il ne penserait pas à regarder, mais que la police inspecterait. Et pendant qu'elle serait sur les lieux, elle pourrait fouiller les parties de la maison qu'elle n'avait pas pu fouiller auparavant, s'assurer qu'il n'y avait aucune photo de Steve et elle sur la place de stationnement. C'était ce que ferait Zoë, quelque chose d'intelligent comme ça. Zoë le ferait, elle survivrait.

Elle se releva, remit le couvercle sur la boîte, la glissa sous son blouson et fouilla dans sa poche pour trouver ses clés de voiture. Si elle ne le faisait pas maintenant, elle ne le ferait jamais. Elle marcha jusqu'à la voiture, vite, la tête baissée. Ouvrit la portière, jeta la boîte sur le siège passager et se mit au volant. Elle démarra et remonta l'allée en marche arrière, les vapeurs d'essence familières s'infiltrant par les fenêtres arrière, qui fermaient mal.

29

A l'extérieur de la chambre, les lattes grincèrent. Kelvin marchait tranquillement sur le palier, comme s'il flânait dans un parc par une belle journée. Il alla d'abord dans la chambre de devant. Zoë l'entendit déplacer les cartons. Il fredonnait. Il avait tout son temps.

Elle saisit la polaire, la tira à elle sur le parquet et en tapota les poches. Elle en sortit un téléphone portable, qu'elle examina. Un iPhone blanc. Celui de Lorne. Elle reposa sa tête sur le parquet, son cœur cognant comme un marteau-piqueur. Elle avait vu juste. Elle repensa à ses prises de bec avec Ben et Debbie, quand elle soutenait que le meurtrier de Lorne n'était pas un adolescent. Eh bien, elle avait eu raison. Et elle avait eu raison de cibler Goldrab et l'industrie du porno. Lorne avait rencontré Kelvin soit par l'entremise de Goldrab, soit dans les clubs. Autrement, il était tout bonnement impossible qu'une fille comme elle ait eu le moindre rapport avec un homme tel que Kelvin. Mon Dieu, Lorne, je suis désolée, pensa-t-elle. Pendant un moment, je t'ai perdue de vue. Mais tu étais là depuis le début. C'est juste que je ne m'attendais pas à ce que ça se passe comme ça.

Les pas s'arrêtèrent devant la porte. Elle essaya le téléphone, mais il n'avait plus de batterie, alors elle l'enfonça dans la poche de la polaire. Les bottes Hunter bleues apparurent sur le seuil. D'ordinaire, elle avait une radio sur elle, mais elle l'avait laissée dans la voiture. Elle glissa discrètement la main dans sa poche pour sortir son propre portable. Les bottes traversèrent la pièce. Avant même qu'elle ait pu vérifier si elle captait un signal, Kelvin Burford s'accroupit et ses mains la saisirent aux chevilles. Elle s'accrocha aux lattes du sommier, lâchant le téléphone, qui glissa sur le parquet en tournoyant sur lui-même et heurta la plinthe. Kelvin posa un pied sur le lit pour prendre appui et tira. Elle se cramponna aux lattes. Il tira encore d'un coup sec, et, cette fois, elle sentit qu'elle faiblissait. Elle s'arracha l'ongle de l'index, finit par lâcher prise et se laissa traîner, son tee-shirt remontant sur son ventre.

Il lâcha ses jambes, qui tombèrent bruyamment. Aussitôt, elle fit claquer ses deux mains par terre, s'accroupit d'un bond et se jeta sur lui, les poings en avant, poussant un rugissement de fureur. Dos au mur, il la regardait en papillotant des yeux, les mains à moitié levées, comme s'il ne savait pas trop s'il fallait en rire.

— Connard.

Elle chercha à l'atteindre avec ses mains, qu'elle agitait comme des oiseaux. Il leva les bras pour protéger ses yeux, et elle en profita pour lui asséner un coup de genou à l'entrejambe. Elle toucha au but, le sentit qui commençait à se plier en deux. Il tomba lourdement sur elle, manquant lui faire perdre l'équilibre, mais elle s'écarta d'un bond. Chancelant, il fit quelques pas en avant, tête baissée, comme s'il allait foncer dans la cheminée. Zoë se retourna, forma un poing en joignant les mains au-dessus de sa tête, et frappa fort. Elle visait la nuque mais toucha entre les omoplates. Il rugit de douleur, tâtonna à l'aveugle pour lui attraper la jambe. Elle ne s'attendait pas à ça. *Tu as enfreint la première règle : ne jamais attendre de voir les effets d'un coup de poing, enchaîner directement avec le second.* Il l'attrapa derrière le genou et tira si brutalement qu'elle perdit l'équilibre et tomba sur le dos avec un bruit sourd.

Il s'agenouilla à côté d'elle, avec une expression presque ennuyée, comme si c'était trop fatigant, trop épuisant pour s'en donner la peine, et la frappa violemment au visage. Sous la force du coup, son visage partit sur le côté. Quelque chose jaillit de son nez. Puis il l'empoigna par les cheveux, lui souleva la tête – on entendit le petit claquement sec de centaines de follicules arrachés –, leva le poing et frappa à nouveau.

Il laissa retomber sa tête, et Zoë resta là, haletante, fixant de ses yeux larmoyants une zone située à moins de trente centimètres de son visage où une éclaboussure de sang était apparue au bas de la porte. Il y eut un bruit, comme si quelqu'un aspirait l'air de la pièce. La lumière qui parvenait de la porte-fenêtre parut soudain grasse et inconstante, comme si on la manipulait. Zoë tenta de porter la main à son visage, mais elle refusa d'obéir. Elle se leva un peu puis retomba, pareille à un morceau de viande, et resta posée près de son visage comme si elle ne lui appartenait pas. Kelvin allait et venait dans la pièce, soufflant fort. Son poids mettait à l'épreuve les solives du parquet, et elle avait l'impression que le sol ployait légèrement sous ses pas. Elle repensa au visage de Lorne. Au sang et aux contusions. Il y avait une boîte de balles de tennis dans la chambre d'à côté. Combien de gardes-chasse jouaient au tennis ? Comment avait-elle pu être aussi stupide ?

Kelvin grogna. Il passa les mains sous ses aisselles et la hissa sur le lit. Elle se retrouva sur le flanc, le souffle court, toujours incapable de bouger. Il y avait une flaque de sang par terre, là où se trouvait sa tête quelques instants auparavant, rouge vif, comme l'encre des stylos lumineux qu'ils utilisaient au bureau. Une touffe de cheveux aussi, accrochés à une matière blanche. Sa peau, réalisa-t-elle.

— Je vais t'attacher, maintenant. D'accord ?

Elle essaya de remuer les jambes. Elles refusaient de bouger. Elles pendaient au bord du lit, totalement inertes, insensibles. Elle comprit ce qui allait se passer.

— Viens par ici.

Il la poussa un peu plus sur le lit. Elle tremblait, de froid et de chaud en même temps. Là où ses mains la touchaient, elles lui faisaient l'effet d'un muscle chaud contre du verre.

— Ça y est, dit-il.

Il souleva ses jambes inertes et les posa sur les draps. Elle distinguait les veines dans le blanc de ses yeux, recouvert d'une taie jaunâtre et maladive. Il sentait le feu de bois, l'huile de moteur et le linge sale. Zoë se rappela les filets de sang qui couraient sur les joues de Lorne. Sa peau s'était déchirée. Littéralement *déchirée*.

— C'est bon, articula-t-elle d'une voix pâteuse.

Il la regarda droit dans les yeux, perplexe.

— Quoi ?

— C'est bon, tu peux y aller.

Kelvin continua à la dévisager, pris de court. Il y avait une ligne blanche sur ses lèvres, peau gercée, trace de dentifrice ou de salive, elle ne savait pas trop. Si elle mourait maintenant, Ben verrait les marques ; tout le monde saurait qu'elle avait résisté. On était censé se battre, non ? Défendre son honneur. Sauf que parfois il fallait perdre une bataille pour gagner la guerre.

— C'est ce que je veux.

Il baissa le menton et la regarda avec insistance.

— Je suis sincère.

Il s'assit sur le lit, faisant grincer les ressorts.

— Tu quoi ?

— Je le veux.

Il la gratifia d'un sourire narquois, le sourire qu'il avait l'habitude de lui adresser du fond de la salle, celui qui lui donnait la certitude qu'elle était souillée jusqu'à la moelle, que ce n'était pas une corruption superficielle qu'elle avait attrapée en travaillant au club.

— Tu veux quoi ?

Elle grinça des dents.

— Dis-le. Dis ce que tu veux.

— Je veux que tu me baises.

— Dis : « *Kelvin*, je veux que tu me baises. »

— Je veux que tu me baises, Kelvin.

— Non. Dis-le correctement. Dis : « Kelvin, je veux vraiment que tu me baises. » Lèche-toi les lèvres en même temps. Comme tu faisais avant.

Elle soutint son regard. Le tremblement commençait sous ses côtes.

— Kelvin...

453

Elle sortit le bout de sa langue. Le passa en tremblant entre ses dents.

— ... je veux vraiment que tu me baises.

Il ôta ses bottes et les mit de côté. Il se leva et défit l'attache de ses jambières, qu'il jeta par terre. Il ouvrit son jean et le retira. Il ne portait rien dessous. Ses testicules et son sexe rouges pendouillaient sous sa chemise à carreaux. Il s'approcha de la coiffeuse et tria négligemment les objets qui s'y trouvaient. *S'il te plaît, pas de balle de tennis. S'il te plaît, pas ça...*

En fait de balle, il trouva un préservatif dont il déchira l'emballage. Elle le suivit du regard quand il revint s'asseoir sur le lit. Il n'était pas bête : il ne voulait laisser aucune trace. C'était ce qu'il avait fait avec Lorne.

Il commença à tripoter son pantalon. Elle ne bougea pas : elle en était incapable. Il descendit la fermeture Eclair et fit glisser le jean sur ses jambes, entraînant aussi sa culotte. Elle garda les dents serrées. Essaya d'enfermer toutes ses pensées dans une petite boule dure au centre de son cerveau. Il fit passer son pull par-dessus sa tête et tira ses fesses au bord du lit. Il s'agenouilla devant elle et enfila la capote.

— Ecarte les jambes.

Le tremblement sous ses côtes se mua en spasme de tout le corps.

— Ecarte les jambes.

Elle parvint à les écarter un peu, et il se servit de ses genoux pour les ouvrir davantage, puis il l'attira vers lui et la pénétra. Il l'observa attentivement pendant qu'il allait et venait en elle, scrutant son visage. Elle serrait les dents et gardait les yeux rivés sur le bouton de sa poche de poitrine, les laissant là et se concentrant sur la petite boule dans sa tête. Elle retrouvait sa sensibilité à présent. Elle aurait voulu qu'il en soit autrement, elle aurait voulu ne rien sentir. Le sang dans ses narines coulait dans sa gorge. Le sang dans le nez de Lorne avait coagulé, l'empêchant de respirer. C'était ce qui l'avait tuée. Qu'est-ce qu'Amy avait dit dans la péniche ? Ça lui semblait remonter à une éternité. Que le viol était une affaire d'hommes, de la haine secrète qu'ils vouaient aux femmes ?

Puis, d'un coup, ça s'arrêta. Il avait terminé. Il se retira et enleva le préservatif. Noua l'extrémité et le laissa tomber par terre. Après quoi il s'assit sur le lit à côté d'elle, dans une attitude presque complice, tendit le bras et glissa la main sous son tee-shirt pour lui pétrir les seins.

— T'as aimé ça, hein ?

Elle s'humecta les lèvres. Le goût du sang. Salé, comme la sueur.

— J'ai dit : tu as aimé ça ?

Elle ferma les yeux et hocha la tête.

— Tu saignes du nez.

Elle leva une main tremblante, encore faible, et l'essuya. Kelvin se leva et sortit de la chambre. Elle regarda la pièce vide en clignant des yeux. *La balle de tennis*, pensa-t-elle. *Maintenant il va aller chercher la balle de tennis*. Mais lorsqu'il reparut à côté du lit, il tenait une serviette. Il la lui tendit. Elle tenta de s'asseoir, en vain. Il la releva, et elle resta là, la serviette pressée sur son nez. La circulation revenait dans ses jambes, la picotant furieusement.

— J'aimerais revenir.

— Quoi ? Qu'est-ce que t'as dit ?

Un jour, il y avait des années de cela, Zoë avait interrogé la victime d'un viol. La fille avait dit la même chose à son agresseur ; elle lui avait dit après coup : *Tu me plais vraiment, on pourra le refaire ?* Il l'avait crue et l'avait laissée partir. Elle avala encore du sang. Répéta ce qu'elle venait de dire, plus fort cette fois :

— J'aimerais revenir. Pour remettre ça.

Il fronça les sourcils, perplexe.

— Tu ne crois pas que je vais te laisser partir, quand même ?

30

Ce fut le visage de Zoë qui arrêta Sally. Elle était parvenue à mi-côte de Hanging Hill et serrait le volant si fort que ses mains étaient blanches. Elle était penchée en avant, concentrée sur la route. L'embranchement pour Lightpil House et le cottage de Kelvin était un peu plus loin, mais, au moment de mettre son clignotant, le visage de sa sœur surgit dans son esprit. Avec l'expression qu'elle avait l'avant-veille dans la cuisine, lorsqu'elle parlait de la façon dont nous étions tous connectés les uns aux autres.

Sally hésita. Son pied se contracta sur l'accélérateur. Elle essaya d'imaginer Zoë roulant dans la campagne avec une boîte en métal contenant les dents d'un mort. Dans quel but ? Faire accuser un innocent. Elle était incapable de visualiser la scène. Impossible. Intelligente comme l'était Zoë, ce n'était pas comme cela qu'elle s'y prendrait. Il lui revint alors en mémoire une image de Kelvin Burford à la maternelle toutes ces années auparavant – un petit garçon farouche et énergique, avec de la morve séchée étalée sur le visage, et une détermination presque animale dans le regard.

Au moment d'arriver au tournant conduisant au cottage du garde-chasse, elle arrêta le clignotant et continua sur la route principale. Elle avait beau avoir peur de Kelvin, elle ne pouvait pas se résoudre à faire quelque chose d'aussi tordu. Quoi qu'en dise Steve, elle ne pouvait pas continuer à souiller le Grand Tout.

Non. Il devait y avoir un autre moyen.

31

— Qu'est-ce qu'il y a ?

Kelvin avait rapporté une bouteille de cidre de la cuisine. Il se tenait à la fenêtre donnant sur le côté de la maison, dévissant la bouteille et versant son contenu dans un verre douteux. Il baissa le menton et posa sur Zoë un regard appuyé.

— C'est quoi ton problème ? T'as l'air bizarre.

Elle était couchée en boule contre la tête de lit. Elle n'arrivait plus à respirer par le nez : il s'était rempli de sang coagulé. Comme celui de Lorne. Elle n'arrêtait pas de penser à ce tas de cadavres en Irak. Et elle n'arrêtait pas de se dire que si Kelvin avait vu ce genre d'horreur à longueur de journée, la mort de Lorne avait dû le laisser complètement indifférent.

Toutes comme elle...

Il connaissait Lorne comme strip-teaseuse. De la même façon qu'il avait connu Zoë. Pour quelqu'un d'aussi dérangé que lui, elles étaient quantité négligeable. De simples maillons dans une chaîne. « Vous voulez dire qu'il y a un tas de cadavres quelque part », avait plaisanté le commissaire, mais Kelvin ne verrait pas la différence entre un tas de femmes mortes et un tas d'insurgés irakiens morts. Et contre cela, elle était désarmée. Quelle fille intelligente, cette Zoë. Irascible et froide, oui, mais on ne pouvait lui dénier son intelligence. Sauf que là, elle était incapable de trouver une solution.

— Je suis… commença-t-elle.

— Quoi ? fit-il en relevant brusquement la tête. T'es quoi ?

Elle hésita. Si elle lui disait maintenant qu'elle était flic, de deux choses l'une : soit il prenait peur et la relâchait, soit il finissait le travail encore plus vite.

— T'es quoi ?

— Je suis gelée. Je peux avoir mon pull ?

Il ramassa le vêtement par terre, le lui jeta, puis s'assit et vida le verre de cidre d'un trait. Il alluma une cigarette et fuma un moment, les yeux au mur, comme perdu dans ses pensées. Elle serra son pull autour de ses épaules. Frissonna un peu.

— Il faut que j'y aille, maintenant, dit-elle d'une voix un peu voilée, une voix de femme sourde. Mon mari va appeler la police… il va s'inquiéter pour moi. J'ai envie de te revoir. Je reviendrai.

— Tu l'as déjà dit.

— J'étais sincère.

Il se resservit du cidre, vissa le bouchon sur la bouteille et souleva le verre, comme si Zoë ne l'intéressait plus. Elle laissa tomber sa tête en arrière et respira lentement par la bouche. Au cours des dix dernières minutes, elle avait remarqué que le châssis de la fenêtre était fragile. Peut-être que… peut-être…

— Tu m'as foutu en rogne, s'emporta Kelvin sans se tourner vers elle. Tu m'as foutu en rogne, et c'est toi qui m'as obligé à le faire. Il y a une limite, tu sais, dit-il en tapotant en rythme son verre de cidre. Une ligne bien nette. Et une fois que tu l'as franchie, une fois que tu es passé de l'autre côté, il faut que tu acceptes les conséquences. Il faut que tu prennes des mesures exceptionnelles.

— Je reviendrai.

— La ferme, je réfléchis.

Elle resta couchée sans mot dire, son regard revenant se poser sur le châssis de la fenêtre. Il y avait des pies dans les branches de l'arbre dehors, comme devant la maison de Lorne. Elle voulait leur crier d'aller chercher quelqu'un, comme si elles étaient en mesure de l'aider. Kelvin but encore. Il approcha une chaise à côté de l'armoire et y posa les coudes, comme s'il s'agissait d'un bureau. Alluma une autre cigarette.

— Je peux avoir de l'eau ?

Il baissa la tête et tourna son regard vers elle, l'air grave.

— Quoi ?

— De l'eau ? J'ai soif.

— Ah ouais ?

— S'il te plaît.

Il haussa les épaules, repoussa la chaise.

— Tu as aimé que je te baise ?

Elle serra les dents.

— J'ai dit : est-ce que tu as aimé que je te baise ?

— Oui.

Il pencha la tête de côté, la main en cornet.

— J'ai aimé ça, Kelvin.

— Bien. Dans ce cas je vais aller te chercher de l'eau.

Il se leva. A mi-chemin de la porte, il fit brusquement un pas dans sa direction, les mains levées, comme pour l'attaquer. Elle se rencogna contre la tête de lit en se couvrant vivement le visage. Puis elle vit qu'il souriait. Prudemment, elle baissa les mains.

— Ne sois pas si nerveuse. On va se sortir de là, bébé.

Il revint vers le lit et lui pressa la jambe d'une manière rassurante.

— On va s'en sortir ensemble.

32

Quand il fut parti, elle agit vite. Elle mit son pantalon, son pull. Pas le temps pour la culotte. Elle eut l'impression de mettre une éternité pour enfiler ses bottes sur ses pieds engourdis. En bas, Kelvin ouvrit le robinet de la cuisine. Les tuyaux cognèrent et gémirent dans le mur. Elle fourra le préservatif dans sa poche arrière. Elle avait bien réfléchi. Les petits bois de la porte-fenêtre étaient fragiles, de simples baguettes maintenant les carreaux en place. Si elle parvenait à en casser trois à la verticale, elle pourrait passer par l'ouverture. Mais il entendrait le premier carreau sauter. Il faudrait donc qu'elle fasse vite. Comme ces kara-tékas qu'elle avait observés un jour dans un parc japonais au lever du soleil. Comme Uma Thurman dans sa combinaison de saut jaune dans ce film sorti il y avait plusieurs années.

Le balcon était à trois mètres de hauteur. Si elle ne se réceptionnait pas convenablement, c'était foutu ; ses jambes et ses pieds, déjà très faibles, ne supporteraient pas une blessure, et son seul espoir était de se relever instantanément et de foncer droit dans la forêt avant qu'il puisse la suivre. Une fois qu'il aurait identifié le bruit, il lui faudrait encore un certain temps pour traverser la maison depuis la cuisine. La porte d'entrée était fermée, il serait obligé de chercher la clé ou de faire le tour par l'arrière avant qu'elle ait eu le temps d'atteindre les premiers arbres.

Le bruit qu'il fit en ouvrant et en refermant la porte du réfrigérateur lui parvint distinctement. Elle l'entendit remplir une bouilloire. Pour quoi faire ? Du thé ? Ce type était tellement calme qu'il se faisait tranquillement du thé, comme si c'était pour lui un jeudi ordinaire. Elle fit jouer chacun de ses muscles pour s'assurer qu'ils étaient tous en état de marche, qu'ils ne la lâcheraient pas. Alors elle se cramponna aux barreaux métalliques de la tête de lit, souleva son genou droit jusqu'au menton et décocha un coup de pied. Le verre cassa instantanément et tomba à l'extérieur, en tintant sur le balcon. Le croisillon au-dessus du carreau avait besoin d'un coup supplémentaire. Il se fendit en éclats, emportant le carreau du dessus avec lui. Le trou faisait presque un mètre de haut.

Les pas de Kelvin résonnèrent dans l'entrée ; elle l'entendit hurler dans l'escalier :

— Salope ! Salope !

Bien. Monter l'escalier lui ferait perdre du temps. Couvrant sa main avec la manche de son pull, elle fit tomber les derniers éclats de verre et passa les pieds dans l'ouverture. Puis les hanches. Elle entendit Kelvin dans la pièce, criant et jurant, mais elle avait déjà enjambé la balustrade et s'était laissée glisser jusqu'à se retrouver suspendue sous le balcon.

— Fais-le, souffla-t-elle en regardant le sol, qui lui paraissait à des milliers de kilomètres de ses pieds. Fais-le.

Le visage de Kelvin s'encadra dans la fenêtre cassée, déformé par la rage. Elle lâcha la balustrade et se laissa tomber. Elle se reçut sur le béton lézardé, sa cheville se tordant douloureusement sous elle. Elle trébucha, ses genoux firent entendre des craquements sinistres en heurtant le sol. Mais elle était en un seul morceau. Elle se releva et se mit à courir. Kelvin hurlait quelque part à l'intérieur de la maison, renversant des meubles dans sa fureur. Elle se représenta un fusil qu'on chargeait tandis qu'elle se jetait entre les arbres, s'enfonçant au hasard dans la forêt.

Les arbres n'avaient pas encore toutes leurs feuilles, et elle pouvait voir loin devant elle. Elle distingua des pelouses, formant des taches vertes hachurées. Peut-être la limite de la propriété qui jouxtait celle de Goldrab. Elle força sur ses jambes tremblantes, en respirant par sa bouche tuméfiée, piétinant du bois mort et des feuilles, des tapis d'ail sauvage d'un vert cireux à la périphérie de son champ de vision. Finalement le bois fit place à une étendue d'herbe si verte et si bien tondue que cela aurait pu être un terrain de golf. Au-delà, elle aperçut une allée en gravillons jaune crème, ainsi qu'un impressionnant manoir en pierre inondé de soleil, avec des tourelles et des parapets surmontés d'urnes en pierre. Un Land Rover stationnait dans l'allée. Elle courut jusqu'au véhicule, essaya d'ouvrir les portières – verrouillées –, continua, essoufflée à présent, passa devant une autre voiture, des châssis de culture et un jardin clos de murs où poussaient des pivoines blanches et des roses précoces, chaque plante soigneusement étiquetée. La porte de devant était pourvue d'un énorme et vieux heurtoir à l'effigie de Jacob Marley, le personnage de Dickens. Elle frappa à la porte. Le bruit résonna à l'intérieur de la maison et se diffusa dans le parc. Elle jeta un regard anxieux par-dessus son épaule en direction de la pelouse. Aucun signe de Kelvin sous le couvert. Elle ouvrit la boîte aux lettres et cria dans la fente :

— Ohé ? Il y a quelqu'un ?

Aucune réponse. Elle longea la façade en boitillant, apercevant des rideaux à glands derrière les fenêtres à croisillons où se reflétait son visage ; ses cheveux en bataille, son nez qui avait doublé de volume. Elle tourna à l'angle et passa devant des poubelles, un tas de bûches, deux bidons d'huile. Elle tambourina à la porte de derrière, mit sa main en visière pour regarder par la fenêtre. Elle distingua une élégante cuisine avec un îlot central et une cuisinière Aga. Aucune lumière, aucun bruit. Alors qu'elle retournait à l'angle de la maison, elle l'aperçut. Une simple masse indistincte dans les arbres, sa chemise rouge et noir formant une tache de couleur en mouvement. Il courait vers la pelouse les bras écartés. Elle se retourna et se dirigea vers le devant de la maison et l'allée qui conduisait à la route. Elle comprit aussitôt son erreur : une fois sur l'allée, elle serait à découvert. Elle hésita. Il y avait un bac à roulettes à côté de l'une des poubelles. Elle l'ouvrit et regarda à l'intérieur. Il était presque vide – juste un sac d'ordures fermé dans le fond – et solidement calé contre le mur. Il ne bougea pas quand elle y fit entrer une jambe, puis l'autre. Une fois au fond, elle tendit la main au-dessus de sa tête pour refermer le couvercle du conteneur.

Il y faisait noir et chaud. Elle n'entendait aucun bruit à l'extérieur, uniquement son souffle court et brûlant qui se réverbérait sur les parois en plastique. Elle essuya son front en sueur et, avec précaution, mit le sac plastique sur ses genoux. Elle l'éventra avec ses ongles. Il contenait les restes d'un panier-repas destiné à un enfant – deux briques de jus d'orange écrasées, une boule de papier d'aluminium pleine de miettes, des serviettes en papier avec des petits dinosaures bleus –, ainsi que trois boîtes de haricots blancs à la sauce tomate. Elle en arracha un des couvercles, le plaça entre ses genoux et serra de toutes ses forces pour le plier en deux. Elle le retourna, le plia à nouveau. Elle recommença trois fois avant qu'il se casse le long de la pliure. Elle appuya le demi-cercle sur le bout de son doigt pour vérifier son tranchant. Sous le bon angle, ça marcherait.

Des bruits de pas sur le gravier. Kelvin. Elle retint son souffle, souleva l'opercule en fer à deux mains au-dessus de sa tête. Il s'approcha si près qu'elle l'entendit respirer, un souffle rauque de chaudière. Malgré son travail et sa formation militaire, sa forme physique laissait à désirer : l'alcool et le tabac avaient fait des dégâts. Elle aurait pu le distancer, elle aurait pu atteindre la route si seulement elle avait eu suffisamment confiance en elle. Elle l'entendit faire deux fois le tour de la maison, tournant comme un faucon, passant si près qu'elle sentit ses vêtements effleurer le container. Puis ses pas s'éloignèrent en direction de la route.

Au bout d'un long moment, elle risqua un œil à l'extérieur. L'allée brûlée par le soleil conduisait à une

467

grille, grande ouverte, flanquée de deux piliers en pierre. Elle réussit à voir Kelvin juste au moment où il sortait de la propriété et, debout dans l'allée, regardait vers le haut, puis vers le bas de la colline. Il hésita, puis il se retourna et commença à prendre la direction de son cottage.

Quand elle fut certaine qu'il était parti, elle s'extirpa du bac, ouvrit le paquet de serviettes en papier, puis nettoya méticuleusement l'intérieur d'une autre boîte de haricots. Elle la rinça sous le robinet du jardin, l'essuya avec les serviettes, sortit le préservatif noué de sa poche et le fit tomber à l'intérieur. Elle le protégea en tassant deux serviettes sur le dessus. Après quoi elle se rinça les mains, s'aspergea le visage à l'eau froide et commença à descendre l'allée en clopinant vers la route. C'était le début de l'après-midi. Le soleil au zénith venait d'entamer sa longue descente.

33

Assise dans la cuisine, Sally contemplait les champs par la fenêtre ouverte. La Chenille, face à Hanging Hill, avait revêtu ses nouvelles feuilles et se découpait nettement sur le ciel de midi. Du jour au lendemain, ce qui n'était qu'une rangée de squelettes tendant leurs mains vers le ciel s'était transformé en arbres. L'été arrivait sans crier gare.

Elle prit son téléphone et regarda l'écran. Pas de message, pas de SMS. Steve avait déjà rejoint la porte d'embarquement. Elle déplia les lingettes, qui avaient séché, et les étala sur la table, passant son doigt sur les mots.

Evil bitch.

Il y avait forcément un moyen de régler ça. Simplement elle ne voyait pas encore lequel.

On sonna à la porte et elle se redressa brusquement, droite comme un i. Elle n'avait pas entendu de voiture. Il n'y avait pas eu de voiture, elle en était sûre. Elle se hâta de plier les lingettes et alla se pencher à la fenêtre. Une femme se tenait sur le seuil, lui tournant le dos. Elle était d'une saleté répugnante, son jean était déchiré et ses cheveux tombaient en désordre dans son dos.

— Bonjour ?

La femme se retourna, la regarda sans mot dire. Elle avait le visage contusionné, le nez enflé. Il y avait du sang séché dans ses cheveux et sur son visage. Ses yeux étaient des trous noirs et morts.

— *Zoë ?*

Elle fourra les lingettes dans un tiroir, le referma brutalement, puis alla déverrouiller la porte d'entrée. Zoë avait le bras appuyé contre le mur, les épaules tombantes, la tête basse. Elle regarda Sally comme si celle-ci se trouvait de l'autre côté d'une vaste étendue désertique. Comme si elle revenait d'un monde si terrifiant que personne, absolument personne, ne pourrait jamais le décrire de manière adéquate.

Zoë essaya de sourire. Un tressaillement à la commissure des lèvres.

— Les gens n'arrêtent pas de me dire que je devrais demander quand j'ai besoin d'aide.

Sally demeura un moment silencieuse. Puis elle s'avança sur le seuil et prit sa sœur dans ses bras. Zoë était toute raide. Elle frissonnait.

— Fais-moi couler un bain, Sally. Et donne-moi un truc à boire, tu veux bien ? C'est tout. J'ai besoin d'un peu d'argent pour rentrer chez moi, mais je te rembourserai.

Sally secoua la tête. Elle tenait Zoë à bout de bras, l'étudiant à la lumière. Son nez était une boule ensanglantée. Des filets de sang coulaient sur son menton et ses lèvres étaient gonflées. Elle n'arrivait pas à regarder Sally dans les yeux.

— Ne me pose pas de questions. S'il te plaît. Juste le bain.

— Viens.

Elle la guida à l'intérieur, refermant la porte d'un coup de pied, et l'aida à avancer dans le couloir. Zoë boitait péniblement, grognant légèrement à chaque pas. Dans la salle de bains, Sally ouvrit les robinets, puis ramassa les serviettes que Millie avait laissé traîner ce matin-là et les fourra dans le panier à linge.

— Tiens, dit-elle en enveloppant Zoë d'une serviette propre. Tu trembles.

— Je n'abuserai pas de ton hospitalité. Promis.

— Tais-toi donc.

Elle alluma le sèche-serviettes et prit des gants de toilette et des serviettes propres dans le placard. Pendant que l'eau coulait, elle alla dans la cuisine préparer un plateau avec une grande carafe d'eau minérale et une cafetière. Enfant déjà, Zoë buvait des litres de café. Noir et fort.

Quand elle retourna dans la salle de bains, Zoë s'était déshabillée et grimpait dans la baignoire. Sally posa le plateau sur l'appui de fenêtre et la regarda. C'était déjà assez étrange de voir le corps nu d'une autre femme dans sa salle de bains, mais sa propre sœur… Voir toute cette peau, ces muscles et cette chair, cette enveloppe dans laquelle elle vivait jour après jour et à laquelle elle était tellement habituée qu'elle ne la regardait même plus. Ce corps n'était pas si différent de celui de Sally, avec ses rides, ses petits bourrelets, les marques de la vie, à cette différence près que Zoë était grande et mince… et qu'elle était couverte de blessures. Traces de coups, coupures, ecchymoses, il y en

471

avait partout. Certaines avaient l'air anciennes, d'autres non. Elle grimaça en s'allongeant dans la baignoire, mouilla un gant de toilette et l'appliqua sur sa figure. Les ongles de sa main droite étaient cassés et noirs de sang.

— Tu es si belle, dit Sally. Plus belle que je ne l'ai jamais été. Papa et maman disaient toujours que tu étais celle qui était belle.

Il y eut un silence. Puis Zoë éclata en sanglots. Elle pressa le gant contre son visage, se pencha en avant et prit de longues inspirations, les épaules secouées de spasmes. Sally s'assit sur le bord de la baignoire et posa la main sur le dos de sa sœur, regardant les vertèbres pointues qui affleuraient sous la peau. Elle attendit que les spasmes diminuent. Que ces affreux sanglots déchirants s'éteignent.

— Tout va bien, maintenant. Tout va bien.

— J'ai été violée, Sally. Violée.

Sally inspira à fond, bloqua sa respiration, puis souffla.

— Bon, dit-elle. Raconte-moi.

— L'homme qui a tué Lorne Wood. Il m'a violée… Je me suis enfuie. J'ai failli mourir.

— L'homme qui a tué Lorne ? Mais je croyais que Ralph Hernan…

— Ce n'est pas lui.

Sally demeura immobile quelques instants. Puis elle tendit la main pour attraper la serviette.

— Tu ne devrais pas être dans la baignoire. Sors de là. Il faut qu'on t'examine.

— Non, dit Zoë en remontant ses genoux sous son menton et en les serrant contre elle. Non, Sally. Je n'irai pas à la police.

— Il le faut.

— Impossible. Je ne peux pas.

Elle appuya son front contre ses genoux et pleura encore en secouant la tête.

— Tu penses que j'ai été forte et indépendante toute ma vie, continua-t-elle, mais c'est faux. J'ai été stupide. J'ai été stupide d'arrêter l'école. C'est comme l'argent que j'ai eu pour voyager à travers le monde. J'ai raconté aux parents qu'un magazine me payait pour ça… que je travaillais pour eux.

— Le magazine de voyages.

— Oh, bon sang, il n'y a jamais eu de magazine. L'argent, je l'ai gagné en faisant des trucs stupides.

— Des trucs stupides, reprit Sally d'une voix blanche.

Elle pensait à la façon dont Millie avait obtenu son argent de Jake. Voilà qui avait été stupide.

— Quels trucs stupides ? demanda-t-elle.

— Les night-clubs. Tu vois le genre. Le genre d'endroits où David Goldrab aurait traîné. C'est la chose la plus stupide que j'aie jamais faite, et je la regrette. Oh, mon Dieu.

Elle essuya ses larmes du revers de la main, en évitant de toucher son nez.

— J'ai passé le reste de mon existence à m'en mordre les doigts. *Le reste de mon existence.*

— Tu te déshabillais ? Tu faisais du strip-tease ? Ou c'était autre chose, du pole-dancing ou quoi ?

Elle acquiesça de la tête d'un air malheureux.

Sally fronça les sourcils.

— Mais… ce n'est rien, ça. Je pensais que tu faisais allusion à quelque chose de vraiment grave.

Zoë leva vers elle un visage sillonné de larmes, déconcertée. Sally ouvrit les mains, l'air contrite :

— Eh bien, il y a pire. C'est juste que… *toi* ? Ça paraît tellement…

— Il fallait que je me fasse de l'argent rapidement. Il fallait que je quitte la maison… Tu sais pourquoi.

— Mais c'est le genre de chose que font les gens qui…

Sally chercha ses mots.

— Eh bien, les gens qui ne s'aiment pas beaucoup.

Il y eut une seconde de silence. Zoë était blême. Puis Sally comprit.

— Mais, Zoë, comment as-tu pu ? Je veux dire… tu es belle, courageuse, intelligente. Tellement intelligente.

— S'il te plaît, arrête de dire ça.

— C'est vrai.

— Tu me trouves intelligente, là ? Je me suis fait violer et je suis totalement impuissante.

— Si, tu peux faire quelque chose. On va aller porter plainte.

— Non, je ne peux pas. Je ne peux pas aller dénoncer ce salaud, parce que… il me connaît, ce type. Du temps des clubs… Il travaillait comme homme à tout faire dans l'un d'eux. Il n'arrêtait pas de me mater, ça me foutait les jetons. Il se servirait de ça pour sa défense. Il faudrait que je me lève à la barre des témoins, et son putain d'avocat rappellerait à tout le

474

monde que j'ai été une… Je ne peux pas leur dire. Je ne peux rien dire du tout.

Elle s'essuya les yeux avec colère.

Sally se tapota pensivement les lèvres avec les ongles.

— Il doit y avoir un moyen. Qui est-ce ?

— Tu le connais. Tu ne te souviens sans doute pas de lui, mais on était à la maternelle ensemble, tu imagines ? Kelvin Burford. Il…

Elle ne termina pas sa phrase. Sally s'était penchée en avant et la regardait bouche bée.

— Tu es sérieuse, là ?

— Evidemment que je suis sérieuse… Qu'est-ce qui t'arrive ?

— Mon Dieu, dit Sally en se levant. Mon Dieu. *Kelvin ?*

Zoë dévisagea sa sœur.

— Mais enfin, Sally, qu'est-ce que j'ai dit ?

34

Zoë avait bu toute l'eau et tout le café, et elle revenait à la vie à présent qu'elle s'était lavée de Kelvin. Elle se sécha et se nettoya soigneusement le visage avec des mouchoirs en papier et des cotons-tiges. Elle tamponna ses plaies avec de la crème antiseptique, puis enfila le peignoir en éponge accroché derrière la porte. Elle fit tout cela sans un regard à la glace. De temps à autre, elle entrebâillait la porte et jetait un coup d'œil dans le cottage, se demandant où Sally avait bien pu aller. Qu'avait-elle dit pour la faire bondir comme ça ?

Au bout d'un long moment, on frappa à la porte. Lorsque Zoë ouvrit, Sally se tenait là, en silence, tenant une bouteille de vin ouverte et deux verres entre ses doigts. Son visage était très blanc et très grave.

— Du vin ? s'étonna Zoë. A deux heures de l'après-midi ?

— J'ai décidé de devenir alcoolique. Juste le temps d'atteindre la cinquantaine, dit-elle en remplissant un verre, qu'elle posa sur le bord de la vasque : Celui-là est pour toi.

Zoë le prit et s'assit sur le bord de la baignoire, étudiant sa sœur. Son visage avait quelque chose de changé. Elle n'était plus la personne qui lui avait ouvert sa porte et fait couler un bain. Comme si quelque chose d'important s'était produit pendant les dix minutes qu'avait duré son absence.

— Allez, Sally. De quoi s'agit-il ?

Il y eut un bref temps d'arrêt. Puis, sans la regarder en face, Sally sortit une poignée de lingettes de la poche de son cardigan. Elles étaient froissées, sales, tachées de rouge à lèvres. Elle se mit à genoux, repoussa le tapis de bain et les étala, en les alignant soigneusement. Des lettres apparurent ; une phrase gribouillée à l'envers. Zoë plissa les yeux et déchiffra lentement ce qui était écrit : *You won't get away with it. You evil bitch – Tu ne t'en tireras pas. Sale garce*. Elle secoua la tête, interdite.

— Je ne comprends pas. Qu'est-ce que c'est ?

— Kelvin Burford. Il a écrit ça sur le siège de ma voiture.

Zoë s'accroupit. Relut lentement l'inscription. Elle commença à ressentir des élancements dans la tête. Le rouge à lèvres était de la même teinte que celui que Kelvin avait utilisé sur Lorne. Or ce détail n'avait pas été divulgué. Personne n'était au courant pour ces messages au rouge à lèvres.

— Qu'est-ce qui te fait croire que c'était Kelvin ? dit-elle lentement.

— Ce que j'ai trouvé quand j'étais chez lui. Ce matin.

— Tu étais là-bas ce matin ? Non, c'est moi qui étais là-bas ce ma…

Sa voix s'éteignit :

— C'est *moi*, pas *toi*.

— Moi aussi, j'y étais. Quand tu es arrivée, je me trouvais dans la pièce du fond. Tu as frappé à la porte ?

— Oui.

— C'est à ce moment-là que je suis partie.

— Attends, attends, dit-elle en levant la main. Vas-y doucement. Qu'est-ce que tu faisais là-bas ?

— Il veut me faire chanter. J'ai trouvé le rouge à lèvres qu'il a utilisé pour écrire ça. Soit il veut me faire chanter, soit il essaie de me faire peur pour que je me livre à la police.

— Pour que tu te livres à la *police* ?

Sally acquiesça de la tête. Son expression était triste, pleine de détermination et de courage, mais triste aussi.

— Sally ? Qu'est-ce qui se passe, à la fin ? Qu'est-ce qu'il y a ?

— C'est moi qui l'ai fait.

— Fait quoi ?

— David Goldrab. Tu veux savoir ce qui lui est arrivé, eh bien, je te le dis. C'est moi. Je l'ai tué.

— Ouais, c'est ça.

— Je suis sérieuse. Je l'ai tué et je ne me suis pas dénoncée. J'aurais dû, mais je ne l'ai pas fait. Et ensuite…

Elle hésita en se frottant nerveusement les mains.

— … j'ai dû me débarrasser du corps.

Zoë fit entendre un petit grognement amusé.

— J'aurais voulu être là. Je t'aurais donné un coup de main. C'est un enfoiré.

— Non, Zoë. Je ne plaisante pas.

478

Zoë devint parfaitement immobile. Elle dévisagea sa sœur. Ses yeux bleu délavé avaient perdu leur douceur ordinaire. On les aurait dits fissurés comme des billes. Il y avait quelque chose de dur et de fier en eux. Zoë esquissa un sourire timide.

— Sally ?

— Tout le monde te trouvait indépendante, intelligente et brillante. Et moi, tout le monde me trouvait douce et inoffensive. Bête, aussi. Mais il se trouve que ce n'est pas vrai. J'ai tué David Goldrab et j'ai tout dissimulé. C'était moi.

— Non, non. C'est…

— C'était un accident. Une sorte d'accident. Un jour que je travaillais chez lui, il m'a agressée. J'étais toute seule… je ne voulais pas que ça arrive. Mais c'était quand même moi.

Zoë la regarda fixement et Sally soutint son regard. Par la fenêtre ouverte parvint le pépiement d'une alouette qui chantait en s'élevant dans le ciel. Zoë pensa à Jake le Piquet, à Dominic Mooney. Elle pensa à Jason dormant sur un canapé couvert de manteaux. Au lieutenant-colonel Watling et au capitaine Charlie Zhang, et à tous les mauvais tournants qu'elle avait pris. Elle baissa la tête, pressa ses doigts sur ses paupières pour tenter d'y voir un peu plus clair dans son esprit. Et elle prit la parole d'une voix voilée, anormalement aiguë.

— Qu'est-ce que tu as fait… tu sais, comment as-tu…

— Je l'ai tué avec un pistolet à clous. Et puis je l'ai découpé. Je sais que ça paraît dingue, mais je l'ai fait. Là-bas, dit-elle en désignant la fenêtre du menton.

— Il est dans ton jardin ?

— Non. Il est partout. Partout dans la campagne.

— Mon Dieu.

Elle avait tellement, tellement froid, se sentait réduite à une petite chose transparente et fine comme une pelure d'oignon.

— C'est de la folie. C'est…

Elle ne trouvait pas ses mots.

— Tu ne plaisantes pas, finit-elle par dire. Tu ne plaisantes vraiment pas, c'est sûr ? Tu es sérieuse, hein ?

— Oui.

— Tu n'as jamais rien fait de tel auparavant ?

— Non. Mais quand je l'ai fait, je me suis sentie bien. Et je me sens mieux. A tout point de vue. Regarde-moi. Je suis différente.

Effectivement, se dit Zoë, elle était différente. Comme si les os qui, toute sa vie, étaient restés enfouis sous sa peau douce et parfaite s'étaient soudain hissés à la surface et se pressaient impatiemment contre elle. Pendant tout ce temps, elle avait eu peur que Goldrab revienne dans sa vie, alors qu'en réalité il était mort. Et bien mort. Et c'était à sa propre sœur qu'elle le devait. Elle désigna d'un geste le rouge à lèvres sur les lingettes.

— C'était sur le siège de ta voiture ?

— Oui, côté passager.

Zoë déplaça les lingettes avec son doigt d'un air absent.

— Ce petit garçon que tu as connu à la maternelle ? dit-elle au bout d'un moment. Kelvin ? Il n'existe plus. Tu le sais, n'est-ce pas ? Tu sais que c'est un adulte, et quoi qu'il lui soit arrivé, il est dangereux et, pire que ça, il est fou.

— Je sais.

— Et tu réalises que, quoi qu'il arrive, on va devoir trouver un moyen de le faire enfermer. Sans que je dise ce qui m'est arrivé… et sans que tu dises ce qui s'est passé avec… avec Goldrab.

— Oui.

— Certains objets dans sa maison le relient à Lorne.

— On pourrait se débrouiller pour alerter la police ? De manière anonyme ? C'est faisable, ça ?

— Oui, c'est faisable. Mais ce ne sera pas si facile. A mon avis, il a tout dissimulé, détruit toutes les preuves. Maintenant que je me suis échappée, il sait qu'il a la police sur les talons.

— Oh, dit Sally, découragée. Alors ?

— Je ne sais pas.

Zoë se frotta la cheville. Elle lui faisait mal depuis qu'elle s'était laissée tomber du balcon.

— Ce n'est pas encore tout à fait clair dans mon esprit, mais j'ai quelques idées.

35

Un ciel étrange, qui absorbait la lumière, était suspendu au-dessus du cottage de Kelvin. Comme si le monde devinait ce qui vivait là et voulait le recouvrir. L'étouffer lentement. Quelques freux croassaient dans les tilleuls bordant l'allée, et le bief gazouillait doucement. Les deux femmes étaient dans la Ka de Sally, garée au bout du chemin, à côté de la voiture de Zoë, abandonnée le matin même au cours de sa fuite. En contrebas, au-dessus de la haie, avec ses jeunes feuilles tendres, elles pouvaient voir la façade du cottage de Kelvin. Il était désert.

— Je m'y attendais.

Zoë ôta les lunettes de soleil que Sally lui avait prêtées, abaissa le pare-soleil et examina son reflet dans le miroir. Elle paraissait se dominer, mais Sally n'était pas dupe. Avec la manche de son chemisier, lui aussi prêté par Sally, elle tamponna une coupure sur sa lèvre. Elle portait un peu de maquillage, emprunté également à sa sœur ; de l'anticernes sur les ecchymoses rouges et grises qui commençaient déjà à apparaître sur sa joue droite. Pour finir, elle secoua la tête, comme si son apparence était une bataille perdue d'avance, et rabattit le miroir.

— Rien ne va plus pour lui à présent, parce que j'ai survécu. Les choses n'étaient pas censées se dérouler de cette manière. J'étais censée mourir. Maintenant il a peur. Il est en cavale. Comme je te l'ai dit, on ne retrouvera aucun des objets appartenant à Lorne là-dedans. Ni aucun des miens.

Sally se mordit la lèvre et se pencha légèrement en avant, scrutant anxieusement les lieux. De l'autre côté du jardin de David Goldrab, un pommier avait perdu ses fleurs. Le vent les avait dispersées en traînées d'un blanc sale le long du chemin et elles formaient des gribouillis complexes autour du garage délabré de Kelvin. Elle n'aimait pas ça. N'aimait pas ça du tout. Quand il était là, dans le cottage, sa peur au moins avait été confinée dans un seul lieu. A présent, elle pouvait être là, n'importe où. Comme un virus libéré dans l'air.

— Et les photos ? S'il a des preuves contre moi, photos ou autres, elles y sont peut-être encore.

— Je t'assure, il n'y a rien dans cette maison. J'ai cherché partout. Il y avait des photos… mais pas de toi. De toutes les façons, il n'est pas suffisamment organisé pour avoir fait ça. Il aurait eu besoin d'un téléobjectif.

— Tu es sûre ?

— Sûre. Je te le jure.

Sally frotta la chair de poule sur ses bras.

— On se rabat sur le plan B, alors ?

— C'est parti pour le plan B. Ça fait juste quelques obstacles de plus à franchir. Allez, on y va.

Elle descendit de voiture, monta dans sa Mondeo et mit le moteur en marche. Sally suivit avec la Ka, roulant lentement vers le cottage. Elles se garèrent en haut de l'allée, en laissant les portières ouvertes et les clés sur le contact ; si Kelvin réapparaissait, il ne pourrait pas prendre les deux voitures en même temps. Elles disposeraient de quelques précieuses secondes pour démarrer l'autre voiture et prendre la fuite. De toute façon, affirma Zoë, il n'était pas près de se montrer à nouveau. Pas dans ces parages.

Elles firent le tour de la maison, cherchant un moyen d'y entrer. Mais il avait réagi vite : depuis que Zoë s'était enfuie, il avait tout cadenassé. Sally n'avait jamais vu autant de cadenas. Il avait cloué certaines fenêtres, posé des planches en travers des portes de devant et de derrière, et condamné la porte-fenêtre de l'étage. Elles découvrirent un garage que ni l'une ni l'autre n'avaient remarqué auparavant. D'après Zoë, Kelvin conduisait un Land Rover – elle avait passé un coup de fil au poste de police et noté son immatriculation sur un bout de papier qui se trouvait dans sa poche –, mais le 4 × 4 n'était plus là. Juste une tache d'huile par terre et des traces de pneus sur le sol.

Zoë s'arrêta près du moulin. Elle s'accroupit et tira sur la chaîne rouillée qui serpentait entre les barreaux de la grille couvrant un trou. Elle testa le cadenas. Il s'ouvrit en grinçant.

— Fais ce que tu as à faire, dit-elle à Sally en tirant sur la chaîne et en soulevant la grille. Moi, je vais aller jeter un coup d'œil là-dedans.

Elle se plia en deux et pénétra à l'intérieur. Sally la regarda disparaître. Puis, après avoir jeté un regard à la ronde, elle enfila les gants en nitrile que sa sœur lui avait donnés et se mit à creuser avec la bêche qu'elles avaient

484

apportée. La terre était meuble, bien que pierreuse, et bientôt elle y avait créé une cicatrice jaunâtre. Elle sortit la boîte en fer-blanc de la poche de son duffel-coat et, les doigts tremblants, ôta le couvercle et vida son contenu. C'était Zoë qui lui avait suggéré d'enterrer les dents, ce qui était ironique car, si Sally ne l'avait pas fait plus tôt, c'est parce qu'elle pensait que Zoë trouverait un meilleur moyen de s'en débarrasser. Mais maintenant qu'elle était au courant pour les viols, elle n'avait plus aucun scrupule vis-à-vis de Kelvin. Zoë n'avait pas cherché à savoir comment elle avait eu le cran d'arracher les dents de David, comment elle s'était débrouillée pour organiser toute seule la dissimulation du corps, ni si quelqu'un d'autre était impliqué. Sally avait pourtant l'impression que sa sœur savait.

Elle poussa les dents dans le trou et remua un peu pour qu'elles se mélangent à la terre. Elle reboucha le trou, le recouvrit grossièrement avec les mottes de gazon qu'elle avait retournées. Voir ces dents humaines, avec leurs plombages et leurs racines à nu, ne lui faisait rien. Absolument rien. Tu es un monstre, lui souffla une voix dans sa tête. Tu es devenue un monstre.

— Vide, dit Zoë.

Elle émergea du trou, pliée en deux, balayant les toiles d'araignée qu'elle avait dans les cheveux.

— Il n'y a rien. C'est une glacière.

Elle secoua le cadenas. L'ouvrit et le ferma deux ou trois fois.

— Je ne sais pas s'il était fermé avant ou pas.

Sally se redressa, appuya ses mains dans le creux de ses reins et se cambra pour détendre ses muscles.

36

Il lui avait fallu un certain courage pour se regarder dans la glace, mais au moins son nez n'était pas cassé, elle en était sûre, et une fois le sang nettoyé, elle constata qu'il paraissait simplement gros, comme si elle était née ainsi, avec un gros nez et de petits yeux. Sa lèvre supérieure était fendue, mais cela pouvait passer pour un bouton de fièvre. Elle avait malgré tout l'air d'une folle dans les vêtements de Sally. Ils étaient trop larges à la taille et trop courts. Après être allées chez Kelvin, les deux femmes s'étaient séparées un moment ; Sally pour parler à Millie, et Zoë pour rentrer chez elle et s'arranger un peu avant de se retrouver pour mettre à exécution l'étape suivante de leur plan : rendre visite à Philippa Wood.

Zoë se gara devant chez elle, s'assura que ses lunettes de soleil étaient bien ajustées, au cas où un de ses voisins serait chez lui, sortit vivement de la voiture et marcha vers la porte d'entrée. Elle avait introduit la clé dans la serrure quand elle entendit une voix dans son dos :

— Zoë ?

Elle se retourna, vit Ben qui remontait l'allée.

— Zoë ?

— Oh, non, marmonna-t-elle. Pas maintenant.

Elle entra et se retourna pour claquer la porte, mais il était déjà là, poussant le panneau avec sa main.

— Zoë ? Où étais-tu passée, à la fin ?

— Ça ne te regarde pas.

Elle tenta de fermer la porte, mais il la bloqua avec son épaule.

— J'ai essayé d'appeler.

— Mon téléphone est cassé. Je l'ai fait tomber. S'il te plaît, va-t'en.

— Non. Je veux te parler.

— Eh bien, pas moi. Va-t'en. S'il te plaît, Ben, s'il te plaît.

— Seulement quand tu m'auras écouté.

— Une autre fois.

Elle cala son pied contre la plinthe du vestibule et pesa de tout son poids contre la porte. Ben réagit en faisant de même de l'autre côté. Il y eut un ou deux instants de silence pendant qu'ils bataillaient ferme. Puis, après une petite hésitation, la porte s'ouvrit en grand et Ben entra, le dos droit, regardant autour de lui comme s'il était parfaitement à son aise et qu'on l'avait invité à entrer.

— Je n'apprécie pas, dit-elle en passant devant lui, tête baissée. Mais alors, pas du tout.

— Je suis désolé. Laisse-moi juste parler. C'est tout ce que je demande.

Elle alla s'asseoir à la table, ses lunettes de soleil sur le nez, tournant ostensiblement la tête comme si elle était résolue à regarder par la fenêtre. Elle garda son coude sur la table, et sa main sur le côté de la tête pour qu'il ne puisse pas voir son visage.

— Ce n'est pas Ralph Hernandez.

— Ah, bon, rétorqua-t-elle d'un ton morne. Eh bien, tu m'en vois ravie. Qu'est-ce que tu en sais ? Ta diseuse de bonne aventure a regardé dans sa boule de cristal ?

— Non. Il a un alibi pour cette nuit-là. Un parfait inconnu l'a vu à peu près à l'heure où Lorne a été tuée. Il se trouvait à Clifton, songeant sérieusement à se jeter du pont des Suicidés. Il ne nous l'a pas dit parce qu'il ne voulait pas que ses parents soient au courant. Des catholiques. Il a préféré mentir et raconter qu'il était sorti avec des copains plutôt qu'avouer ce qui lui trottait dans la tête. Ses copains lui ont dit de mentir, qu'ils confirmeraient ses dires.

— Génial. C'est sympa de me tenir au courant.

Elle lui fit un petit signe de la main en remuant les doigts.

— Ciao.

Il ne réagit pas. Un long silence s'ensuivit. Elle était tentée de se tourner vers lui, mais elle ne voulait pas qu'il voie son visage.

— Ça fait bizarre de parler à ta nuque, mais je vais le dire quand même, en espérant que tu comprendras. Je vais dire que je suis désolé. Pour tout.

Elle répondit d'un haussement d'épaules indifférent.

— Ne sois pas désolé. Chacun fait ce qu'il veut. Tu baises qui tu veux baiser, Ben. C'était bien quand tu voulais que ce soit moi. Ça a changé, point-barre.

— Ça n'a pas changé, justement. Je n'ai jamais eu envie de baiser quelqu'un d'autre. Sauf que, con-

489

trairement à toi, je voulais autre chose qu'une histoire de cul. Je voulais plus que ça. Bien entendu, dans ton monde à toi, c'est un aveu d'échec.

Zoë ne répondit pas. Elle regardait par la fenêtre les voitures garées dans la rue.

— J'ai retourné le problème dans tous les sens, et, de mon point de vue, je n'ai commis aucun crime. Il n'y a rien de mal à vouloir davantage, non ? Je pensais que c'était comme ça que le monde tournait.

— Je ne sais pas, dit-elle sur un ton sec. Si c'est ça qui te branche. Mais tout ça, c'est de la théorie, parce que c'est trop tard maintenant.

— Tu veux parler de Debbie ?

— Miss Profil.

— Je ne suis pas débile, Zoë. Je suis capable de voir dans son jeu.

— Vraiment ? C'est intéressant. Et qu'est-ce que tu vois ?

Il soupira.

— Probablement la même chose que toi. On ne peut pas se fier à ce qu'elle raconte. Elle ne savait pas de quoi elle parlait avec Ralph Hernandez, et maintenant elle se promène au bureau comme si elle était chez elle et se pointe à toutes les réunions. Une carriériste de premier ordre.

— Ah, tu as remarqué.

— Et, à dire vrai, je ne la désire même pas.

— Tu as bien fait, alors, tu sais, de coucher avec quelqu'un que tu ne désirais pas.

— Tu n'as jamais trompé quelqu'un par colère ?

Elle faillit se tourner vers lui.

— Par *quoi* ?

— J'étais en colère après toi. Je faisais tout ce que je pouvais pour te chasser de mon esprit. Tu m'obsèdes, Zoë. Je n'arrive pas à t'oublier. J'aimerais t'oublier, mais je ne peux pas.

— Désolée, mais je ne suis pas plus impressionnée que ça.

Elle secoua la tête. Sa nuque était raide et douloureuse. Comme si elle avait de la fièvre.

— C'est juste que si j'étais obsédée par quelqu'un, continua-t-elle, il ne me viendrait pas à l'idée de coucher avec quelqu'un d'autre.

— Oui, eh bien, je suis un homme et tu es une femme. Alors tu ne peux peut-être pas comprendre. Et comment pourrais-tu savoir ce que tu serais capable ou incapable de faire ? Tu n'as jamais été obsédée par personne de toute ta vie.

Elle demeura silencieuse, les dents tellement serrées qu'elle se dit qu'elles pourraient se fendre.

— Ça y est, tu as fini ? finit-elle par murmurer.

— Regarde-moi, Zoë, dit-il en s'asseyant en face d'elle.

Elle tourna encore plus la tête, la baissa légèrement et fit mine de se gratter le crâne.

— Regarde-moi. C'est si difficile que ça ? Allez.

Il tendit la main pour lui prendre le bras. Elle se dégagea d'un geste brusque, mais il recommença, en effleurant ses lunettes de soleil cette fois, les déplaçant légèrement. Elle leva précipitamment sa main libre pour les remettre d'aplomb, mais il avait déjà vu. Il se rassit sur sa chaise, estomaqué.

— Bon Dieu, qu'est-ce qui s'est passé ?!

— Merde, Ben, dit-elle la tête baissée, pressant les lunettes sur son visage. Enfin, merde, je t'avais demandé de ne pas entrer.

— Qu'est-ce qui t'est arrivé ?

— C'est sans importance. Vraiment… sans importance.

Il fit claquer ses paumes sur la table et se leva, la dominant de toute sa taille.

— Si, ça a de l'importance, Zoë. Ça en a. J'ai le droit de me soucier de toi. Passe-moi les menottes, lis-moi mes droits, mais c'est vrai.

Elle tremblait, une boule froide et dure se faufilait dans sa gorge.

— Ce n'est pas la peine de te comporter comme ça, dit-elle d'une voix égale.

— Dis-moi juste qui t'a fait ça. Où as-tu porté plainte ?

— Je n'ai pas porté plainte, fit-elle entre ses dents.

— Quoi ?

— J'ai dit que je n'avais pas porté plainte. D'accord ?

Elle se détendit un peu, se frotta les bras, gênée. Elle allait finir par se mettre à pleurer si elle n'y prenait pas garde.

— Et je ne compte pas le faire. Je continue à dire que ça n'a pas d'importance. Alors, s'il te plaît, laisse tomber.

Ben garda le silence un long moment. Puis il sortit son téléphone de sa poche.

— Je vais le signaler, annonça-t-il en pianotant un numéro. Il faut qu'on dise deux mots à celui qui t'a fait ça.

492

— Non ! s'écria-t-elle en se jetant sur la table pour se saisir du téléphone.

Il se détourna et tendit le bras pour le mettre hors d'atteinte.

— Alors, dis-moi qui a fait ça. Ou j'appelle.

— S'il te plaît, Ben…

Elle allait se mettre à pleurer pour de bon.

— … mon Dieu, je t'en supplie.

Elle repoussa sa chaise dans un crissement et se leva. Tout tournait autour d'elle, échappant à son contrôle.

— S'il te plaît, s'il te plaît…

— S'il te plaît quoi ?

— Je te demande juste de ne pas le faire, implora-t-elle. N'appelle personne.

37

Sally avait l'impression d'être un fil étiré jusqu'au point de rupture. La tension nerveuse la faisait trembler, et elle n'arrêtait pas de claquer des dents, comme si elle avait froid. Les nuages sombres étaient encore plus bas et filtraient un petit crachin presque invisible, mais il y avait de la lumière aux fenêtres quand elle arriva au lycée, luttant contre l'obscurité qui arrivait. Il avait l'air tellement accueillant, ce lycée, tellement normal que sa gorge se serra. Cette normalité, faite de petits détails anodins comme des portes fermées, des lumières allumées, des manteaux accrochés à des patères et des tas boueux de chaussures de hockey, elle ne la retrouverait peut-être jamais. Elle était peut-être définitivement hors d'atteinte.

Elle réussit à avoir Millie au téléphone pendant son intercours de l'après-midi. Elle lui dit qu'elle pouvait s'éclipser quelques minutes, personne ne s'en rendrait compte. Sally attendit derrière la grille, cramponnée à son parapluie. Elle ne pouvait s'empêcher de scruter la rue pour s'assurer que personne ne l'observait. Elle n'était pas douée pour la dissimulation ; elle ignorait comment les gens s'y prenaient.

— Salut, maman ! lança Millie sur un ton enjoué.

Mais, en voyant le visage de sa mère, son sourire s'effaça :

— Est-ce que ça va ?

— Très bien. Et toi ?

— Non, tu ne vas pas bien. Qu'est-ce qui se passe ?

— Rien.

Elle regarda intensément sa fille, son visage, ses cheveux. Elle avait tellement envie de la prendre dans ses bras. Envie de l'attraper et de l'emmener quelque part, loin d'ici. La gorge nouée, elle demanda sur le ton de la conversation :

— Comment s'est passé ton contrôle ?

— Je me suis plantée, j'avais révisé la mauvaise page.

— Tu vas à l'étude après les cours ce soir, non ?

— Oui. Jusqu'à cinq heures. Pourquoi ?

— Parce que je ne veux pas que tu rentres toute seule. Je vais appeler ton père pour qu'il vienne te chercher.

— Il ne pourra pas, il est à Londres.

— Alors Isabelle.

— Elle est à cette compèt' de gym avec Sophie. A Liverpool. Ça ira, maman, je prendrai le bus. Ne t'en fais pas pour moi, je…

— Non ! Tu vas m'écouter, à la fin ? Je viens de te dire que tu ne rentreras pas seule.

Millie cligna les yeux, sous le choc. Elles restèrent un moment sans parler, embarrassées par l'emportement de Sally. De l'autre côté du mur leur parvenaient les cris et les hurlements des autres gamins. Ils croyaient tous être mûrs, songea Sally, savoir ce qu'ils faisaient, mais ce n'était pas vrai. Au fond, ils n'étaient encore que des bébés. Une voiture passa subitement, en faisant hurler ses freins, et elle sursauta comme si on lui avait tiré dessus.

— Maman ? demanda Millie en plissant le front, intriguée, soupçonneuse. Qu'est-ce qui t'arrive ?

— Rien.

— Tu n'as qu'à venir toi-même me chercher après les cours si tu es tellement inquiète. Tu ne finis pas de bonne heure aujourd'hui ? Tu finis tôt d'habitude.

— Je ne vais pas travailler. Je suis occupée à autre chose.

— Occupée à quoi ?

— Peu importe.

Elle posa la main sur sa tête et serra fort. Elle pensa à la mère de Peter Cyrus. Ecarta l'idée. Essaya de voir à qui d'autre elle pourrait demander. A qui d'autre elle pourrait faire confiance.

— Maman ? C'est à cause de ce qu'on disait ce matin ? A propos de ce débile ? Pourquoi as-tu si peur de lui ?

— Je n'ai pas peur. Ça n'a rien à voir avec lui. Reste ici après l'étude. Je m'arrangerai pour que quelqu'un vienne te chercher.

— Allez, il y a un truc qui ne va pas.

— Je te dis que *non*, coupa-t-elle sèchement. Tout va bien. Maintenant je te demande de ne plus me poser la question.

Millie recula légèrement, bouche bée. Elle parut un moment sur le point de dire quelque chose, et Sally fit un pas vers elle, voulant s'excuser. Mais la jeune fille tourna les talons et franchit les grilles de l'école d'un pas décidé, laissant Sally sous la pluie, frissonnant sous son parapluie.

Merde, pensa-t-elle en cherchant ses clés de voiture au fond de sa poche. Décidément, la vie ressemblait de plus en plus à l'enfer.

38

— Je ne veux pas faire ça.

Zoë tira les rideaux et alluma le plafonnier.

— Alors je te demande, en tant qu'être humain, d'admettre que c'est toi qui m'y obliges.

Assis sur une chaise à l'autre bout de la pièce, Ben hocha la tête d'un air abattu.

— Je te considère comme un être humain, Zoë. Peut-être plus que toi-même.

Elle se mit devant lui, déboucla ses bottes, les envoya valser d'un coup de pied. Elle ouvrit son pantalon, le retira. Sa culotte était restée par terre chez Kelvin, si bien qu'elle portait une des culottes de Sally, qui était trop large et lui tomba sur les hanches quand elle se déshabilla. Elle la remonta et déboutonna son chemisier, qu'elle jeta par terre, et se tint à quelques centimètres de lui, les bras le long du corps. Elle se sentait complètement idiote.

Ben se pencha, les coudes sur les genoux, la tête levée. Impassible, la bouche entrouverte, il promena son regard partout sur son visage, sur son nez enflé, sur ses joues couvertes d'ecchymoses, puis, plus bas, sur ses bras nus, griffés par les ronces. Puis sur les bleus et les cicatrices. Elle écarta les bras et soupira.

— Ça, dit-elle en mettant le doigt sur la vilaine plaie plus ou moins refermée qu'elle s'était infligée la semaine précédente, le jour où il avait reconnu avoir couché avec Debbie. C'est récent, mais c'est moi qui me la suis faite. Celles-là sont anciennes. Je me les suis faites aussi.

Ben la dévisageait, stupéfait.

— Celle-là…

Elle palpa doucement une autre ecchymose sur son bras. Elle songea à ce qui en avait été la cause : la haine de Kelvin, son besoin de faire mal. Elle se demanda comment sa vie avait pu mal tourner au point qu'elle ait un jour imaginé s'infliger ça à elle-même.

— Elle date de ce matin.

— Comment ça ?

— Quand on m'a violée.

Il y eut un long, très long silence. Puis Ben laissa tomber sa tête en avant, mit les mains sur ses tempes et plissa les yeux comme s'il était en proie à une migraine épouvantable. Elle crut un moment qu'il allait se lever et partir. Alors elle comprit qu'il pleurait en silence, les épaules tremblantes. Au bout de quelques instants, il se passa rageusement la main sur le visage, leva les yeux sur elle. Il y avait une telle expression de chagrin, de perte et de fureur dans son regard qu'elle dut se détourner.

Elle alla s'asseoir à la table, glissa les mains entre ses genoux et fixa ses cuisses, marbrées de bleus. Elle sentait chaque centimètre carré de son corps douloureux – les minuscules mais intenses jets de fureur partout où les doigts de Kelvin avaient été en contact avec sa peau. Il y eut un grincement, et Ben se leva de sa chaise. Il s'approcha de la table et s'accroupit près d'elle, posant avec douceur ses mains sur ses genoux.

— Non, dit-elle en secouant la tête. Ne sois pas gentil, s'il te plaît. Je ne le supporte pas.

Elle avait la gorge tellement serrée qu'elle avait le plus grand mal à parler.

— Ça va, je veux dire, ce n'est pas ta faute. Comment aurais-tu pu savoir que j'étais l'être humain le plus pitoyable à avoir jamais arpenté cette planète ?

— Ce n'est pas vrai. Il t'est arrivé quelque chose, mais tu n'es pas responsable.

Elle secoua la tête, se mordit la lèvre. Une seule larme roula sur sa joue.

— Ben, dit-elle avec difficulté. Il va falloir que tu écoutes. Et il va falloir que tu pardonnes.

39

Alors que Sally montait dans la voiture devant le lycée, encore tremblante, une silhouette en K-way, capuche relevée, se détacha du mur d'enceinte. C'était Nial. Il avait l'air bizarre. Déterminé, mais nerveux. Il regarda par-dessus son épaule comme pour s'assurer que personne ne se trouvait derrière lui, puis accourut vers elle.

— Madame Cassidy ?

Il se pencha et la regarda par la fenêtre du conducteur, leva le poing et fit le geste de frapper à la vitre.

— On peut se parler ?

Sally baissa sa vitre.

— Nial ? Qu'est-ce que tu veux ?

— Je la ramènerai. J'ai le combi, il est garé tout près.

Elle le dévisagea. Le gel dans ses cheveux et la façon dont il avait noué sa cravate, au lieu de le vieillir et de lui donner un air décontracté, le faisaient paraître plus jeune et plus petit. Encore plus inadapté.

— Quoi ? fit-il.

Elle secoua la tête.

— Rien. Ce serait très gentil. Je passerai la prendre chez toi. Vers sept heures.

Alors qu'elle commençait à remonter la vitre, il toussota poliment pour retenir son attention.

— Euh… madame Cassidy ?

— Quoi ?

Il se mordit la lèvre et regarda à nouveau par-dessus son épaule, comme s'il était certain que quelqu'un écoutait.

— Millie a…

— Quoi, Millie ?

— Franchement ? Ne lui dites pas que je vous l'ai dit, mais elle a peur.

— *Peur ?* Elle n'a aucune raison d'avoir peur.

— Elle dit que vous vous comportez bizarrement, et elle s'est mis dans la tête que quelqu'un vous menaçait. C'est pour ça que vous ne voulez pas qu'elle rentre en bus ?

— Mais où est-ce qu'elle est allée chercher ça ?

— Je n'en sais rien, mais elle n'a pas arrêté d'en parler toute la matinée. Elle pense que quelqu'un vous cherche des crosses.

— Ecoute-moi, Nial. Millie n'a aucune raison de s'inquiéter pour moi, ou pour quoi que ce soit. Le seul problème, c'est que je ne pourrai pas être ici à cinq heures pour venir la chercher. C'est tout. Tout va bien.

— D'accord, acquiesça-t-il sans conviction. Madame Cassidy, je ne sais pas quel est votre problème, mais je peux vous dire un truc. Si un jour quelqu'un essaie de faire du mal à Millie…

Il secoua la tête avec tristesse, comme s'il déplorait d'avoir à dire ça.

— ... il faudra d'abord me passer sur le corps. Rien ni personne ne pourra l'atteindre tant que je suis dans les parages.

Sally eut un sourire forcé et tendit la main pour tourner la clé de contact. Son numéro de héros chevaleresque l'agaçait un peu. Il était trop jeune pour comprendre qu'un individu aussi destructeur que Kelvin Burford puisse exister.

— Merci, Nial, dit-elle avec patience.

Elle était fatiguée. Très fatiguée.

— Merci. Je passerai la prendre avant sept heures.

On n'avait touché à rien dans la chambre de Lorne depuis sa dernière visite. Elle le devina à l'atmosphère pesante et confinée. L'air avait besoin d'être brassé, besoin d'une respiration humaine. Elle remonta ses lunettes de soleil sur sa tête, s'agenouilla, ouvrit le tiroir du bas et commença à inspecter les vêtements. Il était six heures passées et la pluie avait douché la ville. Les arbres magnifiques devant la fenêtre de Lorne dégoulinaient d'eau. Au-delà il y avait l'allée et, à l'extrémité de celle-ci, Sally qui attendait dans sa petite Ka. Elle l'avait accompagnée jusqu'ici et, à présent, elle attendait avec anxiété que Zoë mène à bien cette partie du plan. Sally, la petite Sally, qui, loin d'être velléitaire et gâtée, se révélait plus coriace et intelligente que Zoë ne l'aurait jamais imaginé. Et puis, mon Dieu, et puis il y avait Ben…

Malgré tout ce qui s'était passé chez Kelvin, la part d'elle-même qui la faisait souffrir depuis des années s'adoucit un peu en pensant à lui. Il était… Comment était-il ? Trop beau pour être vrai ? C'était une réalité qu'elle ne pouvait balayer d'un sarcasme. Plus tôt dans la journée, chez elle, au lieu de parler, de poser des questions, il s'était contenté de l'enlacer, le menton posé sur sa tête, et d'écouter toute l'histoire. Tout. Et après cela, alors qu'elle s'attendait à ce qu'il toussote d'un air gêné, marmonne une phrase toute faite comme quoi son secret serait bien gardé, qu'elle devrait peut-être songer à se faire aider, il avait haussé les épaules, s'était levé, avait mis la bouilloire en route et demandé : « Bon, tu as le temps pour une tasse de thé avant qu'on aille serrer ce connard ? » A présent il était dans sa voiture quelque part, en route pour Gloucester, la liste des fréquentations de Kelvin en poche. Elle soupira. Avec tout le mal qu'elle avait fait dans le monde, pour-quoi la vie lui avait-elle offert ce cadeau ?

Elle referma le tiroir et passa au suivant. Il y avait des livres dans le fond et, derrière, quelques objets auxquels Pippa n'avait pas dû prêter beaucoup d'atten-tion quand elle avait inventorié la chambre à la hâte après la disparition de sa fille. Elle écarta un soutien-gorge et des culottes ; dans la mesure où les sous-vête-ments de la jeune fille avaient été retrouvés, ceux-là ne lui seraient d'aucune utilité. Elle s'attarda sur une casquette à visière piquée de strass. Non, trop original, quelqu'un se serait rappelé qu'elle portait un couvre-chef tel que celui-ci. Puis elle vit un foulard en soie orange.

Elle s'assit sur ses talons et le posa sur ses genoux. Si Lorne l'avait glissé sous sa polaire rose cet après-midi-là, au moment de quitter la maison, on ne l'avait pas forcément remarqué. C'était relativement atypique, pas le genre d'article que l'on achète chez Next, plutôt un souvenir de voyage. Elle jeta un coup d'œil à l'étiquette. « Sabra Dreams, Made in Morocco ». Sur le panneau au-dessus du bureau, il y avait une photo de Lorne en vacances en famille à Marrakech. Pippa se souviendrait qu'elle avait acheté ce foulard.

Elle le mit dans la poche de son blouson, dont elle remonta la fermeture Eclair. Puis elle ferma les tiroirs, remit ses lunettes de soleil et descendit au rez-de-chaussée. Elle trouva Pippa assise, étrangement, sur la chaise près de la porte d'entrée. La chaise servait à recevoir les manteaux, les sacs à main et les divers objets qu'on pouvait y poser, pas à s'asseoir. Pippa avait l'air de n'être ni à l'intérieur ni à l'extérieur de la maison. Comme si elle attendait sans cesse quelque chose.

— Vous avez trouvé ce que vous cherchiez ?

— J'avais juste besoin de refaire un tour. Je pensais être passée à côté de quelque chose, mais je me trompais.

Elle s'arrêta sur la première marche et étudia Pippa.

— Quoi ? demanda celle-ci d'un air hébété. Qu'est-ce qu'il y a ?

— Je ne sais pas. Je me demandais juste…

— Quoi donc ?

— Je ne devrais pas vous poser cette question, c'est contraire à la déontologie, mais j'ai quand même envie de le faire. Je voudrais savoir ce que vous ressentez à l'égard de la personne qui a fait ça.

Le visage de Pippa s'allongea.

— Oh, je vous en prie… je ne pourrai pas supporter un autre sermon sur le pardon. Je ne lui pardonnerai pas. Je sais que c'est mal, je sais que cela va à l'encontre de tous les idéaux que je croyais posséder, mais quand ça vous tombe dessus, vous ne désirez qu'une chose, c'est qu'il meure. Et qu'il meure sans qu'il puisse laisser un dernier message. Sans qu'il puisse prendre un dernier repas ou tenir une main. Je ne pense qu'à ça… qu'elle est morte sans avoir pu tenir la main de personne. Et maintenant, je voudrais que sa mère à lui ressente ce que je ressens. Même si je dois pour cela rôtir en enfer, je m'en fiche. C'est comme ça.

Zoë hocha la tête. Pippa ne l'avait pas dit explicitement mais, manifestement, elle croyait toujours que Ralph avait tué Lorne. Plus tôt, quand Ben était allé au poste lui chercher un des portables de l'unité afin de remplacer celui qui était à présent en possession de Kelvin, ils s'étaient introduits dans le bureau de Ben en passant par-derrière et avaient effectué une recherche rapide sur Kelvin. Son pedigree les avait stupéfiés : il avait accumulé un nombre impressionnant d'interpellations pour de petits délits. Même avant son engagement dans l'armée – à peu près à l'époque où elle voyageait à travers le monde –, il était le cauchemar de la police locale. Malgré tous les signaux d'avertissement qu'il avait envoyés sur sa dangerosité, il avait toujours été relâché pour des questions de procédure. Chose incroyable, c'était seulement après son inculpation pour l'agression à Radstock qu'on avait refusé de renouveler son permis de port d'arme, valable cinq ans. Jusque-là, il avait été autorisé à se balader librement avec un calibre douze. Si Pippa avait du mal à pardonner à Ralph, comment réagirait-elle quand elle entendrait parler de Kelvin et se rendrait compte que tout le système l'avait trahie ?

— Je n'avais pas l'intention de vous demander ça, finit par dire Zoë. J'allais vous dire que j'étais désolée de la façon dont les choses ont tourné.

— Moi aussi, Zoë. Moi aussi.

Elle se leva avec lassitude et ouvrit la porte d'entrée. Tandis que Zoë remontait sa capuche, bien qu'il ne pleuve pas, Pippa posa une main sur son bras et regarda son visage d'un air interrogateur. Son nez enflé et les marques de coups sur ses pommettes.

— Zoë ? Ça existe, les gens qui se cognent aux portes ?

— C'est très fréquent.

— Ça ne m'est jamais arrivé. Pas une seule fois.

— C'est que vous n'avez jamais été aussi soûle que moi.

Pippa tenta un sourire, mais ce ne fut qu'une grimace triste. Quelque chose de pitoyable. Zoë resserra sa capuche et fit mine de batailler avec la fermeture Eclair. Puis elle leva une main, en guise d'au revoir, et s'éloigna rapidement sur l'allée mouillée, le foulard en boule dans sa poche.

41

La pluie avait cessé et les nuages s'étaient dissipés, mais le soleil était pratiquement couché à présent, imprégnant de sa lumière orange les maisons et les églises des hauteurs de Bath. Il faisait froid. Sally s'emmitoufla dans son duffle-coat et regarda Zoë descendre l'allée de la maison des Wood. Elle avait relevé sa capuche mais retiré ses lunettes de soleil, et son visage était nu dans le crépuscule. Les bleus et le gonflement avaient empiré ces deux dernières heures, et pourtant elle n'avait plus l'air cassée. Comme si quelque chose s'était réparé en elle.

Elle monta dans la voiture et claqua la portière.

— Ça va ?

— Oui.

— Bien. Tu peux y aller. Rejoins la grand-route et tourne à gauche pour qu'on reste à proximité du canal. Je te dirai où t'arrêter.

Pendant que Sally démarrait et sortait de l'allée pour s'immiscer dans la circulation du soir, Zoë enleva son blouson et fouilla dans ses poches. Elle posa un sac plastique sur ses genoux et étala un foulard orange dessus. Puis elle fourragea à nouveau dans son blouson et en sortit un tout petit sac Ziploc. Elle l'ouvrit. Il contenait un préservatif, rempli de sperme.

— Oh, bon sang, marmonna Sally.

— Tu n'es pas obligée de regarder si tu ne supportes pas.

— Je peux supporter.

— Mets le chauffage.

Sally le mit à fond et se concentra sur la circulation, jetant de temps à autre des coups d'œil à sa sœur, qui, en se mordant la lèvre avec concentration, dénouait le préservatif et répartissait soigneusement son contenu sur le foulard. Elle plia ce dernier et frotta le tissu entre ses doigts. Après quoi, elle le posa sur le sac plastique, par terre, près du chauffage.

— C'est dégueulasse, commenta-t-elle en replaçant le préservatif dans le sachet et en se nettoyant les mains avec des lingettes. Dégueulasse.

Elle se redressa, écarta les cheveux qui lui tombaient sur les yeux et recula son siège de façon à pouvoir étendre les jambes. Elle était tellement grande, songea Sally, et ses jambes étaient incroyables, tellement longues et tellement fortes. Si Sally avait eu des jambes comme celles-là pour traverser l'existence, elle aussi serait partie à la conquête du monde. Au lieu de se replier dans sa coquille. Elle aurait fait toutes les bêtises que sa sœur avait faites, et n'en aurait regretté aucune. Elle aurait voulu pouvoir expliquer ce qu'elle ressentait, qu'elle aurait été fière de tout ça. Y compris le pole-dancing. Il ne fallait vraiment pas avoir froid aux yeux pour faire ce genre de chose.

510

— Ça va aller, dit soudain Zoë. Tout va bien se passer à partir de maintenant.

— Qu'est-ce que tu en sais ?

Elle lui adressa un petit sourire songeur et secoua la tête. Les phares des voitures venant en sens inverse jouaient sur son visage.

— Je le sais, c'est tout.

La circulation était dense à cette heure de la soirée. Même en retournant en ville en suivant le canal, les routes étaient encombrées ; il leur fallut pratiquement une demi-heure pour parvenir à l'arrêt de bus où Lorne était descendue le soir où elle avait été agressée par Kelvin. Munies de lampes-torches, les deux femmes se frayèrent un chemin à travers les arbres jusqu'au canal. L'heure de pointe ne concernait pas uniquement les routes : le chemin de halage du canal de Kennet and Avon permettait de quitter rapidement la ville, et les gens qui sortaient du travail s'en servaient souvent de piste cyclable, mettant leurs costumes et tailleurs dans des sacs à dos, mais à leur arrivée, même ce pic de circulation était terminé et le chemin était désert. Tout était silencieux, à part des bruits de cuisine sur les péniches.

Les deux femmes marchaient rapidement, tête baissée. La scène de crime avait été dégagée deux jours auparavant et, en approchant, elles aperçurent quelques bouquets de fleurs dans l'herbe mouillée, détrempés et brunis sous la cellophane. Zoë jeta un rapide coup d'œil à la ronde et s'écarta du chemin, faisant craquer les broussailles sous ses pas. Sally suivit. Elles s'arrêtèrent à quelques mètres d'une clairière naturelle cernée de branches ruisselantes et d'orties. Une croix brodée de fleurs était clouée à un arbre devant elles. Sally la regarda fixement. Ce devait être les Wood qui l'avaient laissée là. La famille avec un trou dans le cœur.

— Voilà qui va valoir de très gros ennuis à quelques TIC, dit Zoë en sortant le foulard de sa poche. Je n'aime pas faire ça.

— TIC ?

— Les techniciens en investigation criminelle qui sont censés avoir passé le périmètre au peigne fin. Si ça marche, je vais avoir une sacrée dette karmique à rembourser.

Elle se mordit la lèvre, balaya la clairière du regard, puis indiqua le chemin d'un mouvement de tête.

— Toi, tu restes là. Tu surveilles le canal. Si quelqu'un arrive, tu ne cries pas, tu viens me retrouver. On s'en ira par là, entre les arbres. D'accord ?

— D'accord.

Sally alla se mettre en position, les mains dans les poches, regardant des deux côtés du chemin, où les lumières des péniches se reflétaient dans les flaques. Derrière elle, Zoë se frayait un chemin dans les broussailles. Elle avait mis un collègue de son unité dans la confidence. Ben, il s'appelait. Il ne savait rien de ce qui était arrivé à David Goldrab – cela resterait un secret entre elles deux –, il savait en revanche ce que Kelvin avait fait à Zoë et à Lorne. Sally se sentait un peu plus sereine maintenant qu'elle savait que quelqu'un leur prêtait main-forte, même si Zoë était à la hauteur. Elle regarda en arrière et l'aperçut dans la clairière, dressée sur la pointe des pieds, qui disposait le foulard sur une branche d'arbre. Elle était vraiment à la hauteur. Quelques instants plus tard, elle rejoignait péniblement Sally, en s'essuyant les mains.

— Personne ?

— Non.

— Je ne pense pas qu'il va se remettre à pleuvoir, fit remarquer Zoë en scrutant le ciel, tandis qu'elles commençaient à retourner à la voiture.

Il faisait encore un peu nuageux. La lune dispensait une lumière froide et diffuse qui conférait à toutes choses des contours monstrueux.

— Ça m'étonnerait vraiment.

Elle plongea la main dans sa poche pour en extraire son téléphone et pressa une touche.

— Mais il va falloir que je dise à Ben de faire en sorte que quelqu'un trouve le foulard le plus vite possible.

Sally continua à marcher, observant sa sœur du coin de l'œil. Elle sentait que ce Ben était pour Zoë plus qu'un ami de confiance.

La connexion s'établit, et elle entendit une voix d'homme – celle de Ben, supposa-t-elle, qui parlait avec excitation. Elle entendit les mots : « J'allais justement t'appeler », puis quelque chose d'inaudible qui figea Zoë sur place. Sally s'immobilisa également et se tourna vers sa sœur.

— Tu es sûr ? marmonna celle-ci dans le téléphone.

Son expression avait changé du tout au tout.

— A cent pour cent ?

— Quoi ? souffla Sally. Qu'est-ce qu'il y a ?

Zoë agita la main pour la faire taire. Elle lui tourna le dos et fit quelques pas dans la direction opposée, l'index dans l'oreille pour mieux entendre ce que Ben lui disait. Elle écouta un moment, puis posa quelques questions brèves entre ses dents. Elle raccrocha et revint sur ses pas au petit trot en faisant signe à Sally de retourner à la voiture.

— Zoë ? s'enquit-elle en se mettant à courir à ses côtés. Qu'est-ce qui se passe ?

— Ben est aux docks de Gloucester.

— Et ?

— Kelvin a un pote, un copain de l'armée qui a une péniche amarrée là-bas.

— Une péniche ?

— On cherchait une péniche depuis le début. On pensait qu'il y en avait eu une ici cette nuit-là. C'est forcément la même. Elle est verrouillée. Ben attend l'arrivée de gars du Gloucestershire pour forcer la porte, mais...

— Mais quoi ?

— Il pense qu'il y a quelqu'un à l'intérieur. Je crois qu'on l'a trouvé. Je crois qu'on a trouvé Kelvin.

42

Sally gravissait Lansdown Hill à vive allure, avec Zoë sur le siège passager. Elle pianotait sur le volant, jetant un coup d'œil à la pendule du tableau de bord pour calculer le temps qu'il leur faudrait pour arriver à Gloucester. Il n'y avait plus guère de circulation à présent. Il faudrait moins de dix minutes pour passer prendre Millie chez les Sweetman, puis déposer Zoë à sa voiture. A partir de là, avec de la chance et le vent dans le dos, Zoë pouvait être sur les docks en moins d'une heure.

Elle réfléchissait à toute vitesse. La péniche était-elle simplement partie au moteur, la nuit du meurtre de Lorne, en empruntant le réseau des canaux ? Elle se creusa la tête pour essayer de se rappeler si le canal de Kennet and Avon passait par Gloucester. Elle ne savait plus, mais elle se rappelait en revanche que les docks de Gloucester étaient situés à moins de deux kilomètres des quartiers chauds de Barton Street et Midland Road. Elle se demanda si c'était le « copain d'armée » de Kelvin qui avait pris la photo de ce tas de cadavres en Irak, et ce qui pouvait bien se trouver sur cette péniche.

Sa main était irrésistiblement attirée par la poche qui renfermait son téléphone. Elle avait envie d'appeler Ben, parce que chaque fois qu'elle se représentait cette péniche, elle voyait aussi du sang s'en échapper lentement et tourbillonner dans l'eau en bandes huileuses. Elle voulait lui conseiller d'être prudent, d'attendre son arrivée.

Sally mit son clignotant et tourna à gauche dans la longue allée d'Isabelle. Le portable de Zoë sonna, la faisant sursauter. Elle le sortit vivement de sa poche. C'était Ben.

— Ça va ?

— Très bien.

Il avait l'air débordé. Excité. Elle l'entendait marcher. Entendait les voitures qui le dépassaient comme s'il se trouvait dans une rue fréquentée.

— Mais toi, où es-tu, là ? Tu es déjà partie ?

— Je passe prendre ma nièce. Je récupère ma voiture dans cinq minutes et j'arrive.

— Non. Ne viens pas à Gloucester.

— Quoi ?

— Il n'est pas là.

— Et merde.

Elle se rencogna sur son siège, découragée. Elle lança à Sally un regard en coin tandis que la voiture cahotait sur le chemin.

— Il n'est pas là, marmonna-t-elle. Pas là.

— Comment ça se fait ?

— Comment ça se fait, Ben ?

— L'équipe de soutien a enfoncé la porte à coups de pied. Son copain était à bord, bourré comme un coing, mais ça fait des semaines qu'il n'a pas vu Kelvin. La péniche ne s'est jamais approchée de Bath, n'a pas quitté Gloucester depuis plus d'un mois… Le capitaine du port a confirmé. Alors je me suis rabattu sur cette histoire de téléphone. Tu sais que je n'ai rien pu tirer de son portable, j'avais besoin de l'aval du commissaire pour ça. Eh bien, il se trouve que quelqu'un de chez British Telecom me doit une faveur et…

— Et ?

— Burford a appelé plusieurs fois un numéro à Solihull aujourd'hui, à l'heure du déjeuner. Il se trouve que sa sœur vit là-bas.

— Solihull ? C'est à quoi ? Quarante-cinq minutes de voiture si tu prends le…

Elle ne termina pas sa phrase. Sally ralentissait et les phares avaient isolé un véhicule, garé de travers au bout de l'allée. Un Land Rover.

— C'est bizarre, commença Sally tandis que Zoë se penchait en avant. Je pensais qu'Isabelle n'était pas…

— *Arrête-toi !*

Sally pila. Elle regarda par le pare-brise le Land Rover tout boueux.

— *Recule !* ordonna Zoë en faisant de grands gestes affolés.

Elle tourna la tête pour regarder par la vitre du hayon.

— *Vas-y. Recule.*

Sally enclencha brusquement la marche arrière et la voiture recula de vingt mètres en faisant des embardées, cahotant sur les ornières et la bordure de gazon. La voix de Ben sortait du minuscule haut-parleur du téléphone.

— *Zoë ?* Qu'est-ce qui se passe ?

— Là. *Mets-toi là.* Vite !

517

Sally fit faire vingt mètres supplémentaires à la voiture et la poussa derrière une haie de lauriers. Elle coupa le moteur, éteignit les phares. Zoë se pencha en avant sur son siège, scrutant l'allée.

— *Zoë ?*

Elle souleva le téléphone d'un air hébété, une boule d'adrénaline dans la poitrine.

— Oui.

— Ça va ?

— On va bien, dit-elle d'une voix blanche. Mais écoute, je ne crois vraiment pas que Kelvin soit à Solihull.

43

La maison des Sweetman était grande – une mons-
truosité victorienne de trois niveaux surmontée d'une
tourelle. Certaines pièces du rez-de-chaussée étaient
éclairées et une fenêtre était ouverte. Zoë se pencha à la
vitre et enregistra chaque détail.

— Isabelle ne connaît pas Kelvin ? demanda-t-elle
en remontant sa vitre et en se tournant vers sa sœur.
N'est-ce pas ?

— Non.

— Eh bien, c'est son Land Rover. C'est l'immatriculation que m'a communiquée le service des cartes
grises cet après-midi.

Sally chercha son téléphone à tâtons. Elle était
devenue blême.

— Il ne connaît pas Isabelle, mais il connaît Millie.

— Comment ça, il connaît Millie ?

Elle pressa une touche d'appel rapide et colla le
portable à son oreille.

— Elle est allée chez lui un après-midi.

— Qu'est-ce qu'elle foutait là-bas ?

— Elle m'a accompagnée un jour quand je travaillais pour David, mais elle connaissait déjà Kelvin. Elle avait l'habitude d'aller chez lui avec d'autres. Je crois qu'ils allaient là-bas pour l'asticoter. Peter, Nial, Sophie et Millie. Et Lorne aussi, ils…

Elle mit un doigt sur ses lèvres. On avait dû décrocher. Elle ouvrit la bouche pour parler, puis se ravisa. Ferma les yeux et appuya les doigts sur son front.

— Millie, dit-elle au bout de quelques instants. C'est maman. Je suis chez Nial. Il faut que tu me rappelles dès que tu auras mon message. Immédiatement.

Elle raccrocha et enfonça l'ongle de son pouce entre ses deux dents de devant.

— La batterie de son téléphone n'arrête pas de se décharger. Je comptais la remplacer.

Zoë dévisageait sa sœur.

— Sally ? Tu viens de me dire qu'ils avaient pour habitude d'asticoter Kelvin ? Et que Lorne y allait aussi ?

— Oui, pourquoi ?

Zoë reporta son regard sur le Land Rover. Et si Lorne n'avait pas rencontré Kelvin dans les clubs mais par l'intermédiaire de la bande de Millie, à l'époque où ils se rendaient à son cottage pour le harceler ? Elle voyait bien quelqu'un comme Peter Cyrus dans ce rôle-là. Elle imagina la rage de Kelvin. *Toutes comme elle*. Et s'il avait voulu désigner par ces mots toutes les filles de la bande ? Le message dans la voiture de Sally était du côté passager, où Millie s'asseyait, ce qui signifiait qu'il était peut-être destiné à la fille, et pas du tout à la mère.

520

— Merde, siffla-t-elle. Appelle Nial.

— Quoi ? répondit Sally d'un air égaré. Qu'est-ce que tu dis ?

— Appelle Nial. *Maintenant.*

D'une main tremblante, Sally fit défiler son répertoire. Elle trouva le numéro et appela.

— Mets-le sur haut-parleur.

Elle s'exécuta, et les deux femmes restèrent là, front contre front, à regarder l'écran clignoter. Au bout de quatre sonneries, la liaison s'établit.

Un bruit étouffé se fit entendre à l'autre bout de la ligne. Puis, distinctement, une respiration. Un mot, prononcé d'une voix trop pâteuse pour être compréhensible. Une voix d'homme.

— *Nial ?* chuchota Sally, horrifiée. Nial ?

Le même souffle. Un bruit. Comme un objet mou cogné contre du verre. Après quoi, la communication fut coupée. Sally se tourna vers Zoë.

— *C'était quoi ce bruit ?* murmura-t-elle, des larmes d'effroi dans les yeux. C'était quoi ce bruit, bon sang ?!

— Merde.

Zoë frappa violemment le tableau de bord. Et laissa sa tête retomber contre l'appuie-tête.

— Merde alors, je n'arrive pas à y croire.

Elle se retourna sur son siège et regarda en direction de la route principale. Gloucester était à soixante kilomètres. Ben ne serait pas là avant au moins une heure.

— Bon, réfléchissons.

Il était hors de question d'appeler la police. Elle imaginait déjà Kelvin se faire embarquer par les hommes de l'équipe d'intervention braillant tout ce qu'il savait sur les relations des deux sœurs avec Goldrab. Elle fouilla dans ses poches. Elle avait laissé sa matraque télescopique dans sa voiture. Tout ce qu'elle avait, glissée dans son blouson en cuir, c'était la petite bombe lacrymogène dont étaient équipés tous les agents.

— Où est-ce que la famille range ses outils ? demanda-t-elle.

Sally était sous le choc. Son visage était blanc et elle s'était mise à trembler.

— *Ça veut dire qu'ils sont entre les mains de Kelvin*, dit-elle au bord de l'hystérie. *Tous les deux.*

— Non, dit Zoë en secouant la tête. Ça ne veut pas dire ça du tout.

— *Si, c'est exactement ce que ça veut dire, et tu le sais. Millie ne décroche pas son téléphone. Il lui a fait quelque chose. Appelle la police !*

— Sally, dit Zoë en empoignant sa sœur par le bras. Ne craque pas. Tu sais très bien pourquoi je n'appelle pas la police. Ben va arriver, et on est capables de le faire.

— Oh, mon Dieu, fit Sally en s'enfouissant le visage dans les mains. Oh, mon Dieu, je ne peux pas.

— On *peut* le faire. Il faut que tu m'écoutes, d'accord ? On a besoin d'outils. Où est-ce que je cherche ?

— Il y a le garage, mais regarde dans le coffre, répondit Sally en agitant vaguement la main derrière elle. Il doit y avoir quelque chose.

Zoë descendit de voiture. La chaleur accumulée au cours de la journée rayonnait à présent vers le ciel, comme si elle voulait atteindre les étoiles. Il faisait un froid glacial. Un vrai froid de canard. Elle laissa la portière grande ouverte et rejoignit silencieusement l'arrière, en jetant des regards prudents aux lumières de la maison des Sweetman qui brillaient à travers les arbres. Il n'y avait pas un bruit. Tout ce qu'elle entendait dans cette campagne isolée, c'était le vague bourdonnement des voitures qui passaient au loin sur la route. Mais ce qui continuait à résonner dans ses oreilles, c'était le bruit de fond entendu au téléphone. Ce cognement sourd. Qu'est-ce que ça pouvait bien être ? Elle fit un rapide inventaire du coffre. Quelques outils de bricolage : un marteau à panne ronde, une paire de cisailles à long manche et un ciseau à bois. Une petite hache.

Elle prit le marteau et rapporta la hachette à Sally. Elle s'en saisit sans un mot, en la regardant fixement, comme si elle ne savait absolument pas d'où venait cette chose et comment elle avait atterri là.

— Appelle-moi avec ton téléphone. Sur le numéro du boulot.

Elle fit ce qu'on lui demandait, en tremblant. Zoë sortit son portable et, quand il se mit à sonner, appuya sur la touche de prise d'appel.

— Ne raccroche pas, laisse la ligne ouverte. C'est comme ça qu'on va communiquer.

Elle replaça le téléphone dans la poche de son blouson.

— Bon, maintenant, écoute-moi, continua-t-elle. Concentre-toi. Il n'y a absolument aucune chance qu'Isabelle soit rentrée ? Elle ou son mari ?

— Non. Il est à Dubai et elle, elle est… je ne sais pas. Je ne me rappelle plus, mais c'est à des kilomètres d'ici.

— Où se trouve la pièce principale ?

— A l'arrière. La cuisine.

— Qu'est-ce qu'il y a à l'étage ?

— Je… je ne sais pas. Quatre chambres, je crois. Celle de devant sur la gauche, c'est celle de Nial, et sur la droite, c'est celle de Sophie. Il y a une salle de bains entre les deux.

Elle regarda la hache, le visage dénué d'expression, puis le téléphone dans sa main. Toujours connecté à celui de Zoë.

— Qu'est-ce qui va se passer, Zoë ? Qu'est-ce qu'on va faire ?

— Je vais m'introduire dans la maison. On reste en communication. Surtout, ne me parle pas, quoi qu'il arrive. Mais écoute. Si j'ai l'air en difficulté, on laisse tout tomber. Tu raccroches et tu appelles aussi sec la police. C'est la seule solution… On s'occupera des retombées plus tard.

— Oh, mon Dieu, gémit Sally en secouant la tête, claquant des dents avec bruit. Oh, mon Dieu, mon Dieu !

44

Au cours de ses deux années passées sous l'uniforme, et de façon épisodique à la Crime, Zoë avait pratiqué des centaines de perquisitions, sans jamais savoir à quoi s'attendre. Elle ne savait plus combien d'escaliers elle avait descendus à pas de loup, prête à faire usage de sa bombe lacrymogène, ni combien de coffres de voiture elle avait ouverts, sans savoir ce qui pourrait lui exploser à la figure. Elle était toujours restée parfaitement calme. Absolument imperturbable. Même le jour où un camé au crack lui avait sauté dessus dans un parking à plusieurs niveaux de Saint Jude et lui avait mis une seringue sous le nez en vociférant sur le diable, Jésus, les putes de la police, et en lui demandant : « Et toi, salope, elle sent quoi, ta chatte ? », ça ne l'avait pas ébranlée. Ce soir-là, cependant, elle avait l'impression de se retrouver face à face avec Dieu. Ou le diable. Que le ciel tout entier l'écrasait, vidant ses poumons.

La première chose qu'elle remarqua en approchant de la maison, ce fut la porte d'entrée ouverte. A peine, découvrant une fine bande du tapis de l'entrée. Elle s'accroupit, le dos au mur de la façade. Elle s'était imaginé trouver une maison fermée, aux volets clos, pas ouverte comme une invitation. Elle n'arrêtait pas de penser à ce bruit atroce, ce bruit de viande qu'on claque contre un mur.

Avec hésitation, elle tendit le cou et jeta un œil par l'ouverture de la porte. Elle aperçut un porte-para-pluies, une table. Elle tendit le bras et poussa la porte, qui pivota sur ses gonds. L'entrée était déserte. Rien ne bougeait à l'intérieur. Le seul bruit était le ronronne-ment électronique d'un réfrigérateur, provenant de la dernière porte sur la droite, où Sally avait situé la cuisine.

Elle prit son téléphone et chuchota :

— Ne me réponds pas, Sally. Je suis devant la porte, je n'entends rien à l'intérieur. Je vais entrer. Je serai au rez-de-chaussée. Commence à compter lentement. Je te reparlerai avant que tu arrives à trois cents. Sinon, tu appelles la police.

Elle rempocha son téléphone, se redressa et se tint dans l'embrasure de la porte. Essayant de se grandir et de mettre du poids dans ses épaules. Ce n'était pas ainsi qu'on devait pénétrer chez les gens, mais l'école de police et l'uniforme semblaient remonter à une éter-nité, et elle dut faire un effort pour se rappeler la procé-dure. Tenant la bombe lacrymogène à bout de bras, elle fit deux pas dans l'entrée. Attendit. Fit deux pas de plus. Elle se trouvait devant la porte du salon. Elle y passa la tête et la retira vivement. Rien. Beaucoup de chaises et de tables formant un cercle silencieux, comme si elles tenaient un conciliabule en l'absence de leurs proprié-taires. Ensuite le salon de musique… vide également.

Elle ferma les portes – elle avait au moins retenu ça de sa formation : *fermez les pièces que vous avez inspectées* –, et continua dans le couloir, inspectant d'autres pièces, actionnant des interrupteurs, fermant des portes. Quand elle parvint à l'arrière de la maison, le rez-de-chaussée était entièrement illuminé. Elle approcha le téléphone de sa bouche :

— RAS, chuchota-t-elle. Je monte à l'étage. Recommence à compter.

Les marches grincèrent, même si elle faisait en sorte de poser les pieds sur les bords, là où les planches étaient soutenues. C'était une vieille demeure : elle n'était pas bien nette, la peinture était écaillée et elle aurait eu besoin de quelques réparations. Elle avait des creux, des bosses, les marques de toute une vie. Au plafond du palier, une lampe chinoise en papier oscilla sur son passage. Il y avait six portes. Elle les ouvrit une à une, méthodiquement, poussant celles qui étaient pratiquement fermées du bout du pied tout en braquant sa lacrymo. Elle laissa la lumière allumée et la porte fermée dans chacune d'elles. Ce ne fut qu'en arrivant à la dernière chambre, celle de Nial, qu'elle trouva trace de Millie. Là, en tas sur le lit, une paire de tennis de fille et un pull avec son nom cousu sur l'étiquette. Elle prit le vêtement et redescendit au rez-de-chaussée.

La cuisine était typique du style campagnard chic très répandu à Bath, avec des placards peints d'un bleu-gris terne et, sur chaque appui de fenêtre, des bouquets de fleurs du jardin dans des bouteilles ordinaires en verre dépoli. Une porte à deux battants ouvrait sur un jardin qui était invisible à cause du reflet sur les vitres. Deux sacs à dos portant l'inscription

« Kingsmead » étaient posés sur l'îlot central en chêne blanchi. Un boîte en fer-blanc, marquée GÂTEAUX, était ouverte. Elle ne contenait plus qu'un seul cupcake, et il y avait deux tasses de café dans l'évier. Le robinet gouttait dessus. Un tintement qui ponctuait le silence.

— Tu peux venir, dit-elle dans son portable. Il n'y a personne ici.

Elle s'approcha de la table où étaient posées deux canettes de Stella Artois. Elle en souleva une et la secoua. De la bière clapota à l'intérieur. Elles étaient à peine entamées. Comme le repas sur l'épave de la *Mary Celeste*. Elle aperçut une petite porte près du réfrigérateur, et quand elle la tapota du pied, elle s'ouvrit sur une buanderie, avec un évier, un lave-linge et le désordre habituel : des seaux et des serpillières dans un coin, un sécateur accroché au mur. La porte qui donnait sur l'arrière de la maison attira son attention. Elle était entrebâillée.

Elle s'en approcha et l'ouvrit. On accédait par une marche à une terrasse pavée et, au-delà, à une grande étendue sombre qui devait être la pelouse. Celle-ci était entourée d'arbres, qui masquaient le ciel de leurs immenses cimes noires, leurs branches s'agitant de manière presque imperceptible sur le bleu des nuages. Elle resta un moment sur le pas de la porte, écoutant la nuit. Le bruissement des feuilles. Le goutte-à-goutte du robinet dans son dos.

Cette maison n'était pas loin de la ferme Pollock ; en fait, le jardin devait y mener. Elle avait été appelée là-bas assez souvent pour le savoir. La dernière fois, c'était par un brouillard d'automne à couper au couteau, le jour où le corps du vieux Pollock avait été emporté par des hommes vêtus de combinaisons de protection, tellement il était décomposé. Elle s'était juré de ne jamais remettre les pieds dans ce coin perdu. Ce n'était pas le genre d'endroit où on avait envie de se trouver, encore moins par une nuit comme celle-là.

Comme elle se retournait vers la cuisine, son pied heurta quelque chose. Elle baissa les yeux et aperçut un téléphone. Elle s'accroupit pour le ramasser. Un Nokia noir. Elle appuya sur la touche « ON ». Sans résultat. La batterie était morte. Elle retourna l'appareil et vit que la coque était fissurée.

— Zoë ?

Elle sursauta. Sally se tenait à l'entrée de la cuisine, livide. Ses mains tremblaient. Elle tenait la hache.

— Tout va bien, la rassura Zoë. Il n'y a personne.

Sally jetait des regards furtifs dans la buanderie. Elle serrait les mâchoires. On aurait dit qu'elle allait se briser en deux.

— Pose cette hache, lui ordonna Zoë. Pose-la.

Elle s'exécuta lentement.

— C'est le sien, dit-elle en fixant le pull que tenait sa sœur. Elle n'a que celui-là. Elle va être gelée sans.

— Et ça ? interrogea Zoë en tendant le téléphone.

Sally se pencha pour l'examiner. Elle eut un petit mouvement convulsif en voyant ce que c'était et ferma les yeux. Elle s'appuya d'une main sur le mur, comme si elle allait s'évanouir.

— Sally ? *Sally ?* Allez… ne craque pas.

45

Sally cligna des yeux. Elle vit le visage de sa sœur près du sien. Derrière elle la petite buanderie tanguait, les couleurs se mélangeaient. Le souvenir de Millie sur la lame de tarot lui revenait sans cesse à l'esprit, son visage sali, barbouillé, défiguré.

— Je suis désolée, dit-elle, et sa voix lui sembla provenir de très loin. Je suis désolée. Je me suis complètement plantée.

— Appelle Nial.

Isabelle avait raison : cette carte de tarot était un avertissement, mais il ne concernait pas Jake. Depuis le début, c'était contre cette nuit-là qu'on la mettait en garde.

— Hé, siffla Zoë. Tu as entendu ce que j'ai dit ? Appelle-le.

— Oui, oui.

Elle sortit son téléphone et essaya de composer le numéro, mais ses doigts n'avaient pas l'air de fonctionner. Ils lui paraissaient très loin d'elle, à des kilomètres et des kilomètres, comme si elle possédait des bras interminables.

— Donne-moi ça.

Zoë s'empara du portable, le mit sur haut-parleur et composa le numéro de Nial. La tonalité d'appel se fit entendre, lointaine et solitaire. Comme un élément du monde sombre et invisible qui se déployait devant elles, empruntant ce minuscule canal pour les atteindre. Cette fois, il n'y eut aucune réponse. Il sonna quatre fois. Cinq. Puis bascula sur la messagerie.

Zoë coupa le haut-parleur et rappela, en mettant cette fois le téléphone dans sa poche, plaqué contre sa hanche. Elle fit un pas sur la terrasse et scruta les arbres.

— Qu'est-ce qu'il y a ? murmura Sally. Qu'est-ce qui se passe ?

Zoë mit un doigt sur sa bouche.

— Ecoute.

Sally vint se mettre près de sa sœur et écouta la nuit immobile. Elle l'entendait à présent : un téléphone, qui sonnait faiblement dans l'obscurité. Le bruit provenait du fond du jardin, bien au-delà des arbres. Mais, alors qu'elle pensait l'avoir localisé avec précision, il cessa de sonner. A nouveau la messagerie. Zoë sortit précipitamment le téléphone de sa poche, rappela. La sonnerie spectrale résonna à nouveau, s'élevant dans les ténèbres.

— La ferme Pollock, souffla Zoë.

L'accablement de Sally grandit encore. Elle songea aux hectares de terres à l'abandon. Aux machines agricoles délabrées. Au précipice et à la maison déserte tout en bas, où le corps d'un homme s'était décomposé pendant des semaines et des semaines.

— Mon Dieu, non, murmura-t-elle. C'est là qu'ils sont, n'est-ce pas ?

— On y va.

Elles se rendirent d'abord dans le garage, où elles trouvèrent un énorme projecteur pourvu d'une poignée gainée de caoutchouc, pareil à celui que Steve avait acheté à Sally, dans une autre vie, semblait-il. Zoë l'alluma pour s'assurer que la batterie était chargée ; il projeta un cercle blanc aveuglant sur le mur, leur faisant plisser les yeux. Elle l'accrocha à son cou au moyen d'une sangle en toile, puis elles rassemblèrent tout ce qu'elles étaient en mesure de porter. Zoë avait passé le marteau dans sa ceinture, la bombe lacrymogène dans sa poche arrière, et tenait un gros maillet, de ceux qu'on utilise pour enfoncer les piquets de clôture, dans la main droite. Sally, elle, avait un ciseau à bois dans la poche de son manteau, la hache dans une main et, dans l'autre, une lampe-torche d'enfant à manivelle fonctionnant avec une dynamo. Elle ne pouvait s'empêcher de claquer des dents et avait l'impression que ses os se liquéfiaient. Elle aurait donné n'importe quoi pour s'arrêter là, se rouler en boule par terre et faire comme si rien de tout cela n'était en train de se passer. Or, la seule chose à faire dans ces cas-là, c'était d'agir. De continuer à avancer.

Elles se mirent en route le long du sentier en direction de la ferme. Zoë ouvrait la marche, le dos droit, le faisceau du projecteur jouant dans les arbres, dont les branches formaient une voûte au-dessus de leurs têtes. Sur la gauche, la forêt s'étendait jusqu'à Hanging Hill et, sur la droite, continuait sur environ un kilomètre et demi, puis, à la périphérie de Bath, commençait à faire place à des habitations, des terrains de sport, un club de rugby, dont les poteaux, d'un blanc spectral, dépassaient de la haie. Quand les arbres s'éclaircirent, les deux femmes firent une halte. Zoë éteignit le projecteur, et elles restèrent là en silence, embrassant du regard le paysage qui s'étalait devant elles. Les champs étaient plus pâles que les bois, les restes desséchés des dernières récoltes formant comme une brume au-dessus de la terre. Ici et là, on distinguait les ombres des machines cassées et des carcasses de voitures carbonisées. Tout au bout, les silhouettes noires des balles de foin pourrissantes se découpaient sur l'horizon, aussi silencieuses et immobiles que des bêtes endormies. Plus loin encore, invisible au non-initié, se trouvait le front de taille de la carrière.

Zoë extirpa à nouveau le téléphone de sa poche et rappela le numéro. Cette fois, le bruit fut beaucoup plus fort. Il n'y avait plus aucun doute possible sur l'endroit d'où il provenait : de l'autre côté des balles de foin. De la carrière où se trouvait la maison de Pollock.

46

La lune se libéra de sa couverture de nuages au moment où elles traversaient l'exploitation et, l'espace d'un instant, elle brilla si fort qu'elles eurent l'impression de se trouver sous un projecteur géant. Deux silhouettes solitaires projetant de longues ombres bleues au-devant de leurs pas et foulant les chaumes de maïs. Elles franchirent la grille au sommet de la carrière et, lentement, en prenant appui aux troncs pour garder l'équilibre, rejoignirent le sentier en lacet qui serpentait au milieu de gros arbres jusqu'au bord de l'à-pic. Au bas du sentier, elles firent une pause. Le fond de la vallée s'étirait à perte de vue, serein et immobile. La maison était sur leur droite. Elle était plongée dans l'obscurité, mais le clair de lune découpait sa forme et se reflétait dans les carreaux cassés aux fenêtres de l'étage.

Zoë rappela Nial. Un silence, puis la communication s'établit. La sonnerie était cette fois si proche qu'elle les fit bondir toutes les deux. Elle provenait de la maison, flottant dans l'air glacial comme une supplique. Le téléphone sonna six fois avant de basculer sur la messagerie.

— Allez, articula-t-elle en silence, allez.

Elles reprirent leur marche, à la file, tête baissée. L'arrière de la maison n'était qu'à quelques mètres du front de taille, comme si elle était tombée du sommet et avait atterri là, miraculeusement d'aplomb. Ses murs étaient encore crépis et elle avait conservé son toit, mais depuis la dernière visite de Zoë, elle avait servi de refuge à des drogués à la méthamphétamine et ressemblait à présent à une construction faisant office de stand de tir pour les militaires, avec ses embrasures de portes arrachées, mettant la brique à nu, et la grosse flaque d'eau de pluie sur sa dalle de fondation grêlée de mauvaises herbes. Tout avait été couvert de graffitis, y compris le front de taille derrière la maison. Il subsistait quelques grilles aux fenêtres, mais la plupart avaient été enlevées et dispersées par terre, où elles finissaient de rouiller.

Elles arrivèrent sur le côté de la maison, et s'accroupirent, le dos au mur crasseux, pendant que Zoë composait le numéro une fois encore. Elles retinrent leur souffle et tendirent l'oreille. La sonnerie se faisait entendre à l'intérieur de la maison, au rez-de-chaussée, quelque part vers l'arrière. Zoë coupa la communication et remit le téléphone dans sa poche. Elle retint sa respiration et écouta à nouveau. Cette fois, elle entendit autre chose, provenant du même endroit dans la maison. Le bruit, le bruit cadencé qu'elles avaient déjà entendu au téléphone. Le cognement d'un objet mou contre du verre.

Elle s'essuya le front.

535

— Bon Dieu. Bon Dieu.

— Hé, murmura soudain Sally. Il faut qu'on continue.

Zoë lui décocha un regard. Les yeux de sa sœur étaient clairs, et son expression était remarquablement calme. Elle y puisa un regain de force. Elle attendit un moment, puis hocha la tête. Elle ramassa le maillet et la torche.

— Allons-y.

Ensemble, elles longèrent la maison et stoppèrent à l'angle, à trente centimètres de la porte d'entrée. Zoë appuya sa tête contre le mur, inspira profondément à plusieurs reprises, puis passa vivement la tête dans l'embrasure de la porte, la retirant tout aussi vite.

— Tu vois quelque chose ?

Elle fit non de la tête.

— On n'y voit pas bien, chuchota-t-elle. Il fait trop sombre. Il faut que je me serve de ça.

Elle s'humecta les lèvres, baissa les yeux et actionna l'interrupteur du projecteur.

— Ça va aveugler tout le monde là-dedans. Mais seulement pendant une vingtaine de secondes. Ensuite ils sauront qu'on est là. Tu es prête pour ça ?

Sally pressa ses paupières avec ses doigts. Elle était plus pâle qu'un fantôme, mais elle hocha la tête.

— Oui. Si toi tu l'es.

Elles s'engagèrent dans l'entrée, Zoë soulevant le projecteur et le braquant à l'intérieur de la maison. Les deux femmes prirent une photo mentale de ce qui se trouvait devant elles. Le couloir, qui reliait la porte d'entrée au fond de la maison, distribuait deux portes sur la gauche. L'endroit était complètement dévasté ;

seuls quelques pans de mur avaient conservé des morceaux de plâtre. Des restes de moquette subsistaient dans le couloir, mais elle était tellement pourrie et humide qu'on aurait dit de la boue, et elle était émaillée de flaques. Cette maison avait dû être le théâtre d'innombrables fêtes ; des bouteilles et des canettes de bière vides jonchaient le sol, et quelque chose de volumineux gisait près de la porte du fond. Zoë songea d'abord à un tapis roulé, ou à des vêtements, à moitié recouverts de feuilles, mais elle vit ensuite qu'il s'agissait d'un être humain. Sa chemise était à moitié remontée dans son dos, révélant de longues écorchures qui avaient saigné et souillé le fond de son jean.

Elle éteignit le projecteur et se plaqua rapidement contre le mur. Sally l'imita, et elles restèrent là, le souffle coupé, fermant les yeux et repensant à ce qu'elles venaient de voir.

— C'est lui, murmura Sally. Nial.

— Oui.

Comme il était couché sur le flanc et leur tournait le dos, elles n'avaient pas pu voir son visage, mais c'était lui, ça ne faisait aucun doute. Les blessures sur son dos ne pouvaient avoir d'autre cause qu'une chute du haut de la carrière. Il avait peut-être employé ses dernières forces pour se traîner à l'intérieur de la maison par la porte de derrière. Elle ralluma le projecteur, passa à nouveau la tête dans le couloir et éclaira les deux portes pour s'assurer que Kelvin ne s'y trouvait pas. Elle déplaça ensuite le faisceau sur le corps au fond du couloir et le vit bouger légèrement.

— Nial ? souffla-t-elle. Nial, est-ce que ça va ? Où est Millie ?

Nial leva la main. Comme pour leur faire signe. Signe qu'il avait entendu, signe d'avertissement, ou tentative pour les diriger vers la jeune fille. Sa main resta en suspens une seconde ou deux, puis retomba. Sa jambe tressaillit, il tenta de se retourner pour leur faire face, mais c'était au-dessus de ses forces. Il renonça et resta étendu là, respirant lentement, ses côtes fines se soulevant et retombant.

Un bruit sourd se fit entendre au niveau de la seconde porte. *Boum. Boum. Boum.*

Deux filets de sueur se mirent à couler sous les cheveux de Zoë. C'était la pièce où le vieux Pollock avait été retrouvé.

Boum. Boum. Boum.

A ce moment-là, elle faillit craquer. Elle se recroquevilla, dos au mur, haletante, avec l'envie de prendre ses jambes à son cou. Elle se couvrit le visage avec les mains et s'efforça de respirer plus calmement. Lentement. Inspirer. Expirer. Elle avait tenu le coup jusqu'ici. Elle pouvait le faire. Oui, elle le pouvait.

— Zoë ?

Une main froide sur son épaule. Elle regarda sur le côté. Sally se tenait près d'elle. Le visage calme, lisse. Elle tendit la main et, avec douceur, prit le projecteur des doigts raides de sa sœur.

— Ne t'en fais pas, dit-elle en regardant Zoë droit dans les yeux. Je t'assure, ce n'est pas grave. Moi, ça va. Je n'ai pas peur. Pas peur du tout.

47

Entre le moment où elle avait traversé les champs et celui où elle s'était approchée de la maison au fond de la carrière, Sally avait changé. La chose qui montait en elle depuis des semaines avait enfin crevé la surface. C'était cette chose qui avait été capable de dire non à Steve lorsqu'il lui avait proposé de l'argent, de refuser quand il avait insisté pour rentrer de Seattle. Cette chose qui avait été capable de continuer à filmer Jake ce fameux soir, à Twerton, et capable de découper David Goldrab en menus morceaux. Cette chose n'avait pas de peau, des dents pointues et la gueule allongée d'un dragon, et elle venait de s'affranchir de l'ancienne Sally, la laissant parfaitement calme, parfaitement concentrée. Elle allait sortir Millie de là. C'était aussi simple que ça.

Elle examina la torche et fit jouer l'interrupteur pour vérifier son bon fonctionnement. Après quoi elle souleva la hache dans son autre main et la porta sur l'épaule, comme les bûcherons. Les traits figés, le cœur battant lentement, elle s'avança dans le couloir en faisant craquer le verre sous ses pieds jusqu'à la porte d'où provenait le bruit.

Elle passa la tête par l'ouverture, de façon presque nonchalante à présent. Pas besoin de torche ; le clair de lune qui filtrait par la fenêtre éclairait la pièce, humide et crasseuse. Elle était encombrée de vieux meubles : un chevet et un canapé auquel on avait essayé de mettre le feu, un lampadaire cassé posé de guingois contre le mur. Des rideaux en piteux état, noircis, pendaient à la fenêtre, laquelle donnait sur la paroi verticale derrière la maison et, de l'autre côté du carreau fêlé, éclairé sinistrement par la lune, se dessinait le visage ovale et sombre d'un homme. Kelvin. Qui cognait sa tête à la vitre de façon monotone, avec une expression d'obstination rageuse. Au lieu de se sauver à toutes jambes, elle se planta dans l'embrasure de la porte et le fixa du regard. Lui ne la regardait pas. Il n'avait même pas pris conscience de sa présence, ses yeux mi-clos et vides n'exprimant rien d'autre que sa volonté animale de pénétrer à l'intérieur.

Il était plus petit qu'elle ne l'avait imaginé. Il devait se tenir à genoux, tout près du carreau, ses mains disparaissant sous le bord de la fenêtre. Elle ne trouva pas la fourberie ou la méchanceté qu'elle s'était imaginé lire sur son visage. Celui-ci était terne. Flasque. Elle se décida à cet instant précis. Elle allait le tuer. Elle avait tué David Goldrab, mais là, ce serait plus facile. Bien plus facile.

— Qu'est-ce qu'il a ? demanda Zoë qui s'était glissée derrière elle et regardait par-dessus son épaule. Il a l'air bizarre. Il est soûl ?

— Oui, murmura-t-elle. Tant mieux. Il ne se défendra pas.

Elle posa le projecteur par terre et brandit la hache. Elle avait de la bile dans la bouche. Voilà, c'était le moment.

— Ne regarde pas, prévint-elle.

— Attends ! s'écria Zoë en arrêtant son bras. Minute, il y a un truc qui cloche.

Sally baissa la hache, et Zoë souleva le projecteur. Il éclaira d'une manière aveuglante la petite pièce, illuminant le canapé, la table de chevet, les rideaux en loques, faisant ressortir le visage de Kelvin sur la roche. Il ne réagit pas à la lumière. Pas du tout. Il demeura dans la même position, sa tête pendante cognant régulièrement contre la fenêtre. Il y avait une marque sur son front, à cause du choc répété, mais pas de sang. Et il répétait ce mouvement de façon léthargique. C'était plus un spasme qu'un mouvement délibéré.

— Pourquoi est-ce qu'il est si bas ?

Sally secoua la tête, subjuguée par son visage.

— Il n'est pas à genoux ?

— Non, c'est autre chose.

Les deux femmes firent un pas à l'intérieur de la pièce. Zoë secoua la torche, l'agita au hasard afin de créer un effet stroboscopique. Puis elle fit un autre pas en avant et braqua le faisceau sur ses yeux. Il ne réagissait toujours pas. Il regardait droit devant lui, les yeux noirs et vides, comme s'il se concentrait sur le châssis de la fenêtre.

Sally expira à fond, s'approcha de la fenêtre et brisa le carreau avec sa hache. Le corps de Kelvin oscilla légèrement, mais il ne leva pas les yeux sur elle. Sa tête tomba brusquement en avant et heurta à nouveau le châssis, à quelques centimètres de son visage, puis repartit aussitôt en arrière. Elle vit ses yeux sous les paupières mi-closes. Vit leur noirceur. Et la cicatrice sur son crâne qui descendait en serpentant de son oreille au col de sa chemise à carreaux. Ses traits étaient grimaçants. Il y avait du sang sur le devant de sa chemise, qui provenait peut-être de sa bouche.

— Il est mort, conclut-elle. Mort.

Elle se pencha à la fenêtre cassée et, inclinant la torche vers le bas, constata qu'il n'était pas du tout agenouillé : il n'avait simplement plus de jambes. Ce qui avait autrefois constitué la partie inférieure de son corps avait été affreusement comprimé. Ce n'était plus qu'un sac d'os brisés à peine maintenus ensemble par son jean. Une branche d'arbre sortant de la roche l'avait stoppé net, et suspendu là comme une marionnette, qui se balançait d'avant en arrière contre la fenêtre. Lentement, elle braqua la torche sur la paroi. Vit un arbre dépassant à demi de la roche, un éboulis de terre jaune pâle. Une longue balafre, comme si quelqu'un était tombé. Elle visualisait toute la scène à présent... Kelvin et Nial luttant corps à corps, puis la longue chute.

Elle s'écarta de la fenêtre et, se frayant un chemin au milieu des canettes de bière vides, retourna dans le couloir. Elle s'accroupit aux côtés de Nial, là où le sang avait poissé le sol. Elle posa la main sur son flanc, le sentant monter et descendre rapidement sous ses doigts. Son corps était chaud. Comme si l'énergie dépensée dans sa lutte avec Kelvin continuait d'être libérée.

Sa cage thoracique était toute petite, guère plus volumineuse que celle de Millie. Elle rabattit sa chemise pour le couvrir.

— Tu m'entends ? Où est Millie ?

Il porta les mains à son visage et gémit. Il se retourna à moitié sur le dos.

— Nial ? Ça va. Tu peux me dire... je suis préparée.

— Elle va bien, articula-t-il d'une voix pâteuse. Elle va bien. C'est moi qui l'ai fait.

— Tu as fait quoi ?

— Je l'ai sauvée. J'ai sauvé Millie.

Sally chancela en arrière et s'assit, au milieu des canettes de bière, des détritus et du verre brisé. Elle resta là, en se tenant les chevilles, tandis que le sol et les murs bougeaient tout autour d'elle. Elle entendit Zoë dire dans son dos :

— Où, Nial ? Où est-elle ?

— Je l'ai enfermée dans le combi. Près de la maison. Elle n'a pas son téléphone... c'est arrivé tellement vite. Vous avez dû passer devant elle.

TROISIÈME PARTIE

non seulement retrouvé la polaire rose et le téléphone portable de Lorne sous le lit, mais également, dans le tiroir du bureau au rez-de-chaussée, le rouge à lèvres qui avait servi à écrire sur son cadavre, ainsi que la boucle arrachée à son oreille. Quelle ironie, décidément, se disait Zoë en songeant à tout le mal que Sally, Ben et elle s'étaient donné pour faire arrêter Kelvin, parce qu'ils avaient présumé qu'il se serait débarrassé des preuves et qu'il faudrait le coincer d'une autre façon.

Le journal avait enchaîné les articles sur Burford, le « monstre », détaillant son passé, sa blessure reçue à Bassora, l'agression de la fille à Radstock. Comme il ne comptait pas beaucoup d'amis et de proches assez courageux pour se présenter aux obsèques, l'assistance était clairsemée. Zoë jeta un coup d'œil à la ronde : quelques policiers, un ou deux collègues qui avaient servi avec lui à Bassora coincés sur les bancs inconfortables, évitant de croiser le regard de quiconque, comme s'ils avaient honte. Puis elle se rendit compte avec stupeur que le banc qu'ils avaient choisi se trouvait juste derrière celui de la sœur de Kelvin. Elle cessa alors de gigoter et, tandis que le silence se faisait dans la chapelle, étudia sa nuque. Des boucles blondes s'échappant d'une toque en paille. Zoë se fit alors la réflexion que c'était peut-être la culpabilité qui l'avait envoyée ici. La honte d'être sortie, de diverses façons, du cadre moral fragile, fait de mensonges et de vérités, que la police était censée connaître et respecter. En plus de Kelvin, la disparition de David Goldrab pesait aussi sur sa conscience ; elle avait à plusieurs reprises assuré à la famille que l'on faisait tout ce qu'il était possible de faire, alors qu'en réalité elle poussait discrètement l'affaire au bas de la liste des priorités.

Les tuyaux de l'orgue émirent un bruit de soufflerie, un accord retentit. Elle s'éventa légèrement avec le programme de la cérémonie, levant les yeux sur la charpente. Les toiles d'araignées et la poussière. Dieu était peut-être tout là-haut, qui l'observait, voyait tous ses secrets. Elle avait eu tort de ne voir en Lorne que le sommet de l'iceberg, de croire que Kelvin avait déjà tué. Aucune trace de restes humains n'avait été trouvée dans la maison ou dans le Land Rover, et la photo d'Irak avait été téléchargée sur un site ayant enregistré des milliers de connexions avant d'avoir été effacée du serveur. Oui, songea-t-elle, elle s'était trompée sur beaucoup de choses ces dernières semaines. Il en était cependant ressorti du positif. Ses relations avec Sally, avec Millie. Et peut-être, à travers cela, une nouvelle façon d'être reliée au reste du monde. Une nouvelle dimension ajoutée à son existence.

Les portes s'ouvrirent au fond de l'église et les porteurs de cercueil entamèrent leur longue marche dans l'allée centrale. Zoë baissa les yeux et vit la main de Sally posée sur sa cuisse. Elle regarda sur sa gauche et vit que Millie aussi avait la main posée sur sa cuisse. Prise d'une impulsion, elle saisit leurs deux mains, et, en accomplissant ce geste, la réponse à la question de Ben concernant l'enterrement se fit brusquement jour dans son esprit.

Solidarité. Voilà de quoi il s'agissait. Elle était là pour montrer au monde, et à la mémoire de Kelvin, que les membres de cette famille, sa famille, ne seraient jamais plus éloignés les uns des autres.

2

Une fois la cérémonie terminée, les adolescents s'éclipsèrent les premiers, tandis que les adultes s'attardaient un peu, attendant que la sœur de Kelvin s'en aille avant de se lever à leur tour et de sortir du côté du cimetière. Ils n'avaient pas envie de tomber sur les journalistes, alignés derrière la grille ouest, et qui se massaient autour de la sœur de Kelvin.

Tous les trois allèrent patienter sur le banc sous le buddleia. Sally s'assit sur les genoux de Steve. Zoë resta debout devant eux, souriante, une main en visière pour se protéger du soleil. Elle était ravissante, se dit Sally, une amazone. Vêtue de blanc de la tête aux pieds, avec un hâle incroyable obtenu simplement en roulant à moto. Son visage était totalement guéri et elle portait un rouge à lèvres cerise qui ne s'était pas étalé et n'avait pas éclairci.

— J'aime bien ta robe, commenta Sally. Et le chapeau.

— Merci.

Zoë ôta son chapeau et s'assit à côté d'eux. Elle essaya de lisser un pli sur sa robe.

— Ce n'est pas vraiment mon truc, tu sais, les robes et les chapeaux. Mais bon, ça prouve que j'ai fait un effort.

— Ben n'est pas là ?

— Si, il attend dans la voiture que la presse soit partie. Tu le vois ?

Le regard de Sally balaya les tombes et les cyprès jusqu'à une Audi bleu foncé garée dans les taches de soleil. Ben était à l'intérieur, il portait des lunettes de soleil.

— Il ne nous quitte pas des yeux. Il n'a pas l'air content.

— Ne fais pas attention à lui. Il estime qu'on n'aurait pas dû venir à l'enterrement. Qu'on est branques.

Derrière Ben étaient stationnés les combis de Nial et Peter. Peter était monté dans le sien, et Nial faisait coulisser la porte latérale pour faire entrer un peu d'air frais. Depuis l'enquête criminelle, Nial avait peint des fleurs jaunes et des crânes dessus. Et avait dessiné une ligne de flottaison bleu pâle au pochoir, avec l'inscription : « Niveau de boue estimé/Glasto 2011. »

— Ils partent pour Glastonbury ce soir, expliqua Steve à Zoë. Ils vont dormir dans le camping-car pendant trois jours. Sympa.

— Le bain de boue de Pilton ? Oh, mince, je suis jalouse. Ça ne t'ennuie pas de la laisser partir ? Après tout ce qui s'est passé ?

Sally regarda Millie se pencher dans la cabine du camping-car de Nial pour attacher quelque chose, breloque ou ruban, au rétroviseur. Elle vit Nial desserrer sa cravate, il portait encore une marque brunâtre sur le côté du visage, là où il s'était égratigné en tombant de l'à-pic. Tous deux paraissaient gênés aux entournures dans ces vêtements habillés qui ne leur allaient pas : chemisier blanc et jupe noire pour Millie, jambes nues dans des escarpins noirs, qui paraissaient fragiles et déplacés ; Nial dans son costume un peu trop court, qui découvrait ses chevilles et ses poignets. Sally savait que cela finirait par arriver : il était en train de devenir un homme. On avait beaucoup parlé de lui dans les journaux. Nial, le petit Nial, endossant subitement le costume du héros, conduisant Kelvin à la ferme Pollock, loin de Millie, qu'il avait mise à l'abri dans le camping-car. Le tarot s'était trompé en prédisant la mort de Millie. C'était une mise en garde, qui concernait Kelvin et ce qui allait arriver, mais pas un présage de mort.

— Je ne suis pas inquiète, affirma Sally en souriant. Elle ne risque rien avec Nial.

— Il est fou amoureux d'elle, commenta Steve.

Zoë éclata de rire.

— Il est peut-être amoureux d'elle, mais qu'en est-il de Millie ? Est-ce que ça a marché ? Maintenant que c'est un héros, est-ce qu'elle est amoureuse de lui ?

— Non, soupira Sally. Bien sûr que non. Pauvre Nial.

— Non ?

— C'est Peter. Ç'a toujours été Peter.

Zoë plissa les yeux pour apercevoir l'intéressé, lequel était en train de boucler sa ceinture dans son combi.

— Ce nul ? Je ne l'ai jamais aimé, depuis le jour où j'ai posé les yeux sur lui. Il est trop imbu de sa petite personne.

— Je sais. Il a rompu avec Sophie, pourtant, alors on ne sait jamais, dit-elle en secouant la tête. Un jour, Millie regardera en arrière et verra Nial sous son vrai jour. J'espère simplement qu'il ne sera pas trop tard.

Sally était sincère : elle était certaine que Nial était le garçon qu'il fallait à Millie. Pas seulement à cause de l'héroïsme dont il avait fait preuve cette fameuse nuit, mais après ce qui s'était passé le jour où il avait été autorisé à quitter l'hôpital. Millie et lui étaient venus la voir, le visage grave, pour lui raconter une version différente des événements qui s'étaient déroulés à la ferme Pollock. Elle continuait encore à ressasser cette nouvelle version dans sa tête, ne sachant pas trop où la caser, ce qu'il fallait en penser, ni si elle devait leur en vouloir. Ils lui avaient raconté que, en rentrant du lycée la veille, Millie était terrifiée à l'idée de ce que Sally pourrait entreprendre à l'encontre de Kelvin. Ils savaient tous deux ce dont il était capable, aussi Nial avait-il pris les choses en main.

Kelvin n'avait absolument pas suivi Millie jusqu'à la ferme Pollock. En fait, c'était plutôt l'inverse. Il avait été attiré là par Nial, qui avait décidé, pour réaliser ses fantasmes héroïques, d'affronter Kelvin. De le combattre face à face, d'homme à homme. Millie n'en avait rien su, avait vaillamment insisté Nial, jusqu'à la toute dernière minute. Tout ce qu'elle savait, c'était que, vingt minutes après qu'ils étaient rentrés, Nial était sorti pour passer un coup de fil privé. Quelques minutes plus tard, il était revenu précipitamment, en lui disant de se cacher tout de suite dans le combi. Bien entendu, il n'avait pas prévu l'affreux dénouement, la longue traque maladroite qui avait fini par les précipiter du haut de l'à-pic. S'il avait fait ça, c'était uniquement parce que Millie et lui voulaient avant tout la protéger, elle.

Après cet aveu, Sally lui avait souri d'un air interrogateur, flattée, mais perplexe. Elle s'étonnait que quiconque puisse vouloir la protéger. Elle se sentait comme une lionne. Elle croyait qu'elle n'aurait jamais plus besoin de protection. Elle avait alors pensé que la vie était folle, étrange et merveilleuse.

— Zoë, demanda-t-elle, tu penses qu'on a le droit de mal agir pour une juste cause ?

Sa sœur rejeta sa tête en arrière en riant aux éclats.

— Mon Dieu ! A ton avis, qu'est-ce que je pense ?

— Et qu'est-ce que tu fais de ta théorie sur le Grand Tout ?

Un sourire aux lèvres, Zoë laissa son regard dériver jusqu'à la voiture de Ben.

— Le Grand Tout ? reprit-elle doucement. Oh, ça finit toujours par s'arranger à la fin.

Sally sourit, rougit, et regarda les mains de Steve, jointes sur ses cuisses. Elle songea à elles trois, Zoë, Millie et elle, enchaînées à tout jamais à une personne par un secret. Pour Zoë, c'était Ben, et pour elle, c'était Steve. Et ça ne posait pas de problème. Parce que c'étaient les personnes auxquelles elles désiraient être enchaînées. Mais pour Millie… ?

Eh bien, pour Millie, ça finirait par arriver. Un jour elle regarderait Nial et saurait que c'était le bon.

3

Dès que Zoë monta dans la voiture, elle se rendit compte que Sally avait raison : Ben était effectivement de mauvais poil. Son visage était grave, fermé.

— Quoi ?

Elle mit sa ceinture et lui décocha un regard noir.

— C'est parce que je suis allée à son enterrement ? Eh bien, je sais pourquoi maintenant. On voulait faire preuve de courage, pas de lâcheté, comme lui. C'est un péché, ça ?

Il retira ses lunettes de soleil et démarra la voiture.

— Il ne s'agit pas de ça.

Il jeta un coup d'œil dans le rétroviseur et sortit de la place de stationnement.

— Pas du tout.

— De quoi alors, bordel ?

— Il faut qu'on parle. A propos de tout ça, dit-il en agitant la main derrière lui pour désigner l'église. Il y a un truc qui a sérieusement dérapé.

Zoë le regarda fixement. Elle sentait une veine palpiter sur sa tempe.

— Dérapé ? Ça veut dire quoi, dérapé ?

— On a fouillé dans les affaires de Kelvin. On ne cherchait pas uniquement des indices susceptibles de le relier à Lorne, on cherchait à savoir s'il avait quelque chose à voir dans la disparition de David Goldrab.

— Je sais.

— Ça aurait été super pour faire grimper notre taux d'élucidations.

— Et alors, tu as trouvé quelque chose ?

— Pas ce à quoi je m'attendais. Ce qu'on a trouvé chamboule tout.

— Quoi ? Qu'est-ce que tu as trouvé ? Quelque chose que j'ai oublié ? Mon téléphone ?

— Pas la moindre trace de toi. Non, on a trouvé quelque chose…

Il hésita en déplaçant ses mâchoires d'un côté à l'autre, faisant grincer ses dents.

— … quelque chose qui n'a aucun sens. Mais que j'ai quand même examiné.

des sous-vêtements qui n'avaient pas pu être lavés à temps.

— Tu ne comprends pas, maman. Si on arrive pas là-bas carrément en avance, on l'a dans l'os. Les meilleurs emplacements partent en dix minutes, même dans les champs réservés aux combis. Franchement, on aurait dû charger les affaires avant l'enterrement. Peter et les potes de son frère y seront avant nous.

Sally essora délicatement le chemisier et le suspendit à la fenêtre pour le faire sécher dans l'air chaud. Dehors, les taches jaunes des kerrias et des forsythias avaient disparu depuis longtemps, et à présent, c'était au tour des généreuses fleurs d'été au parfum capiteux, delphiniums, coquelicots, bourdonnants d'abeilles. Millie passa devant la fenêtre en se dirigeant vers le combi, les bras chargés de vêtements, et tira la langue à sa mère. Sally sourit. Dire qu'elle pensait que c'était elle qui les protégeait, alors qu'en réalité, c'étaient eux qui l'avaient protégée. Nial mit de la musique sur l'autoradio – Florence and the Machine –, qui fit trembler la carrosserie. Ils n'étaient plus des gamins, non, c'étaient des adultes.

Elle tira sur les manchettes de son chemisier. Elle le porterait ce soir et laisserait Steve le lui retirer. Ils sortaient dîner. Ils bavarderaient pendant des heures. Ils boiraient plus que de raison. Elle lui parlerait du boulot que les hippies qui avaient acheté son jeu de tarot lui avaient proposé : responsable du design pour une gamme de nouveaux produits qu'ils prévoyaient de lancer. Il lui dirait qu'il l'aimait et, pour la centième fois peut-être, il lui ferait une promesse qu'elle ne voulait pas accepter. Il lui dirait que si jamais la vérité concernant David Goldrab se faisait jour, il en assumerait la responsabilité. Il n'arrêtait pas de répéter que sa décision était prise et que, si on devait en arriver là, le nom de Sally ne serait jamais mentionné.

5

Ben ramena Zoë chez lui sans desserrer les dents. Il garda le silence jusqu'à ce qu'elle soit dans le salon et qu'il ait fermé les portes. Elle s'attendait presque à ce qu'il ferme aussi les rideaux, tellement il était sombre et mystérieux.

— Qu'est-ce que tu as trouvé ? Quelque chose en rapport avec Goldrab ?

— Assieds-toi.

Merde, se dit-elle, Sally avait raison. Kelvin avait bien pris des photos d'elle cette nuit-là.

— Ben… dis-moi juste ce que tu as trouvé. C'est Goldrab ?

— Il y avait un contrat sur Goldrab… tu le savais. La SIB a arrêté Mooney. Il refuse de parler.

— Et ?

— On a trouvé les dents de Goldrab, enterrées dans le jardin de Kelvin.

— D'accord, dit-elle prudemment. Alors c'est Kelvin qui a tué Goldrab ?

— On dirait bien. Mais ce n'est pas ça qui me tracasse. C'est autre chose. Ce qui s'est passé, c'est

qu'en fouillant la maison on a trouvé un tas de papiers.
J'ai passé la semaine à les éplucher. Et maintenant…

— Maintenant quoi ?

— J'en suis arrivé à la conclusion qu'il n'a pas tué
Lorne.

Elle le regarda bouche bée.

— Il ne l'a pas tuée ?

— Ni violée.

— Seigneur, qu'est-ce que tu as trouvé ?

— Ok, Ok. Ecoute. Je sais ce qu'il t'a fait, Zoë, et
c'est la pire chose que je pouvais imaginer. Je ne sais
d'ailleurs toujours pas quelle attitude je dois adopter par
rapport à ça, et je ne sais toujours pas ce que ça te fait.
Pas exactement. Mais je ne dois pas en tenir compte.
Parce que ça ne veut pas dire qu'il a aussi violé Lorne.

— Attends une minute, qu'est-ce que tu fais de tout
ce que tu as trouvé chez lui ? Sa polaire. Son portable.

— C'est précisément ce qui m'a mis la puce à
l'oreille. Il s'était donné beaucoup de mal pour cacher
toutes les preuves de ta présence chez lui. Il n'y avait
pas une seule trace de toi. Dans ce cas, pourquoi ne
s'est-il pas débarrassé aussi du téléphone de Lorne ? Et
du rouge à lèvres ?

Zoë secoua la tête, incrédule.

— Je vais te dire pourquoi. C'est simple. Il ne les a
pas cachés parce qu'il ignorait qu'ils étaient là.

— *Quoi ?*

— Ecoute, après l'accident qu'il a eu avec l'équipe
de démineurs à Bassora, ils ont dû faire un boulot
impressionnant pour recoller les morceaux. Il a passé
trois mois à l'hôpital militaire de Selly Oak, à
Birmingham, pendant qu'ils le stabilisaient, et ensuite

561

deux mois de convalescence supplémentaires après avoir subi une cranioplastie. Ils lui ont posé une plaque en titane dans le crâne, mais il y a eu des complications. Le 7 mai, il passait un scanner pour voir ce qui n'allait pas.

Zoë plissa le front. Elle ne comprenait pas.

— Lorne a été tuée pendant qu'il était à l'hôpital. J'ai vérifié. J'ai consulté le registre des admissions, j'ai interrogé le personnel qui était de garde. C'est du solide, Zoë. Kelvin Burford a passé le 7 et le 8 mai à l'hôpital. Sous calmants. Il n'a pas pu tuer Lorne Wood.

Elle s'assit brusquement. Sa tête bourdonnait.

— Mais…

— Je sais. C'était facile de tirer des conclusions hâtives.

Facile de tirer des conclusions hâtives… À ces mots, quelque chose de sombre et de mauvais traversa l'esprit de Zoë. Quelque chose qui attendait là depuis le jour où Kelvin l'avait agressée, quelque chose qu'elle n'avait cessé de fuir. Elle se revoyait allongée sur le lit chez Kelvin. Elle se rappelait lui dire : « Vas-y, fais-le. Je veux que tu le fasses. » Toutes ces années auparavant, quand Kelvin l'observait dans l'obscurité, au fond du club, elle savait ce qu'il voulait. Et étendue sur le lit ce jour-là, elle lui avait dit qu'il pouvait. Si elle était totalement objective, totalement honnête et rationnelle, il avait simplement répondu à sa demande. Il l'avait frappée. Brutalisée. Mais le reste ? Etait-ce un viol ? Techniquement parlant ?

— Non, murmura-t-elle de manière presque inaudible. Il a tué Lorne. C'est obligé.

Ben soutint son regard avec gravité.

— Je sais que tu penses que je passe mon temps à traquer les erreurs judiciaires. Mais, Zoë, Kelvin avait beau être un violeur et une parfaite ordure, je pense qu'on l'a piégé. J'ai quelque chose à te montrer. Attends-moi là.

Il alla dans la cuisine. Commença à ouvrir des placards. Elle fixait la porte ouverte, le regard perdu, laissant son esprit digérer tout ce qu'elle venait d'entendre. Kelvin hospitalisé la nuit du viol ? Quelqu'un d'autre dans le coup ?

Ben reparut dans l'encadrement de la porte, un classeur en plastique bleu à la main.

— Ce sont les analyses du téléphone de Lorne. Et quelques photos.

Il s'assit à côté d'elle et commença à sortir les feuilles, des pages et des pages de formulaires de demande et de formulaires de protection des données adressés par le service du Renseignement à l'opérateur de télécommunications. Il arriva à une chemise à part. Hésita.

— Pas joli-joli, cette partie-là.

— Putain, Ben, je te rappelle que, moi aussi, je suis flic.

Il haussa les épaules et sortit les photos. Il y en avait quatre. Elles montraient Lorne, membres écartés, par terre dans les orties. Sur la première, elle était en vie, les yeux fixés sur la personne qui prenait la photo. Elle tendait la main, dans un geste de supplication universel. Des larmes coulaient sur ses joues, et son nez était tuméfié et couvert d'une croûte de sang. Sur la seconde photo, elle était toujours en vie, mais l'adhésif argenté qui maintenait la balle dans sa bouche était en place, et

563

son expression avait totalement changé. Sur cette image, elle savait qu'elle allait mourir.

— Ces photos ont été prises avec son propre téléphone. Il n'a même pas pris la peine de les supprimer. Pourtant, ajouta Ben en remuant les papiers, quelque chose a bien été effacé sur le téléphone. Tu as entendu parler des logiciels de récupération de données ? Les types de la cellule informatique s'en servent pour récupérer les fichiers pédo-pornographiques dont les pervers pensent s'être débarrassés en appuyant sur la touche « Effacer ». On s'en est servi sur le téléphone. On n'a pas retrouvé grand-chose. A part trois SMS qui avaient été effacés le matin qui a suivi sa mort.

Il tendit le document à Zoë en pointant du doigt les passages surlignés en rose. Elle déchiffra : Slt. L. Bon 2 te voir ojourd'8. Tu av l'R sexy. on se reparle bi1to.

Puis, plus bas : ca t'aracheré la gueule 2 répondre até amis ? chuis ps 1 violeur, tu sé – lol – j vé pas te touché. TT canon. j x ke t canon je t'M. Pour 2 vré.

Et sur la dernière page : Je souffre comme jamais j'ai souffert tu me fais souffrir bébé. Ne crois surtout pas que c'est pas vrai.

— Ces messages étaient effacés ?

— Oui. Ils n'ont rien de vraiment compromettant, à part justement le fait qu'ils ont été effacés. Ça les rend suspects, d'une certaine manière.

Zoë n'arrivait pas à détacher ses yeux de la photo où Lorne regardait l'objectif. On avait l'impression que la jeune fille ne savait toujours pas si c'était une blague ou non. Qu'elle se disait : *Il n'est pas sérieux. Il va s'arrêter là et me laisser partir.*

— Tu penses que cette personne… l'auteur des messages…

— Est celui qui a piégé Kelvin. Qui a planqué la polaire, le téléphone et la boucle d'oreille chez lui. Il doit sans doute s'estimer particulièrement verni que Kelvin soit mort, qu'il ne soit plus là pour nier en bloc.

— Il y a un nom ? demanda-t-elle en feuilletant les pages. Il ne signe pas les SMS. Est-ce qu'il y a un nom ?

— Un numéro… regarde ici, dit-il en mettant le doigt sur un numéro surligné en vert. Mais pas de nom. Les informaticiens pensent que le répertoire a été écrasé, et ça, ils ne peuvent pas le récupérer.

Zoë écarta brusquement les feuilles de papier. Elle se massa les tempes et réfléchit. Les paroles que Kelvin avait prononcées quand il l'avait surprise chez lui lui revinrent en mémoire : *Si tu crois que tu vas t'en tirer cette fois.* Comme s'il savait que quelqu'un s'était introduit chez lui avant elle. Mais pourquoi n'avait-elle pas pensé à tout ça plus tôt ? Qu'il y avait quelqu'un d'autre ? Que ce quelqu'un avait fait cette chose innommable à Lorne, et qu'il avait fait porter le chapeau à Kelvin ? Kelvin, le rustaud, capable de coups et blessures, peut-être, de faire ce qu'il lui avait fait, mais incapable de tuer une adolescente.

— D'accord, dit-elle au bout d'un moment. On appelle.

Ben sourit.

— Je t'aime. Tiens, le téléphone.

Elle le lui prit des mains, brancha le haut-parleur, tapa *67 pour bloquer l'identification de l'appelant, puis composa le numéro. Elle regarda fixement par la fenêtre pendant que la communication s'établissait. Une rangée de nuages cotonneux filait à l'horizon au-dessus de Bath. Un pigeon, sur le rebord de fenêtre,

6

Sally aidait Millie à ranger les boissons et les paquets de chips, ainsi que les sacs de fruits qu'elle voulait absolument qu'ils emportent. Elles hissèrent le panier à pique-nique dans le camping-car, mais il resta bloqué à mi-course. Sally regarda vers l'avant du fourgon, attendant que Nial vienne leur prêter main forte. Il était devant la roue droite, appuyant sur le pneu avec son pied, le téléphone à l'oreille.

Il s'approcha du siège passager et se pencha dans la cabine pour éteindre la musique.

— Allô ? dit-il dans le téléphone.

— Qui est-ce ? demanda Millie. C'est Peter ?

— Je ne sais pas.

Nial regarda l'écran de son portable. L'éteignit et le remit dans la poche arrière de son jean.

— Nial ? sollicita Sally. Tu veux bien nous donner un coup de main… ?

Il les rejoignit, se saisit du panier et le poussa un bon coup à l'intérieur. Après quoi, tous les trois entassèrent tous les sacs de couchage et les anoraks dessus. Nial fit claquer la portière et sourit.

— Je suppose qu'on est parés.

— Attendez.

Sally extirpa de la poche de son cardigan un jeu de cartes.

— Puisque vous allez être des hippies le temps d'un week-end, j'ai pensé que ça vous ferait plaisir de les avoir.

Millie se jeta dessus :

— Tes *tarots* ? Maman… tu ne peux pas. Ça t'a pris des siècles.

— Ne t'en fais pas. Ma nouvelle boîte en a des copies. En fait, l'année prochaine, tu les verras peut-être même sur les stands à Glasto. S'il te plaît, dit-elle en lui mettant le jeu dans les mains. Je veux que tu les prennes. Profites-en bien.

— Oh, *maman*. Maman !

Millie sautilla comme une enfant de trois ans. Elle inclina le paquet pour faire sortir les lames et se mit à les battre, en les inclinant vers Nial pour qu'il puisse voir.

— Tu t'en souviens ? Regarde, ça, c'est moi, la Princesse des Bâtons.

— Qu'est-ce qu'il lui est arrivé ? demanda Nial en regardant la carte en plissant le front. Son visage est tout abîmé.

Sally sourit en se rappelant combien cette image l'avait terrifiée la première fois qu'elle l'avait vue. Elle en avait peint une nouvelle pour les imprimeurs, mais elle avait conservé l'original. Il n'avait plus aucun pouvoir sur elle.

— Je ne sais pas. Ce n'est rien. Il y en a d'autres d'elle.

— Le Mage et la Papesse, dit Millie en continuant de battre joyeusement les cartes. Et… oh, mon Dieu, c'est papa, ça, non ? Papa et… *beurk*… Melissa. Et Sophie, et Peter. Et regarde, tu es là, Nial.

Il lui prit la carte des mains et l'examina.

— Elle te plaît ? demanda Sally.

— C'est génial.

Il tourna la carte vers la lumière et l'inspecta, regarda les endroits où les pinces avaient laissé des marques pendant le séchage.

— Le Chevalier d'Epée. Ça signifie quoi ?

— C'est un signe d'habileté, dit Millie.

— Et d'intelligence, ajouta Sally.

— Sauf que si tu tournes la lame de l'autre côté, précisa Millie, ça indique la traîtrise, la fausseté. C'est la figure du manipulateur.

Elle rit, de ce rire franc de petite fille qu'elle n'avait pas encore réussi à effacer, malgré tous ses efforts pour paraître cool.

— Tu vois ? Maman, tu as toujours vu clair dans le jeu de Nial. C'est un manipulateur.

— C'est tout moi, en effet, dit Nial en rendant les deux cartes. Nial, le manipulateur.

Millie replaça les cartes dans leur paquet, qu'elle posa sur le tableau de bord. A l'intérieur de la maison, le téléphone sonnait.

— Vous n'allez pas répondre ? demanda Nial. Parce que faut qu'on y aille. On n'aura pas d'emplacement, sinon, avec les hordes de ravers.

— J'irai plus tard… ils peuvent laisser un message.

Nial monta dans le combi et mit la clé dans le contact. Millie grimpa sur le siège passager à côté de lui. Elle ouvrit la fenêtre et agita un Stetson ridicule qu'elle avait déniché quelque part.

— Yee-hah, maman. Yee-hah.

Sally secoua la tête en esquissant un sourire. Elle se tenait à côté de la fenêtre et regardait Nial. Il portait un de ses tee-shirts délavés de groupes des années 70. Un short baggy. Se jambes étaient déjà bronzées. Elle sentait l'odeur des vêtements fraîchement lavés et celle, moins fraîche, des sacs de couchage entassés n'importe comment à l'arrière. Elle sentait les sandwiches qu'ils avaient préparés pour le déjeuner et elle sentait leur peau. L'espace d'un instant, elle les envia.

— Vous savez quoi, madame Cassidy ?

— Non, répondit-elle en souriant. Quoi ?

— Je ne sais pas si je vous pardonnerai un jour.

Le sourire de Sally s'évanouit. Il y avait quelque chose de menaçant dans le visage de Nial.

— Je te demande pardon ?

— J'ai dit, reprit-il lentement, articulant chaque mot comme si elle était stupide : Je ne vous pardonnerai jamais d'avoir rendu ça si difficile. Que j'emmène Millie à Glasto.

Il y eut un long silence gêné. Ils restèrent là, à se dévisager. Et puis, comme le soleil perçant à travers les nuages, il sourit. Rit.

— Je veux dire, je vous en veux vraiment. J'ai bien cru que vous ne me laisseriez jamais faire.

Sally hésita. Elle regarda Millie, qui avait cessé d'agiter son chapeau et considérait ses mains d'un air renfrogné. Se sentant un peu bête, un peu perdue, Sally se força à rire.

— Eh bien, promets-moi en échange de prendre quelques photos d'elle.

— Je le ferai, promit Nial en posant ses mains sur les siennes. Je vous les enverrai sur le téléphone. Ce seront les plus belles que vous ayez jamais vues.

Il se pencha à la vitre et l'embrassa.

Cette fois-ci, Sally sourit pour de bon. Elle retint son visage entre ses mains.

— Merci, dit-elle avec chaleur. Prends soin d'elle.

— Comptez sur moi.

Sally contourna le camping-car par l'avant tandis que Nial démarrait. Elle se pencha à la vitre et embrassa Millie.

— Ouais, ça va, maman, ronchonna la jeune fille en levant les yeux au ciel. Respecte le maquillage.

Elle abaissa le pare-soleil. Se regarda dans le miroir et frotta l'endroit du baiser. Puis, dans une hâte soudaine, elle se pencha pour se jeter au cou de Sally.

— Je t'aime, maman. Je t'aime.

— Moi aussi, je t'aime. Tu vas bien t'amuser. T'amuser comme tu ne t'amuseras jamais plus. Ne l'oublie jamais.

Nial emballa le moteur. Le tuyau d'échappement cracha un panache de fumée. Steve sortit du garage et, le bras passé autour des épaules de Sally, leur fit au revoir de la main. Le camping-car fit une embardée, puis les pneus accrochèrent et il sortit de l'allée, dépassant la haie où s'épanouissaient les premières roses-thé. Millie passa son bras par la vitre. Il était long et fin. Quand elle reviendrait de Glastonbury, il serait carbonisé, songea Sally en croisant les bras. La crème solaire resterait dans le sac à dos.

— Tu vois ? dit Steve en l'enlaçant. Je t'avais bien dit que tout finirait par s'arranger.

Il l'embrassa sur le sommet de la tête, et murmura dans ses cheveux :

— Je t'avais dit qu'il n'y aurait pas de châtiment.

Le combi tourna à gauche. Pas à droite, la direction qu'elle aurait prise. « Tu n'arriveras jamais à Glastonbury en passant par là », voulut-elle crier. Et puis elle se rendit compte qu'elle essayait de se mêler de ce qui ne la regardait pas. Fous-leur la paix, pensa-t-elle en laissant tomber sa tête sur la poitrine de Steve tandis que le petit camping-car disparaissait derrière la colline, en se trompant complètement de direction. Les accords de Florence and the Machine faiblirent peu à peu, puis on n'entendit plus que le chant des oiseaux dans le jardin. On ne peut pas passer sa vie à s'inquiéter pour ses enfants.

Remerciements

Il y a des années de cela, Transworld Publishers s'était donné beaucoup de mal pour me convaincre qu'ils étaient une maison accueillante, consciente de ses responsabilités, fidèle à ses auteurs et à ses lecteurs, et plaçant l'amour de la lecture au cœur de son éthique. A l'époque, pour être honnête, je les avais soupçonnés de se faire mousser dans le but de m'impressionner, et je n'en avais pas cru un mot. Au fil des années, pourtant, ils m'ont prouvé que j'avais tort, tort à cent pour cent, et pour cela, j'aimerais remercier chacun d'entre eux : Selina, Larry, Alison, Claire, Katrina, Diana, Janine, Nick, Elspeth, Sarah, Martin (et la liste ne s'arrête pas là).

Jane Gregory est mon agent et mon rocher, et comment peut-on exprimer sa gratitude à quelqu'un qui répond toujours présent quand le monde menace de s'effondrer (ce qui arrive fréquemment, croyez-moi) ? Il en va de même pour chaque membre de son équipe – Claire, Stephanie, Terry et Virginia.

Les personnes suivantes m'ont ouvert la porte de leur univers, et si elles ne l'avaient pas fait, certaines scènes auraient manqué de substance : Alex « Billy » Hamilton m'a expliqué un tas de choses sur les télécommunications et les technologies utilisées par les super détectives ; et le colonel Len Wassell, grand prévôt adjoint de la Police royale militaire, m'a donné un très large aperçu des rouages de la SIB, l'Unité spéciale d'enquêtes. Le caporal Kirsten Gunn (Régiment de transmissions), le docteur Hugh White et Jeremy White m'ont également prêté main-forte. Un petit merci à la bande du Green et Black, en particulier à Sarah et Michael qui m'ont permis d'utiliser le nom de Peppercorn Cottage, ainsi qu'à Marc Birch pour m'avoir raconté avec jubilation toutes ces horribles histoires de garde-chasse. Ma gratitude va également à Hazel Orme et Steve Bennett, deux personnes qui ne courent jamais après les remerciements et les éloges, mais qui les méritent amplement.

J'adresse mes plus plates excuses à la ville de Bath dont j'ai joyeusement chamboulé la géographie, entremêlant Hanging Hill et Freezing Hill. Bath, tu es vieille et sage, et je pense que tu me pardonneras.

Par-dessus tout, un petit murmure de gratitude et d'affection à ma famille, à mes amis, sensationnels et patients, enfin et surtout à Bob Randall pour son aide et son soutien sans faille et l'inexplicable et miraculeuse confiance qu'il me porte.

Composé par Facompo
à Lisieux, Calvados

Imprimé en France par

à La Flèche (Sarthe)
en mai 2012

POCKET – 12, avenue d'Italie – 75627 Paris Cedex 13

N° d'impression : 69315
Dépôt légal : juin 2012
S22391/01